Die Geliebte des Highlanders

Julia London

Die Geliebte des Highlanders

Der Lockhart-Clan 3

Deutsch von Elisabeth Hartmann

Weltbild

Originaltitel: *Highlander in Love*
Originalverlag: Pocket Books, New York

Die Autorin

Julia London ist die Autorin mehrerer Romane, die in den Vereinigten Staaten die Bestsellerlisten stürmten. Sie lebt in Austin, Texas, reist aber häufig in die schottischen Highlands, um sich Anregungen für ihre Bücher zu holen. Als Weltbild Taschenbuch erschienen von ihr auf Deutsch die Romane *Das Geheimnis des Highlanders* und *Die Maske des Highlanders* – die ersten beiden Teile der Lockhart-Trilogie, die mit dem vorliegenden Band ihren Abschluss findet.

Weltbild Taschenbuch

Für meine überaus schicke Freundin Barbara, die mich nie zu einer meiner nicht gar so schicken Figuren inspirieren könnte, schon gar nicht zu einer mit dem Nachnamen Lockhart und dem entsprechenden Aussehen.

Eilean Ros

Freitag, 27. Mai

Meine liebe Miss Lockhart,

ich danke Euch für Euren freundlichen Brief vom vergangenen Mittwoch betreffend den angeblichen Fluch, der auf jeder Tochter eines Lockhart lasten soll. Seid versichert, dass ich es für weiter nichts als Unsinn halte. Ich bin der festen Überzeugung, dass ein Mädchen von so beträchtlichem Mut und Witz heiraten kann, wen immer sie will, und sich dabei nicht einmal um den Teufel selbst zu scheren braucht. Genauso wenig glaube ich, dass ein Mann, der um die Hand der Tochter eines Lockhart anhält, und zwar mit der besten Absicht, wenn ich so kühn sein darf, das zu behaupten, das Geringste zu fürchten hat, es sei denn die übliche Gefahr, an seinem großen Ärger über die starrsinnige Art der Lockharts im Allgemeinen zu sterben.

Noch einmal herzlichen Dank, Miss Lockhart, für Eure Sorge um mein Wohlbefinden. Ich freue mich darauf, den Tag unserer Hochzeit festzusetzen.

Hochachtungsvoll,
Douglas

1

Eilean Ros, in den Trossachs, mitten im zentralen Hochland von Schottland

Payton Douglas stand, von Feinden umgeben, mit dem Rücken zur Wand … oder genauer gesagt: zum Kamin. Die Lockharts drangen mit eifrigen Blicken auf ihn ein, und er fragte sich, wie es ihnen gelungen sein mochte, sich Eintritt zu verschaffen, gerade heute, da er ein paar äußerst wichtige Männer aus Glasgow zu Gast hatte. Männer, die zurzeit reichlich angeheitert waren, nachdem sie den starken Whisky gekostet hatten, der hier auf seinem Besitz, Eilean Ros, aus Gerste destilliert wurde.

Doch seine Feinde waren verzweifelt und steckten ihren eigenen Aussagen zufolge tief in der Klemme, denn es hatte sie aus heiterem Himmel getroffen, dass ihr lieber Freund Hugh MacAlister ihnen ihr unbezahlbares Familienerbstück – die goldene Figur eines Untiers mit Augen aus Rubinen – unter der Nase weggestohlen hatte.

Griffin Lockhart, der sich das Untier hatte stehlen lassen, hatte gerade eben leidenschaftlich vorgebracht, dass diese empörende Beleidigung natürlich zum angemessenen Zeitpunkt gerächt werden würde, MacAlisters Tat jedoch im Moment die gesamte Familie Lockhart nahezu ohne einen Penny zurückließ und sie mit der erzwungenen Verheiratung der einzigen Tochter Mared mit dem Mann konfrontierte, der ihnen eine königliche Summe zur Wiederbeschaffung des Untiers geliehen hatte: Payton Douglas.

Mit eben diesem Payton Douglas, der jetzt mit dem Rücken zum kalten Kamin stand und das einzige unangemessen ruhige Mitglied der fünfköpfigen Lockhart-Abordnung in seinem Arbeitszimmer beäugte. Sie saß an seinem Schreibtisch und spielte lässig mit einer Schreibfeder, während Payton stoisch der reichlich windigen Rede ihres Vaters, des Lairds, lauschte. Offen gestanden konnte man in der Gesellschaft von so vielen Lockharts kaum etwas anderes tun als lauschen.

Seine Rede, wohl vorab verfasst, so ließ sich nach der Art vermuten, wie sich Lady Lockharts Lippen synchron mit denen ihres Mannes bewegten, bezog sich darauf, dass Payton, der Sohn von Vorfahren, die in jedem Krieg und jeder Zeit des Aufruhrs kostbares Lockhart-Blut vergossen hatten, ihre einzige Tochter zur Frau nehmen sollte, wie er es in den Verhandlungen um die beträchtliche Summe verlangt hatte, die binnen Jahresfrist zurückerstattet werden musste.

»Aus solchem Stoff sind höchstens Romane!«, rief Lady Lockhart aus.

Hinter ihrem Rücken lächelte ihre Tochter Mared und spielte mit der Feder, als ob der Vergleich sie amüsierte.

»Ehrlich gestanden, Milady, ich habe nie einen Roman gelesen, der dieser verwirrenden Situation gleichkäme«, sagte Payton. »Wollt Ihr mir zu verstehen geben, dass Ihr das im Zusammenhang mit meinem Darlehen getroffene Abkommen nicht einhalten wollt?«

Die Frage wurde mit einer Salve nervösen, hohen Gelächters von den vier dunkelhaarigen Lockharts quittiert, die an dieser kleinen improvisierten Konferenz beteiligt waren: Carson, der alternde Laird des noch verbliebenen Lockhart-Clans, seine schlanke, anmutige Gattin Aila, ihr ältester Sohn Liam, ein kräftig gebauter Soldat, und sein jüngerer Bruder Griffin, ein wenig kleiner und recht umgänglich.

»Natürlich nicht!«, dröhnte Liam im Brustton der Überzeugung. »Aber Ihr versteht doch sicher, dass wir nicht im *Traum* damit gerechnet haben, derartig von MacAlister betrogen zu werden.«

»Das sagtet Ihr bereits mehrmals. Trotzdem sieht es doch so aus, dass er Euch betrogen hat und Ihr mir ein hübsches Sümmchen schuldet, aye?«

Die vier stehenden Lockharts tauschten verlegene Blicke, während Mared seufzte und auf seinem Schreibtisch die erste Seite eines Buchs aufschlug.

Grif trat hastig vor und lächelte charmant. »Mit Verlaub, Milord … das Problem ist, dass wir ohne das Untier nicht über die Mittel verfügen, Euer überaus großzügiges Darlehen zurückzuerstatten …«

»Dreitausend Pfund«, erinnerte Payton ihn rasch, »das war mehr als großzügig. Es war nackter Wahnsinn.«

»Aye, *ausgesprochen* großzügig«, erwiderte Grif und bedachte seine Familie mit besorgtem Blick.

»Aber wir sind einem kleinen Irrtum erlegen«, sagte er und zeigte mithilfe von Daumen und Zeigefinger, wie winzig der Irrtum war.

»Entschuldigt bitte, aber es war kein Irrtum. Euer Vater hat die entsprechenden Dokumente unterzeichnet.«

»Das wohl«, pflichtete Grif ihm bereitwillig bei, »und wir haben Euch Mareds Hand als Sicherheit für Euer Darlehen versprochen, und … Nun, Douglas, wie sie für Euch – oder vielmehr für Eure *Reformen* – empfindet, ist schlicht und einfach kein Geheimnis«, sagte er vorsichtig und tauschte einen Blick mit seiner Mutter.

»Ich weiß recht gut, wie sie empfindet, Grif«, erwiderte Payton gereizt. In jedem Tal der Loch-Umgebung wusste jeder von Mareds Weigerung, einen Douglas zu heiraten, und von ihrem vehementen Widerstand gegen seine Einführung von Schafen in der Gegend der Lochs. »Es ist kein Geheimnis, dass sie nichts von einem Douglas hält. Eure Schwester ist, wie Ihr bemerkt haben dürftet, nicht eben ein schüchternes Mädchen.«

Mared lachte leise und schlug eine weitere Seite in dem Buch um, das er auf dem Schreibtisch liegen gelassen hatte,

Über die Winterproduktion von Wolle und das zeitgerechte Scheren des Na Caorridh Mora, *des Großen Schafs.*

»Nein«, sagte Grif mit einem leicht finsteren Blick für Mareds Lachen. »Aber Ihr könnt dem Mädchen nicht vorwerfen, dass sie leidenschaftlich für ihre Überzeugungen eintritt.«

Mared hob den Blick aus dem Buch und zog in Erwartung seiner Antwort eine Braue über dem blitzenden grünen Augenpaar hoch.

Er wiederum sah die Lockharts finster an. Genau das war Mareds Problem: Sie war von dieser Horde von Dummköpfen großgezogen worden. Sie alle glaubten – vielleicht Grif ausgenommen, und selbst das war fraglich –, dass die Schafe, die er an die Lochs gebracht hatte, das traditionell von ihrem Vieh beweidete Land verdarben und dadurch das Vieh auf kleinere Weideflächen und geringere Anzahl reduzierten und sie, die Familie, die das größte Ärgernis im ganzen verdammten Schottland war, in die Armut trieben.

In mancher Hinsicht hatten sie recht. Doch Payton war der Meinung, ihr Vieh könne in den Highlands nicht vernünftig grasen und brächte von jeher keinen Profit ein. Verdammte Narren, die Lockharts, die an der althergebrachten Aufsplitterung des Landbesitzes und der Aufzucht von schwerfälligen Rindern festhielten. Und wenn es sie nicht ernährte, verlegten sie sich darauf, Goldfiguren oder anderen Unsinn von ihren englischen Verwandten zu stehlen.

Er dagegen glaubte an ein System, das allen Menschen, die das Land ernähren konnte, gerechten Lohn zubilligte, an Schafherden und, wenn jemand die Neigung dazu verspürte (was bei ihm der Fall war), die Produktion von Whisky. Deshalb drängte es ihn, diesem Unsinn ein Ende zu machen und sich wieder den vier Männern zuzuwenden, die unter Umständen bereit waren, eine beträchtliche Summe in seine Destille zu investieren.

Grif lachte unbehaglich angesichts von Paytons stoischem

Schweigen. »Und … und vielleicht hat unsere Mared auch ein Anrecht auf ein kleines bisschen Mitleid, aye?«, versuchte er einen neuen Anlauf. »Schließlich lastet dieser elende Fluch auf ihr« – Mared nickte nachdrücklich dazu – »und wirklich, Douglas, könnt Ihr in aller Aufrichtigkeit ihre Hand als Gattin wünschen, wenn dieser Fluch wie eine schwarze Wolke über ihrem Haupt dräut?«

Payton lachte verächtlich. »Ach, Ihr glaubt doch wohl nicht an diesen alten Fluch! Außer den Kleinpächtern, die Angst vor Elfen und Kobolden haben, glaubt kein Mensch an dieses alte Märchen!«

»Aber Ihr könnt nicht abstreiten, dass keine Tochter der Lockharts je geheiratet hat«, mischte Liam sich eifrig ein. »Vielleicht ist es wirklich wahr, dass keine Tochter eines Lockharts je heiratet, wenn sie nicht in den Bauch des Untiers geschaut hat.«

»Wollt Ihr mich mit Geschichten über *a'diabhal* einschüchtern?«, fragte er und ignorierte Mareds amüsiertes Lächeln, mit dem sie sich im Sessel zurücklehnte.

Lässig strich sie mit dem Finger über die Kante des Schreibtisches.

»Einschüchtern!«, rief Lady Lockhart und legte Payton beschwichtigend die Hand auf den Arm. »Nein, nein, Milord, wir wollen Euch nicht einschüchtern. Wir wollen lediglich wegen Mared mit Euch reden.«

Er beherrschte sich und sagte fest: »Offen gestanden, Milady, ich wüsste nicht, warum Mared nicht für sich selbst einsteht. Sie ist doch sonst so wortgewandt.«

»Oh! Wie freundlich von Euch, Sir!«, bemerkte Mared zuckersüß und brach damit zum ersten Mal seit ihrem Eintritt in sein Arbeitszimmer ihr Schweigen.

»Ihr wollt Euch nicht an die Abmachungen wegen des Darlehens halten, ist es das, *lass?*«, fragte Payton sie direkt.

»Die Lockharts bezahlen ihre Schulden, Sir«, warf Lady Lockhart ein und bedachte Mared mit einem vernichtenden

Blick. »Aber wir benötigen mehr Zeit. Nur noch ein bisschen mehr Zeit, um MacAlister zu suchen.«

»Wie viel Zeit?«

»Zehn Monate«, antwortete Lady Lockhart hastig. »Zusätzlich zu den verbleibenden zwei, versteht sich.«

Ein weiteres Jahr? Mit einem gereizten Seufzer strich sich Payton mit der Hand durchs Haar. Er wusste wirklich nicht, was er darauf sagen sollte. Er wusste nicht, was er von der Sache halten sollte – als Nebensicherheit für das Darlehen hatte er, aufgestachelt von ihrem teuflischen Lächeln an jenem Nachmittag in seinem Salon, Mareds Hand gefordert. Genau wie die Lockharts hatte auch er nie geglaubt, dass es so weit kommen würde. Er war nicht einmal ganz sicher, ob er überhaupt eine Frau *wollte*. Jetzt sah er sie an. Sie weidete sich offenbar an seinem Unbehagen, und er sagte sich, dass er wohl tatsächlich verrückt sein musste, wenn er *diese hier* zur Frau begehrte.

Aber so ungern er es auch eingestand, in Wahrheit betete er Mared Lockhart an. Von jeher.

In den vier Monaten seit Grifs Rückkehr nach Schottland hatte sich Payton nicht nach dem Darlehen erkundigt und auch nicht auf Heirat gedrängt.

Aber nachdem inzwischen nur noch knapp zwei Monate von der vereinbarten Zeit blieben – er hatte den Lockharts ein Jahr zur Rückerstattung des Geldes eingeräumt und im Falle von Zahlungsunfähigkeit Mareds Hand verlangt –, wollten sie mehr Zeit?

»Nein«, sagte er entschlossen. »Das könnt Ihr nicht von mir verlangen – ich habe Euch eine beträchtliche Summe zur Verfügung gestellt, die Ihr augenscheinlich vergeudet habt …«

»Doch nicht vergeudet!«, widersprach Grif.

»Was Ihr mit dem Geld gemacht habt, geht mich nichts an, aber Ihr könnt es nicht wie vereinbart zurückzahlen und lasst mir dadurch keine Wahl.«

»Land«, bot Grif hastig an. »Wir können Euch in Form von Land auszahlen.«

Payton überlegte eine Weile. Es war ein plausibles Angebot, aber nicht unbedingt das, was er sich wünschte. Das Land der Lockharts wurde durch den Berg Ben Cluaran von seinem abgetrennt. Wenn er zur Bezahlung der Schulden Land annahm, würde ihnen herzlich wenig für die eigene Landwirtschaft bleiben. Und ihm wäre es nahezu unmöglich, Nutzen aus dem Land zu ziehen, fernab von seinem Besitz, wie es gelegen war, denn die Arbeitskräfte, die zur Bewirtschaftung notwendig wären, würden mehr kosten, als sie einbrachten. Nützlich wäre es nur, wenn er Schafe darauf weiden konnte, und er bezweifelte, dass die Lockharts mit ihrer starrsinnigen Vorliebe für Kühe es gestatten würden.

Er schüttelte den Kopf und sah den Laird an. »Ihr habt meinen Bedingungen zugestimmt, Lockhart. Ich fordere Euch auf, den Hochzeitstermin festzulegen.«

Plötzlich erlosch Mareds Lächeln. Sie klappte das Buch zu und sah, wie jeder andere in diesem biederen Raum, ihren Vater an. Carson rieb sich nachdenklich das Kinn und seufzte matt. »Dann legen wir den Termin auf Jahr und Tag nach Gewährung des Darlehens fest«, sagte er nach einer Weile.

»Carson!«, schrie Lady Lockhart auf.

»Ach, *mo ghraidh,* er hat recht, und du weißt es! Wir haben den Darlehensbedingungen zugestimmt, auch Mared ...«

»Unter beträchtlichem Druck, Vater!«, fiel Mared ihm ins Wort.

»Aye, mag sein«, sagte er und wandte sich ihr zu. »Trotzdem, du hast zugestimmt. Wir wussten alle, es bestand die Möglichkeit, dass Grif keinen Erfolg hatte, und jetzt müssen wir zu unserem Wort stehen, Tochter. Auch du.«

Lady Lockhart rang nach Luft.

»Es ist zu spät, Aila«, sagte Carson mürrisch. »Was bleibt ihr denn anderes übrig? Douglas ist der einzige Mann im

Kirchspiel, der nichts auf Feen und Kobolde gibt und bereit ist, sie zu heiraten!«

Das beschwichtigte weder Lady Lockhart noch Mared. Beiden flackerte Mordlust in den Augen.

»Ihr braucht nicht um Euer Wohlergehen zu fürchten, *lass*«, versicherte Payton leise. »Bei meiner Ehre, ich werde Euch stets gut behandeln.«

»Ach, wie könnt Ihr Euch so verstellen?«, wollte sie wissen. »Die Douglas' und die Lockharts sind seit Hunderten von Jahren eingeschworene Feinde!«

»Ihr *versteht* offenbar nicht, Payton Douglas!«, erklärte Lady Lockhart mit Nachdruck. »Wir fürchten nicht um Mareds Wohlergehen, sondern um das *Eure*.«

Sie sagte es so ernst, das Payton unwillkürlich lachen musste. »Ich fürchte sie nicht«, versicherte er amüsiert. »Ihr habt also nichts zu befürchten, denn sie kann mir nichts antun«, sagte er und lachte erneut über Mareds finsteren Blick.

Sie war aufgesprungen, stand mit unversöhnlich vor ihrer schlanken Mitte verschränkten Armen hinter dem Schreibtisch. »Ich werde Euch nicht heiraten, Payton Douglas.«

»Mared!«, fuhr Lady Lockhart auf.

Doch Payton lachte leise und überlegte, dass es vielleicht ein Spaß sein würde, ihr Feuer in seinem Bett zu bezwingen. »Aye, Ihr werdet, Mared. Und da es nichts weiter zu besprechen gibt, entschuldigt Ihr mich jetzt bitte. Ich habe Gäste«, sagte er und schritt mit einem knappen Nicken an die Adresse dieser unmöglichen Lockharts aus dem stickigen Zimmer. Innerlich lächelte er bei der Vorstellung, Mared in seinem Bett zu haben.

In jener Nacht war Mared hoch oben in ihrem Zimmer über dem Atelier im alten Turm fleißig bei der Arbeit.

Ihr Wille war noch längst nicht gebrochen.

Ihrer Familie fiel nichts zu ihrer Rettung ein, zum Teufel mit ihnen allen, doch *sie selbst* würde nicht müßig sein.

Gleich jetzt, in der Stille der Nacht in ihren zugigen Gemächern im noch zugigeren alten Schloss, schrieb Mared beim Licht einer einzigen Kerze Briefe, während alle anderen schliefen.

Der erste war an Miss Beitris Crowley gerichtet, die Tochter des Advokaten in Aberfoyle. Mared hatte Freundschaft mit ihr geschlossen, hatte unter angeregtem Geplauder lange Spaziergänge am Ufer des Loch Ard gegenüber von Eilean Ros unternommen und ihre Eignung zur künftigen Lady Douglas eingeschätzt.

Aye. Zur künftigen Lady Douglas.

Mared war zu dem Schluss gekommen, dass der verhasste und höchst widerwärtige Laird Douglas, wenn sich ihm eine charmante Alternative zu ihr selbst bot, die lächerlichen Bedingungen für die Gewährung des Darlehens vielleicht vergaß und eine Frau zur Gattin nahm, die gemäß Temperament und Benehmen besser zu ihm passte. Das hatte sie ihm bereits vorgeschlagen; er hatte gelacht und erwidert, dass jede Frau, ob alt oder jung, dick oder dünn, reich oder arm, gemäß Temperament und Benehmen besser zu ihm passen würde als sie, und nach diesen Worten schien er sich für seinen eigenen Witz auch noch zu bewundern.

Mared war entschlossen, es ihm zu beweisen, ob mit Beitris' Hilfe oder ohne sie. Beitris war, so viel hatte sie schon bemerkt, schrecklich schüchtern, besonders in der Gesellschaft des Laird Douglas. Sie hatte ihm Beitris mindestens ein Dutzend Mal zugeführt, und das Mädchen hatte noch nicht einmal einen Kuss eingeheimst. Er machte ihr Angst. Natürlich tat er das – er war nun mal eine Kreatur, die offensichtlich aus dem Loch gekrochen war.

»Er ist unglaublich groß, nicht wahr?«, hatte Beitris Mared eines Nachmittags, als sie ihm »zufällig« in Aberfoyle begegnet waren, mit ängstlicher Stimme gefragt. Diese Wirkung hatte der Mann anscheinend auf alle Frauen in der Umgebung der Lochs, wie Mared nicht entgangen war.

Du darfst nie, schrieb sie an Miss Crowley, *vergessen, dass höfliche Gespräche dich nicht allzu weit bringen. Ein Mann möchte gern wissen, dass du gut über ihn denkst und ihn mehr schätzt als die anderen. Vergiss auch nicht, dass ein Mann gern Gelegenheit hat, galant zu sein, und du musst ihm diese Gelegenheit verschaffen, denn sich selbst überlassen sind Männer selten klug genug, von sich aus eine Gelegenheit zu suchen. Vielleicht könntest du in seiner Gesellschaft dein Taschentüchlein fallen lassen oder mit deinem Sonnenschirm kämpfen und ihm gestatten, dir zu Hilfe zu kommen …*

Mared mochte Beitris wirklich, aber manchmal erschien sie ihr einigermaßen begriffsstutzig, was das Flirten anging. Wie Mared vermutete, hatte ihr noch nie jemand offen den Hof gemacht.

Was nicht hieß, dass jemand Mared schon einmal offen den Hof gemacht hätte. Es gab in der Umgebung der Lochs keinen Mann, der keine Angst vor ihr hatte angesichts des verdammten Fluchs, der auf ihr lag, doch sie hatte die vielen farbenfrohen Romanzen ihres Bruders Griffin verfolgt, der in unterschiedlichem Maße und mit unterschiedlichem Erfolg, wie sie sagen hörte, so ziemlich jedes Mädchen rund um die Lochs ins Bett hatte locken wollen, bevor er nach London ging und mit einer Frau zurückkam. Dadurch war sie einigermaßen versiert in der Kunst des Werbens – zumindest versierter als Beitris.

Sie beendete ihre an Beitris gerichteten Unterweisungen und versiegelte den Brief mit einem Tropfen Wachs. Dann biss sie die Zähne zusammen und griff erneut nach der Feder.

An den Ehrenwerten Laird Douglas, den größten Herrscher im ganzen Land …

Vielleicht ein wenig dramatisch, doch es störte sie wenig. Sie schrieb weiter, bat um die Ehre, seiner Cousine Sarah Douglas einen Besuch abstatten zu dürfen, die den Klatschbasen in Aberfoyle zufolge nach Eilean Ros gekommen war, um dort den Sommer zu verbringen.

Mareds Augen wurden schmal, als sie den Brief ein letztes Mal durchlas. Befriedigt sah sie, dass ihr Brief nichts weiter verriet als die angemessene Höflichkeit, versiegelte ihn ebenfalls, legte ihn behutsam auf ihren Frisiertisch und blies die Kerze aus. Mit einem Lächeln auf den Lippen schlüpfte sie ins Bett.

Die Abmachungen waren ihr herzlich gleichgültig. Sie würde diesen Mann nicht heiraten.

Wie sollte sie denn auch? Eine Heirat käme dem Eingeständnis ihrer Niederlage gleich, und dazu war sie nicht bereit. Außerdem lebte in ihr noch ihr Traum, nach Edinburgh zurückzugehen. Es war der Traum, der sie während der letzten paar Jahre aufrecht gehalten hatte.

Vor etwa zehn Jahren hatte sie vierzehn Tage in Edinburgh verbracht, bevor das Familienvermögen sich zu verflüchtigen begann. Die Stadt war zauberhaft für sie gewesen, brodelnd von Menschen und Künsten, und Mareds Eindruck war, dass jeden Abend eine Soiree oder ein Fest stattfand. Und das Beste war, dass in Edinburgh kein Mensch von alten Flüchen wusste oder an sie glaubte. Man behandelte sie wie einen Menschen. Nicht wie hier in den Lochs, wo alle sie als eine Art Hexe betrachteten.

Während ihres kurzen Aufenthalts dort hatte sie sogar ein paar potenzielle Verehrer gehabt, und sie war überzeugt, dass sich in Edinburgh ihr ganzes Leben wandeln würde.

Nein, sie würde Payton Douglas nicht heiraten und nicht bis ans Ende ihrer Tage in den Lochs bleiben, wo ihr Leben so scheußlich eingeschränkt wurde. Jedes Wort, das sie öffentlich äußerte, musste wohlüberlegt sein, jeder Weg, den sie einschlug, abergläubischen Augen verborgen bleiben. Es würde eine helle Freude sein, in Edinburgh zu leben. Es würde eine Freude sein, einfach nur zu leben!

Mit den Gedanken an Edinburgh schlief Mared ein. Doch

sie träumte, dass sie an den Ufern von Loch Ard spazieren ging, in der Gesellschaft eines jungen Mannes mit goldenem Haar, der sie anlächelte und ihr Küsse raubte. Sie gingen, bis sie auf eine aufgebrachte Menschenmenge stießen. Als Mared näher heranging, um zu sehen, was der Grund für den Aufruhr war, erkannte sie, dass die Leute einer Hinrichtung beiwohnten.

Sie blickte zu den Galgen auf und erkannte erschrocken die erste Lady of Lockhart, die Schöne, die alles für die Liebe geopfert hatte. Die Hände waren ihr auf den Rücken gefesselt, und sie kniete vor dem Richtblock.

Neben ihr stand ihr Geliebter, Livingstone, eine Schlinge um den Hals.

Mared sah voller Grauen zu, wie der Henker den Geliebten der Lady hinrichtete. Als er zu ihrer Seite hing, drückten sie das Haupt der Lady of Lockhart auf den Block. Der Henker hob das Beil, und sie schrie: »*Fuirich do mi!*«

Warte auf mich …

Das Beil sauste nieder, und das Haupt der Lady of Lockhart fiel zu Boden und rollte Mared vor die Füße. Mared schrie und sah sich nach ihrem Verehrer um, doch sie war plötzlich allein. Ihr Schrei allerdings hatte die Aufmerksamkeit der Menge auf sie gelenkt, und sie wandten sich ihr zu, erkannten die Tochter der Lady Lockhart in ihr. Die Verfluchte, sagten sie. Ausgeburt des Teufels, dem Teufel zu eigen.

»Die Tochter eines Lockharts wird nicht heiraten, bevor sie in den Bauch des Untiers geschaut hat!«, fauchte eine alte Frau sie an, und die Menge wiederholte in monotonem Singsang, dass sie in den Bauch des Untiers sehen musste, und kam immer näher.

Schreiend rannte Mared davon; die mordlustige Menge folgte ihr auf den Fersen. Sie rannte bis zum Fluss, wo die Menge sie bedrängte, bis Mared hineinstürzte. Das Wasser schlug über ihrem Kopf zusammen, und sie sank auf den schlammigen Boden, versuchte verzweifelt, sich von ihren Kleidern zu befreien. Aber sie konnte den Atem nicht anhalten und war dem Ersticken nahe.

Keuchend fuhr Mared in ihrem Bett hoch, die Hände an der Kehle, die Laken zerwühlt. Ihre Stirn war nass von Schweiß.

Sie hielt den Atem an, holte dann ein paar Mal tief Luft und löste sich bedächtig aus dem Bettzeug. Unsicher stand sie auf, ging zum Kamin, um die Glut zu schüren, und wartete darauf, dass ihr Herz aufhörte, so wild zu hämmern.

Der Traum hatte sie aufgewühlt. Wie immer.

Payton Douglas würde sie nicht hier festhalten. Sie wollte nicht gefangen sein in einem Land, in dem sie verachtet wurde. Sie würde von den Lochs nach Edinburgh fliehen, und nichts würde sie aufhalten.

2

Nachdem der Hochzeitstermin nun feststand, hielt Payton es für klug, Mared beizustehen, damit sie sich ins Unvermeidliche schickte und sich nicht so sehr verkauft, sondern eher bewundert fühlte. So unternahm er es, ihr den Hof zu machen ... genauso unverdrossen, wie sie sich bemühte, sich nicht den Hof machen zu lassen.

Er hatte ihr Dutzende von schottischen Rosen geschickt, versehen mit Briefchen, die seine Bewunderung zum Ausdruck brachten. Außerdem hatte er ihren Brüdern und ihrem Vater zwei Flaschen des ersten Gersten-Whiskys geschickt, der auf seinem Land destilliert wurde. Und er hatte pflichtschuldigst und mit ausgesuchter Höflichkeit jeden einzelnen ihrer Briefe beantwortet, die auf einer Ecke seines Schreibtisches einen stetig wachsenden Stapel bildeten.

Seine Cousine, Miss Sarah Douglas, erzogen in Frankreich und nun in Edinburgh wohnend, war nach Eilean Ros gekommen, um ihm bei der Suche nach einem Ersatz für seine alte Hauswirtschafterin, Miss Craig, zu helfen, die vor Kurzem nach langen Jahren treuer Dienste gestorben war. Seit ihrer Ankunft hatte Sarah mit einigem Ärger sein mühevolles Werben um Mared beobachtet. Auch jetzt, da sie auf dem Rücken ihres kleinen Fuchses an seiner Seite seine Ländereien inspizierte, schmollte sie. »Ich verstehe nicht, warum du dir das antust«, beschwerte sie sich bei Payton, der seinen großen braunen Hunter ritt.

»Warum? Ich bin kein junger Spund, Sarah. Ich bin zweiunddreißig Jahre alt. Wenn ich einen Erben für das Vermögen der Douglas' hinterlassen will, muss ich mich ranhalten.«

»Ja, aber bitte mit einer anderen. Vielleicht wäre es klüger, diese hier für die Position der Hauswirtschafterin vorzusehen. Letztendlich ist sie zumindest besser als die Dummköpfe und Trampel, mit denen wir bisher gesprochen haben.«

Payton bedachte seine Cousine mit einem strengen Blick. »Du sprichst von der künftigen Lady Douglas, Sarah, also sei höflich. Sie hat hier in den Lochs kein leichtes Leben, und sie ist vielleicht nicht so zart und empfindsam wie du, hat aber trotzdem Anspruch auf deine Hochachtung.«

Sarah zuckte die Achseln. »Mag sein, dass sie Anspruch auf meine Hochachtung hat, aber ich verstehe nicht, wieso sie so viel Hochachtung von dir verdienen sollte. Nun mal ehrlich, Payton – du willst sie *heiraten*? Sie ist eine Lockhart!«

Payton verbiss sich ein Lächeln. Mared Lockhart hatte vielleicht nicht seine Hochachtung verdient, doch seinen Respekt hatte sie sich schon vor Jahren verdient. »Es ist an der Zeit, diese alten Fehden zu vergessen. Sie haben keine Bedeutung für die Gegenwart oder die Zukunft.«

Und außerdem hatte Mared Lockhart etwas an sich, was ihn schon seit Langem reizte, schon als sie noch Kinder waren. Er erinnerte sich, wie er ihr als Junge die Süßigkeiten, die sie in der kleinen Hand hielt, entrissen hatte. Mared weinte nicht, und sie lief auch nicht zu ihrer Gouvernante. Nein, Mared schlug ihn nieder, einen Jungen, der ganze vier Jahre älter war als sie. Sie stieß ihn in die Disteln, stürzte sich auf ihn und drosch auf ihn ein, bis ihr Bruder Liam sie zurückriss.

Und als er anfing, sich für das schöne Geschlecht zu interessieren, da waren es Mareds Aufblühen und die kleinen Knospen ihrer Brüste, die ihn in seinen jugendlichen Träumen heimsuchten. Schon damals sehnte er sich danach, sie zu berühren.

Doch erst Jahre später, als er ein junger Mann und Mared zu einer schönen, aber unberührbaren Frau – dank eines verdammten Fluchs, der offenbar ein Eigenleben entwickelt hatte – herangewachsen war, verliebte er sich in sie. Schuld daran war ihr unbezähmbares Temperament.

Da hatte er mittlerweile bemerkt, wie die misstrauischen Pächter ihre Türen verschlossen, wenn sie vorüberging, hatte gehört, wie sie ihre Kinder ermahnten, ihr aus dem Weg zu gehen. Er wusste, dass ein Großteil der Einwohner von Aberfoyle hinter ihrem Rücken tuschelten und sie auf Gesellschaften mieden. Obwohl die meisten Menschen in der Umgebung der Lochs sie wie eine Ausgestoßene behandelten, hatte er gelernt, ihre Würde angesichts einer derartigen Ignoranz zu achten.

Seine Liebe zu ihr hatte er an einem Abend vor fast sieben Jahren erkannt, an ihrem einundzwanzigsten Geburtstag, als er sie zum ersten Mal küsste.

Es war eine unbeherrschte Tat gewesen, der nackte Wahnsinn … doch in jenem Augenblick hatte er gespürt, wie ihr straffer Körper auf ihn reagierte, gespürt, wie sie ihm entgegenkam …

Und dann hatte sie ihn in die Lippe gebissen.

Aye, bei dieser folgenschweren Gelegenheit war Paytons Begehren erwacht.

Mared Lockhart war, zumindest für ihn, der einzige Farbklecks in einer grauen Welt, der einzige schimmernde Hinweis auf Leben in einer bäuerlichen Existenz. Die unauslöschliche Flamme, die an jenem schwülen Sommerabend vor sieben Jahren in ihm aufloderte, war nicht verloschen, sondern brannte noch immer hell für die einzige Frau in Schottland, die ihn, Laird Payton Douglas von Eilean Ros, nicht schätzte.

Allein der Gedanke daran entlockte ihm wieder ein leises Lachen.

»Warum lachst du?«, erkundigte sich Sarah.

»Ich weiß es selbst nicht«, sagte er fröhlich und richtete seine Aufmerksamkeit auf den Weg, der breiter werdend um eine Gruppe von Eichen führte, bevor Eilean Ros in Sicht war.

Sein Besitz war nicht unbedingt das, was der Name, Insel der Rosen, vermuten ließ, doch er befand sich auf einer Landzunge, das in den Loch Ard hineinragte. Es war ein prachtvolles Haus, im Schutz von schottischen Tannen zweihundert Jahre zuvor vom fünften Laird Douglas erbaut. Als Paytons Vater, der neunte Laird Douglas, es erbte, hatte er davon geträumt, am Fuß der Highlands einen Palast zu errichten, und begann mit aufwendigen Renovierungsarbeiten. Er starb, bevor sie durchgeführt waren.

Nach seinem Tod war Payton der Laird und hatte die Renovierung zu Ende geführt. Er hatte dem Haus einen zusätzlichen Flügel hinzugefügt, und jetzt verfügte es über vierzehn Schlafräume, drei Salons, über mehr Wohnzimmer, Speisezimmer und Ateliers, als Payton zählen mochte. Es war tatsächlich ein Highland-Palast. Keine andere Wohnstatt in Schottland war so prunkvoll.

Und keine andere Wohnstatt in Schottland war, wie Payton glaubte, so leer wie seine.

Immer wieder schritt er durch die Flure seines Heims und hörte nichts außer dem Widerhall seiner Schritte auf den Stein- und Holzböden. In ihm war der beinahe verzweifelte Wunsch, diese Leere mit Lachen und Stimmen und Wärme zu füllen. Als seine Brüder in die Welt hinauszogen – Lachlan nach Indien, Padraig nach Amerika –, blieb er als der einzige Douglas und Erbe von Eilean Ros zurück, durch seinen Status als Erstgeborener dazu verpflichtet, die Familienpflichten und den Namen weiterzutragen. Es war, wie er inzwischen wusste, in mancherlei Hinsicht ein Kreuz, das er zu tragen hatte. Sein Leben war ein ziemlich einsames.

Als er und Sarah jetzt um die Eichengruppe herumritten, sahen sie das Haus in seiner ganzen Größe … und den Esel, der im Schatten einer Eiche angepflockt war, neben einem eindeutig uralten Karren.

»O *nein*«, seufzte Sarah und betrachtete den Karren mit finsterer Miene. »Ich kann nicht glauben, dass sie *darin* gekommen sind.«

»Sei höflich, Sarah«, warnte Payton und trieb sein Pferd zum Trab an.

Mared und ihre zwölfjährige englische Nichte Natalie standen unter einem mächtigen Porträt der achten Lady Douglas, Laird Douglas' Urgroßmutter, während ein paar Dienstboten umherhuschten und unter den wachsamen Augen des Butlers Beckwith den Raum für die Teestunde vorbereiteten.

»Ihr Gatte hat unseren Urgroßvater in einem Duell getötet«, flüsterte Mared Natalie zu und sah sich über die Schulter hinweg verstohlen nach Beckwith um.

»In einem *Duell?*«, hauchte Natalie, und ihre blauen Augen leuchteten auf.

»Aye. Sie sind ein erbärmlicher Haufen, die Douglas'. Vergiss das niemals, *lass*. Der Gatte von der da hat unseren Urahn zum Duell gefordert, nur weil er sich verliebt hatte.«

Natalie blickte mit offenem Mund auf.

»Ich nehme an, Ihr habt ihr alles wahrheitsgemäß berichtet, Miss Lockhart.« Payton Douglas' Stimme dröhnte hinter ihr, und Mared wie auch Natalie zuckten zusammen. Sie hatten ihn beide nicht über den Wilton-Teppich herankommen gehört.

Mared schlug die Hand aufs Herz. »*Diah,* Sir! Gebt doch bitte acht. Ihr hättet uns zu Tode erschrecken können!«

Er lächelte dreist, beugte sich vor und sah sie aus seinen schiefergrauen Augen eindringlich an. »Ihr *habt* dem Mädchen doch die wahre Geschichte erzählt, oder?«

Gut. Ihr Urgroßvater hatte die Frau auf dem Porträt geliebt. Aber ehrlich, die arme Frau war in einer grauenhaften Ehe gefesselt. – Wer konnte es einem Lockhart verdenken, wenn er ihr in ihrem tristen Dasein ein bisschen Glück bescheren wollte? »Aye, natürlich«, sagte sie, versank mit einem frechen Lächeln in einem für sie äußerst untypischen Knicks und blickte keck zu ihm auf. »Bezweifelt Ihr das?«

Er umfasste ihren Ellenbogen, um sie aufzuheben, und dort verweilte seine Hand, während sein Blick sich gleichgültig in das Dekolleté ihres Kleids versenkte. »Wenn es um Euch geht, *lass,* dann zweifle ich sogar an meinem eigenen Verstand.«

Dann machte sie wohl irgendetwas absolut richtig. Es lockte ein befriedigtes Lächeln auf ihre Lippen, und sie legte den Arm um Natalie, zog sie an ihre Seite und befreite sich von der Hand an ihrem Ellenbogen. »Ihr erinnert Euch doch an unsere Miss Natalie?«

Natalie versank in einem perfekten Knicks. »Wie geht es Euch, Milord?«, fragte sie mit englischem Akzent.

Mit einem charmanten Lächeln ergriff Douglas Natalies Hand und beugte sich tief über sie. »Ausgezeichnet«, sagte er und küsste die kleine Hand. »Es ist mir ein Vergnügen, ein so schönes Mädchen auf Eilean Ros begrüßen zu dürfen.«

Natalie strahlte. Aye, so war Payton Douglas, nicht wahr? Immer höflich und charmant. Doch dann wandte er sich wieder Mared zu und maß sie von Kopf bis Fuß, mit einem Blick, der sie glauben ließ, er sähe sie nackt von oben bis unten, und einem Lächeln, das ihr das Kleid von den Schultern streifen wollte.

»Darf ich bemerken«, sagte er leise, »dass ich mich nicht erinnere, wann ich Euch das letzte Mal mit so fröhlichen Farben angetan sah … und sogar mit *Schleifen*«, fügte er hinzu und zog verwundert eine Braue hoch.

Also wirklich, konnte eine Frau nicht einmal ein hübsches, wenn auch geliehenes gelbes Tageskleid tragen, ohne die gesamte Gegend in Verwunderung zu versetzen? »Ich erinnere mich auch nicht, Milord«, erwiderte sie schnippisch, »denn ich weiß nicht einmal mehr, wann ich Euch das letzte Mal gesehen habe.« Sie lächelte, zufrieden mit ihrem eigenen Witz, und bevor er etwas sagen konnte, wies Mared auf Beitris.

Beitris, blond und zierlich, saß schön anzusehen wie ein Bild auf einem der Queen-Anne-Stühle längs den seidenbespannten Wänden und hatte die Hände im Schoß verkrampft.

»Welch ein Glück, dass ich Miss Crowley aus Aberfoyle fortlocken konnte, nicht wahr?«, fragte Mared mit großer Gebärde. »Ich weiß wohl, dass Ihr sie ins Herz geschlossen habt, und wollte Euch eine Freude machen, Sir, indem ich Euch noch einmal den Genuss ihrer Gesellschaft verschaffe.«

»Offen gestanden, Ihr verschafft mir seit einiger Zeit *übermäßig oft* den Genuss von Miss Crowleys Gesellschaft«, sagte er, durchquerte jedoch im nächsten Augenblick mit einem herzlichen Lächeln den Raum. Seine Beine waren lang und kräftig in Wellington-Stiefeln und eng anliegender Wildlederhose.

Mared hatte keine Lust, ihn zu betrachten ... und konnte doch nicht anders. Er trug keine Jacke, keine Weste, sondern nur ein schlichtes weißes Leinenhemd. Sein goldbraunes Haar wuchs in den Kragen. Wäre sie eine Frau gewesen, die sich für das äußere Erscheinungsbild eines Mannes interessierte, was auf sie nun weiß Gott nicht zutraf, wäre ihr nichts anderes übrig geblieben, als ihn ziemlich attraktiv zu finden.

Beitris, das arme Schätzchen, war eindeutig dieser Meinung, denn sie schmolz auf ihrem mit Seide bezogenen Stuhl fast in sich zusammen. Sie versuchte, den Laird nicht anzusehen, doch sie konnte einfach nicht anders, denn Douglas war unter anderem ein äußerst imposantes Mannsbild.

Beitris sprang hastig auf, als er vor ihr stand. »Milord, danke, dass Ihr uns empfangen habt.«

Er ergriff ihre Hand und beugte sich darüber. »Das Vergnügen ist ganz auf meiner Seite, Miss Crowley.« Er berührte mit den Lippen ihre Fingerknöchel, und Beitris' heller Teint verfärbte sich rosig.

»Payton! O weh, du hast dich nicht einmal umgekleidet, um unsere Gäste zu empfangen?«

Das war Miss Douglas, eine schlanke, blonde Frau, die neben ihrem Vetter winzig aussah. Sie betrat das Zimmer in einem teuren Reitkostüm.

»Sarah, gestatte, dass ich deine Bekanntschaft mit unserer Nachbarin Miss Lockhart auffrische.«

Mared und Natalie knicksten und erkundigten sich höflich: »Wie geht es Euch, Miss Douglas?«

»Recht gut. Danke, Miss Lockhart.«

Bildete sie es sich nur ein, oder vernahm sie einen Hauch von Missbilligung in der Stimme der vornehmen Frau aus Edinburgh?«

»Und Miss Crowley«, fügte Payton hinzu. »Und natürlich Miss Natalie Lockhart«, sagte er mit einem neuerlichen warmen Lächeln für das blondschopfige Mädchen.

Miss Douglas nickte dem Kind zu und fächelte sich mit großer Geste. »Bitte, nehmt Platz, meine Damen. Der Tee wird in Kürze serviert. Ich hoffe, Ihr verzeiht unsere unangemessene Kleidung«, fügte sie hinzu und warf einen tadelnden Blick auf Paytons Leinenhemd und Wildlederhose. »Wir sind gerade von einem Ausritt im Park zurückgekehrt und haben Euch nicht so pünktlich erwartet«, sagte sie und nahm auf dem Diwan Platz, dessen pralle Samtpolster sehr neu aussahen. Oder vielmehr, Miss Douglas belegte den *gesamten* Diwan mit Beschlag, indem sie sich direkt in die Mitte setzte und zu ihren Seiten keinen Platz mehr ließ.

Beitris hockte sich zaghaft auf die dazugehörige Polsterbank. Als Natalie sich neben sie setzen wollte, dirigierte Mared sie rasch zu einem Stuhl um, sodass der Platz neben Beitris frei blieb.

Jetzt standen nur noch sie und Payton und sahen einander über den Raum hinweg an.

Wieder ließ er sein verteufelt charmantes Lächeln aufblitzen, dieses Lächeln, das ihre Haut kribbeln ließ, und wies höflich auf den Platz neben Beitris.

Mareds Mundwinkel hoben sich zu einem Lächeln, und sie setzte sich neben Natalie.

Paytons Schmunzeln wurde breiter, doch er tat Mared den Gefallen, nahm neben Beitris Platz und legte die Arme auf die Rückenlehne der Polsterbank, woraufhin Beitris natürlich errötete und den Blick in den Schoß senkte.

»Ich weiß nicht mehr, ob ich schon erwähnte, dass Miss Crowley just in diesem Frühjahr von ihren Studien in Edinburra zurückgekehrt ist«, sagte Mared schlau und warf einen verstohlenen Blick in Miss Douglas' Richtung. »Ihr Vater ist Advokat in Aberfoyle.«

»Ach ja?«, fragte Miss Douglas gleichmütig und betrachtete ihren Fingernagel. »Ich könnte mir vorstellen, dass ein Advokat in einem so kleinen Dorf wie Aberfoyle recht überflüssig ist. Dort findet sich doch keine nennenswerte Zahl an Hauswirtschafterinnen.«

»Euer Vater ist sicherlich entzückt über Eure Heimkehr, Miss Crowley«, sagte Payton. »Ich möchte wetten, urplötzlich bekommt er ständig Besuch von allen Junggesellen der Stadt, nicht wahr?«

Beitris erglühte so heftig, dass Mared fürchtete, sie könnte in Ohnmacht sinken. Aye, und das wäre herrlich. Wenn sie ohnmächtig wurde, müsste Payton sie wiederbeleben ... *Fall in Ohnmacht, Beitris!*

Beitris fiel nicht in Ohnmacht. Sie piepste lediglich: »Ich, äh ... Ich weiß nicht, Sir.«

»Aber es ist so, denn Miss Crowley ist vielseitig gebildet«, mischte sich Mared fröhlich ein. »Sie spielt hinreißend auf dem Pianoforte, sie spricht fließend französisch, und an den linken Ufern der Lochs ist sie sehr bekannt für ihre Künste im Bogenschießen.«

Payton sah Mared flüchtig an. Seine grauen Augen blitzten belustigt. »*Höchst* eindrucksvoll. Ich persönlich empfinde Bildung – wie auch die Fähigkeit, mit Pfeil und Bogen umzugehen – äußerst attraktiv bei Frauen.«

»Ah, der Tee«, sagte Sarah und erhob sich anmutig von ihrem Platz, als ein Diener unter dem Adlerauge Beckwiths mit einem großen, schweren Silbertablett, beladen mit Teegeschirr aus feinstem Porzellan und einer Platte mit Biskuits – die auf Talla Dileas ein regelrechtes Festmahl dargestellt hätten –, das Zimmer betrat.

»Ich würde sehr gern Näheres über Eure Studien hören, Miss Crowley«, fuhr Douglas fort. »Ich sage immer, dass die Bildung unserer Frauen dieses Land weiterbringen würde, denn nur durch Bildung sind Reformen und natürlicher Fortschritt möglich. Ihr seid sehr lobenswert.«

Das war derartiger Unsinn, dass Mared einen ungläubigen Aufschrei in der Kehle ersticken musste, woraufhin nur ein sehr undamenhaftes Schnauben zu hören war.

»Entschuldigt bitte, Miss Lockhart, sagtet Ihr etwas?«, fragte Payton mit dem Hauch eines Lächelns.

Natalie missverstand Mareds ungläubiges Schnauben als einen Ausdruck von Kummer und sagte rasch und ziemlich laut: »Miss Lockhart ist ebenfalls gebildet! Auf Talla Dileas gibt es Unmengen von Büchern!«

»Ich wusste gar nicht, dass du so versessen auf die Bildung von Mädchen bist, Payton«, bemerkte Miss Douglas und wies Beckwith an, den Tee einzuschenken.

»Nicht? So ist es aber durchaus. Ich kann Unwissenheit im Allgemeinen nicht ertragen, ganz gleich bei welchem Geschlecht. Unwissende Menschen setzen die alten Traditionen fort und behindern den natürlichen Fortschritt des Landes.«

Lächerlich!

Mared konnte nicht mehr an sich halten, denn für diesen Mann bedeutete *Fortschritt* die Vertreibung von Menschen aus ihrer Heimat. Pächterhäuschen überall in der Loch-Region standen leer, weil die Leute auf der Suche nach Arbeit nach Glasgow oder noch weiter nach Süden abwanderten. »Meiner Meinung nach hängt es davon ab, was man unter Fortschritt versteht, Milord«, sagte sie. »Vermutlich denkt *Ihr,* Fortschritt bestünde darin, Pächter fortzujagen, um Schafe züchten zu können, während traditionsgemäß Viehzucht und Landwirtschaft allen Menschen Wohlstand gebracht haben, aye?«

»Wohlstand!« Er lachte fröhlich, als hätte ein Kind eine amüsante Dummheit geäußert. »Ich kann es kaum als Wohlstand bezeichnen, wenn eine Familie auf ihrem Land nicht genug anbauen kann, um Essen auf den Tisch zu bringen. Nein, Miss Lockhart«, sagte er jovial, »wahrer Fortschritt besteht in der Aufklärung der Menschen. Wenn die alten Traditionen nicht mehr reichen, müssen wir neue Wege zum Wohlstand finden. *Gemeinsam.*«

»Und sie spielt sehr hübsch auf dem Pianoforte und spricht Französisch, wenn auch mit leichtem Akzent«, beteuerte Natalie verzweifelt.

»Aye, deine Tante ist sehr vielseitig begabt, *lass*«, sagte Payton lächelnd.

Oh, wie gern hätte sie ihm eins auf die verdammten Ohren gegeben! »Wirklich, Milord, möchtet Ihr Miss Crowley mit diesem leeren Gerede über Fortschritt langweilen?«, fragte Mared heiter.

»Aber nein!«, widersprach Beitris ruhig. »Das ist doch recht interessant.«

»Miss Crowley hatte Gelegenheit, ins Ausland zu reisen«, fuhr Mared entschlossen fort, ohne Beitris' Einwand zu beachten. »Nicht wahr, Beitris?«

»Nun ja ... Ich hatte tatsächlich die Gelegenheit, Frankreich zu besuchen.«

»Frankreich. Ich liebe Frankreich«, bemerkte Miss Douglas lebhaft. »Habt Ihr den Besuch genossen?«

»Das kann ich nicht behaupten«, sagte Beitris und stellte, urplötzlich auf unerklärliche Weise redselig geworden, ihre Teetasse ab. »Auf der Überfahrt hatten wir raue See, und in den vierzehn Tagen in Paris habe ich mich nicht vollständig davon erholt. Und dann folgte die *Heim*reise – ich bin immer noch recht schwach.«

Jetzt stellte sie sich auch noch als viel zu schwach für einen virilen Mann wie Payton dar. »Miss Crowley, Ihr seid zu bescheiden«, mischte Mared sich eiligst ein. »Ihr seht doch aus wie das blühende Leben.«

»Miss Lockhart ist, seit sie so alt war wie ich, nicht einen einzigen Tag krank gewesen«, versicherte Natalie laut.

»Höchst bemerkenswert«, sagte Douglas und zwinkerte Natalie zu. »Aber ich glaube, deine Tante unterscheidet sich von uns gewöhnlich Sterblichen dahingehend, dass sie über eine eisenharte Konstitution verfügt.«

»O nein!«, wehrte Mared mit einem süßen Lachen ab. »Das liegt allein an der Luft der Highlands! Sie ist nicht verdorben durch den Rauch aus Fabrikschloten, als Folge der Art von *Fortschritt,* die man in Glasgow genießt.«

Darüber lachte Payton schnaubend. »Touché«, sagte er und neigte sich über seine Teetasse. »Gut gegeben. Hier in den Lochs können wir alle sicher sein, dass der Mangel an Fortschritt immerhin unserer Gesundheit dienlich ist.«

Uuuh, wie er sie ärgerte! Der Mann war stur wie das verdammte Maultier der Lockharts! Plötzlich setzte sie ihre Teetasse ab und erhob sich. »Gestattet Ihr, Sir, dass ich Natalie das Porträt eines weiteren verstorbenen Douglas' zeige?«, fragte sie zuckersüß und wies auf das riesige Porträt seines Großvaters an der gegenüberliegenden Wand. »Ich hatte meinen Bericht über die Geschichte unserer Familien noch nicht ganz beendet.«

»Wie Ihr wünscht, Miss Lockhart«, antwortete er freundlich.

Mared schenkte dem verdammten Maultier ein gewinnendes Lächeln und schritt hocherhobenen Hauptes davon, eilig gefolgt von Natalie.

Am anderen Ende des Zimmers angelangt, hörte sie ihn sagen: »Ihr hattet noch nicht das Vergnügen, unsere Gärten zu betrachten, Miss Crowley. Darf ich sie Euch zeigen?«

»*Oh*«, würgte Beitris hervor. »Bitte!«

»Cousine Sarah, willst du uns begleiten?«

»Nein, danke, Payton. Ich habe die Gärten oft genug gesehen.«

Mared hörte, wie seine festen Schritte und Beitris' leicht schwebende sich entfernten, bis sie im Zimmer nicht mehr zu hören waren. Mared legte die Hand auf Natalies Schulter und wies sie stumm an, sich zu Miss Douglas zu setzen.

Natalie, Gott segne das Kind, nahm auf der Stelle ihren Posten ein. »Wart Ihr schon einmal in England?«, fragte sie und begann, von London zu erzählen, während Mared vorgab, die zahlreichen Porträts von im Grunde viel zu vielen Douglas' zu betrachten, und sich dabei verstohlen dem Fenster näherte, um durch die dicke Bleiverglasung hinaus in den Garten zu spähen.

Aha, da gingen sie. Ihre Gestalten wirkten ein wenig verzerrt, doch Mared konnte sie sehen, Seite an Seite, Beitris' Hand in seiner Ellenbogenbeuge – oder war es ihr Sonnenschirm? – und sein Kopf dem ihren zugeneigt. Sie spazierten gemächlich, und Beitris sah immer wieder zu ihm auf, und Mared stellte sich vor, wie sie unter seiner ungeteilten Aufmerksamkeit erstrahlte. Am Ende des langen Weges, so weit entfernt, dass Mared nichts mehr deutlich erkennen konnte, senkte Payton Douglas den Kopf und küsste Beitris.

Mared *glaubte* zumindest, dass er sie küsste. Sie waren so weit entfernt, dass sie nicht *völlig* sicher sein konnte, aber andererseits … Nein. Sie war sicher. Er hatte Beitris geküsst.

Das war ein Anlass zum Feiern! Ihr Plan ging *wunderbar* auf – und warum es ihr den Magen zusammenkrampfte, das wusste sie nicht, und es war ihr auch gleichgültig. Abrupt wandte sie sich vom Fenster ab und gesellte sich beglückt lächelnd wieder zu Natalie und Miss Douglas.

Als Payton und Beitris zurück waren – er mit einem breiten Lächeln, Beitris hochrot im Gesicht –, geleiteten er und seine Cousine die drei Gäste hinaus.

Er half Beitris auf die schmale Bank des Karrens, während der Pferdebursche den Esel einspannte, und Natalie kletterte auf die Ladefläche. Mared langte als Letzte bei dem Karren an – sie hatte Probleme mit ihrer gerüschten Haube, denn sie trug das verdammte Ding so selten –, und als sie rechts neben den Karren trat, wartete Payton dort auf sie und half ihr höflich beim Aufsteigen.

Mit leicht gerunzelter Stirn legte Mared zögernd ihre Hand in seine, und unverzüglich schloss er seine Finger um sie. Fest. Besitzergreifend. Glühend heiß schoss es ihr durch Arm und Schulter, was sie dermaßen beunruhigte, dass sie hastig einstieg und ihre Hand losriss, um sich vom Pferdeburschen die Zügel reichen zu lassen.

Erst dann traute sie sich, zu ihm hinabzublicken. Er sah zu ihr auf, in seinen grauen Augen glomm etwas Tiefes und sehr Gefährliches. »Einen schönen Tag noch, Miss Lockhart. Und vielen Dank dafür, dass Ihr uns Miss Crowley und Natalie mitgebracht habt. Es war ein höchst angenehmer Nachmittag.«

»Das ist gern geschehen«, entgegnete sie fröhlich, während ihr Herz hämmerte. »Und jetzt müssen wir uns auf den Weg machen. Einen schönen Tag noch!« Sie ließ die Zügel auf den Rücken des Esels klatschen, und das Tier setzte sich so eifrig in Bewegung, dass Payton Douglas keine Zeit zum Reagieren blieb. Als der Karren plötzlich anfuhr, riss er den Mann um, und einzig der Aufschrei seiner Cousine machte Mared auf den Unfall aufmerksam.

3

Trotz Sarahs Beteuerungen, dass er sein Leben einbüßen hätte können, war Payton nicht verletzt. Der Sturz hatte ihm den Atem genommen und den Stolz geknickt, sonst war er wohlbehalten.

Ziemlich streng riet er Mared allerdings, das Lenken des Esels jemandem zu überlassen, der etwas geschickter mit den Zügeln umgehen konnte.

Doch bevor er mithilfe seiner Cousine und des Pferdeburschen davonhumpelte, hatte er noch Angst in Mareds waldgrünen Augen glimmen gesehen, die Angst vor diesem verdammten Fluch, und er sagte schneidend: »Ich weiß, was Ihr denkt, *lass*, und Ihr denkt falsch!«

Seine Zurechtweisung brachte ihm einen finsteren Blick ein, und sie stieg wieder auf den Karren und fuhr von dannen.

Payton schlief schlecht in jener Nacht, träumte von altertümlichen Flüchen und grausigen Unfällen und von Mareds grünen Augen.

Doch am nächsten Morgen war er wieder der Alte und setzte seine Werbung um Mared unbeirrt fort. Im Lauf der folgenden Tage schickte er ihr noch mehr Blumen und lachte, als er ihrem Antwortbrief entnahm, dass die Highland-Besenheide bei ihr einen merkwürdigen Ausschlag ausgelöst hatte. Er sandte ihr eine Einladung zum Reiten auf Eilean Ros, doch unter Berufung auf ein frisch gebrochenes Bein lehnte sie ab. Und als er schließlich über den Ben Cluaran ritt, Besuch auf Talla Dileas machte und die Familie bei einem Rasenspiel störte, bei dem Mared mit ihrem auf wundersame Weise geheilten Beinbruch mitwirkte, ließ sie sich dazu herab, ihrem Vater zu gehorchen und ihn an ihrer Seite mitspielen zu lassen. Und dann schwor sie bei ihrer Ehre, sie hätte die schwere Kugel nicht absichtlich auf seine Schuhspitze fallen lassen.

Aye, Payton tat sein Bestes, verdammt, um dem ungebärdigen Mädchen den Hof zu machen, doch immer wieder stieß er auf Miss Crowley, praktisch jedes Mal, wenn er sich umdrehte. Und immer war sie in Mareds Gesellschaft, die es sich zur Gewohnheit machte, sie allein zu lassen – und zwar schnell. Er sah die zwei in der Kirche, auf der Straße, beim *ceilidh,* einer Versammlung in Aberfoyle, auf der die Leute aus dem Dorf und von den umgebenden Lochs zusammen musizierten und tranken und klatschten.

Erst kürzlich hatte er Miss Crowley und Mared beim Zuckerbäcker getroffen, wo er stets einkehrte, wenn er sich in Aberfoyle aufhielt, denn er hatte einen unüberwindlichen süßen Zahn. Auf Mareds Drängen, laut und klar für jeden zu hören, kaufte er eine Süßigkeit für Miss Crowley, wobei es ihm größte Genugtuung bereitete, nicht auch etwas für Mared zu erstehen, für dieses nervtötende kleine Weibsstück.

Auch am folgenden Tag begegnete er Miss Crowley, als er seine Braunen beim Schmied abholen wollte. Sie ging über die Straße, neben Mared, die, wie er feststellte, seit Kurzem erstaunlich viel Zeit in Aberfoyle verbrachte.

»Was für ein glücklicher Zufall«, sagte Mared mit einem strahlenden Lächeln, und dann plötzlich: »Oh!«, als ihr das wichtige Anliegen einfiel, das sie überhaupt erst nach Aberfoyle geführt hatte. Sie huschte davon wie eine Ratte vom sinkenden Schiff und ließ Payton allein mit Miss Crowley.

Im Grunde mochte Payton Miss Crowley. Nachdem sie ihre Angst vor ihm abgelegt hatte, stellte er fest, dass sie ein sehr nettes Mädchen war, und er genoss ihre Gesellschaft – aber auf eher freundschaftliche Weise. Das reichte nicht, um sie für alle Ewigkeit zu heiraten, wie Mared es sich augenscheinlich wünschte. Er hatte das Gefühl, dass Miss Crowley ihm vergleichbare Gefühle entgegenbrachte. Offen gestanden, sie zeigte im Grunde viel mehr Interesse für den Sohn des Schmieds als für ihn.

Das empfand er als großes Glück, denn er wollte nicht, dass Miss Crowley unter Mareds albernen Spielchen zu leiden hatte.

An einem Morgen, der nach zwei Tagen heftiger Regenfälle klar und blau anbrach, sattelte ein rastloser Payton seinen großen braunen Hunter Murdoch, pfiff Cailean, einen seiner besten Schäferhunde, herbei und machte sich auf den Weg, um nach seinen Schafen zu sehen.

Er ritt langsam; Murdochs Hufe warfen schwere Erdklumpen vom sumpfigen Boden auf, als sie langsam den Ben Cluaran umrundeten. Selbst Cailean hörte auf, vor und dann wieder hinter Murdoch herzulaufen, wie es Hütehunde zu tun pflegen, und trottete müde neben ihnen her. Hoch über ihnen, auf Hügeln, die in Grün- und Goldtönen bis zum Himmel aufragten, sah Payton als kleine weiße Punkte seine Schafe, die so hoch an den Abhängen grasten, wie ein Tier nur konnte.

In einer oder zwei Wochen würde er sie hinuntertreiben. Der Trick bei der Schafhaltung war, dass man sie von einem Ort zum anderen bewegen musste, damit sie das Gras nirgends bis auf die Narbe abweideten.

Als Payton die Mündung des Glen Ard erreicht hatte, wandte er sich bachaufwärts in einen kleinen Spalt zwischen den Hügeln hindurch und führte Murdoch an eine Stelle, wo er aus dem schnell fließenden Bach saufen konnte.

Er fand eine grasbewachsende Uferstelle, saß ab und kniete sich neben sein Pferd, um ebenfalls zu trinken.

Währenddessen vernahm er ein ominöses dumpfes Geräusch, als etwas neben ihm zwischen Bäumen und Felsbrocken den steilen Abhang herabstürzte. Noch in der Hocke blickte Payton über die Schulter zurück und sah einen mächtigen Felsbrocken auf sich zupoltern. Unverzüglich war er auf den Füßen, packte Murdochs Zügel und zog ihn mit sich. Der Felsbrocken traf gegen einen Baum, sprang ein Stückchen nach rechts und stürzte genau an der Stelle, wo Payton getrunken hatte, in den Bach.

Cailean trottete herbei, um an dem Felsbrocken zu schnuppern, doch Payton konnte sich nicht rühren, konnte nur mit hämmerndem Herzen auf den Stein starren. Das Ding war so groß wie sein größter Widder. Wäre Payton nicht so rasch ausgewichen, hätte das verdammte Ding ihn getroffen und wahrscheinlich getötet.

»*Mi Diah!*«

Die Stimme kam von oberhalb; Payton stöhnte auf und drehte sich um, die Hände in die Hüften gestützt.

»Seid Ihr verletzt?«, rief Mared und eilte behände die Schafstrift hinunter auf ihn zu. Ihre beiden Hunde liefen voraus. Sie trug einen Korb in der Hand, ihr grün und blau kariertes Schultertuch, ihr *arisaidh,* flatterte hinter ihr her, das lange schwarze Haar trug sie offen unter einem alten Strohhut.

Sie sprang vom letzten Felsabsatz hinunter auf den Weg am Bach, hielt inne und starrte auf den Felsbrocken, bevor sie sich mit angsterfülltem Blick Payton zuwandte. »Ist Euch etwas geschehen?«

»Mir ist nichts geschehen; ich wurde nicht getroffen!«, sagte er mürrisch. »Was soll das? Warum stoßt Ihr derartige Felsbrocken den Hügel hinunter? Ihr hättet mich umbringen können!«

»Ich habe ihn nicht gestoßen!«, rief sie empört. »Ich weiß nicht, wieso er abgestürzt ist!«

Payton schnaubte verächtlich.

»Bei meiner Ehre! Der Boden ist ziemlich aufgeweicht, der Stein hat sich vielleicht gelockert ...« Ihre Stimme versagte, und sie furchte die Stirn angesichts seiner düsteren Miene. »Wirklich, wenn ich versucht hätte, Euch umzubringen, hätte ich es auf so langsame, schmerzhafte Weise getan, dass jeder Zweifel an meiner Täterschaft ausgeschlossen gewesen wäre. Ich habe den verdammten Felsbrocken nicht angerührt!«

Er konnte nicht anders; er musste ihr glauben. – Mared war eine impertinente, respektlose und nervtötende Frau, aber sie war, so weit er es beurteilen konnte, keine Kriminelle. Er seufzte, fuhr sich mit der Hand durchs Haar und musterte den Felsbrocken, während Cailean zu Mared trottete und seinen Kopf unter ihre Hand schob. Sofort hockte sie sich nieder und streichelte den Hund unter Lächeln und Gurren, ohne die Zungen und Schwänze ihrer eigenen Hunde zu beachten, die um sie herumhechelten.

Payton beobachtete sie ratlos. Sie war eine solche Schönheit mit ihrem langen schwarzen Haar, wenn sie in den Hügeln über den Lochs wanderte, wie sie es so oft zu tun pflegte, in einem Gewand von der Farbe des Heidekrauts, eng unter dem Busen gegürtet und an Halsausschnitt und Saum bestickt. Auf der Brust trug sie eine angelaufene *luckenbooth* – eine Brosche. Diese legte Zeugnis ab über den Reichtum, über den die Lockharts vormals verfügten, und ihr matter Überzug verwies auf all das, was sie verloren hatten.

»Hübscher Hut«, bemerkte er trocken.

Lachend erhob sich Mared. »Er hat früher mal Vater gehört.« Noch einmal blinzelte sie in Richtung des Felsbrockens, um ihn dann neugierig zu mustern. »Und, seid Ihr verletzt?«

Er schüttelte den Kopf.

»Es ist dieser Fluch, wisst Ihr«, bemerkte sie nüchtern. »Ihr mögt glauben, es seien lediglich Unfälle.« Sie lächelte. »Aber es sind Warnungen, an Euch, *lad*. – Lasst ab von diesen albernen Heiratsabsichten.«

Er lächelte. »Dieser Fluch existiert nicht, Mared.« Er betrachtete ihren Korb. »Was habt Ihr da?«, fragte er und schlug die Reitpeitsche in seine Hand, während er näher rückte, um genauer nachzusehen. »Es werden doch nicht wieder einmal Beeren von meinen Brombeerbüschen sein?«

Mared schob sich eine Beere in den Mund und nickte unbeeindruckt.

»Ihr solltet auf meinem Land keine Beeren pflücken, ohne mich zu fragen, *lass*«, sagte er und bediente sich aus ihrem Korb.

»Ich tu's nie wieder, denn sie sind nicht mehr so süß wie in den vergangenen Jahren. Habt Ihr dazu beigetragen, dass sie jetzt so sauer sind?«, fragte sie und spähte unter der Hutkrempe hervor zu ihm auf. »Habt Ihr sie womöglich mit Eurem Lächeln beglückt?«

»Wenn die Beeren, die Ihr auf *dieser* Seite des Bergs stehlt, Euch nicht zusagen, solltet Ihr vielleicht lieber auf dem Land der Sorleys wildern«, schlug er freundlich vor. Er bezog sich auf den alten Sorley, der sein Tal mit eiserner Knute regierte und den Diebstahl *seiner* Beeren niemals dulden würde, ganz gleich, wie wild sie wuchsen und wie hübsch die kleine Diebin war.

»Aye, aber jedermann weiß, dass Sorleys Beeren nicht so groß sind wie Eure, Laird«, sagte sie und warf sich noch ein paar Brombeeren in den Mund.

Payton zog angesichts ihrer Unverfrorenheit eine Braue hoch, doch Mared kaute in aller Seelenruhe und forderte ihn mit festem Blick heraus. Gebieterisch hob er die Peitsche und schob mit der Spitze eine dicke schwarze Haarsträhne über ihre Schulter zurück. »Und was treibt Euch an einem so schönen Tag um? Hetzt Ihr gesetzwidrig die Schafe der Douglas'? Wollt Ihr ganz allgemein ein bisschen Unheil stiften?«

»Schafe! Was gehen mich Eure paar kleinen Schäfchen an?«, fragte sie mit einem gewinnenden Lächeln in den Mundwinkeln und Grübchen in den Wangen. »Wenn Ihr es unbedingt wissen wollt, ich war bei Donalda.«

»Donalda!« Payton stöhnte auf. Donalda war eine alte Frau und lebte tief im Tal. Manche behaupteten, sie hätte

Zauberkräfte. Andere sagten, sie wäre die beste Heilerin in den Highlands. Wieder andere, unter ihnen auch Payton, sahen in ihr weiter nichts als eine alte Hexe. »Warum? Leidet Ihr an einer Krankheit, die kein ausgebildeter Arzt heilen kann?«

»Ja.« Sie lachte und reichte ihm noch eine Handvoll Brombeeren. »Sie nennt sich Heiraten.«

Unwillkürlich musste er lächeln. »Und wie will Donalda diese grauenhafte Krankheit heilen? Sie wird mich mit einem Fluch belegen, nicht wahr?«

»Sie hat mir ein Fläschchen gegeben«, sagte Mared, hielt das winzige Gefäß hoch, das an einer Schnur um ihren Hals hing, und bewegte es hin und her. »Ich soll es, wenn die Zeit reif ist, zur Anwendung bringen, um Euch die Augen zu öffnen.«

»Um *mir* die Augen zu öffnen? Aber, *lass,* ich kenne die Wahrheit seit eh und je. Ihr solltest niemals daran zweifeln.«

Mit einem Achselzucken ließ sie die Phiole fallen und griff nach einer weiteren Beere. »Wenn Ihr tatsächlich die Wahrheit kennt, dann werdet Ihr nicht auf dieser lächerlichen Heirat bestehen.«

»Ihr habt den Bedingungen für das Darlehen zugestimmt, Mared«, erinnerte er sie seelenruhig. »Dreitausend Pfund, das ist eine Menge Geld.«

»Hatte ich denn eine Wahl?«, fragte sie und sah ihn an. »Ich hätte mich nie einverstanden erklärt, wenn meine Familie das Geld nicht so dringend benötigt hätte.«

»Das sagtet Ihr bereits. Trotzdem habt Ihr zugestimmt. Und, mal ehrlich, ist das, was ich Euch biete, denn so schlecht?«

Sie überraschte ihn mit einem lieblichen Lächeln. Und sie stellte den Korb ab, verschränkte die Arme unter der Brust und musterte ihn eingehend. »Es geht nicht um das, was Ihr bietet, Payton, denn das ist mehr, als ich je erwarten könnte«, sagte sie und erfreute ihn mit dem seltenen, aber erfreulichen

Klang seines Namens von ihren Lippen. »Aber könnt Ihr Euren Namen ändern? Unsere gemeinsame Geschichte?«

»Welche Geschichte?«, höhnte er. »Sprecht Ihr von damals, als wir sechs beziehungsweise zehn Jahre alt waren und Ihr mich mit den Fäusten geschlagen habt? Oder wie Ihr mich gebissen habt, als ich Euch küssen wollte? Oder wollt Ihr mich womöglich an den *ceilidh* erinnern, als Ihr mich unverhohlen vor dem gesamten Highland geschnitten habt und dann so unverschämt wart, mich auszulachen?«

»Ich erinnere nur an die zahllosen Beleidigungen, die meine Familie von der Euren erfahren hat. Seit Anbeginn der Zeiten kämpft Douglas gegen Lockhart. Habt Ihr das vergessen?«

»Nur weil Ihr verdammten Lockharts immer auf Eurem dummen Stolz beharrt habt.«

»Eure heidnischen Vorfahren haben Talla Dileas niedergebrannt«, erinnerte sie ihn spitz.

»Weil Eure verräterischen Ahnen die Highlander verrieten, und außerdem machte Talla Dileas damals weiß Gott nicht viel her. Und habt Ihr vergessen, dass Eure diebischen Vorfahren eine ganze Kuhherde der Douglas' abgeschlachtet haben?«

»Weil *Eure* diebischen Vorfahren die Hälfte besagter Herde von den Lockharts gestohlen hatten! Und man stelle sich nur vor, wie der mächtige und großherzige und gerechte Laird Douglas auf die Aussage eines kleinen Jungen hin zwei gute Lockharts hängen ließ!«

»Aye ... Aber er hat es nicht geschafft, die zwei verfluchten Spitzbuben zu hängen, bevor sie ein Douglas-Mädchen entführt und sich an ihr vergangen hatten, oder?«

Mared schnalzte mit der Zunge und winkte ab. »Alles nur bekannt vom Hörensagen. Was ist mit dem Duell zwischen unseren Urgroßvätern?«

»Der Lockhart hat es provoziert, indem er dem Douglas Hörner aufsetzte.«

Mared rang empört nach Luft. »Wie könnt Ihr es wagen, das Andenken meines Urgroßvaters in den Schmutz zu ziehen?«

»In den Schmutz ziehen, dass ich nicht lache! Er war der gemeinste Schuft, den die Lochs je gesehen haben. Und wie war das mit dem Duell unserer Großväter?«

Sie brach in helles Lachen aus. »Ein Douglas provozierte *dieses* Duell wegen eines läppischen Kartenspiels! Doch von einem Duell kann wohl kaum die Rede sein, denn unsere Großväter hatten so tief ins Glas geschaut, dass Euer Douglas unseren Lockhart in den Hintern schoss!« Sie lachte herzlich über diese Geschichte.

Ihr Lachen war ansteckend, und Payton fiel ein. »Na also, Mared, seht Ihr, wie lächerlich das alles ist?«

»Dummer Kerl«, sagte sie mit einem warmen Lächeln. »Douglas' und Lockharts ist es nicht bestimmt zu heiraten. Habt Ihr denn nichts von unseren Ahnen gelernt? Unser Blut ist wie Öl und Wasser – es kann sich nicht mischen.« Wieder lachte sie, als amüsierte sie sich köstlich über seine Dummheit.

Payton dagegen war nicht amüsiert und berührte ihren Arm mit der Reitpeitsche. »Und deshalb besorgt Ihr mir ein Mädchen, dessen Blut sich mit meinem mischt, wie? Ein Mädchen, das Euren Platz einnehmen soll? Wo ist Euer Schatten überhaupt, Mared? Ich dachte, sie begleitet Euch auf Schritt und Tritt ... oder doch nur in die Kirche und nach Eilean Ros und zum Zuckerbäcker und auf Spaziergängen durch Aberfoyle?«

Mareds Lächeln wurde noch strahlender. »Ihr vermisst sie also, Douglas? Soll ich sie noch einmal zu Euch bringen?«

»Wie glücklich darf Miss Crowley sich schätzen«, sagte er und ließ die Spitze der Reitpeitsche auf unverschämte Weise an ihrem Arm hinaufwandern, »in Euch eine derartige Fürbitterin gefunden zu haben. Womit hat sie das verdient?«

Sie ignorierte seine Frage wie auch die Peitsche. »Ihr findet sie hübsch! Los ... gebt es zu!«

Mit einem verächtlichen Lächeln schnippte Payton die Peitsche auf ihre Schulter. »*Diah,* Ihr seid ja dreist wie ein Mann! Aye, sie ist hübsch, Euer Schatten ... Aber mir liegt nicht sonderlich viel an ihr.«

»Ach? Tatsächlich nicht, Milord?«, fragte sie mit plötzlich blitzenden Augen. Sie erhob sich auf die Zehenspitzen, neigte sich ihm leicht zu und sagte: »Für einen Mann, dem nicht sonderlich viel an ihr liegt, habt Ihr sie allerdings sehr ausgiebig geküsst«, sagte sie leise und ließ sich mit Triumph im Blick zurück auf die Fersen sinken.

»Geküsst?«, fragte er, bedeutend mehr interessiert daran, mit der Spitze der Peitsche an ihrem perfekten Kinn entlangzufahren und dann nach oben, um ihr den lächerlichen Hut aus dem Gesicht zu schieben.

»Geküsst!«, fuhr sie ihn an, und er zog die Peitsche zurück, während sie die hübsch geschwungenen dunklen Brauen zu einem V zusammenzog. »Leugnet nicht, Ihr Schuft! Ihr werdet Miss Crowley nicht wie eine Eurer Eroberungen behandeln! Dafür ist sie entschieden zu schade!«

»Wie üblich redet Ihr Unsinn.« Er tippte mit der Spitze der Peitsche gegen ihre Nase und neigte sich, wie kurz zuvor sie selbst, ein wenig vor, sodass sein Gesicht dem ihren sehr nahe kam. »Ich habe sie *nicht* geküsst ...«

»O doch!«, schrie sie mit großen Augen, die Hände in die Hüften gestemmt. »Ich habe es mit eigenen Augen gesehen, als Ihr sie durch Euren lächerlich verwilderten Garten begleitet habt!«

»Zügelt Eure Zunge, *lass*«, warnte er und sank zurück auf die Fersen. »Der Garten ist nicht verwildert! Er ist das schönste Beispiel für einen herrschaftlichen Garten in ganz Schottland! Und ich habe Eure Miss Crowley dort nicht geküsst, will aber zugeben, dass ich versucht war, es zu tun, denn sie ist wirklich ein hübsches Mädchen mit einem liebenswürdigen Wesen, und *das,* Mared Lockhart, findet sich in unserem Tal recht selten!«

»Ihr wollt also *abstreiten,* dass Ihr sie geküsst habt?«, wollte sie sichtlich empört wissen.

»Ach!«, rief Payton und breitete resigniert die Arme aus. »Bei meiner Ehre, Ihr seid die unerträglichste Frau, die ein Mann sich nur vorstellen könnte! Eben noch glaubte ich, Ihr *wollt,* dass ich sie hübsch finde, nachdem Ihr sie mir so oft in den Weg geführt und von ihren Vorzügen geschwärmt habt, und im nächsten Moment führt Ihr Euch auf, als wäret Ihr eifersüchtig, weil ich sie auch nur beachtet habe!«

»*Eifersüchtig?*«, schrie sie, warf den Kopf in den Nacken und lachte laut, sodass es durch das Tal hallte. »Ihr glaubt, ich sei *eifersüchtig?* Ihr habt Euren dämlichen Verstand verloren!«, sagte sie mit einer hochmütig abschließenden Handbewegung. »Miss Crowley ist eine liebe Freundin, und ich wollte mich nur um ihretwillen erkundigen, sonst gar nichts!«

Aber ihre Wangen hatten sich doch ziemlich gerötet, oder? Verdammt, sie war tatsächlich eifersüchtig! Diese unmögliche Frau, die ihn unmissverständlich wissen ließ, dass sie ihn am liebsten gefesselt auf dem Weg nach Australien sehen würde, war eifersüchtig!

Und nichts hätte Payton mehr freuen können. Er grinste und schlug spielerisch mit der Peitsche nach ihrer Hüfte. »Ihr seid eifersüchtig, Mared Lockhart. Ihr wollt selbst geküsst werden.«

»Macht Euch nicht lächerlich!«, brauste sie auf. »*Eifersüchtig* bin ich wohl kaum.«

»O doch!«, widersprach er entzückt und berührte mit der Peitsche ihre Schulter, während sein Blick über ihre liebreizende Gestalt wanderte. »Ihr wolltet Miss Crowley für Eure Pläne einsetzen, aber als Ihr glaubtet, ich hätte sie geküsst, wolltet Ihr *das* für Euch selbst. Ihr wollt, dass ich Euch jetzt küsse. *Ihr wünscht Euch den Kuss eines Douglas'.*«

Sie wich flink einen Schritt zurück. »Ihr habt in diesem Gebräu, das Ihr Whisky nennt, gebadet, denn Ihr müsstet wahnsinnig sein zu glauben, dass ich *irgendetwas* von Euch will, schon gar nicht einen verdammten *Kuss.*«

Payton trat grinsend einen Schritt vor und fuhr mit der Peitsche über ihre Schulter und ihren Busen. »O *doch*«, beharrte er. »Und jetzt errötet Ihr gar. Ich möchte meinen, eine Frau in Eurem Alter, eine Frau, die nie von einem Mann berührt wurde, die mehr als nur eine Nacht wach gelegen und von einem Kuss geträumt hat …«

»*Aaiie!* Ihr beleidigt mich!«, schrie sie, mittlerweile hochrot im Gesicht.

»Ihr liegt also im Bett«, fuhr er munter fort, »und denkt an meinen Mund auf Euren süßen Lippen«, und strich mit der Peitschenspitze über ihren Mund. Mared schlug danach.

»Ihr fragt Euch, ob meine Lippen weich oder hart sind«, sagte Payton und freute sich an der Glut in ihren Wangen. »Ob sie warm und feucht sind …«

Ein merkwürdiger Laut entfuhr ihr, und sie versetzte ihm einen Stoß gegen die Schulter. Payton packte ihr Handgelenk und zog sie an sich. Er lachte auf und küsste sie heftig für einen langen Moment, um dann lächelnd den Kopf zu heben.

Es sollte ein Scherz sein, er wollte sie lediglich ärgern, doch als er diese grünen Augen sah und sie vor Überraschung und Erstaunen leicht nach Luft schnappen hörte, gewann der männliche Instinkt doch die Oberhand. Er ließ die Peitsche fallen, legte den Arm um ihre Taille, um sie fest an sich zu ziehen, schmiegte eine Hand an ihre erhitzte Wange, strich ihr das Haar an der Schläfe zurück und hob gewaltsam ihr Kinn an, sodass sie ihn ansehen musste.

Ihre Augen blitzten vor Zorn; sie stemmte die Hände gegen seine Brust und schob ihn von sich. »Ihr schmeichelt Euch, wie immer. Vielleicht ist es ein Schock für Euch, aber ich liege des Nachts keineswegs wach, um an Euch zu denken! Das überlasse ich der armen, unglücklichen Miss Crowley.«

»*Uist*«, befahl er leise. »Seid still, *lass,* denn ich lese die verdammte Wahrheit in Euren Augen. – Ihr habt tatsächlich über diesen Kuss nachgedacht, womöglich sogar über mehr. Ein wunderschönes Mädchen, verflucht, nie einen Mann zu kennen. Wie muss sie sich fragen, wie es ist, nackt bei ihm zu liegen, ihn in sich zu …«

»Ihr seid unglaublich eingebildet!«, schrie sie und stemmte sich gegen ihn.

»Das will ich nicht leugnen«, antwortete er mit einem trägen Lächeln. »Aber Ihr lügt, wenn Ihr behauptet, Ihr hättet Euch nie gefragt.«

Er legte beide Hände an ihre Wangen, hielt sie fest und senkte seinen Mund auf ihren.

Sie schien überrumpelt, so als hätte sie nicht geglaubt, dass er es tun würde. An seinem Mund schnappte sie nach Luft, ihr Körper wurde starr, als er sanft seine Lippen auf die ihren drückte, sie umfing und zärtlich saugte.

Seine Erregung kam abrupt und heiß; er spürte eine Woge glutvoller Wonne in sich aufsteigen, und er wollte sie loslassen, bevor er eine Dummheit beging, doch dann küsste Mared plötzlich ihn – zunächst noch unbeholfen, aber in vollem Ernst. Der Hut fiel ihr vom Kopf, und Payton berührte ihren Mundwinkel, ihre Wange, bemüht, sie zu besänftigen, ihr die Anspannung zu nehmen, und bald spürte er, wie ihre Verkrampfung sich lockerte, bis sie den Kopf in den Nacken legte, um seinen Kuss besser empfangen zu können.

Als ihre Zungenspitze Paytons Lippen entlangfuhr, verflüchtigte sich auch der letzte Rest von Anstand, und er kam ihrer Zunge entgegen und tauchte begierig in die süße Höhle ihres Mundes ein. Sein Atem vermischte sich mit dem lieblichen Geschmack der Beeren, ihr Duft erregte jede Faser seines Körpers, ihr Körper trieb sengende Glut durch seine Adern.

Er vertiefte den Kuss, seine Zunge schlüpfte weiter in ihren Mund, über ihre Zähne, erforschte die weiche Haut, spielte mit ihrer Zunge.

Mared presste sich an ihn, ihr Körper wölbte sich seinem entgegen. Er fasste sie noch fester um die Taille und schob einen Schenkel zwischen ihre Beine. Sie gab ein leises Maunzen von sich, schmiegte sich an ihn, ihre Hände fuhren an seiner Brust hinauf zu seinem Kopf, ihre Finger krallten sich in seine Schultern und in sein Haar, während ihre Zunge die seine umspielte, ihre Lippen sich auf seine pressten, ihre Hüften seine Härte suchten.

Eine lange, ungebärdige Haarsträhne verfing sich zwischen ihren Mündern, doch Payton achtete nicht darauf – er achtete auf nichts außer der erotischen Wonne ihres Kusses, den Duft ihres Körpers, den Geschmack der Beeren in ihrem Mund. Er ließ seine Hand an ihre Taille sinken, fuhr an den Rippen empor, noch höher, bis zu ihrer Brust, zu dem weichen Hügel, der sich überquellend in seine Hand schmiegte. Seine Finger tauchten in das Mieder ihres Kleids, strichen über ihre weichen Brüste, schlüpften in den warmen Zwischenraum.

Kühn zwirbelte er eine Brustspitze zwischen den Fingern, löste dann den Mund von ihrem, senkte den Kopf und küsste ihre schwellende Brust. Mit einer Hand befreite er eine Brust und nahm die Spitze in den Mund.

»Oh!«, flüsterte sie über ihm. Sie straffte sich und bog ein wenig den Rücken durch, bot ihre Brust seinem Mund dar. Er reizte den harten Nippel mit Zunge und Zähnen, saugte und knabberte und ließ die Hände an ihrem Körper hinabgleiten, umfasste ihre Hüften und presste sie eng an sich.

Bei jedem zarten Knabbern seiner Zähne rang Mared nach Luft und bog den Rücken durch, bis sie kaum noch atmen konnte. Payton richtete sich auf, strich mit den Lippen über ihren Busen bis zu ihrem Hals und dann zurück zu ihrem Mund. Er zog sie fest an sich, presste ihre Hüften an seine, ihre bloße Brust an seinen Oberkörper.

Doch sein Verlangen hatte sich zu dem schmerzhaften Sehnen ausgewachsen, in ihr zu sein, und er spürte, dass er nur noch wenige Augenblicke würde an sich halten können. Sein Herz zwang seinen Körper zum Innehalten, denn sosehr er sie auch begehrte, er würde sie nicht hier auf einer Schafstrift am südlichen Hang des Ben Cluaran nehmen.

Er löste seine Lippen von ihrem Mund, richtete sorgfältig ihr Mieder, während Mareds Kopf hilflos an seiner Schulter lag. Dann barg er das Gesicht an ihrem Hals und flehte: »Komm mit mir nach Hause, Mared, jetzt gleich, und lass dich von mir beglücken, *lass*«, flüsterte er mit belegter Stimme und streichelte ihren Kopf, ihr seidiges Haar, die Kurve von Taille und Hüfte. »Lass dich von mir beglücken, wie du es geträumt hast.«

Seine Stimme hatte sie offenbar aufgestört, denn plötzlich stieß Mared ein Keuchen aus, riss sich los und geriet leicht ins Taumeln, während sie ihn erstaunt ansah, die Hand auf ihre erregte Brust gepresst. Er konnte beinahe zusehen, wie sie sich aus dem Nebel ihres eigenen Begehrens befreite und ihn entsetzt ansah.

Er fuhr sich mit dem Handrücken über den Mund und sah zu, wie sie ihr Schultertuch zurechtzupfte und sich hinabbeugte, um ihren Hut und den Korb und seine Peitsche aufzuheben. »*Diah*«, hauchte sie und richtete sich auf.

Ihr Blick, verschwommen vor Lust und Verwirrung, glitt an seiner Gestalt herab und verweilte auf der riesigen Ausbuchtung in seiner Wildlederhose, bevor er erneut sein Gesicht suchte.

Er streckte die offene Hand nach ihr aus, bot sich ihr wortlos an.

Mared starrte auf seine Hand, auf dieses stumme Angebot, und ihre Augen, die atemberaubendsten Augen von ganz Schottland, füllten sich plötzlich mit Tränen. »*Diah*«, flüsterte sie erneut.

»Nein, nein, nicht weinen, *lass* ... Du weißt doch, dass ich dich schon lange verehre«, sagte er leise. »*Carson a the eagal ort?*«

»Ich habe keine Angst«, fauchte sie zur Antwort und schlug ihm die Reitpeitsche in die offene Hand. »Aber ich gehe dir niemals in die Falle!«, sagte sie, drehte sich auf dem Absatz um und ließ ihn stehen, stapfte, gefolgt von ihren Hunden, ins Tal hinaus.

Payton stand da, blickte ihr nach, wie sie mit wehendem Haar, den Hut fest auf dem Kopf, den Korb auf der Hüfte, davonging. Er blieb dort stehen, bis er sie aus den Augen verlor, lange bevor der Schmerz aus seinem Körper weichen wollte.

Erst als Cailean winselte, rührte er sich wieder.

4

Nach diesem sengenden Kuss lief Mared benommen die Schafstrift hinunter. Ihr Körper und ihr Verstand waren nicht fähig oder nicht bereit, die Erinnerung an das Gefühl von Paytons Lippen auf ihrem Mund und ihrer Brust zu verwinden.

O aye, er hatte sie geküsst, nicht wahr? Es war die Art von Kuss gewesen, die sie glaubte, nie erleben zu dürfen, tief und lange und ... Und hätte er sie nicht mit eisernem Griff gehalten, wäre sie zu einer warmen kleinen Lache zu seinen Füßen zerschmolzen und in glücklichem Rausch ertrunken.

Der Kuss war so ungewöhnlich wie unerwartet und hatte heißes Begehren in ihr geweckt, das in einem wehen Verlangen gipfelte und sie von innen heraus verbrannte.

Das Herz hatte ihr in der Brust gehämmert, und sie hatte kaum atmen können, hatte an seinem Mund nach Luft gerungen wie eine Ertrinkende und seinen Atem tief in die Lungen gesogen.

Die Erinnerung daran ließ sie heftig schaudern; ungestüm fuhr sie herum und blickte den Weg hinauf. Er stand noch genau dort, wo sie ihn verlassen hatte, mit leicht gespreizten Beinen, die Peitsche gesenkt in seiner Hand.

Hastig drehte Mared sich wieder um, damit er nicht bemerkte, dass er selbst aus der Entfernung noch die Glut in ihr schürte – doch ihr Gewissen piepste einen leisen Protest.

Sie schlug jegliche Mahnung ihres Gewissens in den Wind, denn der dort oben auf der Schafstrift stand, war Payton Douglas, ein Mann, der nahezu eigenhändig den Ruin ihrer Familie betrieben hatte, indem er Schafe in den Hügeln der Loch-Region einführte. Derselbe Mann, dessen Ahnen die Lockharts auf jede erdenkliche Art betrogen hatten und der sie wegen läppischer dreitausend Pfund zu einer Heirat zwingen und ihr die Möglichkeit nehmen wollte, ein Leben nach eigenen Vorstellungen zu führen.

Letzteres bedeutete für sie: ein Leben weit fort von hier und dem Fluch.

Es zählte kaum, dass sein Anblick ihr Herz einen verdammten Trommelwirbel schlagen und ihre Knie zittern ließ, von einer Schwäche, die sie in Wut versetzte. Oder dass sein Lächeln, einzig und allein sein *Lächeln* ihr Blut zum Singen brachte.

Er war ein Mann, der jede Frau problemlos in seine Netze locken konnte, und es ärgerte sie maßlos, dass sie sich ihm so schnell und einfach ergeben hatte und dass seine provokanten Worte sie tief genug angerührt hatten, um sie bei dem Gedanken daran immer noch erzittern zu lassen.

Lass dich von mir beglücken, wie du es schon geträumt hast …

In den folgenden Tagen dachte sie noch oft an diese Worte. Eines tristen, verregneten Nachmittags in ihrem Zimmer erinnerte Mared sich des Erlebnisses mit einem köstlichen Schaudern und betrachtete das Fläschchen, das Donalda ihr gegeben hatte.

Am Morgen jenes heißen Kusses war sie nämlich zu der kleinen mit Stroh gedeckten Hütte inmitten von roséfarbenem Leinkraut und weißem Fettkraut in dem winzigen Tal tief in den Bergen aufgestiegen, in dem verzweifelten Versuch, einer Heirat aus dem Weg zu gehen, die wie lautlose Invasionstruppen immer näher heranrückte.

Die Strohdachhütte hatte sich nicht verändert, seit Mared ein Kind gewesen war und sie und ihre Brüder sich hierhergeschlichen hatten, um die alte Frau zu belauschen. Damals spielten sie kindliche Ratespiele, zum Beispiel um die Herkunft des aus einem umgestürzten Baum gezimmerten Hockers oder den Inhalt der Holzeimer vor der Tür. Liam hatte gesagt, die kleineren wären für Pilze und die größeren für die

Molche und Kröten und Elfen, die Donalda nachts im Wald fing. »*Sie ist das Hühnerweib*«, pflegte er Mared ins Ohr zu flüstern, um sie mit Kindermärchen in Angst und Schrecken zu versetzen.

Doch als Mared heranwuchs, verstand sie, dass Donalda nichts weiter war als eine alte Witwe, deren Mann gestorben war und sie ohne einen Penny zurückgelassen hatte. Donalda verfügte über einen scharfen Verstand und war eine Art Seherin, denn sie wusste immer im Voraus, wann jemand sie in ihrem kleinen Tal besuchte. So war sie auch an diesem Morgen aus ihrer Hütte getreten, bevor Mared die Lichtung erreicht hatte, und wischte sich ihre knorrigen Hände an ihrer schmutzigen Schürze ab. »Aye, *lass,* wusste ich doch, dass du kommst«, sagte sie, blinzelte Mared entgegen und lud sie in die Hütte ein.

Es war dunkel in dem Häuschen, das nur aus einem Raum bestand; einzig ein niedrig brennendes Feuer, über dem ein Kessel hing, spendete etwas Licht. Zwei Katzen faulenzten zwischen Flaschen und Schüsseln auf einem langen Holztisch.

Die einzige weitere Möblierung des Raums bestand aus einem einzelnen Holzstuhl und einer Matratze auf dem Boden beim Herd.

Donalda trat an den Kessel und hob den Deckel; Torfgeruch erfüllte den Raum.

Sie legte den Deckel wieder auf, wischte sich die Hände an der Schürze ab und ging zu einem hoch oben an der Wand angebrachten Bord.

Die alte Frau erhob sich auf die Zehenspitzen und tastete über das Bord, bis ihre Finger sich um das Gesuchte schlossen. Sie senkte die Hand, wandte sich Mared zu und öffnete die Finger, um ihr ein kleines Fläschchen zu zeigen.

»Bewahre es nahe an deinem Herzen auf«, sagte sie und bedeutete Mared, die Hand auszustrecken. Sie legte das Fläschchen hinein und schloss Mareds Finger darum. »Und wenn der Vorabend deiner Hochzeit naht, trink es bei Vollmondschein aus.«

»Was ist das?«, fragte Mared verunsichert.

Donaldas Augen glitzerten, sie neigte sich Mared zu und flüsterte: »Es öffnet die Augen für die Wahrheit«, murmelte sie kryptisch.

»Dem Douglas?«

»Demjenigen, der die Wahrheit erkennen muss.«

Jetzt betrachtete Mared die Phiole und fragte sich, was für ein Trank wohl jemandem die Augen für die Wahrheit über sie öffnen konnte, wenn sie sie selbst kaum sah.

Nun gut, sie kannte eine kleine, ärgerliche Wahrheit, die sie niemals – *niemals* – eingestehen würde. Aber sie hatte tatsächlich nächtelang voller Sehnsucht wach gelegen. Kein Mann hatte sie je berührt, wie der Douglas es so grob ausdrückte, nicht so, wie er es getan hatte. Sie wusste von keuschen Küssen, vom Händchenhalten.

Aber nicht von der Hand eines Mannes an ihrem Körper, nicht von Berührungen, die ein Sehnen in ihr weckten und bewirkten, dass sie sich in wilden Träumen wälzte, erfüllt von sehr weltlichen, unzüchtigen Vorstellungen von Payton Douglas.

Und gelegentlich von Vorstellungen von dem dunkelhaarigen Sohn des Schmieds in Aberfoyle.

Inzwischen waren ein paar Tage vergangen, seit Mared Payton droben in den Bergen getroffen hatte. Tage, während derer sie sich manchmal fiebrig und furchtbar rastlos gefühlt hatte. Nichts konnte sie zur Ruhe bringen.

Ein Brief von Beitris machte alles nur noch schlimmer. Sie berichtete pflichtschuldigst, dass der Laird Douglas ihr einen Höflichkeitsbesuch abgestattet hatte und dass ihre Mutter ihn recht annehmbar fand und ihr Vater gesagt hätte, er wäre ein Gentleman und Gelehrter.

Mared zerknüllte Beitris' Brief und warf ihn in das traurige kleine Kaminfeuer in ihrem Zimmer. Typisch Mann, nicht wahr, eine Frau zu küssen, wie Payton sie geküsst hatte – herzerweichend, leidenschaftlich –, und dann zu gehen und eine andere Frau zu besuchen und sich ihren Eltern vorzustellen!

Sie schlug mit der flachen Hand auf ihren Frisiertisch und erinnerte sich wütend daran, dass sie ja *Erfolg* gehabt hatte. Ihr Plan war aufgegangen.

Sie würde Payton Douglas nicht heiraten, denn er würde um Beitris' Hand anhalten, und daraufhin würde ihr Leben um vieles einfacher sein.

Und es würde so einfach sein, dass es eine lange leere Strecke darstellte, sofern sie das Untier nicht fanden.

Aye, ihre Existenz war in gewisser Weise trostlos, aber immer noch besser als eine Ehe mit einem Douglas, ermahnte sie sich. Immerhin konnte sie auf Talla Dileas tun und lassen, was sie wollte, wenngleich die alte Burg um sie herum zerbröselte. Wenngleich sie Gefahr liefen, ihre Ländereien für immer zu verlieren. Doch wenn sie nach Edinburgh ging, würde man ihr höflich und respektvoll entgegenkommen. Sie würde Männer kennenlernen, die genauso attraktiv waren wie Payton, aber mit einem Nachnamen, der im Herzen eines Lockharts keine vergleichbare Abneigung weckte.

Aye, sie würde ihren Weg dorthin finden, und sei es zu Fuß.

Mared seufzte müde, stopfte sich die Phiole tief unters Mieder, trat an das Fenster mit der dicken Glasscheibe und blickte über das schadhafte Dach des Observatoriums unter ihr hinüber zu der zerbröckelnden Steinmauer und das üppig grüne Land rund um Talla Dileas. Durch den dichten Nebel nahm eine dunkle Form auf der Straße Konturen an. Sie spähte angestrengt hinüber. Verzog das Gesicht. Es war eine Kutsche, gezogen von einem Zweiergespann, und als sie näher kam, erkannte Mared die Laternen, die oben an dem Fahrzeug schaukelten, und das vergoldete Wappen an den Türen.

Er nun wieder. Sie legte den Kopf in den Nacken, schickte

einen Seufzer gen Himmel und wünschte sich, er würde nicht so oft Besuch auf Talla Dileas machen. Trotzdem eilte sie zum Spiegel, bürstete ihr Haar und kniff sich ein wenig Farbe in die Wangen, bevor sie nach unten ging, um in Erfahrung zu bringen, warum er an diesem Tag zu Besuch kam.

Als sie endlich das Labyrinth von Fluren und Zimmern auf Talla Dileas, das Ergebnis von Jahrhunderten von Lockhart-Lairds, die der alten Burg ihren Stempel aufgedrückt hatten, bis zum jetzt als Salon dienenden alten Rittersaal bewältigt hatte, hörte sie drinnen Gelächter und verdrehte die Augen.

Sie stieß einen der alten eichenen Türflügel auf und trat ein.

Der Raum war hell und gemütlich, ein Torffeuer brannte im Kamin. Ihre Schwägerin Ellie, blond und blauäugig wie ihre Tochter, saß hübsch anzusehen auf der Polsterbank, Anna, ihre andere Schwägerin, eine dunkelhaarige, braunäugige Schönheit, in einem Lehnstuhl, die Hände schützend über den schwangeren Bauch gelegt, der sich bereits zu wölben begann. Die beiden Frauen lachten, was nicht ungewöhnlich war – sie waren seit Annas Ankunft in Schottland beste Freundinnen geworden. Ungewöhnlich war allerdings, dass sie mit Payton Douglas und seiner Cousine lachten.

Die hochnäsige Miss Douglas lächelte wahrhaftig, während sie aus einer der wenigen Porzellantassen, die in den vergangenen Jahren nicht zerbrochen oder verkauft worden waren, Tee trank.

Und Payton ... *Mary, Königin der Schotten,* er hielt Liams und Ellies Söhnchen Duncan in einem Arm.

Mared war schon weiter ins Zimmer getreten, bevor sie es sah.

Ellie, die Verräterin, die einem Douglas ihr kostbares Baby überließ, bemerkte Mareds Ankunft als Erste.

»Mared!«, rief sie glücklich, und alle wandten sich ihr zu, einschließlich *ihm,* der breit lächelte, als wäre es ganz normal, dass er in *ihrem* Salon saß, *ihren* Tee trank, *ihre* Kinder im Arm hielt.

»Oh, Mared! Sieh nur, wer uns besucht!«, sagte Anna und erhob sich behutsam. Natürlich war Payton sogleich an ihrer Seite und war ihr behilflich, das Baby in einem Arm, die andere Hand unter Annas Ellenbogen.

Mared blieb mitten im Zimmer stehen, knickste reichlich nachlässig und rang sich ein Lächeln für Paytons Cousine ab. »Wie geht es Euch, Miss Douglas? Willkommen auf Talla Dileas.«

Sie nickte steif.

»Miss Lockhart, welche Freude«, sagte Payton und verneigte sich tief, während Duncan nach seinem Jackenaufschlag griff.

»Bei Eurem Anblick wird uns gleich warm ums Herz«, sagte er und zwinkerte ihr zu, als sie sich aufrichtete. *Zwinkerte ihr zu.*

»Wie süß«, flüsterte Ellie.

»Wie unverschämt«, flüsterte Mared und bedachte ihren Neffen, der in Paytons Arm fröhlich gurgelte, mit einem finsteren Blick. »Was soll das, Milord? Schulden wir Euch etwa auch noch unseren erstgeborenen Enkel?«

Payton schmunzelte, senkte den Blick auf den Säugling und begann, ihn sanft zu wiegen.

»Wenn es nach meinem Willen ginge, Miss Lockhart, würde ich Eilean Ros mit einem Dutzend Kindern wie diesem Kleinen hier füllen.«

»Also wirklich, Payton!« Miss Douglas lachte. »Du bist so frech.«

Frech war er tatsächlich, aber merkwürdig, es war das erste Mal, dass Mared ihn ein solches Gefühl äußern hörte. Aus irgendeinem Grunde konnte sie sich ihn, als sie dastand und sah, wie er Duncan hoch über sich hob und auf Gälisch gurrte, Duncan war ein dicker kleiner Bursche, sehr gut in einem Haus voller dicker kleiner Burschen vorstellen, und die

Vorstellung trieb ihr einen sonderbaren warmen Schauer über den Rücken.

»Lord Douglas hat uns Tee mitgebracht, Mared«, sagte Anna und deutete auf eine Schachtel auf dem kleinen Beistelltisch. »Ist das nicht nett?«

»Tee?«

»Aye«, sagte Payton und reichte Duncan seiner Mutter zurück. »Ein kleines Vögelchen hat mir gezwitschert, dass Ihr welchen braucht. Sarah und ich teilen gern mit Euch.«

»Wie ... außergewöhnlich *aufmerksam*«, sagte Mared und setzte sich neben Anna. »Besonders Mutter wird Euch sehr dankbar sein, denn sie hat seit vierzehn Tagen keine anständige Tasse Tee mehr bekommen.«

Payton neigte höflich den Kopf. »Es ist überaus gern geschehen.«

»Möchtet Ihr nicht Platz nehmen, Milord«, fragte Ellie, die Duncan an Lucy weitergereicht hatte, eine der Zofen, die sie sich noch leisten konnten, und die einzige Zofe, die bereit war, auch als Duncans Kindermädchen zu arbeiten. Lucy kitzelte das Baby am Bauch und trug es aus dem Zimmer.

Indem er gekonnt seine Rockschöße hob, nahm Payton auf einem dringend reparaturbedürftigen Diwan Mared gegenüber Platz.

Das alte Möbelstück stand in scharfem Kontrast zu dem neuen Diwan auf Eilean Ros.

»Bleibt Ihr noch länger auf Eilean Ros, Miss Douglas?«, fragte Anna.

»Nur solange Cousin Payton mich braucht. Seit Mrs Craigs Dahinscheiden suchen wir ziemlich hoffnungslos eine Hauswirtschafterin. Ich bleibe, bis wir eine mit den entsprechenden Zeugnissen gefunden haben. Ich mag Eilean Ros nicht ohne weibliche Hand zurücklassen, denn ich fürchte, Payton würde das Haus dann in eine Jagdhütte verwandeln.«

Die Damen lachten höflich. Mared schnaubte.

»Wie schade, dass Ihr solch ein Pech habt.« Anna seufzte.

»Ich bin sicher, dass manche Frauen in der Umgebung dringend Arbeit suchen.«

»Die meisten Arbeit suchenden Frauen sind nach Glasgow gegangen«, sagte Mared.

»Und denjenigen, die geblieben sind, kann man nicht einmal die Aufsicht über eine Scheune zutrauen«, fügte Miss Douglas hinzu.

»Pech, dass der Laird nicht mehr als das benötigt«, bemerkte Mared mit einem unschuldigen Lächeln.

Es hatte ein Scherz sein sollen, doch Miss Douglas war empört, und Ellie und Anna sahen Mared entsetzt an. Nur Payton lachte leise.

»Miss Lockhart, ich bitte Euch, Ihr dürft uns Eure wahre Meinung über Eilean Ros nicht vorenthalten.«

Ellie und Anna kicherten in höflicher Erleichterung, sahen sie aber dennoch böse an, und Mared fragte sich, wann sie auf die Seite des Feindes übergewechselt waren.

Seine Cousine zeigte sich jedoch nicht so versöhnungsbereit.

»Ich bitte vielmals um Verzeihung, Miss Douglas«, sagte Mared widerwillig und senkte den Kopf. »Es war nur ein Scherz, augenscheinlich jedoch ein Scherz ohne Pointe.« Und sie lächelte.

Miss Douglas schniefte durch die Nase, und Anna, die vollendete Gastgeberin, erkundigte sich rasch nach Paytons Ernte. Er hatte im vergangenen Jahr zum ersten Mal Gerste gesät. Die Frage bereitete ihm offenbar Vergnügen, denn er begann, mit großer Begeisterung über den Getreideanbau zu berichten. Wie schwierig es war, das Feld oberhalb des Lochs trockenzulegen, und dass die Ernte bedeutend reichlicher ausfiel, als er erwartet hatte. Dass er in der Whisky-Destille, die er errichten wollte, Gerste verwenden würde, dass sich die Nachbarn schnell an den Whisky aus Gerste gewöhnen würden. Und nicht zuletzt konnten seine Schafe dann die Brachfelder abgrasen. Es war nicht zu übersehen, dass er sich für ausgesprochen klug hielt – seine Augen leuchteten geradezu.

Sehr zu Mareds Missfallen begleiteten Ellie und Anna seinen Vortrag mit zahlreichen Aaahs und Ooohs. Es ärgerte sie maßlos, zumal selbst *sie,* die einzige wahre Lockhart in diesen vier Wänden, sich unwillentlich von ihm mitreißen ließ, sosehr sie sich auch dagegen wehrte.

Als Payton und seine Cousine sich verabschiedeten, beugte er sich galant über Ellies und Annas Hände. Mareds Schwägerinnen waren vor Entzücken einer Ohnmacht nahe. Das war die Gefahr, wenn man englische Frauen im Haus hatte, dachte Mared und sah, wie die beiden den Douglas anstrahlten. Sie hatten keinen Sinn für Geschichte, begriffen nicht, wie er, indem er Schafe in diesen Hügeln einführte, ihrer aller Leben völlig auf den Kopf gestellt hatte. Und wie er, aufgrund des Darlehens, das er ihnen gewährt hatte, *ihr* Leben auf den Kopf stellen würde.

Sie sahen in ihm lediglich einen attraktiven, charmanten Mann.

»Wenn Ihr gestattet«, sagte er höflich, als er seine Cousine – Dudley, dem Butler der Lockharts, folgend – aus dem Salon geleitete, »möchte ich gern am kommenden Freitagabend alle Lockharts als meine Gäste nach Eilean Ros zu einem *ceilidh* einladen.«

Mared schöpfte sofort Verdacht. Sie konnte sich nicht erinnern, wann er jemals zu einem *ceilidh* geladen hatte. »Vielen Dank, aber wir können unmöglich …«, setzte sie an, doch Ellie unterbrach sie rasch, indem sie sich vor Mared drängte und laut, beinahe zu laut, sagte: »Wie freundlich von Euch!« Dann versank sie in einem Knicks, der einem Herzog, aber nicht einem verdammten Douglas gebührt hätte und sagte strahlend: »Ich bin überzeugt, dass unser Laird von dieser Einladung entzückt sein wird.«

»Nein, er …«, wollte Mared widersprechen, doch Anna mischte sich eifrig ein: »Aber natürlich! Er hat gerade noch vor wenigen Tagen gesagt, dass er gern öfter mal ausgehen würde.«

Mared sah Anna verwundert an. Sie konnte sich nicht vorstellen, dass ihr Vater so etwas sagte. Er war gewöhnlich viel zu sehr mit seinen Sorgen wegen des Niedergangs von Talla Dileas beschäftigt.

»Ausgezeichnet«, sagte Payton. »Das betrachte ich dann als Zusage. Einen schönen Tag noch, Mrs Lockhart. Mrs Lockhart«, sagte er und nickte Ellie und Anna zu. Sein Blick wanderte zu Mared. »*Miss* Lockhart.«

Die beiden Lockhart-Verräterinnen nahmen Mared in die Mitte und wünschten den Douglas' in ihrem schlechten Gälisch einen guten Tag.

Als Dudley die Tür hinter den scheidenden Douglas' geschlossen hatte, fuhr Mared herum und sah ihre Schwägerinnen böse an.

»Ihr habt wohl vergessen, wer der Feind ist?«

Anna lachte, doch Ellie seufzte bedrückt. »Liebling, *beruhige* dich.« Sie hakte Mared unter. »Wir sind uns sehr wohl bewusst, wer der Feind ist.«

»Aber sicher doch«, sagte Anna. »Welche Frau würde ihn ignorieren? Er ist wirklich sehr attraktiv, nicht wahr? Manchmal fällt es mir schwer, mich zu erinnern, *warum* er der Feind ist. Er sieht so gut aus – ganz anders als die Stutzer in London.«

»Du verstehst nicht, Anna …«

»Doch, natürlich verstehe ich«, sagte Anna, bevor Mared anfangen konnte, die zahlreichen Fehler des Douglas-Lairds aufzuzählen.

»Ich bin albern, das ist alles. Payton Douglas ist ein Schurke und ein Verräter und noch irgendetwas ziemlich Abscheuliches, das ich vergessen habe. War sein Entzücken über Duncan nicht einfach süß?«

»*Jeder* ist entzückt von Duncan, Anna. Augenscheinlich sogar Ungeheuer. Wenn du weißt, dass er der Feind ist, warum hast du dich dann aufgeführt, als wäre der Prinzregent persönlich zu Besuch gekommen?«

»Weil *wir* die Neuigkeit schon wissen«, sagte Ellie mit einem strahlenden Lächeln. »Und wir werden uns ihm gegenüber nicht verraten.«

»Welche Neuigkeit?«

»*Diese* Neuigkeit«, sagte Ellie eifrig. »Als Liam auf der Suche nach Arbeit in Glasgow war, hat er zufällig Sir Malcolm getroffen, und Sir Malcolm sagte ihm, dass Hugh MacAlisters Schwester, Mrs Reed, aus Aberdeen gekommen ist, um ihre leidende Mutter zu besuchen. Angeblich ist sie dem Tode nahe.«

»Und welche Neuigkeiten bringt Aileen mit?«, fragte Mared begierig.

»Das wissen wir noch nicht«, sagte Ellie. »Liam und Grif brechen morgen früh zum Besitz der MacAlisters auf, um ein wenig mit ihnen zu plaudern. Grif sagt, Hugh habe ein ziemlich enges Verhältnis zu seiner Schwester, und falls irgendwer in der Familie weiß, wo er sich aufhält, denn ist es Aileen. Ganz zu schweigen von der angegriffenen Gesundheit seiner armen Mutter, die doch auch den schlimmsten aller Schurken nach Haus rufen müsste.«

Mared stockte der Atem.

War es denn möglich? Ihr Albtraum würde sich in Luft auflösen, wenn Hugh sich mit dem Untier irgendwo in Schottland blicken ließ. Trotzdem wagte sie nicht zu hoffen – ihr Mut war nach zwei Falschmeldungen über die angebliche Sichtung dieses verdammten elenden Schurken Hugh in Scherben gegangen.

Und jedes Mal, wenn sie seinen Namen hörte, musste sie unwillkürlich an die kleinen Flirtworte denken, die er ihr vor seinem und Grifs Aufbruch nach London ins Ohr geflüstert hatte. »*Ich komme zu Euch zurück, Mared, denn nur in Euren Augen sehe ich die Sonne scheinen*«, hatte er gesagt. Und: »*Eine schottische Rose seid Ihr. Ich werde Euer Bild stets in meinem Herzen tragen; es soll bis zu meiner Rückkehr das Licht sein, das mir den Weg zeigt.«*

Das hatte er am Abend vor seiner Abreise zu ihr gesagt. Noch dazu auf den Knien, in dem Versuch, ihr einen Kuss zu rauben. Mared hatte ihn ausgelacht, hatte seine Aufmerksamkeiten aber auch genossen, ebenso wie den züchtigen kleinen Kuss, den sie ihm am selben Abend gewährt hatte. Der Schweinehund!

Er hatte nicht einen Funken Ehre im Leib!

»Nein ... Vermutlich ist Hugh inzwischen längst in Amerika«, sagte sie verdrießlich und setzte sich neben Anna. »Aus Angst vor dem Galgen wird er nicht nach Schottland zurückkommen, auch nicht, wenn seine Mutter im Sterben liegt.«

»Mag sein. Aber wohin wenden sich Hunde, wenn sie kein anderes Plätzchen auf der Welt und nichts zu fressen haben? Nach Hause, möchte ich meinen, oder so weit in die Nähe eines Heimathafens, wie es der Sturm zulässt«, behauptete Ellie.

»Und was hat das alles mit Douglas zu tun? Warum müssen wir seine Einladung annehmen? Die Lockharts waren nie versessen auf Einladungen nach Eilean Ros und sind dort auch nie freundlich empfangen worden.«

»Aber das ist ja das Schöne«, sagte Ellie rasch und tauschte einen Blick mit Anna. »Wir alle werden Freitagabend dort sein, wenn Liam und Grif mit der guten Nachricht zurückkommen, dass er sein Geld komplett und mit Zinsen haben kann. Und *dich* nicht. Und dann werden wir feiern!«, sagte sie und quietschte vor Freude, und beide sahen Mared an, als hätten sie Hughs Verbleib und den des Untiers längst herausgefunden.

Mared lächelte, war aber nicht annähernd so zuversichtlich. »Und wenn sie Hugh nicht finden?«

Anna und Ellie tauschten erneut einen listigen Blick. »Nun, dann«, sagte Ellie und musterte angelegentlich den

Ärmel ihres Kleides, »dann wäre es doch ganz natürlich, dass wir alle an einem ... nun ja, an einem ziemlich wichtigen Fest teilnehmen, um unser ... unser eventuelles künftiges ... Familien... hm, ...mitglied besser kennenzulernen.«

Mared schnaubte verächtlich. »Er wird *nie* ein Mitglied dieser Familie sein, Ellie! Ich werde einer Heirat niemals zustimmen!«

»Aber, Mared, er ist doch recht ...«, setzte Anna an, doch Mared sprang auf und stapfte zur Tür.

»Er ist so manches, Anna, aber ich werde nicht so tief sinken, einen Douglas zu heiraten!«, sagte sie fest und verließ das Zimmer, bevor sie den Schuft noch weiter anpreisen konnten.

5

Mareds Instinkt trog nicht, wie sich herausstellte – ganz wie sie erwartet hatte, erfuhr Ellies und Annas Optimismus einen gehörigen Dämpfer, als Grif und Liam drei Tage später von den MacAlisters zurückkehrten, schlammbedeckt von Kopf bis Fuß, hungrig und mit leeren Händen.

Nicht nur hatte Hughs Schwester Aileen nicht die geringste Ahnung von seinem Aufenthaltsort, sie war zudem auch, zumindest Grif zufolge, aufrichtig erstaunt und bestürzt, als sie erfuhr, dass Hugh das Untier gestohlen hatte. Liam war nicht so großzügig – er vermutete eine gemeine Verschwörung in allem, was die MacAlisters taten, und führte Mrs MacAlisters Aufstehen von ihrem Sterbebett als Beweis an.

Mared hatte den Verdacht, dass Aileen, wenn sie gewusst hätte, was alles vorgefallen war, erstaunt und bestürzt über vieles wäre, was ihr Bruder angerichtet hatte. Und sie litt unter den mitleidigen Blicken ihrer Familie, führte ins Feld, dass ihre Teilnahme an dem lächerlichen *ceilidh* völlig unnötig wäre. Als ihr Vater, des Kampfes müde, ein Machtwort sprach und sagte, dass sie teilnehmen *würde*, wappnete sie sich gegen einen nicht enden wollenden Abend auf Eilean Ros, indem sie äußerst schlechte Laune zeigte und ihr für ihre Verhältnisse bestes Abendkleid anlegte.

Ihr bestes Kleid war aus schwerem sattviolettem Brokat mit fantasievoller Stickerei auf Ärmeln, Saum und Mieder und nicht nur an einer Stelle ausgebessert. Es war ein Winterkleid, Farbe und Material passten schlecht zu langen Sommernächten in Schottland, aber es war das einzige Kleid in ihrem Besitz, das sie zu wichtigen gesellschaftlichen Ereignissen tragen konnte. Wenn eine Familie in Not geriet, waren hübsche Kleider und Seidenschühchen das Erste, was gestrichen werden musste.

Nicht, dass es Mared allzu sehr störte – meistens stand sie bei solchen Festivitäten ohnehin abseits, da die Gäste ihr im Allgemeinen mit einer vagen Angst begegneten. Und was Payton Douglas von ihrer Garderobe hielt, war ihr ziemlich gleichgültig – schließlich hatte er eben dieses Kleid in den vergangenen paar Jahren oft genug gesehen, um sich eine Meinung bilden zu können. Auf einem Weihnachtsball im vergangenen Jahr hatte er lässig den Ärmel befingert und gesagt: »Ich wollte, Ihr hättet etwas weniger düstere Kleidung zur Verfügung.«

Mared hatte ihm lächelnd ihren Arm entzogen. »Habe ich, Sir, aber die Robe will ich zu meiner Audienz beim König tragen. Es würde sich nicht gehören, sie schon vorher zu tragen, oder?«

Er hatte zärtlich gelächelt, zum Teufel mit ihm, und Mared hatte gespürt, wie dieses Lächeln einem warmen Schauer gleich über ihren Rücken bis in ihren Schoß kroch. »Eines Tages«, sagte er, »werdet Ihr es nicht mehr nötig haben, eine Robe öfter als einmal zu tragen.« Und damit war er weitergegangen, hatte sie in ihrer Verlegenheit an der Wand stehen gelassen, und sie hasste ihr Kleid, und sie hasste ihn.

Sie ließ sich dann doch zu einer gewissen Verschönerung herbei, indem sie Ellie und Anna gestattete, ihr Haar zu einer Frisur hochzustecken, die nach ihren Worten in London sehr beliebt war – aufgetürmte dunkle Ringellocken am Hinterkopf, ein schmales Seidenbändchen, von Beitris geborgt, im griechischen Stil um den Kopf gewunden. Und in den Ohrläppchen trug sie Amethystohrringe.

»Seid ihr sicher, dass das hier tatsächlich der letzte Schrei ist?«, fragte Mared und betrachtete sich eingehend im Spiegel.

»Ja, natürlich! Ah, wie hübsch du aussiehst, Mared«,

schwärmte Ellie und trat einen Schritt zurück, um ihr Werk zu betrachten.

»Wenn wir in London wären, würde man dich als Original bezeichnen«, bemerkte Anna, die auf dem Rücken auf dem Bett lag. »Zurzeit sind alle hingerissen von einem dunklen exotischen Aussehen.«

Mared wusste nicht, ob sie dunkel und exotisch aussah, war jedoch ziemlich angetan von ihrer vornehmen Erscheinung. Sie gefiel sich, und insgeheim wünschte sie sich doch eine angemessenere Garderobe.

Die Familie – außer Grif und Anna, die es für besser hielt, in ihrem Zustand nicht teilzunehmen, und Natalie, die zu jung dazu war – stieg in die uralte Kutsche, die sie seinerzeit für Notfälle behalten hatte und die jetzt als ihr vorrangiges Fortbewegungsmittel diente. Sie wurde von zwei schreienden Eseln gezogen und ächzte und quietschte auf dem Weg über den Ben Cluaran.

Bei ihrer Ankunft staunten sie über die Anzahl der Kutschen und Wagen, die unter den Bäumen standen. Auf der Zufahrt war gerade ein Paar ausgestiegen – er trug einen förmlichen schwarzen Frack, sie eine goldene Robe.

»Wie schön!«, rief Ellie hellauf begeistert. »Es ist ein *Ball*, Liam!«

»Verdammt noch mal«, stieß er leise hervor und schob wieder einmal einen Finger zwischen Kragen und Hals, in dem vergeblichen Versuch, Ersteren zu lockern.

»Ein *Ball!*«, rief Mared und fühlte sich plötzlich sehr unbehaglich. »Er hat nichts von einem *Ball* gesagt! Er sprach von einem *ceilidh!*«

»Hast du eine Ahnung, wie lange es her ist, dass ich an einem Ball teilgenommen habe?«, sprudelte Ellie aufgeregt hervor und spähte, die behandschuhte Hand an der Kehle, nach draußen. »Und oh! Seht mal! Seht ihr die Dame in Rosa?«

Mared hielt angestrengt Ausschau. – Es handelte sich um

niemand anderen als um Beitris in einem hübschen roséfarbenen Ballkleid, die vorsichtig hinter ihrer Mutter und ihrem Vater hertrippelte.

»Mary, Königin der Schotten«, knurrte Liam. »Es ist ein verfluchter *Ball.*«

»Du solltest dich freuen, Liebling«, sagte Ellie fröhlich. »Du beherrschst sämtliche Tänze, und Anna sagt, dass du dich während deiner Londoner Eskapade recht tapfer auf dem gedrängt vollen Tanzboden geschlagen hast.«

Liam furchte die Stirn.

»Ich habe für Bälle nichts übrig«, sagte sein Vater gereizt. »Ich mag weder die Tanzerei noch den Lärm.«

»Du wirst lächeln und dich freuen, dabei zu sein«, sagte die Mutter ruhig und sah Mared streng an. »Ich vermute, er will, dass die gesamte Umgebung der Lochs Mared an seinem Arm sieht. So verhält sich ein Gentleman, wenn er beabsichtigt, ein Mädchen zu seiner Frau zu machen.«

Damit hatte Mared nun wirklich nicht gerechnet, und die Bemerkung ließ ihr das Herz bis in den Hals klopfen. Sie hielt sich abrupt die Ohren zu. »Ach! Ich will das nicht hören!!«, schimpfte sie, und die Kutsche kam auf der Zufahrt zum Stehen.

»Es liegt nicht in deiner Hand, Mared. Fordere das Schicksal nicht heraus«, warnte ihre Mutter, als der Schlag geöffnet wurde. »Ein Lockhart wird niemals wortbrüchig!« Und damit reichte sie Liam die Hand, der bereits aus der Kutsche gesprungen war und ihnen allen beim Aussteigen assistierte.

Der als *ceilidh* getarnte Ball war in vollem Gange, und Mared hatte den Eindruck, dass die gesamte Umgebung der Lochs versammelt war. Bunt gekleidete Gestalten bevölkerten die Salons, strömten hinaus auf die Terrasse mit Blick über den heiteren Loch Ard. Ein Fidelquartett und ein Dudelsack spielten an einem Ende des großen Ballsaals Walzer und schottische Tänze und Quadrillen. Dutzende von Paaren tanzten sowohl im Ballsaal als auch auf der Terrasse.

Diener in der Douglas-Livree alten Stils mit gepuderten Perücken und kurzen Pantalons wuselten durch die Menge und trugen Tabletts mit kleinen Gläsern voll Eilean-Ros-Whisky hoch über ihren Köpfen.

Mared griff nach einem Gläschen, kippte es an der Wand stehend diskret und sah ihrer Mutter und ihrem Vater beim Tanz zu. Ellie tanzte mit dem Pfarrer von Aberfoyle, während Liam mit einer Gruppe von Highland-Soldaten lachte.

Payton jedoch war nirgends zu sehen. Miss Douglas hatte sie an der Tür in Empfang genommen und sie aufgefordert, durch das marmorne Portal einzutreten und zum Ballsaal durchzugehen. Mared hätte gern gewusst, wo Payton steckte, vermutete ihn auf der Terrasse und erwog, hinauszugehen und sich umzusehen. Doch sie fühlte sich unter so vielen Menschen unbehaglich in ihrem alten Kleid und hielt sich verlegen abseits.

Außerdem hatte sie selbst nicht die geringste Ahnung, warum es sie interessierte, wo Payton steckte. Sie sollte sich freuen, dass an diesem Abend so viele Gäste zugegen waren, denn dadurch würde er sehr beschäftigt sein. Er konnte mit den anwesenden unverheirateten Frauen ausführlich über seine Schafe reden, die ihm zweifellos an den Lippen hängen würden, wie Beitris es zu tun pflegte. Wie langweilig.

Und dann tauchte Satan persönlich an der Terrassentür auf, die strahlende Beitris am Arm. Als sie in den Ballsaal schlenderten, sah sie ausgesprochen glücklich, vielleicht sogar ein bisschen verliebt aus.

Und *er* sah ... gut aus. *Diah,* er sah *sehr* gut aus in seinem förmlichen Schwalbenschwanz und der weißseidenen Weste. Und zufrieden.

Mared achtete nicht auf das Flattern in ihrem Bauch und entschied, dass er und Beitris wunderbar zueinanderpassten. Ein hübsches Mädchen. Ein gut aussehender Laird. Mared konnte sich selbst gratulieren – es war ihr gelungen, die beiden zusammenzubringen.

Wenn er sie nur nicht geküsst, nicht so berührt hätte. Wenn sie seinen Kuss nur nicht erwidert hätte.

Als ein Diener mit einem Tablett voller Whisky vorüberging, nahm sie ein weiteres Gläschen.

Es half ihr, das Unbehagen zu bekämpfen, gab ihr ein warmes, beschwingtes Gefühl.

Als die Quadrille zu Ende war, überließ Douglas Beitris Mr Abernathy, dem Sohn des Schmieds. Dann drehte er sich um und sah Mared direkt an, sodass sie erschrak.

Er kam auf sie zu. Er hatte sie so verdammt leicht ausfindig gemacht, überlegte sie, hob das Kinn und lächelte ihn mit heiterer Gelassenheit an, als er näher kam.

Er ließ sich in keiner Weise beirren. Bei ihr angelangt – einen Mundwinkel in einem gewissermaßen trägen Lächeln hochgezogen –, verbeugte er sich vor ihr. Daraufhin glitt Mared ein wenig an der Wand herab und wieder hinauf, ihre Version eines Knickses.

»Miss Lockhart, wie lieb von Euch, an unserem Fest teilzunehmen«, sagte er und musterte ihr Kleid und ihre Frisur.

»Aye, und vielen Dank für die Einladung zu Eurem Ball, den Ihr geschickt unter dem Vorwand eines *ceilidh* arrangiert habt.«

Er zog eine dunkle Braue hoch; seine Augen blitzten belustigt. »Vorwand? Verzeiht, aber Ihr irrt Euch. Das hier«, sagte er mit einer leichten Drehung zum gedrängt vollen Saal hinter ihm, »ist doch tatsächlich ein Zusammensein mit einem bisschen Tanz, um den Abend aufzulockern. Ist das nicht die Definition eines *ceilidh?*«

»Meiner Meinung nach ist ein *ceilidh* eine zwanglosere Veranstaltung als ein ausgewachsener Ball, Milord.«

Er grinste. »Haarspaltereien. Man kann einem Schotten nicht Whisky geben und erwarten, dass er kein Tanzbein schwingt, oder?«

Unwillkürlich musste sie doch über diese Feststellung lachen. »Aye, ich glaube, das wäre völlig unmöglich.«

»Und nachdem Ihr Euch selbst auch einen Schluck genehmigt habt«, sagte er und wies mit einer Kopfbewegung auf die zwei leeren Gläschen auf dem Stuhl neben ihr, »habt Ihr vielleicht Lust, auch eine Runde auf dem Tanzboden zu drehen?«

»Ihr müsstet mich besser kennen, Sir. Ich tanze nicht zu Eurem Vergnügen.«

»Dann tanzt halt zu Eurem eigenen Vergnügen«, sagte er und streckte ihr die Hand entgegen.

Sie schüttelte den Kopf und wandte den Blick ab.

»Kommt, Mared, tanzt mit mir«, sagte er leise. »Es wäre doch unhöflich, dem Gastgeber einen Korb zu geben, oder?«

Die Geigen stimmten einen Walzer an, das durchdringende Klagen des begleitenden Dudelsacks gab in Paytons Rücken den Rhythmus vor, und aus den Augenwinkeln schielte sie nach seiner erhobenen Hand. »Sie werden denken, Ihr hättet den Verstand verloren, wenn Ihr mit der Verfluchten tanzt.«

Er beugte sich zu ihr vor. »Mared, *leannan*«, sagte er und berührte, als er das Kosewort aussprach, ihre Hand, »mittlerweile dürftest du doch wissen, dass ich mich nicht darum schere, was die Leute denken. Tanz mit mir.« Und er lächelte.

Na gut. Diesem magnetischen Lächeln eine Abfuhr zu erteilen war schlichtweg nicht möglich – sie war verloren. Der Whisky und das Locken des Dudelsacks trieben sie an, und gegen ihren gesunden Menschenverstand legte sie zaghaft die Hand in seine und fühlte sich völlig hilflos, als er sie herzlich anlächelte, als hätten sie ein intimes Geheimnis. Er legte ihre Hand auf seinen Arm und deckte seine breite Hand darüber, dann führte er sie auf die gedrängt volle Tanzfläche und ignorierte frech die vielen kritischen Blicke, die in seine Richtung geworfen wurden.

Wie Payton versichert hatte, beachtete er sie nicht und ließ sich nicht stören. Er verneigte sich tief.

Sie versank in dem vorgeschriebenen Knicks, lächelte, als er entschlossen die Hand an ihre Taille legte und ihre Hand fest in die andere nahm. Zwar mochte sie verloren sein, dachte sie, aber sie konnte trotzdem das Beste daraus machen, und mit einem leisen Lachen legte sie ihre Hand leicht auf seine Schulter.

Die Musik setzte jetzt richtig ein; Payton lächelte, wirbelte sie im Takt der Musik herum, zog sie eng an seinen Körper, und seine Hand umfasste ihre Taille. Sie war ihm so nahe, dass sie sein Parfüm roch, den Moschusduft, der sie an den Kuss am Glen Ard erinnerte, an seinen Mund auf ihrer Haut, an seinen Schenkel zwischen ihren Beinen. Zu ihrem eigenen Entsetzen wurde sie rot.

Er lächelte wissend. »Woran denkst du?«

Die Frage verblüffte sie ein wenig – konnte er ihre Gedanken lesen? War es möglich, dass er wusste, wie lebhaft sie sich an jenen Tag und den Kuss erinnerte? Verwirrt durch sein Lächeln und das Glimmen ganz tief in seinen grauen Augen, tat Mared das, was sie immer tat, wenn sie sich bedroht fühlte. Sie heuchelte eine gewisse Kaltschnäuzigkeit.

»Errätst du das nicht? Ich habe mich gefragt, warum du Lockharts zu deinem lächerlichen Ball einlädst. Das ist nicht die Art der Douglas'.«

»Aye, es mag nicht die Art der Douglas' sein, denn die Lockharts können, besonders, wenn sie gehäuft auftreten, ein bisschen … *fiadhaich* sein.«

Mared lachte, denn genauso dachten die Lockharts über die Douglas' – dass sie ein wilder, ungebärdiger Haufen seien.

Ihr Lachen gefiel ihm, und er schenkte ihr ein Lächeln, das ihre Knie weich werden ließ und ihr das Gefühl gab, außerhalb ihres Körpers zu schweben. Im Glanz dieses Lächelns zog er sie enger an sich, sodass ihre Körper sich berührten.

Sie wehrte sich nicht, sondern fragte: »Was tust du da? Du

beschwörst einen Skandal herauf, wenn du so eng mit der elenden Tochter des Lockharts tanzt.«

»Schsch«, sagte er leise. »Ich genieße es, dich im Arm zu halten. Niemand wird heute Abend über dich herziehen, nicht einmal du selbst. Sollen sie denken, was sie wollen, aber lass sie alle wissen, dass du schon bald eine Douglas sein wirst.«

Eine *Douglas* ... Mared reagierte darauf, indem sie sich plötzlich zurückwarf und sich gegen den Arm stemmte, der sie so fest an seinen Körper drückte. »Lass mich los«, forderte sie scharf.

»Was ist denn nun wieder los?«, fragte er gereizt. »Willst du dich immer noch so albern gegen das sträuben, was doch kommen wird?«

»Hör auf«, sagte sie und wandte den Blick ab. »Du provozierst mich nicht dazu, eine Szene zu machen.«

»Verdammtes Dummchen«, sagte er leise und zog sie problemlos wieder an sich. »Ich habe dir den Hof gemacht, ich habe versucht, was ich konnte, um es dir leicht zu machen ...«

»Hier geht es nicht um *versuchen*«, sagte sie wütend, während ein Gefühl der Hilflosigkeit in ihr aufstieg. »Es geht darum, dass ich gegen meinen Willen gezwungen werde ...«

»Dann rate ich dir, nicht so freizügig mit deinem Ehrenwort zu sein, Mared.«

»Du glaubst, ich hatte die *Freiheit,* es zu geben?«, fragte sie fassungslos. »Glaubst du, eine Frau ist jemals frei? Ich verhalte mich, wie jede Frau, die ich kenne, sich verhalten muss – ich beuge mich dem Willen meines Vaters und meiner Brüder!«

»Um Gottes willen, hör endlich auf, dich zu beklagen!«, sagte er gereizt. »Du tust, was dein Vater klugerweise für dich entscheidet, weil du, auf dich selbst gestellt, zu dumm bist! Ich biete dir ein gutes Leben, aber du bist zu starrsinnig, um das zu begreifen!«

»Du bietest nicht, du befiehlst!«, fauchte sie zurück.

Seine Miene wurde finster, er griff ihre Hand noch fester. »Fordere mich nicht heraus, Mared. Meine Geduld ist zu Ende, und ich lasse mir eine solche Unverschämtheit oder solch eigenwillige Verachtung, wie du sie mir entgegenbringst, nicht bieten, wenn wir verheiratet sind.«

»Ach, ja? Dann sag mir bitte, was du dagegen zu tun gedenkst.«

Seine Miene wurde noch finsterer; er biss die Zähne zusammen und riss Mared an sich. Er sah sie nicht an, wirbelte sie nur einmal in diese, einmal in jene Richtung herum, bis die Musik zum Glück endete und er endlich einen Schritt zurücktrat und sich verbeugte. Sie neigte leicht den Kopf, drehte sich halb um und schritt steif neben ihm her.

Doch er war noch nicht fertig mit ihr – er umfasste mit eisernem Griff ihren Ellenbogen und geleitete sie nicht eben sanft zur Tür, die auf die Terrasse hinausführte.

Mared öffnete den Mund, um sich zu wehren, doch er schnitt ihr das Wort ab. »Ach, nein, sag jetzt nichts! Du verabscheust mich, das hast du deutlich genug zum Ausdruck gebracht, aber du wirst meine Frau, ob wir es ertragen oder nicht«, sagte er gepresst. »Ich habe dich immer für ein hübsches Mädchen gehalten, für ein niedlich anzusehendes Vögelchen, aber heute Abend finde ich deinen Gesang zu schrill.«

Sie rang empört nach Luft und versuchte, sich von ihm loszureißen, doch er hielt sie fest. »Dann lass mich doch endlich los!«

»Führ dich nicht auf wie ein kleines Kind! Ich habe ein Geschenk für dich, Mared. In einem Augenblick abscheulicher Schwäche habe ich ein Geschenk für dich anfertigen lassen.«

»O *nein!*«, schickte sie einen Stoßseufzer zum Himmel.

Er stieß einen verdrießlichen Laut aus, nahm jedoch die Hand von ihrem Ellenbogen, als sie die Balustrade erreicht hatten, an der die Gäste von Eilean Ros standen und den Blick auf den ausgedehnten, von Fackeln beleuchteten Garten genossen. »Du hast mir alles so schwer gemacht«, fuhr er sie an. »Warum akzeptierst du nicht, was nicht zu ändern ist? – Wenn ich ein Lockhart wäre, würde ich deine Unverschämtheit nicht dulden«, sagte er und griff in seine Tasche.

»Wenn du ein Lockhart wärst, gäbe es keinerlei Grund für diese Diskussion.«

Er sah sie mit finster gerunzelter Stirn an und zog etwas aus der Tasche.

»Ich habe dieses kleine Zeichen meiner Wertschätzung anfertigen lassen, damit du begreifst, dass ich dich immer zu achten beabsichtige, Mared«, sagte er, streckte die Hand aus und öffnete die Finger.

Das Geschenk – ein kostspieliges, beziehungsreiches Geschenk – warf sie beinahe um. Mareds Hand fuhr an die Kehle, als sie das *luckenbooth* betrachtete. Es hatte die Form einer Distel, war in Gold gefasst, Smaragde umgaben einen Diamanten, die Farben der Lockharts. Unten war der Leitspruch der Lockharts eingraviert: *Aufrichtig und loyal.* Es war eine exquisite, kunstvolle Arbeit.

Etwas Ähnliches hatte sie nie besessen, und seine Aufmerksamkeit rührte sie, während der Aufwand, den er trieb, sie gleichzeitig ärgerte, weil sie sich fragen musste, wie lange ein wertvolles Schmuckstück wie dieses ihre ganze Familie ernähren würde.

»Ich will dich nicht von den Lockharts fortholen«, sagte Payton mürrisch. »Ich will, dass du im Schoß deiner Familie aufgehoben bleibst. Denn ich verstehe durchaus, dass du, auch wenn du dem Namen nach eine Douglas bist, im Herzen immer eine Lockhart bleiben wirst.«

»Oh«, hauchte sie, hob den Blick und sah die Zuneigung in seinen Augen, die ihr Herz klopfen ließ. Sie betrachtete erneut das *luckenbooth*.

»Nimm es, *lass*«, sagte er mit hörbar weicherer Stimme.

Mared wollte es gern nehmen, wollte es in der Hand halten, sein Gewicht spüren und die Wärme der Empfindungen, aber irgendwie erschien es ihr nahezu als Verrat, das Schmuckstück anzunehmen.

Als ob er ihr Widerstreben verstünde, schnalzte Payton mit der Zunge, und sie trat einen Schritt zurück. Er zog sie näher zu sich heran, sodass sie einander beinahe berührten, sodass sie seine Körperkraft unmittelbar spürte. »Das hier darfst du mir nicht verweigern«, sagte er leise. »Ich habe keine Verwendung für ein Lockhart-*luckenbooth,* wenn du es nicht haben willst.« Er hob die Hand und schob lässig zwei Finger in ihr Mieder.

Seine Finger strichen über ihre Brust, und ihr wurde auf der Stelle heiß. – Mared biss sich auf die Unterlippe, um den leisen maunzenden Ton zu unterdrücken, der ihr entschlüpfen wollte. Sie blickte zu ihm auf, als er das Material ihrer Robe ein wenig lüpfte und das *luckenbooth* geschickt feststeckte, sodass es direkt über ihrem Herzen lag. Seine Hand und sein Blick verweilten einen Augenblick dort, um es zu bewundern, bevor er ihr in die Augen blickte.

Sein Blick glühte, als ob es in seinem Inneren brannte, und verschwommen kam ihr in den Sinn, dass er vielleicht genau das Gleiche spürte wie sie – heiße Glut. Flammen, die sie innerlich zum Schmelzen brachten.

Doch Payton ließ ihr Mieder los, strich mit der anderen Hand an ihrem Arm herab und legte die Finger um ihr Handgelenk. Er neigte den Kopf und drückte die Lippen sanft auf ihren Mundwinkel.

Mared stand wie erstarrt, den Blick auf seine Halsbinde geheftet, und wusste nicht, wie sie einen derartig zarten Kuss verstehen sollte. Das Feuer, das auf ihren Lippen brannte, erschreckte sie.

Er ließ sie los und trat zurück, hielt Abstand, wie es sich für einen echten Gentleman gehörte. Mared berührte das *luckenbooth,* das er an ihre Brust geheftet hatte, und sah zu, wie er sich mit verschränkten Armen an die Balustrade lehnte …

Und dann taumelte er rückwärts, als die Balustrade urplötzlich nachgab.

Mared schrie auf und griff nach ihm, doch Payton hatte den Halt verloren und verschwand zusammen mit der steinernen Grundmauer.

Ihr Schrei rief die Gäste herbei. »Zurück! Zurück!«, befahl ein Mann; jemand packte sie bei den Schultern und stieß sie grob zurück. »Geh da rüber, zu Ellie«, sagte Liam und schob sie seiner Frau zu, während er zum Rand der defekten Terrasse lief und anderen Männern zurief, sie mögen gut achtgeben.

Irgendwer zog Mared in den Ballsaal, und wie durch ein Wunder waren ihre Mutter und Ellie plötzlich an ihrer Seite.

»Was ist passiert, was ist passiert?«, fragte ihre Mutter atemlos, während Ellie sich auf die Zehenspitzen erhob und den Hals reckte, um zusammen mit einem Dutzend weiterer Damen nach draußen zu spähen.

Mareds Hände zitterten so heftig, dass sie sie zusammenkrampfen musste; sie stellte sich vor, wie Payton mit gebrochenem Hals auf den Pflastersteinen dort unten lag. Sie schloss ganz fest die Augen und presste die Hände auf den Leib, um zu verhindern, dass die Angst in ihr hochstieg. »Ich weiß es nicht, ich schwör's«, sagte sie nach Atem ringend. »Er ... Er lehnte sich an die Balustrade, und sie gab nach. Ich habe nach ihm gegriffen, aber er ...«

Sie konnte es nicht aussprechen. Sie konnte nicht sagen, dass er gestürzt war, dass sie ihn durch den Fluch umgebracht hatte.

Ihre Mutter legte tröstend den Arm um sie. »Aber, aber, *mo ghraidh*. Es war ein Unfall.«

»Da ist er – und ihm fehlt nichts!«, rief Ellie mit unüberhörbarer Erleichterung in der Stimme. »Ich sehe ihn, dort steht er, auf der Terrasse!«

»Er lebt?«, fragte Mared mit zitternder Stimme.

»Natürlich! Er bewegt sich ... Sein Frack ist offenbar zerrissen, und seine Hosen sind ein bisschen schmutzig, aber er spricht mit den Leuten um ihn herum.«

»Er kann sich glücklich schätzen«, sagte eine Frau laut, »den Fluch überlebt zu haben.«

Mared gefror das Blut in den Adern – sie erkannte die Stimme, sie gehörte zu Mrs Dahlstrom. Ihre Mutter an ihrer Seite erstarrte und drückte Mareds Schultern.

»In meinen Augen hat er eher ein Stück morsches Holz und eine bröckelnde Steinmauer überlebt«, sagte Ellie hochmütig.

Doch Mrs Dahlstrom ließ sich nicht beirren und sah Ellie böse an. »Ihr seid Engländerin, Mrs Lockhart. Ihr versteht die Geheimnisse der Highlands nicht.« Damit bedachte sie Mared mit einem kalten Blick.

Doch Ellie ließ sich nicht einschüchtern und schob sich vor Mared. »Das ist wahr, Madam. Aber ich verstehe, was Aberglaube und Unwissenheit ist, wenn sie mir begegnen, und außerdem fehlt dem Laird überhaupt nichts«, sagte sie. Sie kehrte der Frau den Rücken zu und sah Mared an. »Komm, Liebes, suchen wir uns ein ruhiges Plätzchen und setzen uns, bis der Tumult sich gelegt hat. Vielleicht sollten wir ein Schlückchen Whisky trinken?«

Ja, Whisky. Einen ganzen Krug voll, dachte Mared und verließ wie betäubt mit ihrer Schwägerin den Ort des Geschehens. Ihre Mutter blieb wie zum Schutz dicht bei ihr.

6

Payton hatte gewusst, dass die Balustrade genau an jener Stelle schadhaft war, doch niemand erschrak mehr als er darüber, dass sie so bald schon zusammenbrach. Jahre von harten, nassen Wintern hatten den Zement beeinträchtigt, in dem das Geländer der Terrasse verankert war, und Payton war froh und dankbar, dass er an jener Stelle gestanden hatte, wo er ins Gestrüpp und nur wenige Meter hinunterstürzte, und nicht woanders.

Drei Meter weiter links oder rechts, und er wäre viel tiefer und auf die Pflastersteine gefallen.

Er hätte sich den Hals brechen können.

So aber war er unverletzt geblieben. Hatte nur ein paar blaue Flecken.

Er rief Sarah zu sich und wies sie an, die Musiker so schnell wie möglich zum Spielen aufzufordern und die Diener zu beauftragen, den Gästen mehr Whisky zu reichen, sobald sie die Kübelpflanzen vor die schadhafte Stelle im Geländer gerückt hatten.

Mit Beckwith an seiner Seite zog er sich eilig in sein Schlafgemach zurück, um sich umzukleiden. Als er wenig später wieder auftauchte, spürte er die Veränderung in der vormals festlich-heiteren Atmosphäre – eine spürbar beunruhigende Spannung lag jetzt in der Luft.

Die Terrasse war für die Gäste gesperrt; man tanzte bereits wieder, zumindest ein paar Mutige, doch die meisten hielten sich zurück, man tuschelte in kleinen Gruppen miteinander. Im Speisesaal taten sich einige Pärchen unter intimen Gesprächen an Rindfleisch, Fleischpastete und gedünstetem Lachs gütlich. Alles schien nach dem Unfall wieder in normalen

Bahnen zu verlaufen, und doch war etwas anders, als hätte sich eine dunkle Wolke über Eilean Ros gesenkt.

Payton machte seine Runde und versicherte allen, dass ihm nichts fehlte, dass es weiter nichts als ein kleiner Unfall gewesen war. Sarah war es, die ihm verraten hatte, was diese düstere Stimmung in seinen *ceilidh* brachte. Als ob man es ihm hätte sagen müssen! So viele Leute wussten von seiner ausgehandelten Verheiratung mit Mared, und er war sicher, dass jetzt Theorien von Kobolden und Flüchen die Runde machten und sich wie ein Lauffeuer verbreiteten.

Sarah bestätigte es. »Ich schätze, sie werden erst wieder tanzen, wenn sie sicher sind, dass sie fort ist«, flüsterte sie ihm im Ballsaal zu, wo sie ruhig die paar mutigen Tanzpaare beobachteten. »Sie haben Angst vor ihr und dem Fluch. Ich möchte sagen, sie rechnen fest damit, dass du ihnen im nächsten Moment tot vor die Füße fällst und ihnen das gleiche Schicksal droht, weil sie deine Einladung angenommen haben.«

»Sie sind ignorant«, sagte er scharf. »Wo ist sie?«

Sarah zuckte leicht die Achseln. »Ich weiß es nicht. Lady Lockhart hat sie fortgeführt.«

»Dann sorge dafür, dass sie weitertanzen«, sagte er barsch und ließ Sarah stehen, um Mared zu suchen. In seinen Augen war es absurd, Angst vor einem uralten angeblichen Fluch zu haben, der genauso wenig Wirklichkeit war wie Kobolde und Elfen. Doch er wusste, dass viele Highlander, selbst die gebildeten, gern an ihrem verdammten alten Aberglauben festhielten. Wütend beschloss er, noch an diesem Abend ihren lächerlichen Ängsten ein Ende zu machen. Er würde in aller Form verkünden, dass er Mared Lockhart zu heiraten gedachte, und dann würden sie sehen, dass er überlebte, um genau das zu tun.

Er musste nur noch Mared überreden, zu der Verkündung zu stehen, und dieses Mal würde er keinen Widerspruch von ihr dulden.

Er fand die Lockharts im Foyer – alle außer Mared –, wo sie ihre Mäntel anzogen. »Ihr wollt also aufbrechen?«, fragte er.

»Aye«, antwortete Liam wütend und half seiner Frau in den Mantel. »Wir sind hier nicht mehr willkommen.«

»Natürlich seid Ihr willkommen!«

»Sind wir nicht, Douglas, nicht nach Eurem Sturz. – Ihr braucht Euch nur die Gesichter Eurer Gäste anzusehen!«, fuhr Liam ihn an. »Sie flüstern Mareds Namen und sehen sie an, als wäre sie der *diabhal* persönlich. Das Mädchen ist ein Leben lang verurteilt worden, und wir dulden es nicht eine Sekunde länger. Und Ihr solltet es auch nicht dulden, Mann.«

Die leichte Rüge erboste Payton. »Ich beabsichtige, meinen Gästen auf der Stelle ihre Ängste auszutreiben. Aber zuvor muss ich mit Mared reden.«

»Sie ist hinausgegangen«, sagte Lady Lockhart verärgert. »Fort von den Leuten.«

»Einen Moment bitte«, sagte Payton zu Liam. »Gebt mir nur einen Moment.« Er wartete die Antwort nicht ab, sondern schritt zur Tür und trat, ohne auch nur innezuhalten, als ein Diener herbeieilte, um ihm zu öffnen, hinaus in die Nacht.

Er wusste instinktiv, wo er sie finden würde, und wie vermutet stand sie am Ufer des Lochs, knapp unterhalb der Zufahrt, und blickte hinaus auf das unter dem schottischen Mond silbern glitzernde Wasser. Sein Hund Cailean war an ihrer Seite und hielt Wache über sie.

»Mared.«

Im hellen Licht des Vollmonds sah er sie lächeln, als sie sich umwandte. Sein Hund trabte zu ihm. Das war eines der Dinge, die er aufrichtig an ihr bewunderte – sie lächelte immer, ganz gleich, was geschah, ganz gleich, wie oder wo dieser grausame Fluch sie traf.

»Ah«, sagte sie und wies mit einer Kopfbewegung auf seinen Hund. »Ein echter Douglas, das dumme Tier.«

»Mared«, sagte er mürrisch, ohne Cailean zu beachten.

»Die Balustrade hatte nichts mit dir zu tun. Sie war alt und morsch, und ich hätte sie schon längst reparieren lassen müssen. Es war dumm von mir, mich dort anzulehnen.«

Sie schnalzte mit der Zunge. »Natürlich hatte sie nichts mit mir zu tun, Sir! Ich habe Euch nicht gestoßen.« Sie lachte freudlos über diese Bemerkung, wandte sich aber von ihm ab und blickte wieder auf den Loch hinaus. »Vielleicht habt Ihr einen Augenblick lang geglaubt, ich hätte es getan?«

»Nein.« Er hielt inne, fuhr sich mit der Hand durchs Haar und wusste nicht, was er sagen sollte. »Mared, *leannan* ... Ich weiß, sie haben Angst vor dir ...«

»Also ehrlich, Laird, bist du gekommen, um mit mir über diesen albernen Fluch zu reden?«, schnitt sie ihm schnippisch das Wort ab. »Falls es so ist: Ich habe mir geschworen, nicht eine Sekunde meines Lebens mit Aberglauben und Hexerei zu vergeuden. Das bringt wirklich nicht viel ein.«

»Das ist gut«, sagte er, nickte versonnen und kam auf sie zu. »Aber ich möchte noch heute Abend den letzten Zweifel wegen dieses verdammten Fluchs ausräumen.«

Mared schnaubte und sah ihn über die Schulter hinweg an. »Und wie willst du das bewerkstelligen? Wie willst du das ändern, woran die Leute von den Lochs seit beinahe drei Jahrhunderten glauben?«

»Indem ich offiziell unsere Verlobung verkünde.«

Sie schrie erschrocken auf und wirbelte herum. »Das tust du nicht!«

»Ich will es aber! Wir werden heiraten, und ich wüsste keinen besseren Zeitpunkt als den jetzigen, um diesen Unsinn ein für alle Mal hinter uns zu lassen. Alles. Den Fluch, das Darlehen ...«

»*Criosd!*«, schrie sie plötzlich zum Himmel hinauf. »Warum stellst du mir so nach? Warum bestehst du darauf? Ich *will* dich nicht heiraten, Payton Douglas! Deutlicher kann ich es nicht sagen! Ich will überhaupt nichts mit dir zu tun haben!«

Er hatte Mühe, seinen Zorn zu beherrschen, und ballte die Hände zu Fäusten. »Du fürchtest den Fluch, Mared«, sagte er leise. »Ich weiß es. Ich sehe es in deinen Augen und am Zittern deiner Hand.«

»Du weißt *gar nichts!*«, fauchte sie ihn an. »Gott im Himmel, warum begreifst du nicht, wie gut du in jeder Hinsicht zu Beitris Crowley passt? Warum bittest du nicht *sie* um ihre Hand?«

»Weil Beitris Crowley mir nichts bedeutet, wie du wohl weißt«, antwortete er scharf. Er zwang sich, ruhig zu atmen. »Und ich glaube, du fürchtest den Fluch mehr als jeder andere, der heute auf Eilean Ros zu Gast war ...«

Sie stöhnte gereizt auf und schlug die Hände vors Gesicht.

Payton packte sie beim Ellenbogen und zwang sie, ihn anzusehen. »Du fürchtest, dass einer von uns vor dem Hochzeitstermin stirbt, aber das wird nicht geschehen, ja? Ich schwöre dir, ich lasse nicht zu, dass dir irgendetwas zustößt. *Niemals,* Mared.«

Seufzend schüttelte sie den Kopf und sah über den Loch hinweg. »Himmel, hilf, du verstehst mich wirklich nicht!«

»O doch«, sagte er, strich an ihrem Arm hinab, hob ihre Hand und streifte mit den Lippen ihre bloßen Fingerknöchel. »Du hast mein Wort, dass ich dich mit allem, was ich habe und vermag, beschützen werde, *lass*. Ich werde dich stets gut hüten.«

Einen Moment lang, nur einen flüchtigen Augenblick, glaubte Payton, Tränen in ihren grünen Augen schimmern zu sehen, doch Mared entriss ihm abrupt ihre Hand. »Du wirst mich gut hüten, wie?«, wiederholte sie giftig. »Glaubst du denn wirklich, dass ich des Fluchs wegen nicht heiraten will?«

»Aye«, erwiderte er aufrichtig.

»Ach, du bist ein Dummkopf!«, schrie sie und wedelte verächtlich mit der Hand. »Ich *will* keine Douglas sein! Lieber sterbe ich durch den verdammten Fluch, als eine Douglas zu werden! Ich sagte doch, dass ich weder von dir *noch* von den Deinen auch nur das Geringste halte, und du hörst trotzdem nicht auf!«

Sein Ärger wuchs, er stemmte die Hände in die Taille, senkte den Kopf und sah sie düster an. »Alte Fehden haben doch mit uns nichts mehr zu tun ...«

»Sie haben *eine ganze Menge* mit uns zu tun!«, schrie sie und streckte plötzlich die geschlossene Faust aus. »*Nimm* das. Ich will es nicht!« Sie öffnete die Faust – in ihrer Handfläche lag das *luckenbooth* und blinkte zu ihm auf.

Er bemerkte erst jetzt, dass sie es von ihrer Brust gelöst hatte, und Wut und Enttäuschung kochten in ihm hoch. »Was soll das heißen?«, fragte er scharf. »Das ist ein Verlobungsgeschenk!«

»Aber ich will nicht mit dir verlobt sein!«, rief sie. »Du zwingst es mir auf, wie du meiner Familie den Untergang aufgezwungen hast!«

»Was ...«

»Stell dich nicht dumm! Du hast Schafe in dieser Gegend eingeführt, und jetzt kämpfen wir darum, unser Vieh behalten zu können. Du hast diese Schicksalswende mit deinem Egoismus *erzwungen,* und jetzt willst du in deinem Egoismus eine Wende in meiner Zukunft erzwingen! Ich will dich nicht heiraten, Douglas!«, schrie sie und schleuderte das *luckenbooth* von sich.

Es traf ihn vor der Brust und fiel ihm vor die Füße in den Schlamm zwischen den Ufersteinen.

Ich wollte dich *nie* heiraten!«, stieß sie vehement hervor. »Ich kann kaum deine Nähe ertragen! Ich habe keine Achtung vor dir, ich liebe dich nicht und werde dich *nie* lieben! Hast du gehört? *Ich werde dich niemals lieben!* Und wenn du auch nur einen Funken Anstand im Leibe hast, dann trittst du zurück und erlöst mich von dieser verdammten Heirat, die ich nicht angestrebt und nicht gewünscht habe!«, schluchzte sie. Sie holte tief Luft, rang die Hände und flehte:

»Bitte, Milord, ich *bitte* dich – zwing mich nicht zu dieser Heirat!«

Sie sagte es mit solcher Inbrunst, dass sie ins Schwanken geriet, und ohne zu überlegen streckte Payton die Hand aus, um sie aufzufangen, doch sie entzog sich ihm hastig. »Ich *bitte* dich!«

Wut und Enttäuschung brachen in ihm auf, mit solcher Gewalt, dass es ihn beinahe blendete. Plötzlich fühlte er sich niedergeschlagen und wund und biss die Zähne fest zusammen. Durch seine Wut hindurch sah er, wie sie ihren *arisaidh* fester um sich zog, als hätte sie Angst vor ihm.

Er hatte selbst beinahe Angst vor sich und ballte und öffnete die Hände, um die Wut zu zügeln, die in ihm tobte. Er betete sie an, hatte getan, was in seiner Macht stand, um es ihr zu zeigen, hatte ihre Verachtung ertragen und ihre lächerlichen Versuche, ihn mit Miss Crowley zu verkuppeln. Er war ihr stets höflich begegnet, hatte ihr alles nachgesehen, hatte sie umworben und behandelt wie eine Königin ... Doch in diesem Moment glaubte er, sie zu hassen. Zum ersten Mal in seinem Leben glaubte er, diese Frau zu hassen, und wollte sie am liebsten nie wieder sehen.

Er senkte den Blick. Seine Gedanken überschlugen sich; er sah wieder auf, packte unvermittelt ihren Arm und riss sie zu sich heran, sodass sie beinahe Nase an Nase standen.

»Was tust du?«, schrie sie und versuchte, sich zu befreien.

Payton hielt sie noch fester. »Und wie gedenkst du, eure Schulden zu bezahlen?«, fuhr er sie an. »Wie willst du mir dann *dreitausend* Pfund zurückerstatten?«

Mared blinzelte. Das Feuer in ihren grünen Augen erlosch, Verwirrung bemächtigte sich ihrer. Er stieß sie angewidert von sich und wies auf die Zufahrt. »Dann geh. Lass mich und die Meinen in Ruhe.«

»Aber ...«

»*Nein!*«, brüllte er sie an. »Du hast gesprochen, Mared! Du hast dich klar und deutlich ausgedrückt, hast deine Wahl getroffen, und jetzt treffe ich meine! *Ich* werde entscheiden, auf welche Art ich mein Geld zurückbekomme, und dieses Mal wirst du dich an die Abmachung halten, oder ich bringe die Angelegenheit vor Gericht! Und jetzt: *geh!*«

Sie zögerte kurz, lief dann geschmeidig wie eine Katze an ihm vorbei, den grasigen Hügel zur Zufahrt hinauf, zur Kutsche der Lockharts, bei der Payton Liam breitbeinig stehen und warten sah. Was immer sie zu ihm sagen mochte, er jedenfalls schob sie in die alte Kutsche, und Payton sah ihr nach, als sie davonrollte.

Und doch blieb er noch eine Viertelstunde am Ufer des Lochs stehen. Seine Brust hob und senkte sich unter wütenden Atemzügen, sein Herz war schwer, aber schließlich gelang es ihm, sich soweit zu beruhigen, dass er zu dem *ceilidh* zurückkehren konnte, den er in seiner Dummheit ihr zu Ehren veranstaltet hatte.

7

Im selben Moment, als Dudley Mared informierte, dass sie im Arbeitszimmer erwartet wurde, wusste sie, dass Payton seine Bedingungen vorgetragen hatte.

Darauf hatte sie seit jenem unwürdigen Abend, als sie Payton so wütend und gleichzeitig gekränkt am Loch hatte stehen lassen, jeden Tag, jede Sekunde unter bösen Vorahnungen gewartet. Sie hatte ihn nicht verletzen wollen – auf ihre eigene merkwürdige Weise schätzte sie ihn –, aber er hatte sie mit seinem Verlobungsgeschenk und seinem Plan, die Verlobung noch am selben Abend der gesamten Umgebung zu verkünden, dazu gezwungen. Und sie war in Panik geraten …

Mared betrachtete sich flüchtig in dem angelaufenen Spiegel über ihrem Frisiertisch, sah die dunklen Ringe unter ihren Augen, wickelte sich fest in ihren *arisaidh* und begab sich zu ihrer Familie ins Arbeitszimmer.

Im Erdgeschoss, als sie und Dudley den langen Flur zum Arbeitszimmer entlangschritten, hörte Mared die vertraute Stimme ihres Vaters und die Grifs, die ihn noch übertönte. An der Tür zum Arbeitszimmer angekommen, sah sie die Kleiderschleppe ihrer Mutter, fasste den *arisaidh* fest mit einer Hand zusammen, hob das Kinn und trat ein.

Sie spürte die kraftvolle Gegenwart ihres Vaters, bevor sie ihn noch am Kamin stehen sah, immer noch im Mantel, die Beine leicht gespreizt, die Hände auf dem Rücken verschränkt. Er war so groß wie Liam, aber heute wirkte er irgendwie größer, schien alle anderen zu überragen.

Im ersten Moment war Mared der Sprache nicht mächtig; sie spürte, wie sie unter seiner eindringlichen Musterung errötete, und sah ihre Mutter Hilfe suchend an. Doch ihre Mutter konnte ihr jetzt nicht helfen und starrte nur finster zu Boden.

»Tritt ein, tritt ein, *lass*«, sagte ihr Vater müde, und Mared zwang sich, tiefer in den Raum zu treten. Der Vater wies ihr den Sessel zu seiner Seite an, und sie setzte sich und bemerkte erst jetzt, dass die gesamte Familie versammelt war. Liam stand hinter Ellie, die Mared voller Mitleid anschaute.

Mared warf einen Blick auf ihren Vater und erschrak innerlich darüber, wie erschöpft er plötzlich aussah – viel älter als seine sechzig Jahre. Die Falten um seine grünen Augen hatten sich tief eingegraben, die Bartstoppeln auf seinem Kinn waren stahlgrau.

Er seufzte. »Mared, *leannan*«, sagte er, neigte sich ihr zu und legte ihr die Hand an die Wange. »Dein Starrsinn schadet dir nur.«

Sie blinzelte verwundert, und ihr Vater ließ die Hand sinken. »Was hast du denn geglaubt, was wir tun könnten? Hast du geglaubt, wie durch ein Wunder würden plötzlich dreitausend Pfund auftauchen, mit denen wir Laird Douglas auszahlen könnten?«

»N-nein«, sagte sie hastig und sah die anderen im Zimmer Versammelten an. Sie starrten alle finster auf irgendeinen toten Gegenstand, außer ihrer Mutter, die aussah, als würde sie jeden Augenblick in Tränen ausbrechen. Sie wagte einen verstohlenen Blick in Paytons Richtung, der sich nicht von der Stelle rührte, nicht mal mit der Wimper zuckte, sondern sie nur kalt anblickte. Seine Wärme und Herzlichkeit waren fort. Verschwunden.

»Du weißt doch, dass wir unsere Schulden zurückzahlen müssen, nicht wahr?«, fragte ihr Vater und tätschelte ihre Hand.

»Aye.« Natürlich wusste sie das. Wie hätte sie es je vergessen können? Sie dachte in ihren wachen Stunden an nichts anderes, suchte nach einer Lösung, überlegte, was sie verkaufen könnten, um das benötigte Geld für die Rückzahlung an

Payton Douglas aufzutreiben, und verfluchte den Tag, an dem sie das Geld von ihm geliehen hatten.

»Wie, hast du etwa geglaubt, Hugh würde zurückkommen und uns das Untier präsentieren?«

Mared schüttelte mit düsterem Blick den Kopf. »Hugh kommt nicht zurück nach Schottland. Niemals.«

»Aye, genau«, sagte ihr Vater und beugte sich vor, ganz nahe an ihr Gesicht heran. »Warum um alles in der Welt hast du Douglas dann abgewiesen?«

Auf diese Frage war sie vorbereitet. »Du weißt schon, warum, Vater. Er ist ein Douglas«, sagte sie ruhig.

»Aye, aye, er ist ein Douglas, ein verdammter Douglas!«, brach es plötzlich aus ihrem Vater heraus. Er warf sich in seinem Sessel zurück und schlug mit den Händen auf die Armlehnen. »Aber welche Wahl hast du uns *jetzt noch* gelassen?«

Plötzlich sprang er auf und begann, im Zimmer auf und ab zu marschieren.

»Aye, du hast uns ordentlich in die Bredouille gebracht, Miss! Du hast uns keine Wahl gelassen, hast alle verdammten Türen zugeschlagen! Willst du lieber Talla Dileas verlieren, als dein Wort zu halten?«

»Carson!«, rief ihre Mutter, doch der Vater winkte ab.

»Nein, Aila, nein, ich will dein Betteln um Milde nicht hören! Wenn es nur um ihren Kopf ginge, aye, dann würde ich zustimmen, dann könnte sie heiraten, wen sie will. Aber es geht nicht allein um sie! Was sie tut, wirkt sich auf uns alle aus! Und schau dir doch an, was sie getan hat! Schau dir an, wozu sie uns zwingt!«

»Ich verstehe nicht«, sagte Mared plötzlich aufgestört. »Wozu zwinge ich euch?«

»Sei jetzt stark, Mared«, sagte Liam streng. »Du musst der Familie gegenüber deine Pflicht tun.«

»Welche Pflicht?«, schrie sie und sprang auf. Das Herz klopfte ihr bis zum Halse.

»Du hast dein Ehrenwort gegeben, Mared! Und daraufhin

habe ich den Bedingungen für das Darlehen zugestimmt. Und nachdem du dich jetzt weigerst, dein Wort zu halten, lässt du uns keine andere Wahl!«, brüllte ihr Vater.

Was auch immer Payton getan, was auch immer er gefordert haben mochte, Mared spürte bereits, dass es sie bis in die Grundfesten erschütterte. »Was meinst du, Vater?«, fragte sie hilflos. »Welche Wahl?«

»Er will sagen, dass du trotzdem die Meine wirst«, sagte Douglas mit samtiger, dunkler Stimme.

Ihre Angst machte der Wut Platz, als Mared zu ihm herumfuhr. »Was hast du getan? Was hast du gesagt, dass sie ...«

»Nein«, unterbrach er sie scharf und hob drohend den Finger. »So wirst du nicht mehr mit mir reden. Du wirst mir den Respekt entgegenbringen, der deinem Arbeitgeber zusteht.«

»*Wie bitte?*«, Mared lachte hysterisch. »Welch ein Unsinn!«

»Mared«, sagte ihr Mutter leise und rang verzweifelt die Hände. »Bitte, hör zu. Wir haben keine andere Wahl.«

Inzwischen klopfte Mared das Herz so wild in der Brust, dass es ihr schier den Atem nahm. »Sag es mir«, forderte sie von Payton. »Sag mir, was du getan hast.«

Er zog eine Braue über den kalten grauen Augen hoch. »Was *ich* getan habe?« Sein Lächeln blitzte auf, kalt und leer wie das des Teufels. »Ich warne dich, hüte deine Zunge, denn bei den Angestellten in meinem Haushalt dulde ich keine Unverschämtheiten.«

Es dauerte ein Weilchen, bis seine Worte einsickerten, doch in dem Moment, als Grif hinter sie trat und den Arm fest um ihre Taille legte, keuchte sie vor Empörung. »Nein, Mared«, sagte er an ihrem Ohr. »*Nein.* Du hörst jetzt zu. Du hast schon viel zu viel gesagt.«

»Seid ihr alle verrückt geworden?«, schrie sie und krallte die Finger in Grifs Arm. »Ich bin nicht seine Angestellte und werde es auch nie sein, Gott im Himmel, *niemals!*«

»O doch«, sagte Grif leise, und ihr war, als wiche alles Blut aus ihrem Körper. Sie sah Douglas und sein schurkisches Lächeln mit offenem Mund an und begriff: Er triumphierte. Sie hatte ihn abgewiesen, und jetzt wollte er sich rächen, indem er sie demütigte.

Mared drehte sich abrupt in Grifs Arm, fort von diesem kalten, verhassten Lächeln, und schmiegte die Wange an die Schulter ihres Bruders. »*Nein,* Grif!«, flehte sie schluchzend. »Nein, nein, bitte, das könnt ihr nicht tun! – Er will mich nur demütigen.«

Grif seufzte traurig, legte die Hand auf ihren Kopf und drückte sie an sich. »Hör mir jetzt zu, Mared. Du hast seine Werbung abgewiesen und in Bezug auf unsere Schulden dein Versprechen nicht eingelöst, also kann Douglas jetzt bestimmen, was er haben will. Und er will unser Vieh oder …« Seine Stimme erstarb, und plötzlich kam Leben in seine Gestalt, er packte Mared bei den Schultern und stieß sie zurück, sodass er ihr in die Augen sehen konnte. »Er würde unser Vieh nehmen, und wir brauchen es zum Leben, oder er nimmt dich für ein Jahr als Haushälterin in sein Haus, um die Schulden zu begleichen.«

Es war noch schlimmer, als sie es sich vorgestellt hatte. »*Nein!*«, schrie sie gellend, doch Grif hielt sie fest. »Ihr dürft nicht zustimmen!«, schrie sie. »Das ist doch lächerlich! Absurd! Soll er mich auf seinem alten Burghof auspeitschen, aber lass dies nicht zu, Grif, *bitte!*«

»Wir haben gespielt – du hast gespielt –, und wir haben verloren, Mared! Aber wir sind Lockharts, und Lockharts bezahlen ihre Schulden. Wenn du nicht zu deinem eigenen Wort stehen willst, wirst du immerhin zu unserem stehen. Du *wirst* tun, was er verlangt.«

Mared erstickte ein Schluchzen und legte die Stirn an Grifs Schulter. »Lieber gehe ich durch die Hölle, wo sie am heißesten ist, bevor ich ihm auch nur eine Sekunde lang diene«, flüsterte sie verzweifelt.

»Diese Wahl hast du nicht«, sagte Beelzebub in ihrem Rücken. »Du hast eine Stunde Zeit, deine Sachen zu packen und dich zu verabschieden.«

Seine eiskalte Stimme machte sie wütend, sie löste sich abrupt von Grif und fuhr herum, um Douglas böse anzufunkeln. »Glaub bloß nicht, du könntest mich herumkommandieren wie ein verdammtes Stubenmädchen!«

»Ich werde dich herumkommandieren, wie es mir passt. Und wenn du mich ansprichst, *lass*«, sagte er und trat vor, sodass sie das kalte Funkeln in seinen Augen und sein entschlossenes Kinn bemerken musste, »dann bitte als deinen Laird.«

Mared öffnete den Mund, doch Liam packte sie beim Arm, drehte sie herum und versetzte ihr einen energischen Stoß in Ellies Richtung. »Bring sie raus. Hilf ihr beim Packen«, sagte er barsch und musterte Payton mit Mordlust im Blick.

»Ihr bringt mich nicht zum Schweigen! Ich habe noch längst nicht alles gesagt, was ich denke!«, schrie Mared, als Ellie sie mit fester Hand übernahm und sie, gefolgt von ihrer Mutter und Anna, aus dem Zimmer zerrte. Bevor sie etwas sagen, bevor sie ihm ins Gesicht schreien konnte, was für ein Schweinehund er war, befand sie sich bereits draußen auf dem Flur, und die Tür wurde mit Nachdruck hinter ihnen geschlossen.

Da begann sie, unkontrollierbar zu schluchzen.

8

Mared schluchzte, als ihre Mutter ihr Bündel schnürte und Ellie und Anna ihr dringend nahelegten, Douglas gegenüber eine andere Methode anzuwenden.

»Was für eine Methode?«, seufzte sie trübsinnig.

»Eine sanftere Hand«, sagte Anna. »Das hat Grif mir beigebracht. Es ist möglich, einen Mann durch Freundlichkeit zu bezwingen.«

Daraufhin jammerte Mared nur noch lauter, und auch während des Abschieds von ihrer Familie hörte sie nicht auf zu schluchzen – schon gar nicht, als Douglas ihrer Mutter versicherte, dass sie, wie alle seine Dienstboten, sonntagnachmittags freihabe, Eilean Ros verlassen und besuchen dürfe, wen sie wollte.

Ihre Mutter nahm sie in die Arme, flüsterte ihr ins Ohr, sie solle gehen, und Mared folgte Douglas hinaus auf die Zufahrt, wo eine schwarze Kutsche mit dem Wappen von Eilean Ros wartete.

Der Kutscher nahm ihre Tasche, und Mared wischte sich hastig mit einem Zipfel ihres Schultertuchs die Tränen aus den Augenwinkeln und wartete darauf, dass der Diener den Schlag öffnete.

Doch als er es tat, schob Payton sich vor sie und sagte verdrießlich über die Schulter hinweg: »Du setzt dich zum Kutscher auf den Bock«, und stieg in das luxuriös ausgestattete Wageninnere.

Der Diener schloss den Schlag hinter ihm und sah Mared an. Als sie sich nicht rührte, wies er auf den Kutschbock und zog sich den Mantel fester um die Schultern. »Aye, sei ein braves Mädchen«, sagte er freundlich. »Es ist zu verdammt nass, um zu trödeln. Komm, steig auf.« Und er zog sich hinter die Kutsche zurück.

Die plötzliche scharfe Wendung ihres Geschicks beschämte und kränkte sie, doch Mared war zu stolz, um zuzulassen, dass der Schweinehund es sah. Sie biss die Zähne zusammen, hielt sich an den Eisengriffen fest, zog sich hinauf auf den Kutschbock und lächelte den ältlichen Kutscher halbherzig an. »Sieht nach Regen aus, wie?«

»Allerdings. Ho, auf geht's!«, rief er den Pferden zu und lenkte sie im Trab aus der Zufahrt.

Mared zog sich ihren *arisaidh* über den Kopf, blickte starr geradeaus und verwehrte sich jeden Blick zurück. Eines Tages, wenn sie die Mittel hatte, würde sie Hugh MacAlister finden und ihn mit bloßen Händen erwürgen.

Der Nebel war wie eine dicke Suppe, als sie die kurvenreiche Straße nach Eilean Ros entlangfuhren, und als sie auf dem prächtigen Besitz anlangten, war Mared nass bis auf die Haut. Payton stieg aus, sauber und trocken, und schritt zielstrebig in Richtung Haus. Sein Umhang flatterte ihm um die Knöchel, als er die Stufen hinaufsprang und im Haus verschwand.

Der Diener – er hieß Charlie, wie er sie wissen ließ – half ihr vom Bock und reichte ihr ihre Tasche. »Da hinein«, sagte er, sprang dann aufs Trittbrett der Kutsche und schlug gegen die Seite, das Zeichen für den Kutscher, dass er weiterfahren sollte.

Als die Kutsche von der Zufahrt rollte, blickte Mared zur Tür des Herrenhauses der Douglas', schluckte ihre Schwermut hinunter und zwang sich zu gehen. Sie kämpfte mit dem schweren Gepäck und schleifte es schließlich die vierzehn Stufen zu den Eichentüren empor.

Beckwith, der Butler, nahm sie im Foyer in Empfang. Er war ein kleiner, dünner Mann mit einem ständig verdrießlichen, verkniffenen Gesicht, und er sah sie stoisch an, als er sagte: »Wartet hier, Miss Lockhart.« Nachdem er sie rasch von Kopf bis Fuß gemustert hatte, drehte er sich auf dem Absatz um und verschwand im Flur zur Rechten.

»Warten, als ob ich Gesindel wäre«, flüsterte sie und ließ ihre Tasche mit dumpfem Aufprall fallen, schob sich den *arisaidh* vom Kopf und verschränkte streitbar die Arme vor der Brust.

Payton hatte sie als Dienstbotin bekommen – war es wirklich nötig, sie schlecht zu behandeln? Sie blickte düster auf die prachtvolle Treppe vor ihren Augen. Die Stufen bestanden aus Stein und führten in den ersten Stock und zu einem riesigen Kandelaber, dann weiter zum zweiten Stock. Am Treppenabsatz in der ersten Etage hing ein lebensgroßes Porträt einer längst verstorbenen Douglas-Frau, prächtig anzusehen in ihrem Staatsgewand und der bunt karierten schottischen Haube. Sie lächelte auf Mared herab, als ob sie sie verspotten wollte. *›Dummes Mädchen! Du hättest diese Treppe als Lady hinaufsteigen können, aber jetzt tust du es als Dienstbotin.‹*

Mared schnaubte verächtlich und senkte den Blick auf ihre Füße. *Diah,* wie lange sollte sie noch hier herumstehen wie ein vergessenes Möbelstück?

Die Antwort erhielt sie kurz darauf, als sich seine Schritte aus dem Flur zur Rechten näherten. Diesen Schritt hätte sie überall erkannt – ausgreifend, sportlich und entschlossen. Sie ließ die Arme sinken und ballte die Hände zu Fäusten.

Er war lässig gekleidet, ein weiteres Zeichen dafür, dass ihr Status sich in seinen Augen verändert hatte. Er trug eine Weste, und die Zipfel seiner Halsbinde hingen ihm über der Brust. Er hatte kaum einen Blick für sie übrig, als er das Foyer betrat und sich anschickte, die prachtvolle Treppe hinaufzusteigen. »Hier entlang, Miss Lockhart«, rief er über die Schulter zurück.

Mared blickte auf ihre Tasche, dann auf ihn, der leichtfüßig die Stufen zum ersten Stock nahm, wo er stehen blieb und sich nach ihr umsah. »Gibt es Probleme?«

»Aye«, sagte sie und stemmte die Hände in die Hüften. »Das Gepäck ist ein bisschen schwer.«

Sein Blick glitt über die Tasche zu ihren Füßen, dann zu ihr. »Du scheinst ein kräftiges Mädchen zu sein und wirst es wohl tragen können. Mach schon, du stiehlst mir meine Zeit.«

Mared sah ihn mit offenem Mund an, doch Payton hatte sich bereits umgedreht und setzte seinen Weg nach oben fort. Leise schimpfend tat sie ihre wahre Meinung über ihn kund, beugte sich hinab, hob die schwere Tasche auf und begann den Aufstieg. Jedes Mal, wenn die Tasche gegen ihr Bein stieß, verzog sie das Gesicht.

Auf dem zweiten Absatz angelangt, musste sie eine Verschnaufpause einlegen und sich mit dem Handrücken die Stirn wischen. Oberhalb von ihr gab Payton einen missbilligenden Ton von sich, und sie betrachtete ihn verstohlen aus den Augenwinkeln. Er stand auf dem dritten Absatz, einen Fuß auf der Treppe, die hier schmaler wurde und hinauf in die Dienstbotenquartiere führte, die Arme fest und ungeduldig vor der Brust verschränkt.

Und er furchte düster die Stirn. »Du lässt mich warten.«

»Könnt Ihr nicht ein bisschen Mitgefühl aufbringen?«, fuhr sie ihn atemlos an.

»Nein«, antwortete er unverzüglich scharf. »Ich habe kein Mitleid mehr übrig für dich, nicht das kleinste bisschen. Würdest du dich jetzt bitte beeilen?«

»*Verdammtes Schwein*«, flüsterte sie kaum hörbar. Sie hob die Tasche an und kämpfte sich mit ihr ins Obergeschoss hinauf.

Als sie im obersten Stockwerk ankam, wo der schmucklose Flur schmaler wurde, wartete Payton schon wieder. Wenn es nach ihr ginge, hätte er bis in alle Ewigkeit warten können, und sie setzte die Tasche ab und wischte sich erneut die Stirn. Er knurrte etwas, kam dann plötzlich in ihre Richtung zurück, nahm ihr die Tasche ab und trug sie, als hätte sie überhaupt kein Gewicht, bis zur letzten Tür rechts, hinter der er dann verschwand. Mared folgte ihm mit einem gereizten Seufzer.

Er hatte sie in einen kleinen, weiß getünchten quadratischen Raum geführt, in dem ein kleines Erkerfenster, vermutlich mit Blick über den Loch, das einzig Erfreuliche war. Ein Einzelbett mit einer fadenscheinigen Baumwolldecke stand an einer Wand. An die Wand gegenüber war eine schlichte Kommode mit drei Schubladen gerückt, die dringend einen frischen Anstrich benötigte. Auf der Kommode standen ein Wasserkrug und eine Waschschüssel. Ein sehr kleiner Spiegel war an die Wand genagelt, und von ihrem Standort aus sah Mared bereits, dass er verzerrte.

Es gab keinen Kamin, nur ein kleines Kohlebecken unter dem Fenster. Ein hölzerner Stuhl, eine kleine Bodenmatte aus Seegras und ein Nachttisch neben dem Bett stellten die Möblierung dar. Auf dem Nachttisch sah sie, sorgfältig gestapelt, ein halbes Dutzend spitz zulaufender Kerzen und einen einzigen Kerzenhalter.

Der Raum war stickig und eindeutig spartanisch ausgestattet, und die Vorstellung, in diesen vier Wänden ein ganzes Jahr lang hausen zu müssen, ließ Mared erbleichen. Das Zimmer stand in krassem Gegensatz zu ihrem Gemach auf Talla Dileas mit seinem alten Kamin mit Sitzbank und den dicken Teppichen und dem alten, riesengroßen Kastenbett. Die Armut auf Talla Dileas war zumindest noch gemütlich – die Armut dieses Raums dagegen verursachte ihr Übelkeit. So sehr, dass sie an der Kommode Halt suchen musste und blind zu Boden blickte.

Payton schob ihre Tasche zur Seite und wies auf eine weitere kleine Tür. »Dort ist die Toilette.«

Ein Kämmerchen mit einem Nachttopf verdiente wohl kaum die Bezeichnung Toilette, doch Mared sagte nichts.

Er ging zur Zimmertür, legte die Hand auf den alten Türgriff aus Messing und sah sich noch einmal nach Mared um.

»Ich erwarte dich um Punkt halb elf morgen Vormittag in der Bibliothek. Dann werde ich dich in deine Pflichten einweisen.«

Sie spürte, dass ihr die Tränen in die Augen stiegen. Rat- und Hilflosigkeit rumorten in ihrem Bauch.

»Falls du etwas brauchst, kannst du dich an Beckwith wenden«, sagte er. »Guten Abend.«

Sie sah ihn nicht an – sie konnte es nicht, denn sie spürte den Drang, sich auf ihn zu stürzen und ihm die Augen auszukratzen. Sie hörte, wie er zur Tür hinausging und sie hinter sich schloss, und in einem Moment äußerster Verzweiflung und übermächtigen Hasses griff sie nach dem angeschlagenen Krug und schleuderte ihn hinter ihm her gegen die Tür, wo er mit lautem Klirren zerbrach. Scherben regneten zu Boden. »Verfluchter Schweinehund!«, schrie sie gellend.

Die Tür wurde so heftig aufgestoßen, dass sie gegen die Wand schlug, und Payton stürmte ins Zimmer, stapfte über die Scherben hinweg und hatte Mared erreicht, bevor sie reagieren konnte.

Er packte sie beim Arm, stieß sie gegen die Wand und drückte sie mit seinem Körpergewicht und einer Hand an ihrem Gesicht dagegen.

Er atmete so schwer, dass sie sehen konnte, wie sich seine Nasenflügel blähten, und seinen heißen Atem auf der Haut spürte. In seinen grauen Augen glomm ein abgrundtiefer Zorn. Er war ein Mann, den sie nicht kannte, ein wütender, Feuer speiender Mann.

»Du hast deine Schulden auf ein Jahr und einen Tag erhöht, wie?«, fragte er mit rauer, vor Wut zitternder Stimme. »Und für jeden weiteren Ausbruch dieser Art füge ich noch einen Tag hinzu und noch einen und noch einen, bis keine Hoffnung mehr besteht, dass du jemals zu deinen verdammten Lockharts zurückkommst!«

Mared erstickte ein Schluchzen in der Kehle; ihre Augen

füllten sich so unvermittelt mit heißen Tränen, dass sie ihn kaum noch sah. »Lasst mich los«, stieß sie zwischen zusammengebissenen Zähnen hervor und versuchte, sich seinem Griff zu entwinden.

»*Loslassen* soll ich dich?« Er lachte boshaft, neigte den Kopf, sodass seine Lippen ihre Schläfe berührten und sein Atem warm ihre Wange streifte. »Ich fürchte, du verstehst mich noch immer nicht, *leannan*. Ich werde dich verdammt noch mal festhalten, wann und wie immer es mir gefällt. Du bist jetzt mein *Besitz,* denn du wolltest es ja nicht anders haben. Diesen Unsinn hast du einzig und allein dir selbst zuzuschreiben, und von mir kannst du kein Fünkchen Mitleid erwarten. Ich habe jegliche Achtung vor dir verloren. Abgesehen davon, dass du meinen Haushalt führen sollst, bist du mir gleichgültig. Und wenn du vorhast, mein Eigentum zu zerstören, dann verlange ich Rückerstattung von dir, so wie jetzt ... Indem du mir dienst.«

»Ich. Werde. *Nie*. Deine Dienerin sein!«, zischte sie.

»Nicht?« Er bewegte den Kopf, sodass seine Lippen dicht vor ihrem Mund waren und Mared auf der Stelle und zu ihrem großen Leidwesen wieder an den Kuss denken musste, der sie beinahe in die Knie gezwungen hätte.

»Aber das *bist* du längst, *lass*. Dein Vater hat seine verdammten Kühe behalten und mir seine Tochter überlassen. Aye, du wirst meine Dienerin sein, Mared«, sagte er und leckte die salzigen Tränen von ihren Lippen. »Du wirst tun, was ich sage, wann immer ich es will. Ich fasse dich an, wann immer es mir passt«, sagte er und strich mit den Lippen über ihren Mund, so leicht, so luftig, dass ihre Haut wild zu prickeln begann. »Ich hole dich in mein Bett, wenn mir danach ist. Oder vielleicht«, sagte er und hielt inne, um mit der Zunge über ihre Lippen zu fahren, »vielleicht vergesse ich, dass es dich gibt.« Und dann brachte er jeglichen eventuellen Protest mit seinen Lippen zum Verstummen.

Er küsste sie. Seine Zunge schlüpfte in ihren Mund, als

wäre er sein Eigentum, seine Hand fand ihre Brust. Da hasste Mared ihn, hasste ihn mit jeder Faser ihres Seins. Ihr Herz hämmerte wild in ihrer Brust, und sie wand sich verzweifelt in seinem Griff, bis sie endlich ihr Gesicht abwenden konnte. »Bevor ich auch nur in die Nähe Eures Betts komme, wird die Hölle kalt«, fauchte sie.

Payton ließ sie abrupt los und stieß sie wie angewidert von sich.

»Ich hasse Euch, Payton Douglas«, sagte sie zitternd und mit wogendem Busen. »Ich werde Euch *ewig* hassen.«

Seine Augen wurden dunkel. »Aye. Das hast du mir bereits deutlich zu verstehen gegeben«, sagte er und wischte sich mit dem Handrücken über den Mund. »Aber inzwischen ist es mir von Herzen gleichgültig.« Er drehte sich abrupt um, stapfte aus der Kammer und schlug die Tür hinter sich zu.

Mared stand noch einen Augenblick da, die Hand vor den Mund geschlagen, um nicht zu schreien, und horchte auf seine Schritte, die sich von ihrer Tür entfernten. Als sie sie nicht mehr hören konnte, ließ sie den Schluchzern freien Lauf, umschlang ihren Oberkörper fest mit den Armen und ließ sich an der Wand hinuntergleiten, bis sie am Boden hockte und weinte wie ein Kind.

Wie lange sie geweint hatte, hätte sie später nicht sagen können, denn sie besaß keine Uhr, aber die Kohlen im Becken waren kalt geworden, als sie schließlich erschöpft war vom Schluchzen und aufhören konnte. Sie wischte sich die Nase und die Augen, schob die Hand in ihre Kleidertasche und zog das Fläschchen heraus, das Donalda ihr gegeben hatte.

9

Payton konnte nicht schlafen.

Es ärgerte ihn, dass er so wütend reagiert hatte, und es ärgerte ihn noch mehr, dass er offenbar noch immer nicht die Finger von ihr lassen konnte … Schon gar jetzt, da sie sich unter seiner Obhut befand. Seine Gefühle brodelten, wie er feststellen musste, so dicht unter der Oberfläche, dass sie überkochten. – Wut, Begehren, das war eine ziemlich giftige Mischung.

Sein Plan erwies sich, wie ihm viel zu spät klar wurde, als einfältig und dumm.

Deshalb war es seiner Meinung nach unabdinglich, dass er sich von ihr fernhielt.

Doch Mared erschreckte ihn, als er am nächsten Morgen um Viertel nach zehn die Bibliothek betrat, denn sie war bereits da und stand vor den Bücherschränken. Sie betrachtete die zahlreichen Bücher, die seine Familie im Lauf der Jahrhunderte gesammelt hatte, die Hände hinter dem Rücken verschränkt, mit einem langen Zopf, der ihr fast bis zur Taille reichte, angetan mit einem alten Kleid in der Farbe eines schottischen Sonnenuntergangs, das er schon viele Male an ihr gesehen hatte.

Auf Anhieb vermutete er Schikane.

Es sollte ihr verdammt schwerfallen, ihren Plan, wie immer er aussehen mochte, in die Tat umzusetzen, denn an diesem Morgen war seine Laune schlechter denn je, seine Geduld am Ende, und kampfbereit durchquerte er das Zimmer.

Doch zu seiner größten Verwunderung drehte sie sich um, als sie ihn eintreten hörte, und lächelte. Ein volles, herrliches Lächeln mitsamt wonnigen Grübchen und den blitzenden grünen Augen, die ihn von Zeit zu Zeit im Traum heimsuchten. »*Maduinn math,* Milord. Guten Morgen.«

Payton blieb wie vom Donner gerührt stehen und musterte sie misstrauisch. »Guten Morgen.« Sie nickte; Payton sah sie noch einen Moment länger finster an. Sie lächelte erneut.

Nein. Was immer das Gör plante, er würde sich nicht so leicht in die Falle locken lassen. Er stapfte zum Schreibtisch und nahm Platz.

»Danke, dass du pünktlich bist. Damit habe ich nicht gerechnet. Setz dich bitte«, sagte er und wies ihr einen Stuhl ihm gegenüber an.

Sie verzog kaum eine Miene, durchquerte nur den Raum und ließ sich mit strahlendem Lächeln nieder, mit straffem Rücken, die Hände im Schoß gefaltet. »Ihr habt viele Bücher«, bemerkte sie leichthin. »Eure Bibliothek ist ziemlich gut sortiert.«

Er sagte nichts, musterte sie nur skeptisch, und sie hielt seinem Blick ruhig stand.

Eine gewaltige Veränderung nach der kreischenden Todesfee, die er am Vorabend erlebt hatte. Oh, aye, sie führte etwas im Schilde, dessen war er sicher.

»Meine Cousine Sarah wird Eilean Ros heute verlassen. Du wirst ihr zu Diensten sein«, begann er und forschte nach einem Zeichen von Aufbegehren in Mareds Miene.

»Sehr wohl«, sagte sie freundlich.

Sehr wohl, dass ich nicht lache. Paytons Blick wurde noch düsterer; er legte die Fingerspitzen zusammen und musterte Mared unverhohlen. »Miss Douglas gibt dir die Schlüssel zu den Vorratskammern. Ich erwarte eine vernünftige Organisation des Haushalts.«

Sie zog eine Braue hoch, lächelte jedoch und nickte.

»Du wirst die schwarzweiße Tracht tragen wie schon Mrs Craig. Miss Douglas wird dir zeigen, wo du deine Kleidung findest, aye?«

»Aye. Die Tracht«, sagte sie mit resolutem Nicken.

»Und nun zu deinen Pflichten«, fuhr er fort, beugte sich unvermittelt vor, stützte die Ellenbogen auf den Schreibtisch und sah Mared aus schmalen Augen an. »Ich bin ein praktisch denkender Laird, Miss Lockhart. Ich benötige keine Heere von Dienstboten. Wir verfügen über die üblichen Landarbeiter und Viehknechte. Zudem habe ich Beckwith, den du bereits kennst, und unter ihm arbeiten drei Diener, ein Kutscher, ein Pferdeknecht und ein Förster. Wir haben eine Köchin, und die verfügt über ein Küchenmädchen. Zusätzlich zu dir gibt es noch zwei Stubenmädchen. Zu deinen täglichen Pflichten zählt die Beaufsichtigung ihrer Arbeit.«

»Nun gut.«

Sie hatte sich nicht von der Stelle gerührt, nicht einmal mit der Wimper gezuckt, ihn nur mit heiterer Miene angesehen, als hätte sie sich voll und ganz in ihr Schicksal ergeben. Verdammt wollte er sein, wenn es so wäre. Die da vor ihm stand, war Mared Lockhart, nicht irgendein schüchternes Stubenmädchen.

Payton neigte sich ein wenig näher zu ihr und kniff wieder die Augen zusammen.

»Ich erwarte, dass du Eilean Ros so sauber hältst, als wäre es Talla Dileas. Ich erwarte, dass die Böden gescheuert und gewienert, die Teppiche geklopft und gefegt, die Möbel und alles Zubehör staubfrei gehalten werden. Du wirst meine Wäsche waschen und morgens und abends meine Gemächer in Ordnung bringen, aye? Und du wirst die Gästezimmer in Ordnung halten. Kurz und gut, Miss Lockhart, du wirst dafür sorgen, dass dieses Haus blitzt wie ein goldenes Schmuckstück. Hast du verstanden?«

»Ja«, antwortete sie höflich, doch er war sich ziemlich sicher, eine leichte Straffung ihres Rückens bemerkt zu haben.

Mit immer noch düsterer Miene lehnte er sich zurück. »Verzeih ... aber nach deiner recht dramatischen Ankunft scheinst du dich bemerkenswert gut eingelebt zu haben, aye?

Darf ich annehmen, dass wir uns, was die Vorschriften deines Dienstes hier betrifft, voll und ganz einig sind?«

Er sah, wie sie schluckte, sah, wie sie sich zum Lächeln zwang.

»Um ehrlich zu sein, ich kann nicht sagen, dass wir uns *einig* sind, Milord, denn dazu bedürfte es der Ausschaltung jeglichen vernünftigen Denkens. Aber man könnte sagen, dass ich mein Schicksal akzeptiert und entschieden habe, dass es sinnlos ist, darüber zu streiten, denn dann wären wir beide ständig wütend, und damit ist keinem von uns gedient.«

Interessant.

War es möglich, dass sie ihr Schicksal tatsächlich, wie durch göttliches Eingreifen, akzeptiert hatte? Nein. Ausgeschlossen. Sie war viel zu widerspenstig und eigensinnig. Natürlich durfte er ihr nicht trauen. Er kannte Mared, kannte ihren unbesiegbaren Stolz ... Das war eines der Dinge, die er einmal an ihr bewundert hatte.

Alles, was er jetzt noch zu bewundern bereit war, wären ihre Fähigkeiten als Putzfrau in seinem Haus.

»Du kannst die Mahlzeiten mit der übrigen Belegschaft im Esszimmer der Dienstboten einnehmen«, fuhr er barsch fort, »und jetzt bist du entlassen und wirst Miss Douglas zu Diensten sein.« Er stand auf und wandte den Blick ab von diesen unergründlichen grünen Augen, stapfte aus dem Zimmer und ermahnte sich wieder einmal, dass er, wenn ihn auch ihr Äußeres verlockte, ihre inneren Eigenschaften doch nicht leiden konnte.

Als Mared die Tür zufallen hörte, ballte sie die Hände zu Fäusten, hämmerte auf die Armlehnen ihres Sessels, ließ den Kopf in den Nacken fallen und stöhnte mit geschlossenen Augen. Sie würde es nicht ertragen. *Niemals!*

Nachdem sie Donaldas Trank eingenommen hatte, hatte sie eine schlaflose Nacht verbracht und auf ein Wunder gehofft. Als keines geschah, erwog sie Annas und Ellies Rat, ihn durch Freundlichkeit zu schlagen. Da ihr keine andere Möglichkeit einfiel, ihn zu schlagen, sagte sie sich in den frühen Morgenstunden, dass der Rat gut war. Payton rechnete mit ihrem Trotz – niemals würde er erwarten, dass sie nachgab. Er würde nicht *wollen,* dass sie nachgab, da es ihm die Freude an ihrer Erniedrigung rauben würde.

Doch sie hatte nicht damit gerechnet, dass ihre Nachgiebigkeit mit einem so hohen persönlichen Preis einherging. Ein weiteres großes Stück war von ihrem Stolz weggebrochen und zu Staub zerfallen.

Abrupt stemmte sie sich aus dem Sessel hoch und schritt im Zimmer auf und ab. »*Du wirst dafür sorgen, dass dieses Haus blitzt wie ein goldenes Schmuckstück*«, äffte sie ihn nach. »*Und jetzt bist du entlassen.* Verdammter elender Tyrann«, fauchte sie. »Ein widerlicher, gemeiner Mistkerl ist er …«

Die Tür wurde aufgestoßen.

Mared schnappte nach Luft und fuhr mit klopfendem Herzen herum.

Es war Beckwith; sein Gesicht wirkte an diesem Morgen noch verkniffener als sonst. »Seine Lordschaft wünscht, dass Ihr sofort Miss Douglas zu Diensten seid.«

»Oh.«

Sie sah sich im Zimmer um, strich mit einer Hand nervös über die Naht ihres Kleides und fragte sich, wie sie *das* aushalten sollte.

»Ich glaube, er will, dass Ihr auf der Stelle zu ihr geht«, fügte Beckwith kalt hinzu.

Mared sah ihn böse an. »Ich *weiß*«, sagte sie, folgte ihm aus dem Zimmer und schritt an seiner Seite den Flur entlang.

Aus den Augenwinkeln musterte sie den Butler. Ihrer Schätzung nach war er nur ein paar Jährchen älter als sie. Er war ein stolzer Mann, das erkannte sie an seinem hocherhobenen kantigen Kinn und seiner perfekt geknoteten Halsbinde, die ihn beinahe strangulierte. »Nun denn, Beckwith …«, setzte sie zögernd an. »Wir sind jetzt Kampfgenossen, aye? Partner gewissermaßen?«

Zu ihrer Überraschung verhielt Beckwith abrupt den Schritt, wandte sich ihr zu und schürzte unfreundlich die Lippen. »Entschuldigt, Miss Lockhart, aber das glaube ich eher *nicht.*«

»Oh«, sagte sie und überlegte, ob sie ihm erklären sollte, dass sie im Gegensatz zu seinen Vorstellungen nicht mehr zum Adel zu zählen war.

Bevor sie jedoch ein Wort äußern konnte, fuhr Beckwith unbeirrt fort: »Ich bekleide den höchsten Rang unter den Angestellten des Lairds, und das bedeutet, dass sämtliche anderen Dienstboten mir direkt unterstellt sind.« Er gönnte ihr ein gemeines kleines Lächeln. »Das gilt auch für *Euch,* Miss Lockhart. Von nun an sprecht Ihr mich bitte mit *Mr* Beckwith an.«

Mared blinzelte verdutzt.

Er drehte sich ruckartig um und stieg die prachtvolle Treppe hinauf. »Beeilt Euch doch bitte«, verlangte er hochnäsig. »Ihr habt Miss Douglas nun wirklich lange genug warten lassen.«

Ihre Gedanken und ihre Zunge waren vor Bestürzung gelähmt.

Mared raffte ihren Rock und eilte dem Butler nach.

Im ersten Stock blieb Beckwith vor einer weißen Tür mit einem bemalten Porzellanknauf stehen und klopfte leise. Ein Stubenmädchen mit weißer Haube öffnete ihm.

»Zur Seite, Rodina«, sagte Beckwith barsch.

Das dunkeläugige Mädchen knickste, trat zur Seite und musterte Mared neugierig, während Beckwith über die Schwelle trat und sich verbeugte.

»Miss Douglas, darf ich Euch Miss Lockhart, die neue Haushälterin, bringen?«

»Oh, dann ist sie also angekommen?«, zwitscherte Sarah Douglas von irgendwoher.

Beckwith sah Mared an; sie schluckte den letzten Rest ihres Stolzes herunter und trat ins Zimmer.

Es war himmelblau gestrichen. Die Wände bestanden aus großen, quadratischen Vertäfelungen, die weiß gestrichene Decke war fröhlich geschmückt mit Seilen und Glocken. Das Zimmer war riesig.

Mehrere Koffer standen verstreut herum, an der gegenüberliegenden Wand stand ein überdimensionaler Frisiertisch aus Mahagoni, einer, den die Lockharts, hätte er sich auf Talla Dileas befunden, problemlos für hundert Pfund hätten verkaufen können.

Doch Miss Douglas hatte offenbar eine gehörige Menge an Kleidung mitgebracht, und als Mared zu ihr trat, fiel es ihr augenscheinlich schwer, sich zu entscheiden, welches der zahlreichen Reisekostüme sie auf der Fahrt nach Edinburgh tragen sollte.

Ein molliges Stubenmädchen hielt zwei Kleider in die Höhe. Ihrem gequälten Gesichtsausdruck nach zu urteilen, hielt es die Kleider schon sehr lange.

»Ah, da seid Ihr ja, Miss Lockhart«, sagte Miss Douglas mit einem Seufzer und einem Blick über die Schulter. »Ihr könnt gehen, Beckwith.«

Er schlug die Hacken zusammen und nickte, dann verließ er geräuschlos das Zimmer.

»Ehrlich, ich kann mich nicht entscheiden«, sagte Miss Douglas, wandte sich wieder der Garderobe zu und warf einen flüchtigen Blick auf Mared. »Was meint Ihr, Miss Lockhart? Welches der Kleider passt am besten zu meinem Haar?«

»Das blaue«, antwortete Mared, ohne zu zögern oder nachzudenken, sondern nur in dem Wunsch, das Zimmer so schnell wie möglich verlassen zu können.

»Das blaue? Tatsächlich? Ich dachte eher an das gelbe«, sagte Miss Douglas unschlüssig, trat zurück, um beide Gewänder kritisch zu mustern, und schien nicht zu bemerken, dass das arme Stubenmädchen sie nur noch mit letzter Kraft hochhalten konnte.

»Das gelbe ist auch sehr hübsch«, sagte Mared. »Aber ich fürchte, Miss, Ihr müsst Euch rasch entschieden, denn dem Mädchen werden die Arme lahm.«

»Wie bitte?«, fragte Miss Douglas und warf einen Blick auf das Mädchen. »Oh!«, sagte sie dann, plötzlich im Bilde über die Qualen des armen Wesens, und nickte nachdrücklich. »Gut, das blaue Kostüm. Du kleidest mich an«, sagte sie, wies auf das mollige Stubenmädchen, ging dann zu ihrem Frisiertisch und ließ sich auf den Brokathocker sinken.

»Tretet ein, tretet ein, Miss Lockhart«, sagte sie und beugte sich vor, um ihr Gesicht im Spiegel genauer zu betrachten. »Wir erreichen gar nichts, wenn Ihr so weit entfernt stehen bleibt.« Sie lehnte sich zurück, wandte den Kopf leicht nach links, dann nach rechts.

»Er hat Euch also tatsächlich als Haushälterin eingestellt, wie?«

»Hat er«, sagte Mared heiter, um ihren Zorn zu verbergen, während sie weiter in das Zimmer trat.

»Sehr gut. So ist es einfach besser. So könnt Ihr die Schulden Eurer Familie bezahlen und es hinter Euch bringen.« Ja, sie konnte es hinter sich bringen und unterließ es, Miss Douglas daran zu erinnern, dass ihr Vetter in der selbstgefälligen Überzeugung seiner eigenen Bedeutung ein Ungeheuer ersten Grades war.

»Es ist besser so«, sagte Miss Douglas noch einmal mit einem gezierten Nicken. »*Sehr viel* besser für alle Beteiligten, möchte ich meinen.«

»Für *alle* Beteiligten?«, fragte Mared, nicht fähig, ihre Zunge zu zügeln. »Und was meint Ihr damit?«

Miss Douglas sah sie wieder an und blinzelte unschuldsvoll. »Was ich damit *meine?* Liegt das nicht auf der Hand? Ich meine, das Ihr wirklich nicht geeignet seid, die Frau eines Lairds der Douglas' zu werden, oder? Ich will damit lediglich sagen, dass – es ein großer Fehler von Paytons Seite gewesen wäre, auf dieser lächerlichen Verlobung zu bestehen.«

»Es hat keine Verlobung gegeben, und wenn es eine gegeben hätte, wäre *ich* es gewesen, die einen großen Fehler begangen hätte«, sagte Mared gepresst. »Die Lockharts sind eingeschworene Feinde der Douglas'.«

»Wie bitte?«, fragte Miss Douglas lachend.

»Das hier hat nichts mit der Geschichte der Lockharts oder der Douglas' zu tun. Es ist einfach so, dass Payton ein Laird und ein vornehmer und bedeutender Mann ist. Es wäre nicht recht, wenn er eine Frau heiraten würde, die ...« Sie hielt in ihrer Selbstbetrachtung inne und ließ ihren Blick über Mared gleiten. »Die nicht über die *angemessenen* Mittel verfügt.«

Mared kochte innerlich angesichts dieser Beleidigung. »Die *Mittel* der Lockharts sind aufgrund der Aktivitäten Eures Vetters nicht mehr angemessen.«

Miss Douglas lachte leichthin und drehte sich auf ihrem Hocker, um Mared direkt anzusehen.

»Das ist schlicht und einfach lächerlich, Miss Lockhart, und das wisst Ihr meines Erachtens selbst! In der Umgebung der Lochs weiß jeder, dass Euer Vater, weil er an den alten Methoden festhält und die Pächter aufkauft, zumal wenn es weiter nichts einbringt als Schulden, stetig Land verliert. Hätte Payton nicht die Schafzucht eingeführt, dann hätte Mr Sorley es mit Sicherheit getan. Wie ich hörte, will er noch vor Herbstbeginn Schafe aus den Grenzgebieten herholen.« Sie wandte sich ab, nahm irgendetwas von ihrem Frisiertisch und hob einen Schlüsselring in die Höhe. »Die werdet Ihr wohl brauchen«, sagte sie.

Mit äußerster Kraftanstrengung zwang sich Mared, den Raum zu durchqueren und die Schlüssel entgegenzunehmen. Sie kämpfte den Drang nieder, sie aus dem Fenster zu werfen. Doch sie schaffte es, und stattdessen sagte sie lächelnd:

»Ihr habt seit Eurer Abreise aus Edinburra schon eine ganze Menge über die Lochs gelernt, nicht wahr, Miss Douglas?«

Miss Douglas bedachte Mared mit einem ausgesprochen finsteren Blick.

»Ich verzeihe Euch, Miss Lockhart, dass Ihr nicht wisst, was sich für Euch geziemt. Aber wärt Ihr in Edinburra Haushälterin, hätte man Euch für eine solche Unverschämtheit auf der Stelle entlassen. Nun denn. Würdet Ihr bitte die Koffer prüfen und mir versichern, dass alles seine Ordnung hat und nichts fehlt? Ich hatte kaum Zeit, die Arbeit zu überwachen.«

Sie sprach, als wären die beiden jungen Stubenmädchen nicht im Zimmer, und ihr entging der Blick äußerster Verachtung, den die beiden tauschten.

Mared entging er nicht, und sie presste die Lippen aufeinander, um Miss Douglas nicht zurechtzuweisen, wozu sie oft genug nicht übel Lust verspürte, denn die Frau machte sich um nichts und niemanden außer sich selbst Gedanken.

Sie ging zum ersten Koffer. Er war offen, angefüllt mit seidenen Unterhosen und Hemdchen, Gewändern aus Brokat und Popelin, bestickten Schuhen, Strickwesten und Nachtkleidern. Wie konnte Miss Douglas angesichts so vieler Kleidungsstücke überhaupt feststellen, ob *irgendetwas* fehlte? Mared beugte sich vor, stopfte alles, wie es ihr in die Finger kam, zurück in den Koffer und schloss ihn mit einem leichten Fußtritt.

Sie richtete sich auf, zwinkerte den Stubenmädchen verstohlen zu und verkündete munter: »Alles in Ordnung.«

»Ausgezeichnet!«, antwortete Miss Douglas von oben herab, stand auf und ließ wissen, dass sie bereit war, sich ankleiden zu lassen. »Übrigens, Miss Lockhart, ich habe zwei Kleider im Ankleidezimmer zurückgelassen. Eines ist golden, das andere aus cremefarbener Seide. Sie müssen ausgebessert und an den Nähten etwas ausgelassen werden, da Ihr dicker seid als ich. Falls Ihr in der Lage seid, die Änderungen auszuführen, könnt Ihr sie behalten, denn ich brauche sie nicht mehr.«

Großartig, dachte Mared.

Daraus ließen sich hübsche Schlafdecken für ihre Hunde machen.

»Und noch eines: Die Haushälterinnentracht findet Ihr im Schrank im ersten Zimmer des dritten Stocks. Es müssten zwei Kleider vorhanden sein. Im dritten ist Mrs Craig begraben worden.«

»Danke«, murmelte Mared.

»Nun gut. Nur noch diese paar Dinge hier bleiben übrig, wenn ich mich angekleidet habe.« Sie legte ihren Morgenrock ab und stand mit ausgebreiteten Armen da, während das arme Stubenmädchen sich damit abmühte, ihr das blaue Kleid über den Kopf zu ziehen.

Mared verdrehte die Augen und schickte sich an, Miss Douglas' verbliebene Kleidungsstücke aufzusammeln, die das dünnere von den beiden Stubenmädchen ihr mit einem Lächeln abnahm. Daraufhin stand Mared da und kam sich unnütz vor, bis jemand an die Tür klopfte.

»Öffnet, Miss Lockhart«, befahl Miss Douglas von ihrer Kommandobrücke aus.

Mared ging zur Tür und stieß sie auf. Ihr verräterisches Herz vollführte einen Satz.

Vor der Tür stand Payton, an den Rahmen gelehnt, die Beine an den Knöcheln gekreuzt, die Arme vor der Brust verschränkt.

Im Augenblick verabscheute sie ihn gründlich. Aber der Mann sah irgendwie einfach zu maskulin aus. Gelegentlich ließ sein Anblick doch tatsächlich ihre Knie weich werden. Das gelang ihm augenscheinlich auch jetzt, obwohl sie ihn verabscheute.

Er furchte die Stirn, als sie nicht gleich etwas sagte. »Hast du vergessen, wie du deinen Laird anzusprechen hast, Miss Lockhart?«

Sieg durch Freundlichkeit. »Natürlich nicht. Wie geht es Euch, Milord?«, fragte sie und versank in einem sehr tiefen Knicks.

Er sah zu, wie sie sich aufrichtete.

»Das war ein bisschen zu überschwänglich, meinst du nicht auch?«

Mared lächelte. »Wenn Ihr es sagt, Milord.«

Payton runzelte die Stirn.

Mared lächelte noch strahlender.

»Oh, Payton! Bist du da? *Diah!* Einen Augenblick noch – ich lasse mich gerade ankleiden«, rief Miss Douglas.

Er seufzte und sah Mared wieder an, die sich eines frechen Lächelns nicht erwehren konnte – so sehr freute sie sein Missbehagen.

»Was ist denn?«, knurrte er, offenbar dem Druck ihrer Freundlichkeit nachgebend. »Warum stehst du da und glotzt? Du solltest deiner Herrin behilflich sein.«

»Oh, das sollte ich wirklich tun!«, flötete sie, wandte sich von der Tür ab und trat zurück ins Zimmer. Im selben Moment meldete sich Miss Douglas.

»Payton, tritt doch bitte ein. Dem Anstand ist jetzt Genüge getan«, sagte sie.

Payton drängte sich an Mared vorbei.

Seine Cousine stand mitten im Zimmer. Das Stubenmädchen kniete zu ihren Füßen und richtete den Saum ihres Reisekleids. »Ich fürchtete, du könntest vergessen haben, dass ich heute abreise«, sagte Miss Douglas und lächelte Payton an.

»Ich habe es nicht vergessen, Sarah.« Er trat zu ihr und gab ihr einen leichten Kuss auf die Wange. »Es tut mir leid, dich gehen lassen zu müssen. – Mir ist, als gehörtest du zu Eilean Ros.«

»Sei nicht dumm, Lieber. Ich gehöre nach Edinburra!«, zwitscherte sie glücklich. »Die dortige Gesellschaft hat mir so gefehlt.«

Er lächelte spärlich, streckte sich träge auf ihrer Chaiselongue aus und sah, aufgestützt auf einen Ellenbogen, mit über das Fußende hinausragenden Stiefeln, interessiert zu, wie das Mädchen Miss Douglas' Saum nähte. »Ich bin dir großen Dank dafür schuldig, dass du mir nach Mrs Craigs Tod zur Hilfe geeilt bist, Sarah. Ich kann dir nicht genug danken.«

»Warum willst du mir danken?«, fragte sie lachend. »Du hast deine Probleme allein gelöst. Damit habe ich kaum gerechnet, denn in dieser Gegend ist einfach kein gutes Personal zu finden.«

Wieder tauschten die Stubenmädchen einen Blick.

»Und jetzt, *mo ghraidh,* da wir angemessenen Ersatz für deine Mrs Craig gefunden haben, brauchen wir nur noch eine passende Frau für dich«, fuhr Miss Douglas unverblümt fort. »Ich wünsche mir so sehr, dass du bald eine findest, damit ich in Edinburra zur Ruhe kommen kann«, fügte sie hinzu.

Zufrieden mit ihrem Saum, scheuchte sie das Stubenmädchen fort und nahm vor dem mannshohen Spiegel Aufstellung.

»Miss Crowley mag ich recht gern«, fuhr sie fort, während sie sich im Spiegel bewunderte und sich nach rechts und links drehte. »Sie wäre eine hübsche Herrin für Eilean Ros.«

Die Bemerkung erschreckte Mared dermaßen, dass sie den silbernen Handspiegel, den sie hielt, fallen ließ. Mit dumpfem Ton schlug er auf dem Boden auf.

Alle im Zimmer Anwesenden fuhren zu ihr herum. Sie zuckte die Achseln und lächelte nervös. »Wie ungeschickt von mir.«

»Gebt besser acht, Miss Lockhart«, riet Miss Douglas von oben herab.

Mared blickte düster auf den Spiegel nieder. Das hier war Wahnsinn. Sie *wünschte* sich doch, dass Payton um Beitris' Hand anhielt ... hatte es zumindest gewünscht, bis er sie gefangen nahm und sie per Vertrag in seine Dienste zwang. Jetzt war sie nicht mehr sicher, was sie wollte.

Es half ihr auch nicht weiter, dass Payton sich auf der Chaiselongue zurücklehnte, die Hände hinter dem Kopf verschränkte und sie beobachtete. »Vielleicht«, sagte er, ohne Mared aus den Augen zu lassen, »lade ich sie und ihre Familie zum Abendessen ein.«

Hastig beugte sich Mared herab, um den verdammten Spiegel aufzuheben.

Sie spürte, wie ihr Gesicht glühte – *Beitris, hier?* Ihre gute Freundin würde sie als niedere Dienstbotin sehen! Sich vorzustellen, dass sie Beitris diesem elenden Narren hatte zuführen wollen! Oh, und er wusste es ja ganz genau, verdammt noch mal!

»Das wäre entzückend, Payton!«, gurrte Miss Douglas. »Ich bin felsenfest überzeugt, dass Miss Crowley die perfekte Frau für dich wäre. Sie ist sehr umgänglich und verfügt über ausgezeichnete Manieren. Glaubst du das auch? Dass sie die richtige Frau für dich ist?«

»Aye«, sagte er, immer noch Mared im Blick, als sie sich wieder aufrichtete, den silbernen Spiegel in der Hand. »Es gibt keine bessere in unserer Gegend. Miss Crowley wäre bestimmt eine gute Ehefrau.«

Mared sah ihn mit offenem Mund an. Er zog eine Braue hoch, forderte sie stumm heraus. Doch eines der Stubenmädchen ging vorbei, stieß Mared leicht an und warf ihr einen warnenden Blick zu, der sie wieder zu Verstand und in die Wirklichkeit zurückbrachte. Sie warf den Spiegel in einen der offenen Koffer.

»Also, was mich betrifft, ich bin glücklich, dass du das sagst«, schwärmte Miss Douglas und vergaß bis auf ihr Bild im Spiegel alles um sich herum. »Eine Zeit lang habe ich verzweifelt gefürchtet, du würdest eine dumme Entscheidung treffen«, sagte sie, beugte sich vor und kniff sich in die Wangen. »Und nachdem du diese Angelegenheit jetzt geregelt hast, erwarte ich recht bald einen Brief mit sehr guten Nachrichten von dir.«

»Aye«, sagte er und stand plötzlich auf. »Ich überlasse dich jetzt deiner Garderobe. Wenn du bereit zum Aufbruch bist, findest du mich im Foyer.«

»Sehr schön«, sagte Miss Douglas, immer noch damit beschäftigt, sich im Spiegel zu bewundern. Payton gab ihr erneut einen Wangenkuss. Als er sich zur Tür umwandte, fing er Mareds Blick ein, sah sie ausdruckslos an und verließ das Zimmer.

10

Stunden schienen vergangen zu sein, als Miss Douglas' zahllose Habseligkeiten endlich eingepackt waren. Die Frau besaß mehr als manche Familie.

Als schließlich sämtliche Koffer nach unten verfrachtet waren, blieb Mared im Zimmer, um sauber zu machen. Dank des schwindenden Vermögens ihrer Familie hatten Mared und ihre Mutter putzen gelernt, und zwar gründlich, denn alte Burgen waren ziemlich schwer in Ordnung zu halten. Doch sie hatte nicht die Absicht, irgendetwas in diesem Haus zu putzen, und räumte Miss Douglas' Zimmer auf, indem sie ein paar Dinge hier und dort verteilte, hinter Sesseln und unter dem Bett.

Und dann legte sie sich, emotional und körperlich ziemlich erschöpft, auf Miss Douglas' Bett und machte ein Nickerchen.

Eine halbe Stunde später wachte sie erfrischt auf, holte die beiden abgelegten Kleider, die Miss Douglas ihr überlassen hatte, rollte sie zusammen wie schmutzige Bettwäsche, klemmte sie unter den Arm und brachte sie in ihre Kammer. Was sie damit machen würde, wollte sie später entscheiden.

Im ersten Zimmer auf der dritten Etage, das bis auf einen Schrank leer stand, fand sie ihre Haushälterinnentracht: ein schwarzes Kleid mit langen schwarzen Ärmeln, eine weiße Schürze und eine weiße, schwarz gepaspelte Haube, die zu tragen Mared sich in stummem Trotz weigerte. Doch als sie die Tracht angezogen hatte und sich im Spiegel betrachtete, fand sie sie gar nicht so schlimm, wie sie vermutet hatte. Sie sah recht gut zu ihren Schuhen aus. Allerdings passte sie nicht sonderlich gut, war am Busen zu eng und an den Hüften zu weit. Doch es war Mared gleichgültig – wenn möglich, hätte sie sich auch in Lumpen gekleidet.

Angetan mit der Haushälterinnentracht, beschloss sie, die beiden Stubenmädchen aufzusuchen und sich vorzustellen. Sie wanderte durchs ganze Haus und fand die beiden Mädchen schließlich im Kellergeschoss, wo sie Bettwäsche falteten. Beide knicksten hastig, als Mared an der Tür auftauchte.

»Guten Tag. Ich bin Mared«, sagte sie und trat mit ausgestreckter Hand in die Wäschekammer.

Das kleine, dunkelhaarige Mädchen stellte sich als Rodina vor. Una war ein pummeliges Mädchen mit rotem Haar und Apfelbäckchen.

Beide sahen sie erwartungsvoll an.

»Nun denn!«, sagte Mared aufgeräumt, faltete die Hände und wiegte sich leicht auf den Füßen. »Ich weiß nicht genau, wie das alles werden soll, aber falls ihr Fragen an mich habt, nur zu.«

Rodina und Una sahen einander an.

Una platzte heraus: »Stimmt es, Miss Lockhart? Ihr solltet den Laird heiraten?«

Das war nun weiß Gott nicht die Frage, die Mared erwartet hatte, und sie war überrumpelt.

»*Nein*«, sagte sie und wurde, verdammt noch mal, feuerrot. »Die Lockharts und die Douglas' sind Todfeinde. – Deswegen bin ich hier als seine Haushälterin versklavt worden.«

»*Versklavt?*«, wiederholte Una ungläubig und sah Rodina an.

»Todfeinde?«, fragte Rodina ziemlich verwirrt an Mared gewandt.

»*Feinde*«, beharrte Mared. »Und ich bin tatsächlich versklavt worden. Also! Was haben wir zu tun?«, fragte sie munter in einem verzweifelten Versuch, das Thema zu wechseln.

Die beiden Mädchen sahen sie mit offenem Mund an. »Ihr wisst es nicht?«, fragte Una.

»Ich habe nicht die geringste Ahnung«, gestand Mared fröhlich.

Verwirrt wie noch nie erklärten die beiden Mädchen stockend, dass sie, wenn die Bett- und Tischwäsche versorgt war, das Arbeitszimmer der alten Dame putzen mussten. Als Mared gestand, doch ein wenig überrascht zu sein, da es auf Eilean Ros ihres Wissens keine alte Dame gab oder je gegeben hatte, nickten die Mädchen.

»Aye«, sagte Una und verdrehte unverfroren die Augen. »Die Zimmer befinden sich im Nordflügel, der nur selten genutzt wird. Miss Douglas hat angeordnet, dass der Flügel allwöchentlich geputzt wird.«

Ach ja?

Mared wusste aus ihren Erfahrungen auf Talla Dileas, dass man, wenn man nicht über genügend Personal zur Instandhaltung eines großen Hauses verfügte, so viele Zimmer wie möglich einfach verschloss.

Falls Miss Douglas sie geöffnet haben wollte, dann sollte sie gefälligst aus Edinburgh zurückkommen und sie selbst putzen.

Zum ersten Mal an diesem Tag war ihr Lächeln echt, als sie fragte: »Verfügte Mrs Craig über Möbelschonbezüge? Ich habe keine Lust, Zimmer zu putzen und zu wischen, die jahrelang von keinem Menschen benutzt werden.«

Rodina und Una sahen erst sie, dann einander blinzelnd an und wandten sich dann lächelnd Mared zu. »Aye!«, pflichteten sie ihr einstimmig zu.

Im Laufe des Nachmittags inspizierten sie viele der Zimmer auf Eilean Ros, und Mared geriet unwillentlich ins Staunen über den Reichtum der Douglas'. Jedes Zimmer enthielt kostbare Kunstwerke und teure Nippes aus Porzellan, Keramik oder Gold, feine Orientteppiche und französische Möbel, und offen gestanden, Mared hatte im Leben noch nie so viele Bienenwachskerzen gesehen. Darunter befand sich nicht eine einzige Paraffinkerze, und im Keller gab es einen

Raum, der einzig zur Lagerung von Bienenwachskerzen diente.

Das Ausmaß des Reichtums in diesem Haus nahm ihr den Atem. Er war gewissermaßen undenkbar. Als sie als junges Mädchen in den Hügeln um Talla Dileas umhergestreift war, hatte sie sich oft vorgestellt, ein völlig anderer Mensch zu sein – natürlich ein Mädchen, das nicht mit einem Fluch belastet war. Aber auch reich. Aristokratischer Herkunft. Weltgewandt und weit gereist und schön und in Samt und Seide aus Paris gekleidet. Sie stellte sich auch vor, in einem Haus wie diesem zu leben, umlagert von schmeichelnden Männern.

Stattdessen sah sie nun zu, wie Rodina und Una die Möbel abstaubten und mit Schonbezügen versahen. Ihr Fleiß war es schließlich, der sie bewegte, sich aus dem Lehnstuhl zu erheben, in dem sie geruht hatte, und sich an einen Schreibtisch zu setzen, um einen Brief an den langweiligen und faden Laird zu schreiben.

Mit Rodinas und Unas Hilfe war sie zu dem Schluss gekommen, dass mindestens zwei Drittel der Zimmer im Haus zu selten genutzt wurden, um es als sinnvoll erachten zu können, dass sie geöffnet blieben.

Voll Eifer fertigte sie eine Liste der Räume an, die geschlossen werden sollten – weil Una darauf bestand, denn besonders Una war der Überzeugung, dass die Erlaubnis des Lairds notwendig war.

Genau genommen beabsichtigte Mared jedoch nicht, ihn zu *fragen*. Doch sie hielt es für ihre Pflicht, ihn zu informieren. Und in ihrem Brief zeigte sie sich so entschlossen, dass sie überrascht war, als Una bat, sie zum Abendessen freizustellen.

»Abendessen?«, sagte Mared und warf einen Blick auf die Louis-Quatorze-Uhr auf dem Kaminsims. »Er hat noch nicht einmal nach dem Tee geläutet.«

»Er hält keine Teestunde, es sei denn, er hat Gäste, Miss«,

erklärte Rodina. »Der Laird speist allein, und er legt Wert auf ein frühes Abendbrot. Er geht mit den Hühnern zu Bett und steht mit den Hühnern auf, sagt er.«

»Klingt absolut langweilig«, bemerkte Mared. Doch Una erklärte, dass sie den Tisch für die Dienerschaft decken musste und dass sie alle zusammen um sechs Uhr zu Abend aßen.

»So früh?«, rief Mared verblüfft.

»Kein Wunder, dass in diesem Haus kein Tee serviert wird. Was wäre der Sinn?«

»Aye, Miss«, sagte Una.

Mared wandte sich achselzuckend wieder ihrem Brief zu. »Dann werde ich mich euch um Punkt sechs Uhr anschließen.« Und so begab sich Mared eine halbe Stunde später zum Speiseraum der Dienerschaft und legte auf dem Weg den Brief für Seine Hoheit im Foyer auf einem Silbertablett ab, auf dem, wie sie vermutete, Beckwith die Post sammelte. Dann ging sie weiter in den Raum, in dem sich bereits einige Dienstboten versammelt hatten.

Der Kutscher saß schon am Tisch und nickte Mared höflich zu. Die Köchin, eine ältere Frau mit grauem Haar und nur einem gesunden Auge, schob sich mit einer großen Platte voller Lammkoteletts, wie es aussah, in den Raum. Sie beachtete Mared kaum, ließ sie nur wissen, dass sie Mehl brauchten und dass der Sohn des Försters am nächsten Morgen für ein paar Shillings und ein Stück Kuchen nach Aberfoyle gehen würde, um es zu besorgen.

Rodina erschien mit einer Platte mit Lauch hinter einem blassen Küchenmädchen, das höflich knickste. »Ihr könnt am Ende des Tisches Platz nehmen, Miss, Mr Beckwith gegenüber«, sagte Rodina und stellte die Lauchplatte auf den Tisch. Und als Mared sich setzte, trat Beckwith ein. Ihm auf den Fersen folgten die drei Diener. Unter ihnen herrschte offenbar gute Kollegialität, denn sie lachten und schubsten sich spaßeshalber, als sie das Zimmer betraten.

»Sind wir etwa alle versammelt?«, fragte der Diener, der sich am Vorabend als Charlie vorgestellt hatte.

»Aye, alle außer Willie. Der Laird ist noch nicht zurück«, sagte Beckwith, setzte sich und nickte Mared knapp zu.

»Er geht wohl mit einem Mädchen aus, wie?«, fragte ein großer, gut aussehender Diener, zwinkerte Mared zu und machte mit den anderen Männern Grimassen, bis ein gestrenger Blick von Beckwith ihn weitertrieb, um den Tisch herum an seinen Platz.

»Er ist in Miss Crowley verliebt«, gab Rodina hochnäsig zum Besten und wischte sich die Hände an der Schürze ab. »Ich habe es erst heute Morgen aus seinem eigenen Mund gehört.«

»Warst du wieder in seinem Bett, Rodina?«, fragte ein weiterer Diener, und Rodina gab ihm einen Schlag auf den Hinterkopf, sehr zum Vergnügen der übrigen Bediensteten.

»Miss Crowley, aye«, sagte der große Diener. »Das ist eine Hübsche.« Er deutete mit den Händen grob Brüste vor seinem Oberkörper an, was fast alle anderen wieder in Gelächter ausbrechen ließ.

Außer Beckwith.

»Alan!«, fuhr er den Mann an. »Ich wäre dir dankbar, wenn du dich in der Gegenwart von Frauen benehmen würdest! Und da ist auch noch unsere neue Haushälterin, die Zeugin deiner schlechten Manieren wird!«

Alan warf einen Blick auf Mared, musterte sie unverhohlen, und die anderen nahmen ihre Plätze an dem großen Tisch ein.

»Die neue Haushälterin ist entschieden hübscher als die vorige«, sagte Alan und lächelte Mared an.

»Oh, Alan!«, rief Una empört. »Und Mrs Craig ist gerade erst unter der Erde!«

»Das reicht jetzt!«, mahnte Beckwith. »Darf ich euch Miss Lockhart von Talla Dileas vorstellen? Ihr stellt euch bitte der Rangfolge entsprechend vor«, sagte er, griff nach seiner Leinenserviette, stopfte sie in den Kragen und bedeutete Una, ihm das Lammfleisch zu reichen.

Es ging am Tisch reihum. Charlie und Alan begrüßten sie mit breitem Lächeln und lüsternen Blicken, doch Jamie, der dritte Diener, der rechts von ihr saß, sah sie skeptisch an und sprach kaum, während der erste Gang serviert wurde.

Der Kutscher, Mr Haig, nickte höflich und erklärte ihr, dass der junge Pferdeknecht William gewöhnlich nicht mit den andern speiste, für den Fall, dass ein Gast kam. »Und dann der Laird, er kommt oft spät in der Nacht nach Hause«, berichtete er.

Die Köchin, Mrs Mackerell, und das Küchenmädchen Moreen sagten wenig.

Erst als das Hauptgericht, Lammkoteletts und Buchweizenkuchen, verspeist wurde, lehnte Jamie sich auf seinem Stuhl zurück und musterte Mared mit einem frechen Grinsen. »Ihr seid es, nicht wahr? Die mit dem Fluch?«

Das machte jeglicher Unterhaltung ein jähes Ende, und Mared senkte langsam ihre Gabel. »Wie bitte?«

»Ihr seid vom *a'diabhal* verflucht, nicht wahr?«, fragte er, ignorierte die Köchin, die nach Luft schnappte, und beäugte Mared wie eine Kuriosität im Zirkus in Glasgow.

»Jamie!«, sagte Beckwith scharf, doch der Diener ließ sich nicht einschüchtern. »Entschuldigung, Mr Beckwith, aber am Abend des *ceilidh* habe ich alles gehört«, sagte er und beugte sich mit einem düsteren Lächeln vor. »Sie sagen, Ihr seid eine Hexe«, forderte er sie heraus.

Mared musste unwillkürlich lachen.

»Eine *Hexe!* Sagen sie das tatsächlich? Das ist dann ja ein großartiger Aufstieg, Sir.«

»Dann gesteht Ihr, dass Ihr eine Hexe seid, Miss Lockhart?«, fragte er und kniff die Augen zusammen.

Sie lachte erneut. »Wenn ich eine Hexe wäre, Sir, würde ich dann wohl eine Stelle als Haushälterin annehmen?«

Darüber lachten alle außer Jamie – doch auch diese Unbeschwertheit konnte das plötzliche Interesse an ihr nicht dämpfen, auch nicht Mrs Mackerells angewiderten und entsetzten Blick.

Das war der Augenblick, vor dem Mared immer graute, der Augenblick, wenn den Leuten in ihrer Nähe bewusst wurde, dass sie vielleicht etwas grauenhaft Widerliches oder Angsteinflößendes an sich hatte, und plötzlich fühlte sie sich umgeben von einer kalten Leere, die sie vom Rest der Welt trennte.

Es war ein Moment wie tausend andere in ihrem Leben, die längst zu einem fernen Summen verhallt waren, denn sie hatte schon vor langer Zeit, schon als Kind gelernt, dass es sinnlos war, sich deswegen zu grämen.

Sie tat, was sie in solchen Situationen immer tat – sie lächelte freundlich und sagte mit Nachdruck: »Ich bin keine Hexe.«

»Dann eben eine Zauberin«, blieb Jamie hartnäckig.

»Nein, keine Zauberin«, spottete sie spaßeshalber. »Ein *Troll!*«

Moreen kicherte darüber.

»Ich lebe unter der alten Brücke in Glen Ketrich. Die kennt Ihr doch, nicht wahr? Ich habe ein paar kleine Kobolde, die den Garten pflegen, aber zum größten Teil bleiben wir Trolle unter uns«, sagte sie leichthin.

Alan, Gott segne ihn, lachte und sagte: »Aye, ich kenne die Brücke. Ich glaube, dort wohnt auch das Hühnerweib. Oder?«

»Aye!«, antwortete Mared strahlend. »Nun, sie ist die Haushälterin. – Was glaubt denn Ihr, wer mich ausgebildet hat?«

Darüber lachten nun alle, selbst Mr Beckwith lächelte.

»Wenn Ihr keine Hexe seid«, blieb Jamie stur bei seinem Thema, »warum seid Ihr dann hier? Ihr seid doch eine Lockhart, oder? Adel sozusagen. Aber die Tochter eines Lockharts«, fuhr er fort und wandte sich dabei eifrig an die anderen, »ist doch schließlich verflucht, bis sie dem *a'diabhal* ins Auge blickt …«

»In den Bauch«, sagte Mared mit einem Lächeln und meinte, verlangen zu können, dass er den Fluch, wenn er ihn denn aufs Tapet bringen musste, zumindest korrekt zitierte.

»Äh, was?«, fragte Jamie aufgeschreckt.

»Die Tochter eines Lockharts muss in den Bauch des Untiers sehen. Nicht in die Augen.«

Auf Jamies verständnislosen Blick hin seufzte sie. »Wenn Ihr meine Geheimnisse ausplaudern wollt, Jamie, dann müsst Ihr sie korrekt vorbringen. Es heißt, dass die Tochter eines Lockharts erst heiraten kann, wenn sie in den Bauch des Untiers gesehen hat«, informierte sie ihn, »womit *Eurer* Meinung nach vielleicht der Teufel gemeint ist, aber was weiß ich? Vielleicht soll ich auch nur in den Bauch einer alten Kuh sehen!«

Alan lachte wieder, die anderen jedoch blieben still. Sie musterten sie neugierig, sichtlich fasziniert.

»Dann stimmt es also«, sagte Jamie mit leiser Stimme und ohne den Blick von Mared zu lösen. »Man sagt, jeder Mann, der sie zu heiraten gedenkt, wird sein Leben verlieren … oder sie selbst stirbt«, sagte er unheilschwer und blickte einen nach dem anderen an. »Erinnert ihr euch, wie Seine Lordschaft am Abend des Balls von der Terrasse gestürzt ist? Er war nicht allein auf der Terrasse, das ist allgemein bekannt. Und es ist schon seltsam, dass diese Balustrade ausgerechnet an jenem Abend brach.«

»Wirklich seltsam«, sagte Mared und tätschelte seinen Arm. »Aber Ihr vergesst eine wichtige Sache, Sir. Der Laird hatte nicht die Absicht, um meine Hand anzuhalten.«

»Aber … Miss Douglas hat gesagt, er wollte es tun!«, flüsterte Una mit großen Augen.

»Jetzt reicht es!«, sagte Beckwith scharf und schlug mit der flachen Hand auf den Tisch. Alle fuhren zusammen. »Ich dulde hier kein Geschwätz über Hexen und Elfen, und außerdem, der Laird beabsichtigte nicht, um *irgendeine* Hand anzuhalten. Wenn er um jemandes Hand anhält, dann wird es wohl Miss Crowleys sein, und ihr …«

Er unterbrach sich und hob rasch die Hand, um allen Schweigen zu gebieten. Da hörten sie es auch – das Läuten der Glocke. »Er ist gekommen«, sagte Beckwith und erhob sich hastig. »Jamie«, sagte er. »Du kommst mit.«

Jamie stand ohne zu zögern auf, warf seine Serviette zur Seite und folgte Beckwith aus dem Zimmer.

Die Übrigen fingen an, Teller und Servierplatten einzusammeln. Mared beteiligte sich ebenfalls, doch als sie in die Küche kam, sah sie, wie Mrs Mackerell sich rasch bekreuzigte.

11

Payton hatte Sarahs Kutsche zu Pferd begleitet und war dann weitergeritten, um so weit wie möglich von Eilean Ros fortzukommen. Jetzt konnte er sich nicht mehr vorstellen, was er sich gedacht hatte, diesen lächerlichen Plan zu schmieden. Oh, aye, er wollte Rache, aber Mareds Zorn oder ihre Tränen bereiteten ihm nicht die erwartete Genugtuung. Und jetzt würde sie ihn quälen – unerklärlich fröhlich, absolut unfähig als Haushälterin, und, schlimmer noch, jetzt waren diese grünen Augen überall in seinem Haus.

Er ritt über die riesige Ausdehnung seiner Ländereien, sah nach den Schafen und besuchte Pächter, verzweifelt bemüht, einen klaren Kopf zu bekommen. Doch es lag auf der Hand, dass diese bodenständigen Menschen Besseres zu tun hatten, als mit ihm über den Eintritt des ersten Frosts zu spekulieren, und so ritt er weiter nach Aberfoyle. Nach zwei großzügigen Gläsern Whisky in der Kneipe rief er Finella zu sich, ein Serviermädchen, das er intim kannte, und ging mit ihr nach oben.

In dem Zimmer schloss er die Tür hinter sich ab und wandte sich der lächelnden Finella zu, für die solch ein Stelldichein mit ihm längst Gewohnheit war und die sich bereits in freudiger Erwartung die Brust massierte.

»Zieh dich aus«, befahl er und blieb mit dem Rücken zur Tür stehen, um ihr beim Entkleiden zuzusehen. Gewöhnlich genoss er es zuzusehen, wie eine Frau sich Stück für Stück ihrer Kleidung entledigte, aber an diesem Tag konnte Finellas Vorstellung ausnahmsweise keinen Funken Interesse in ihm entzünden.

Und als er sich zwischen Finellas fleischige Schenkel sinken ließ und seinen Mund auf ihre große Brust legte, weckte ihr Körper auch nicht die übliche lustvolle Reaktion in ihm. Entrüstet stellte er fest, dass es Mared war, an die er dachte, dass er Mared vor sich sah, als er die Augen schloss und in Finella eindrang.

Und außerdem dachte er an diesen abscheulich wütenden Kuss – an den Augenblick, als er die Kontrolle verlor und sich im Zorn ihrer Lippen bemächtigte.

Die Erinnerung beeinträchtigte den Erfolg seines Stelldicheins – es schien ewig zu dauern, bis er seine Erfüllung fand, lange nachdem Finella bereits ihren Höhepunkt gehabt und das Interesse verloren hatte. Doch er wollte nicht aufhören. Er *konnte* nicht aufhören. Ihm war, als ginge es um Leben und Tod, als würde der Erfolg dieses Akts beweisen, dass Mared ihn noch längst nicht entmannt hatte.

Als er endlich zu einem erbärmlichen Orgasmus gekommen war, wand sich Finella unter ihm vor und begann, ihre Kleider zusammenzusuchen.

»Verzeihung, Milord, aber unten wird man mich vermissen«, entschuldigte sie sich, schob den Fuß in einen Strumpf und rollte ihn an ihrem Bein hinauf, während ihre Brüste schaukelten.

Payton lag, ein paar Kissen unter den Kopf geschoben, nackt auf dem Bettzeug, streckte die Hand aus und befingerte geistesabwesend eine Brustspitze.

»Wenn ich das sagen darf, Milord, Ihr scheint heute nicht Ihr selbst zu sein«, bemerkte Finella und fischte nach ihrem anderen Strumpf.

Das stimmte. Seit mehr als vierzehn Tagen, seit dem Ball war er nicht mehr er selbst. Schlimmer noch, es war ihm noch nie passiert, nicht ein einziges Mal in seinen zweiunddreißig Jahren auf dieser Welt, dass ihm Sex mühsam erschien. Er beugte sich über die Bettkante, griff nach seiner Hose, zog einen Fünfpfundschein aus der Tasche und reichte ihn wortlos Finella.

Ihre Augen wurden rund; sie nahm den Schein gierig an. »Ihr seid zu großzügig, Milord.«

»Und du bist sehr geduldig«, sagte er müde.

»Ich hatte mal einen Kunden, der ganz ähnlich war«, sagte sie, schob den Geldschein in ihr Strumpfband und hob ihr Hemdchen auf. »Ein vornehmer Lord war das. Hat mir nie mehr als ein paar Shillings gegeben.« Sie schlüpfte in ihr Hemd und griff nach ihrem Kleid. »Aber eines Tages kurz vor Ostern kam er ins Gasthaus und blieb tatsächlich die ganze Nacht.«

Sie hielt inne, zog sich das Kleid über den Kopf, drehte sich um und setzte sich auf die Bettkante, damit Payton es zuknöpfen konnte. »Aye, und?«, fragte er träge und machte sich an die Arbeit.

»Gleich am nächsten Morgen hat er mir drei ganze Pfund gegeben!«, rief sie.

»Dann hast du ihm sicher eine unvergessliche Nacht beschert, schätze ich.«

»Oh nein«, sagte sie und stand auf, als Payton alle Knöpfe geschlossen hatte. »Es war nichts weiter als das übliche Vögeln. Trotzdem hat er mir drei Pfund gegeben, und dann habe ich ihn nie wiedergesehen.«

Damit stopfte sie den Geldschein, den Payton ihr gegeben hatte, in ihren Ausschnitt. »Werde ich Euch auch nie wiedersehen, Milord?«

»Doch, natürlich.«

Sie furchte leicht die Stirn und schüttelte den Kopf. »Das glaube ich nicht. Schade eigentlich – mir hat es immer ganz gut gefallen.«

»Sei nicht dumm, Finella«, sagte er abschließend. »Ein Mann braucht seine körperliche Befriedigung, sonst wird er krank.«

»Mag sein«, sagte sie nachdenklich. »Und vielleicht findet Ihr Eure körperliche Befriedigung bei einer anderen?« Sie zwinkerte ihm zu. »Ich gehe lieber wieder an die Arbeit, Milord«, sagte sie und öffnete die Tür. Über die Schulter hinweg lächelte sie ihm flüchtig zu, dann schlüpfte sie hinaus.

Payton furchte die Stirn. Finella irrte sich – er würde zurückkommen. Es war ihm nie gelungen, allzu lange abstinent zu bleiben, und wohin sonst sollte er sich wohl wenden? In der letzten Zeit hatte er wohl ein wenig neben sich gestanden, aber bald schon würde er wieder scharf sein wie eh und je.

Dessen war er sicher.

So sicher, dass er noch ein Glas Whisky trank, um seinen Verstand und sein Herz zu betäuben, bevor er nach Eilean Ros zurückritt.

Die Sonne versank hinter dem Ben Cluaran, als Payton auf Murdoch zu Hause eintraf. Das Haus lag dunkel da, abgesehen von flackerndem Kerzenschein in zwei Räumen im Erdgeschoss.

Der kleine Willie nahm ihn auf der Zufahrt in Empfang, doch Payton schickte den Jungen zum Abendessen und versorgte Murdoch eigenhändig.

Dann schritt er die lange Zufahrt zu seinem Haus hinauf und betrachtete die vielen Dutzend dunklen Fenster, die so gespenstisch aussahen wie seine Stimmung. Sie waren wie Fenster zu seinem Leben, überlegte er – schwarz und leer, ohne Licht.

Wieder einmal verfluchte er sich im Stillen für seine einzige, niederschmetternde Schwäche – seine Unfähigkeit, Mared Lockhart aus seinen Gedanken zu verbannen, aufzuhören, über sie und seine innere Leere nachzugrübeln. Seit dem Abend, als sie ihn wissen ließ, dass sie ihn niemals lieben würde, dachte er nur noch an sie. Er war besessen von seiner Unfähigkeit, ihr Herz zu gewinnen, und seine unerklärlichen Gefühle für sie waren tief wie Loch Ard. Aye, und schon wieder dachte er, Narr, der er war, an sie, fragte sich, was sie den Tag über getrieben hatte, an ihrem ersten Tag als Dienstbotin. Speiste sie mit den anderen? Hatte sie den ganzen Nachmittag schmollend in ihrer Kammer verbracht?

Seine Besessenheit war umso ärgerlicher, als er kein Dummkopf war – er wusste wohl, dass das Begehren des einen nicht das Begehren der anderen wecken konnte. So war es in der Liebe – manchmal schlugen zwei Herzen im gleichen Takt. Und manchmal schlug ein Herz für zwei.

Es ärgerte ihn maßlos, dass er, obwohl er intelligent genug war, das zu verstehen, doch diesen unnützen, aber hartnäckigen Hoffnungsschimmer nicht auslöschen konnte. Er hasste diesen Funken Hoffnung. Verabscheute ihn, verachtete ihn. Er wünschte sich sehnlichst, ihn in Stücke schlagen zu können und nie wieder zu hoffen.

Im Foyer legte er Hut und Handschuhe ab und griff nach den drei Briefen auf dem Silbertablett, die Beckwith für ihn bereitgelegt hatte. Sein Magen knurrte vor Hunger; er schob die drei Briefe in seine Jackentasche und schritt den Flur entlang in Richtung Speisezimmer.

Dort war in aller Form für eine Person gedeckt. Das war Sarahs Werk – sie hatte beschlossen, dass ein Mann seines Standes luxuriös speisen musste, ganz gleich, wie viele Gäste er bewirtete. Payton hielt es für eine ungeheure Verschwendung von Zeit und Mühe, doch er hatte ihr diese Sitte zugestanden, und nun sah es so aus, als würde Beckwith sie fortführen.

Ein Feuer brannte im Kamin, zweifellos alle halbe Stunde frisch geschürt, bis er sich am Tisch niederließ. Mitten auf dem mit Damast bedeckten Tisch stand ein siebenarmiger Leuchter. Zwei Kristallkelche – einer für Wasser, einer für Wein –, ein Gedeck aus Knochenporzellan, Silberbesteck und ein kleines Kristallglas für einen Schluck Whisky oder Portwein nach der Mahlzeit luden ihn ein. Payton ging zur Anrichte, zog den Glockenstrang, schenkte sich einen Schluck Whisky ein und stürzte ihn hinunter. Er schloss die Augen und genoss das Brennen in der Kehle.

Kaum hatte er seinen Platz eingenommen, als Jamie erschien. Auf einem Tablett brachte er drei mit Silberhauben abgedeckte Platten, die er auf der Anrichte abstellte. Er zündete die Leuchterkerzen an, trat zurück und verneigte sich. »Darf ich servieren, Milord?«

»Bitte«, antwortete Payton träge, und Jamie nahm seinen Teller vom Tisch, ging damit zur Anrichte und füllte ihn. Beckwith trat ein, eine Kristallkaraffe mit Wein in der einen, einen Krug Brunnenwasser in der anderen Hand. Er füllte Paytons Gläser, während dieser die Post durchsah.

Besonders einer der Briefe stach ihm ins Auge. *An den Ehrenwerten Laird Douglas, Herr und Despot auf Eilean Ros.*

Er starrte auf den Brief, und Jamie stellte den Teller vor ihm ab.

»Benötigt Ihr sonst noch etwas, Milord?«, fragte Beckwith.

»Hm ... nein«, sagte er gedankenverloren. Beckwith nickte, trat zurück und verließ geräuschlos das Zimmer. Auch Jamie trat zurück, blieb aber still und reglos neben der Anrichte stehen, für den Fall, dass Payton noch Wünsche hatte.

Doch Payton nahm ihn kaum wahr; der Brief interessierte ihn viel mehr. Er faltete das Papier auseinander und las:

An den Ehrenwerten Laird Douglas:

Es grüßt Euch Miss Lockhart,

Eure vertraglich verpflichtete Haushälterin. Ihr solltet wissen, dass ich mir die Freiheit genommen habe, diverse Zimmer im Nordflügel zu schließen.

Nehmt bitte zur Kenntnis, dass ich durchaus die Möglichkeit in Betracht gezogen habe, Ihr könntet glauben, es sei des Ansehens wegen für einen so mächtigen und selbstherrlichen Laird wie Euch unerlässlich, all diese Räume in seinem riesigen Haus für alle Schotten nah und fern geöffnet zu lassen, damit sie sie voller Ehrfurcht bewundern können. Dennoch muss ich darauf hinweisen, dass wir auf Talla Dileas, wo wir unsere Bedeutung nicht so maßlos überschätzen, festgestellt haben, dass Zimmer, die lange nicht genutzt werden, trotzdem Torf oder Kohle benötigen, die wir uns nicht leisten können, wie auch Stubenmädchen, die bedeutend sinnvoller eingesetzt werden könnten als zum Putzen großer, leerer Räume.

Mir sind jedoch ein paar Zimmer aufgefallen, die offen gehalten werden sollten, weil sie sehr deutlich Euren Geschmack und Eure Vorlieben spiegeln; vornehmlich das Billardzimmer, denn es ist sehr schlicht und nüchtern, und das Wohnzimmer im Nordflügel, das allem Anschein nach in früheren Epochen der Geschichte der Douglas' als Folterkammer gedient hat.

ML

Payton verbiss sich ein zögerlich überraschtes Lächeln angesichts dieses unverschämten Briefs seiner Haushälterin und las ihn noch zwei Mal. Aye, er wusste schon lange, dass das Mädchen Mumm in den Knochen hatte. Sie ließ sich, wie es aussah, von ihrer neuen Situation keineswegs unterkriegen.

Als er sein Mahl beendet hatte, läutete er nach Beckwith. »Ich werde in meinen Gemächern einen Portwein zu mir nehmen.« Er verließ das Speisezimmer, schritt zielstrebig den Flur entlang und stieg, zwei Stufen auf einmal nehmend, die Treppe hinauf.

Er betrat seine Suite durch das Ankleidezimmer, blieb einen Augenblick in der Tür stehen und sah sich seine Umgebung ganz genau an. Sein Ankleidezimmer war zu seiner großen Enttäuschung einwandfrei aufgeräumt – seine Kleider waren eingeräumt, die Toilettenartikel gesäubert und ordentlich auf dem Waschbecken aufgereiht. Selbst der Schrank war geschlossen und gewienert.

Wie es schien, tat seine Haushälterin doch mehr, als nur das halbe Haus zu verschließen.

Payton ging weiter in sein Schlafgemach, zog Jacke und Weste aus und warf beides im Gehen nachlässig und für ihn untypisch hinter sich zu Boden.

Auch sein Schlafgemach war unerträglich ordentlich und sauber. Seufzend löste er seine Halsbinde, öffnete den Kragen seines Leinenhemds und sah sich um. Im Kamin brannte ein Feuer, und der dicke Webteppich sah aus, als wäre er frisch gefegt worden. Die Vorhänge waren geschlossen, seine Bücher standen säuberlich in Reih und Glied in den Regalen. Sein Bett war ordentlich gerichtet, nachdem er sich in der Nacht rastlos darin gewälzt hatte ... Ah, aber dann war es doch das Bett, das ein befriedigtes Lächeln auf sein Gesicht lockte.

Als Beckwith mit seinem Port eintraf, saß Payton in einem der beiden ledernen Lehnstühle vor dem Kamin. Beckwith stellte das Tablett auf einem Tischchen zwischen den Stühlen ab und sah Payton, weitere Aufträge erwartend, an.

»Schickt Miss Lockhart zu mir«, sagte er schlicht.

»Die Haushälterin, Milord?«, fragte Beckwith verunsichert. »Stimmt etwas nicht?«

»Ihr müsst blind sein, wenn Ihr es nicht seht, Beckwith. Schaut Euch doch mal um.«

Beckwith sah sich noch einmal im Zimmer um und schüttelte den Kopf. »Verzeihung, Milord, aber mir scheint, alles ist in bester Ordnung.«

»Dann ist Euch vielleicht das *Bett* nicht aufgefallen«, sagte Payton und wies mit einer großartigen Geste in die entsprechende Richtung.

Beckwith nahm das Bett in Augenschein. Offenbar musterte er die dicken Mahagonipfosten und den Betthimmel, aber nicht die Decke aus roter Seide, von Paytons Großmutter mit goldfarbener Stickerei versehen.

»Was ist los mit Euch, Beckwith?« Payton schnalzte mit der Zunge. »Es ist nicht zur Nacht aufgeschlagen.«

»Aye, natürlich nicht. Ich werde es sofort erledigen ...«

»Nein, lasst nur. – Mir ist es lieber, wenn *sie* es tut. Schließlich ist sie die Haushälterin, nicht wahr? Es ist die Aufgabe der Haushälterin, dieses Gemach zur Nacht zu richten.«

»Ich schicke sie unverzüglich«, sagte Beckwith.

Als sein Butler das Zimmer verließ, lächelte Payton und schenkte sich ein Glas voll guten französischen Portwein ein.

Eine Viertelstunde später hörte er sie klopfen. Mit einem undeutbaren Ausdruck auf dem entzückenden Gesicht trat sie in sein Zimmer.

»Miss Lockhart«, sagte er, schlürfte seinen Port, blickte in den Kamin und ließ sie warten.

Im nächsten Augenblick räusperte sie sich. »Ihr habt mich rufen lassen, Milord?«

Er drehte sich um; sie stand mit verschränkten Armen mitten in seinem Schlafgemach und trommelte mit den Fingern einer Hand ungeduldig auf ihren Arm. Er musterte sie lässig von Kopf bis Fuß. Sie war, dachte er und betrachtete ihre Gestalt ausgiebig, die verlockendste Haushälterin, die er je gesehen hatte. Außer dass die Tracht nicht richtig passte und ihre hübschen Kurven verbarg. Aber sie war tiefschwarz und passte zur Farbe des dicken Zopfs auf ihrem Rücken; im Kontrast zu so viel Schwarz fielen ihre grünen Augen besonders auf.

Er stellte seinen Port zur Seite und erhob sich. »Komm her«, sagte er.

Sie zog eine Braue hoch. »Wohin?« – »Komm her.«

Mared gehorchte und trat einen kleinen Schritt vor.

»*Näher*«, verlangte er.

Sie musterte ihn wachsam und trat widerwillig vor ihn hin. Payton ließ den Blick über ihre Tracht wandern und sah ihr dann in die Augen. In der dunklen Iris schimmerte der Feuerschein, doch er sah auch noch mehr dort. Eindeutig Angst. Und vielleicht auch Neugier.

»Die Tracht passt dir nicht richtig.«

Sie zuckte gleichmütig die Achseln.

Er musterte die Tracht noch einen Moment länger, griff dann an ihrer Hüfte in die schwarze Wolle und zog den Stoff straff über ihren Bauch. »Das Kleid müsste hier eingenäht werden«, sagte er.

Mared blickte nicht an sich herab, ließ ihn nicht aus den Augen. Payton ließ ihr Kleid los und fuhr an ihren Rippen hinauf, bis die Hand neben ihrer Brust ruhte. »Und hier sollten die Nähte ausgelassen werden«, sagte er, sah ihr in die Augen und strich leicht mit den Fingerspitzen über ihre Brust. »Und hier auch«, sagte er und streifte mit den Fingern die andere Brust.

Trotz des leichten Errötens ihrer Wangen hob Mared das Kinn. »Sonst noch etwas?«

»Aye«, sagte er, ohne die Finger von ihrem Mieder zu nehmen, den Blick fest auf ihre Augen gerichtet. »Es ist so eng, dass du anscheinend kaum Luft bekommst.« Seine Hand suchte die Kleiderknöpfe am Hals und öffnete lässig den ersten. »Mir wäre es lieber, wenn meine Haushälterin atmen kann.«

Mared zog leicht die Brauen zusammen, rührte sich sonst jedoch nicht, zuckte nicht mal mit der Wimper.

Ein kleines Lächeln hob seinen Mundwinkel, und er öffnete den zweiten, dann den dritten Knopf. Beim vierten angelangt, streifte sein Fingerknöchel die nackte Haut unter dem Wollkleid. Ihre Lider zuckten leicht, sie atmete tief ein.

Er rückte näher, bis nur noch wenige Zentimeter sie trennten, atmete ihren Duft und öffnete bedächtig den fünften Knopf. Der Stoff klaffte und zeigte ein Stück weißes Hemdchen. Payton liebkoste mit dem Handrücken die warme Haut über ihrem Ausschnitt. Sein Körper reagierte auf das Gefühl ihrer Haut unter seinen Fingern und auf ihren Duft, und für einen Moment vergaß er seinen Entschluss, sich von ihr zu befreien. Er war sich nur noch seines heißen Bluts bewusst, und er neigte sich ihr zu, so nahe, dass seine Lippen ihre Schläfe streiften, und flüsterte: »*Bekommst du Luft?*«

Mared drehte sich leicht, sodass sich ihre Lippen seinem Hals näherten, und antwortete im Flüsterton: »Verzeihung … aber Ihr wolltet doch etwas von mir? Oder habt Ihr mich rufen lassen, um Euch über den Sitz meiner Haushälterinnentracht zu beklagen?« Und damit wandte sie das Gesicht ab, trat zur Seite und zwang ihn so, die Hände von ihrem Dekolleté zu nehmen.

Payton lachte tief in der Kehle, während sie gelassen die Knöpfe ihres Kleides schloss. »Ich habe dich rufen lassen, Miss Lockhart, weil ich gehofft hatte, dass du nach unserem kurzen Gespräch am Morgen deine Pflichten kennen würdest. Habe ich mich nicht klar genug ausgedrückt?«

»Natürlich kenne ich meine Pflichten, Milord«, sagte sie und schloss den letzten Knopf. Die Arme vor dem Leib verschränkt, die Brauen zu einem V zusammengezogen, drehte sie sich zu ihm um. »Mein Wort darauf, Ihr hättet Euch kaum klarer ausdrücken können.«

»Augenscheinlich doch. Schau dich um, Miss Lockhart, und sag mir, was du vergessen hast.«

Sie sah sich im Zimmer um und lächelte plötzlich. »Ich glaube nicht, dass Una irgendetwas vergessen hat«, sagte sie mit sonniger Zuversicht.

»Una?«

»Aye. Ich habe Una gebeten, Eure Gemächer zu richten«, sagte sie schnippisch, wohl wissend, weil das Glimmen in seinen Augen es verriet, dass es nicht seinen Absichten entsprach.

Doch Payton kniff nur die Augen zusammen. »Dann hat eben *Una* etwas vergessen.«

»Was denn?«, fragte sie und schaute sich erneut um.

Payton seufzte. »Sieh dir das Bett an.«

Sie sah nach dem Bett.

»Das *Bett*, Miss Lockhart. Du solltest doch das Bett zur Nacht aufschlagen, aye?«

Sie blinzelte; ihr Lächeln verblasste ein wenig, und sie

wandte sich ihm zu. »Das Bett? Das ist *alles?* Deswegen habt Ihr mich gerufen, um Euer Bett aufzuschlagen?«, erkundigte sie sich ungläubig.

»Willst du damit sagen, ich sollte eine derartige Unachtsamkeit einfach übersehen? Komm schon, was für eine Haushälterin soll aus dir werden, wenn ich jedes Versagen ignoriere?«

»*Versagen?*«, rief sie, riss sich aber rasch zusammen. Sie zwang ein Lächeln auf ihr Gesicht, das die geballten Fäuste an ihren Seiten Lügen strafte, und mit einem abschließenden Zungenschnalzen ging sie entschlossen zum Bett, griff nach der Decke und schlug sie zurück. Sie hob die Kissen hoch und schüttelte sie auf. Zwei Mal. Und ziemlich heftig. Dann legte sie sie wieder hin und richtete ordentlich die Bettdecke, damit er problemlos zwischen die Laken schlüpfen könnte. »Bitte sehr, Milord!«, flötete sie und trat vom Bett zurück. »Euer Bett ist nun bestens gerichtet!«

»Aye«, sagte er gedehnt. »Vielleicht solltest du dich persönlich um meine Gemächer kümmern, damit dir nicht ein weiteres Versagen unterläuft.«

»Mhm«, sagte sie und nickte nachdenklich. »Vielleicht.«

»Mhm.« Die Sache machte ihm Spaß. Er nahm wieder Platz, schlürfte seinen Port, lehnte sich zurück, stemmte einen Fuß gegen den Sitz des anderen Lehnstuhls und wies träge auf das Bett. »Jetzt richte es«, sagte er. »Und schlag es noch einmal auf.«

»Wie bitte?«

»Mach das Bett«, sagte er mit etwas mehr Nachdruck, »und schlag es noch einmal auf.«

»Noch einmal aufschlagen? Warum um alles in der Welt sollte ich …«

»Ach, Miss Lockhart! Es steht dir nicht zu, meine Befehle infrage zu stellen«, fiel er ihr ins Wort. »Ich bin Laird und Herr dieses Hauses, aye? Du machst es noch einmal, weil ich es dir *befehle*.«

Sie vergaß, den Mund zu schließen. Ihre Augen sprühten Feuer. Er konnte beinahe sehen, wie sie innerlich mit sich kämpfte. Würde sie ihm trotzen? Oder sich seinem Willen beugen? Oder ihn verdreschen, wie sie es als Kind getan hatte? Offen gestanden, es kostete ihn äußerste Mühe, sich das belustigte Lächeln zu verbeißen. »Mach. Es. *Noch einmal*«, sagte er ruhig.

Verunsichert setzte sie sich in Bewegung, hielt inne, ging weiter, trat ans Bett, richtete es flink und schlug es wieder auf, nur dass sie den Kissen dieses Mal ein paar zusätzliche Hiebe verpasste.

Als sie fertig war, fuhr sie herum, versank in einem Knicks, der einem König geziemt hätte, und sagte mit übertriebener Hochachtung: »Ich hoffe, alles ist zu Eurer vollständigen Zufriedenheit ausgeführt, *Milord.*«

Payton zuckte gleichgültig die Achseln. »Ich schätze, es reicht«, sagte er, stürzte den Rest seines Portweins herunter, und sie erhob sich anmutig aus ihrem Knicks.

»Sehr schön. Wenn Ihr mich dann bitte entschuldigen wollt. Ich habe noch zu arbeiten«, sagte sie und gab sich größte Mühe, höflich zu lächeln, doch es misslang ihr schrecklich. Was sie zustande brachte, war eher ein wütendes Funkeln.

»Ah! Wie es aussieht, haben wir auch noch ein Problem mit der korrekten Verabschiedung, denn ich habe dich noch nicht entlassen. Du hast deine Pflichten noch nicht erfüllt – ich habe ein paar Kleidungsstücke für dich im Ankleidezimmer liegen gelassen. Du darfst sie waschen.«

»*Darf* ich?!«, rief sie gespielt munter. »Und darf ich sie jetzt waschen oder morgen?«

»Morgen«, gestand er ihr großmütig zu. »Nicht nötig, dass du dich überarbeitest.«

Sie fuhr herum, stapfte durchs Zimmer, hielt inne, um sich mit einem missbilligenden Zungenschnalzen nach seiner Jacke zu bücken, und verschwand im Ankleidezimmer. Wenig später tauchte sie wieder auf, seine Kleider wie einen Haufen Lumpen unter den Arm geklemmt. »Ist *das* dann alles, Milord?«

Payton zog eine Braue hoch. »Nein. Da ist noch ein letzter Punkt«, sagte er. »Eine Halsbinde.«

»Ich habe in Eurem Ankleidezimmer keine Halsbinde gefunden. Vielleicht schwindet Eure Sehkraft. Das ist eine verbreitete Krankheit unter Menschen eines gewissen Alters.«

Er grinste. »Ich kann dir versichern, Miss Lockhart, dass ich dieses fortgeschrittene Alter noch nicht erreicht habe. Du hast sie im Ankleidezimmer nicht gefunden, weil sie hier ist«, sagte er, hob einen der Zipfel, die ihm über die Brust hingen, und winkte ihr damit zu.

»*Mi Diah*«, fauchte sie, rückte das Kleiderbündel unter ihrem Arm zurecht und trat vor. »Und wollt Ihr sie ablegen, oder soll ich sie waschen, wenn sie Euch noch am Halse hängt?«

»Streck deine Hand aus.«

Sie hielt ihm die freie Hand entgegen.

Payton betrachtete die Sprenkel der Sommersprossen auf ihrer Nase, dann ihre schlanken Finger. Mared seufzte erneut und bewegte, die Halsbinde einfordernd, die Finger. Abrupt hob er die Hand und fing die lockenden Finger ein. »Geduld, *lass*«, sagte er ruhig. »Du musst lernen, dich in Geduld zu üben.« Er stand aus seinem Lehnstuhl auf, ohne ihre Hand loszulassen.

Sie sah auf ihre Hand in seiner und lächelte reichlich unverschämt. »An Geduld mangelt es mir tatsächlich – ich warte voller Ungeduld darauf, schlafen gehen zu können, und zwar tief und fest, was mir bestimmt gelingen wird angesichts der Arbeit, die mir aufgezwungen wird und trotz des traurigen Zustands der Matratze der Haushälterin. Aber auf einen tiefen Schlaf folgt der Morgen, und dann bleiben mir nur noch dreihundertfünfundsechzig Tage in Euren Diensten.«

Mit einem schiefen Lächeln hob Payton ihre Hand, die er immer noch in seiner hielt, presste seine Handfläche gegen ihre und verschränkte seine Finger einen nach dem anderen mit ihren. »Lass dir versichern, dass du nicht allein wünschst, die dreihundertfünfundsechzig Tage mögen bald vorüber sein.«

Sie schnappte erstaunt nach Luft und lächelte so strahlend, dass Grübchen in ihre Wangen traten. »Das ist ein Wunder! Endlich einmal sind wir einer Meinung, wie?«

Doch Payton antwortete nicht. Ihre grünen Augen hielten ihn gefangen, das Blitzen, das er vernichten wollte, die Augen, die ihm keine Ruhe ließen, als er mit Finella schlief.

»Sir, Ihr habt schon eine merkwürdige Art, mir Eure Schmutzwäsche zu übergeben.«

Etwas in ihrem frechen Lächeln erregte ein leises Begehren in seinen Lenden, und wieder einmal fühlte Payton sich wie ein ausgemachter Narr. Er hatte sie bestrafen wollen; sie sollte den Schmerz und die Entrüstung erfahren, die sie ihm aufgelastet hatte. Doch offenbar sollte er der Einzige sein, der gedemütigt wurde, der Einzige, der an den Kuss an jenem Abend in den Hügeln dachte, dessen Nachwirkung ihn so lange nicht losgelassen hatte.

Aye, er war ein verdammter Narr, denn er hörte trotz allem nicht auf, mit der freien Hand ihr Ohr und ihren Hals zu streicheln. Die Röte stieg ihr in die Wangen, und sogleich entzog sie ihren Kopf seiner Berührung.

Payton ließ die Hand von ihrem Hals sinken, hielt die andere jedoch fest. »Ach, Mared«, sagte er leise und ließ seine Maske fallen. »Du quälst mich schon, seit wir Kinder waren, nicht wahr?«

Sie schnaubte leise. »Ich glaube, Ihr wart es, der *mich* gequält hat, Milord.«

»Es muss wohl so sein, dass ich dich irgendwie gequält habe, denn du hast mir ja deutlich genug zu verstehen gegeben, dass du mich nicht willst, selbst wenn ich der letzte Mann in Schottland wäre.«

»Das habe ich nie gesagt!«, widersprach sie und hob leicht das Kinn an. »Wenn Ihr der *letzte* Mann in Schottland wäret, müsste ich meinen Entschluss nach einmal überdenken ... obwohl Ihr ein Douglas seid.«

Er lachte leise und heftete den Blick auf ihre vollen Lippen, die er so verzweifelt gern geküsst hätte. Jetzt empfand er mit aller Macht das Begehren, das sich kurz zuvor einfach nicht hatte einstellen wollen. »Überdenke deinen Entschluss jetzt, *leannan*«, sagte er leise. »Denk an die Wonnen, die wir unter diesem Dach gemeinsam finden könnten.«

Sie öffnete leicht die Lippen; er sah den Puls in ihrer Halsgrube pochen.

»Lass die Vergangenheit hinter dir«, drängte er, hob ihre Hand und küsste zärtlich ihre Fingerknöchel. »Bürde dir das hier nicht auf.«

Plötzlich blitzte Zorn in ihren Augen auf. »*Ich* war es nicht, die mir das hier aufgebürdet hat!«, erinnerte sie ihn scharf und entzog ihm die Hand. »*Ihr* seid es, der mich hergeholt hat, ohne mehr Gedanken an mich zu verschwenden als an ein Schaf, das in den Pferch gesperrt wird.«

Ihre Zurechtweisung ärgerte ihn – er wandte sich abrupt ab, fuhr sich mit beiden Händen durchs Haar und brüllte zur Zimmerdecke hinauf: »*Diah,* du treibst mich zur Verzweiflung, verdammt noch mal!«

»Das beruht auf Gegenseitigkeit, und ich schlage vor, dass Ihr, da Ihr nicht der letzte Mann in Schottland seid, mir endlich Eure verdammte Wäsche gebt und mich gehen lasst!«

»Ja, geh, raus hier«, sagte er scharf und wies mit einer Handbewegung auf die Tür. »Wärst du mir doch nie im Leben vor die Augen gekommen!«

»Ja, ich gehe, verdammt«, fuhr Mared ihn an, griff nach dem Zipfel seiner Halsbinde und riss sie ihm vom Nacken, bevor sie herumwirbelte und zur Tür marschierte.

»Moment!«, bellte er. »Du wirst dich von mir verabschieden, wie es sich gehört! Ich habe dich gewarnt, Miss Lockhart, in diesem Haus dulde ich deine Unverschämtheiten nicht!«

Sie ergriff den Türknauf und stieß die Tür auf. »Ich werde mein Bestes geben, um die Schulden meiner Familie abzutragen, Sir, aber wenn Ihr mit meinen Diensten nicht zufrieden seid, solltet Ihr mich als Laird und Herr dieses Hauses auf der Stelle daraus entlassen!« Und damit rauschte sie zur Tür hinaus, ohne sie hinter sich zu schließen. Er hörte sie den Flur entlangmarschieren, fort von ihm.

»Verdammt noch mal«, knurrte Payton und starrte wütend ins Feuer. Doch als er sie die Treppe hinunterlaufen hörte, fort von ihm, griff er nach seinem Portweinglas, schleuderte es mit aller Macht in den Kamin und sah zu, wie es in tausend Scherben zersprang.

Ironie des Schicksals, sagte er sich, dass er sich genauso fühlte wie dieses verdammte Portweinglas. Irgendwie gelang es dem verflixten Weib immer wieder, ihn mit einem einzigen Wort in tausend Stücke brechen zu lassen.

12

Mared wusste selbst nicht recht, warum sie am nächsten Morgen nicht Una in seine Gemächer schickte, aber sie tat es nicht. Sie ging selbst und war erstaunlicherweise ein bisschen enttäuscht, als sie ihn nicht mehr antraf.

Doch er hatte wohlweislich ein gehöriges Chaos für sie zurückgelassen – sein Bett war wild zerwühlt, als hätte er sich die ganze Nacht unruhig darin gewälzt, seine Toilettenartikel lagen verstreut, als wollte er sie absichtlich ärgern. Wenn das der Fall war, konnte er einen Erfolg verbuchen.

Mared hob ein Kissen auf und hielt es sich vors Gesicht. Sie nahm keinen Parfümgeruch wahr, wie sie vielleicht befürchtet hatte ... Nur den dunklen Moschusduft Paytons, und er trieb ihr einen Schauer über den Rücken, der irgendwo tief in ihrem Inneren hängen blieb.

Augenscheinlich hatte er genauso unruhig geschlafen wie sie. – Es war ihr schwergefallen, den vielsagenden Ausdruck auf seinem schönen Gesicht, als er am Vorabend ihre Hand gehalten hatte, vor ihrem inneren Auge zu ignorieren. Es hatte sie eigentümlich berührt – seine grauen Augen glommen stumpf vor Erschöpfung und Begehren, aber da war noch etwas gewesen, etwas, was sie wärmte und ihr gleichzeitig die Kraft raubte.

Aye, er raubte ihr die Kraft! Eben noch war sie sicher, was sie für ihn empfand – er war ihr Dienstherr, beherrschte ihr Leben so sehr, dass sie ihn verabscheute, ein Douglas, den man nicht bewundern, sondern lediglich erdulden konnte. Doch im nächsten Moment sah sie einen Mann, einen widersinnig verletzlichen Mann von harter maskuliner Erscheinung, der sagte, was ihn bewegte. Und sie musste feststellen, dass sie nicht dagegen gefeit war, sich von ihm einlullen zu lassen, und sei es nur für einen Augenblick. Nun ja, für einige Augenblicke vielleicht. Gut, sogar für einen lebenslangen Augenblick.

Allein schon der Gedanke, dass sie etwas für ihn empfinden könnte, weckte ihren Zorn. Sie warf das Kissen zur Seite, richtete nachlässig das Bett und nahm sich dann das restliche Zimmer vor, entschlossen, es hinter sich zu bringen. Seine Kleider lagen überall verstreut, das Waschbecken war übersät von seinen Toilettenartikeln. Und um den Kamin herum lagen merkwürdige Scherben.

Typisch Douglas, so achtlos mit wertvollen Besitztümern umzugehen, dachte sie und schob die Scherben beiläufig mit dem Fuß in die Feuerstelle. Dann warf sie seine Toilettensachen gleichgültig in das Mahagonikästchen und schob sein Nachthemd unters Bett. Als sie fertig war, begab sie sich nach unten, um seine Wäsche jemandem zu übergeben, der sie waschen würde.

Sie konnte die Waschfrau nicht finden. Doch sie fand Beckwith, dessen Miene sich ganz erheblich aufhellte, als er ihr sagte, dass Eilean Ros keine Waschfrau beschäftigte, dass nur der Laird und ganz wenig Dienstpersonal hier lebten und dass die vorige Haushälterin jeden Donnerstag Waschtag abgehalten hatte. Sehr zuverlässig. Ohne Klagen.

»Ihr beliebt zu scherzen, Mr Beckwith«, sagte sie und lächelte hoffnungsfroh. »In meinem bisherigen Leben habe ich noch nicht einen einzigen Fetzen Stoff gewaschen.«

»Miss Lockhart, warum um alles in der Welt sollte ich *scherzen?*«, fragte er, und Mared kam in den Sinn, dass er es gar nicht könnte, sosehr er es auch versuchte. »Folgt mir, ich führe Euch zur Waschküche.«

»Aber … aber ich kann das alles nicht tragen!«, protestierte sie und deutete verdrießlich auf die Berge von Leinenwäsche und Kleidung, die sich in der Wäschekammer häuften und darauf warteten, gewaschen zu werden.

»Ich werde veranlassen, dass Charlie Euch die Wäsche bringt. Rodina wird kommen, wenn Ihr fertig seid mit Waschen und Bleichen, und Euch beim Bügeln helfen«, sagte er, ging weiter in Richtung Küche und rief über die Schulter zurück: »Nun geht schon, Miss Lockhart!«

Sie fühlte sich versucht, ihn in die Kehrseite zu treten, und beeilte sich, mit ihm Schritt zu halten. Beckwith marschierte durch die Küche und nickte im Vorbeigehen Mrs Mackerell und Moreen knapp zu. »Ich lasse nicht zu, dass sie meine guten Töpfe benutzt, Mr Beckwith!«, rief Mrs Mackerell ihm nach.

Beckwith ignorierte sie und ging weiter durch den Abwaschraum der Küche und zu der kleinen Tür hinaus auf den Rasen. Er schaute sich nicht ein einziges Mal nach Mared um, sondern marschierte wie ein Mann mit einer verrückten Mission.

Er überquerte den Rasen, ging durch einen Rosengarten, durch hohe schmiedeeiserne Tore, schlug dann einen schmalen Pfad ein und gelangte endlich zu dem Waschhaus vor dem Tor, völlig abgelegen zwischen dem Haus und den Schafen. Es war ein kleines, rechteckiges Steinhaus mit einer verwitterten Holztür. Beckwith stieß die Tür auf und verschwand im Inneren.

Mared folgte ihm. Sie sah eine Feuerstelle, über der ein großer schwarzer Kessel hing. Drei Holzbottiche standen an einer Wand, und dazwischen lehnte etwas, das aussah wie ein Paddel. An der gegenüberliegenden Wand befand sich ein großes Gerät mit Walzen. An zwei Wänden gab es ein Fenster, die einzigen verfügbaren Lichtquellen. Mared fühlte sich wie in einem Kerkergewölbe.

»Da sind wir«, sagte Beckwith. »Ich glaube, alles ist bereit. Ihr könnt aus der Regentonne auf der Südseite des Waschhauses Wasser holen.« Und dann schickte er sich, wie es aussah, an zu gehen.

»Mr Beckwith!«, rief Mared und versperrte ihm den Ausgang aus der einzigen Tür. »Ich habe keine Ahnung, wie man Wäsche wäscht! Ich weiß lediglich, dass man Schmierseife benötigt und kochendes Wasser ...«

»Na also«, sagte er und wollte um sie herumgehen.

»A-aber ... Ich weiß nicht, in welcher Reihenfolge ich vorgehen muss oder wie viel Schmierseife ich brauche. Muss ich die Wäsche bläuen? Wie wird gebläut? Ich habe so etwas noch nie gemacht!«

»Miss Lockhart, ich bin überzeugt, Ihr findet es heraus«, sagte er gereizt. »Es ist keine mathematische Gleichung. Tretet bitte zur Seite. Ich schicke Charlie mit der Wäsche«, sagte er, trat um sie herum und duckte sich unter der niedrigen Tür.

Mit offenem Mund sah sie ihm nach. Sie hatte noch nie gewaschen – Fiona, Dudleys Frau, besorgte bei den Lockharts die Wäsche, auch noch, als alle Stubenmädchen schon fort waren. Und wenn Beckwith auch zu Recht festgestellt hatte, dass Wäschewaschen nicht unbedingt eine Wissenschaft war, benötigte man doch wenigstens ein *bisschen* Anleitung, oder? *Douglas, der Teufel soll ihn holen!* Warum stellte er nicht eine Waschfrau ein, wie es bei den meisten Lairds in Schottland üblich war? Sein Reichtum nahm einen kaum wunder, wo er so sparsam war.

Sie hatte den großen Kessel mit Wasser gefüllt, als Charlie die Wäsche brachte. Sie flehte ihn um Hilfe an, doch Charlie lachte nur. »Ich habe noch nie im Leben Wäsche gebläut«, sagte er gut gelaunt. »Und ich denke nicht daran, jetzt damit anzufangen, *lass*. Außerdem empfängt der Laird Gäste, und ich werde auf der Zufahrt gebraucht.«

»Aye, vielen Dank für die Hilfe!«, rief sie ihm nach, als er den Weg hinauflief, erhielt aber außer lautem Gelächter keine Antwort.

Als das Wasser zu kochen anfing, schöpfte Mared einen Teil ab und goss es in den ersten Bottich. Sie beschloss, mit etwas Kleinerem zu beginnen, um besser abschätzen zu können, wie viel Schmierseife und Bläuungsmittel sie benötigte.

Sie durchwühlte den Kleiderhaufen und entschied sich für eine Handvoll Halsbinden. Diese warf sie in den ersten Bottich, nahm ein Stück Schmierseife zur Hand, verzog das Gesicht, weil sie sich so fettig anfühlte, legte es ins Wasser und sah ihm beim Schmelzen zu. Dann griff sie nach dem Paddel, steckte es in den Holzbottich und begann zu rühren.

Nach einer Viertelstunde bildete sich bereits eine Blase an ihrer Hand heraus, und sie entschied, dass sie genug gerührt hatte. Sie goss Wasser in den zweiten Bottich, hob das Dutzend oder so Halsbinden aus dem ersten und warf sie in den zweiten, um die Seife auszuspülen. Das war recht mühsam, denn die aus Schafsfett hergestellte Seife wollte sich nicht aus den Halsbinden lösen.

Als sie des Spülens müde war, verfrachtete sie die Halsbinden in den letzten Bottich, nahm das Bläuungsmittel aus dem einzigen Regal im Waschhaus und gab etwas davon ins Wasser. Sie stand vor dem Holzbottich, überlegte, ob sie umrühren sollte oder nicht, als Jamie, die Hände hinter dem Rücken verschränkt, in den Raum schlenderte.

»Na, so was, Miss Lockhart, so fleißig«, bemerkte er und sah sich in der Waschküche um. »Ach, leg doch das Paddel weg und komm mit mir in den Garten. Es ist ein so schöner Tag.«

»Ein schöner Tag?« Mared lachte. »Es ist grau und kühl draußen, Sir, ist Euch das nicht aufgefallen, als Ihr aus dem Haus kamt?«

»Aye, aber in der Nähe eines Mädchens verziehen sich für mich die Wolken, und die Sonne scheint, bei meiner Ehre.«

Sie lachte. »Wie poetisch, Sir, aber ich fürchte, die Wolken werden sich heute nicht verziehen.«

»Nein? Dann versuch's doch mit einem Zauberspruch.«

Unverzüglich erwachte ihr Zorn. Jamie lächelte nicht mehr, sondern behielt sie wachsam im Auge. Er machte sie nervös, und sie griff instinktiv nach dem Paddel. »Wenn ich das könnte«, sagte sie mit einem spärlichen Lächeln.

Plötzlich ließ er eine Hand sinken, die er auf dem Rücken verborgen hatte, und reichte ihr einen Brief.

»Was ist das?«, fragte Mared.

»Der Laird schickt dir einen Brief. Einen Liebesbrief, wie's aussieht.«

Mared blinzelte. Ihr Herz, ihr elendes verräterisches Herz setzte einen Schlag aus.

»*Aha!*«, rief Jamie. »Du hoffst, dass es wirklich einer ist; ich sehe es an deinen Augen.«

»Lächerlich«, sagte sie und wurde tiefrot im Gesicht. »Ich fürchte, er verlangt noch mehr Fronarbeit von mir.« Sie griff nach dem Brief.

Doch Jamie entzog ihn ihrem Zugriff und wedelte damit über ihrem Kopf. »Um welchen Gefallen soll ich dich für die Überbringung dieses Liebesbriefs wohl bitten? Ah – ich hätte nicht übel Lust, mal ein mit einem Fluch belegtes Mädchen zu küssen. Für einen Kuss kriegst du deinen Liebesbrief.«

»Jamie!«, rief sie und versuchte zu lachen. »Nimm dich in Acht! Wenn Beckwith dich hier erwischt, entlässt er dich fristlos.«

»Beckwith kommt nicht ins Waschhaus, nicht, wenn Gäste im Salon sind.« Er hob den Brief hoch. »Komm schon, *leannan*. Gib mir einen Kuss.«

»Gib her«, verlangte sie ruhig.

Jamie lachte gemein und kam näher, den Brief hoch über seinem Kopf haltend. »Küss mich, dann geb ich ihn dir.«

Sie funkelte ihn böse an und streckte die Hand nach dem Brief über seinem Kopf aus, doch Jamie lachte, zog die Hand zurück und neigte den Kopf auf die Seite. »Nun?«

Schwein. Sie fühlte sich sehr angreifbar und überlegte verzweifelt, was sie tun sollte. Ihr Blick huschte zur Tür in seinem Rücken und wieder zurück zu ihm. Plötzlich lächelte sie. »Na gut, *lad*. Komm her, dann gebe ich dir einen Kuss«, sagte sie zuckersüß.

Jamies Augen wurden schmal, er grinste lüstern. Er trat vor, doch als er nach ihr griff, schwang Mared das Paddel aus dem Bläubottich und versetzte ihm einen gehörigen Schlag in die Rippen.

»*Aaiie*«, brüllte er, griff sich in die Seite und ließ in seiner Hast den Brief fallen.

»Verfluchtes Weibsstück! Ich habe nur einen kleinen Spaß gemacht, weiter nichts!«

»Such dir einen anderen zum Spaßmachen«, sagte sie und kam mit dem Paddel drohend auf ihn zu.

»Verfluchtes Weibsstück«, knurrte er noch einmal, machte, noch immer die Hand in die Seite gepresst, kehrt und duckte sich, um aus der Waschküche zu flüchten.

Mared wartete, bis sie sicher sein konnte, dass er fort war, erst dann hob sie, das Paddel in der einen Hand, den Brief auf.

M. Lockhart

Sonst stand nichts auf dem Brief. Mared warf das Paddel in den Bläubottich, brach das Siegel der Douglas' und trat ans Fenster, um besser sehen zu können.

Ich habe deine Anfrage erhalten und vermute, dass du, wenn du tagsüber den Luxus genießen kannst, mir lange Briefe darüber zu schreiben, was du während deiner Dienstzeit bei mir zu tun und nicht zu tun gedenkst, vielleicht über zu viel Freizeit verfügst. Du könntest deinen Verstand für produktivere Aufgaben einsetzen. Meine Cousine Sarah machte mich diesbezüglich darauf aufmerksam, dass die Stickereien an mindestens vier Feuerschirmen im Grünen Salon und dem Hauptwohnzimmer reparaturbedürftig sind. Ich schlage vor, du machst dich nützlich, indem du diese Feuerschirme ausbesserst, statt meine Tinte und mein Papier zu vergeuden.

Du hast meine Erlaubnis, nach Absprache mit Beckwith einige Räume im Nordflügel zu schließen.

Douglas

Das war alles, was in seinem verfluchten Brief stand, und Mared war mächtig enttäuscht, aber mehr noch beleidigt. Sie knüllte den Brief zusammen und warf ihn unter den Kessel ins Feuer, und mit vor dem Leib verschränkten Armen sah sie zu, wie er sich wellte und zu Asche verbrannte.

»Das halte ich von deinem elenden Brief«, sagte sie leise, drehte sich heftig um ... und sah den Bläubottich. »Oh nein«, sagte sie. »Oh *weh*.« Sie hatte die verdammten Halsbinden völlig vergessen. Mithilfe des Paddels hob sie die erste aus dem Bottich. Ihre Augen wurden groß, als sie sie sah, und mit einem Aufschrei ließ sie das Paddel ins Wasser fallen und schlug die Hand vor den Mund.

Die Halsbinde war nicht schneeweiß, wie es sich gehört hätte. Sie war nicht einmal blau eingefärbt. Sie war *violett.*

Plötzlich brach Mared in Gelächter aus. Sie krümmte sich vor Lachen. Als sie endlich wieder zu Atem kam und sich die Tränen aus den Augen gewischt hatte, fischte sie alle Halsbinden aus dem Wasser, um sie trocknen zu lassen.

Payton genoss eine erfolgreiche Besprechung mit Mr Bowles aus Stirling, einem Mann, der darauf versessen war, in Paytons Destille zu investieren, und der zufällig ohnehin schon guten schottischen Whisky nach England und Frankreich exportierte. Und anscheinend gehörigen Profit dabei machte.

Am Ende der Besprechung schlug Payton einen Spaziergang zum Loch vor, damit Mr Bowles mit eigenen Augen das kristallklare Quellwasser sehen konnte, das aus den Bergen kam. Als sie nach draußen traten, kam ihnen Cailean, Paytons Hund, um die Ecke herum entgegengehetzt. Payton fiel auf, dass er eine Art Halsband trug. Und als sie weitergingen und Cailean ihnen voran zum Loch trabte, glaubte Payton, nicht recht zu sehen, denn er hätte schwören mögen, dass der Hund eine violette Halsbinde umhatte.

Am Ufer angelangt, hockte sich Mr Bowles nieder und hielt die Hand ins Wasser, und Cailean näherte seine Schnauze dem

Gesicht des Mannes. »Oho!«, sagte Mr Bowles und kraulte Cailean ein Weilchen hinterm Ohr, bevor er sich wieder erhob. »Gutes Wasser ist der Schlüssel zu gutem Whisky«, sagte er.

»Aye«, pflichtete Payton ihm bei.

»Wenn Ihr gestattet – ist das eine Krawatte dort am Hals Eures Hundes, Milord?«

»Ah ...« Payton hielt inne, beugte sich hinab und betrachtete die hübsch gebundene Schleife. »Ich glaube, ja«, sagte er und lächelte Mr Bowles ratlos und achselzuckend zu.

Sie redeten noch ein bisschen über das Wasser und gingen ein Stück am Ufer des Lochs entlang bis zu der Stelle, wo einer der Gebirgsbäche mündete. Auf dem Rückweg kamen sie an einer Wiese vorbei, auf der die Milchkühe grasten. »Ihr habt hier ein idyllisches Plätzchen, Milord«, sagte Mr Bowles, als sie am Drahtzaun entlangschritten.

»Danke.«

Plötzlich blieb Mr Bowles stehen, beugte sich vor und spähte blinzelnd nach den Kühen.

Payton folgte seinem Blick. Und er blinzelte ebenfalls. Was zum Teufel ...?

»Merkwürdige Sitte, Krawatten als Halfter zu benutzen«, bemerkte Mr Bowles.

»Offen gestanden, mir war nicht bekannt, dass wir dazu übergegangen sind«, antwortete Payton trocken.

Mr Bowles lachte leise.

»Ich schätze, jemand erlaubt sich einen Scherz auf Eure Kosten, Milord.«

»Da werdet Ihr wohl recht haben«, sagte Payton mit einem schmalen Lächeln und forderte Mr Bowles mit einer Geste zum Weitergehen auf. Er lenkte das Gespräch wieder auf seine Destille und sah sich nur ein einziges Mal nach seinen Milchkühen mit den violetten Halsbinden um, an deren Enden Glöckchen geknotet waren.

An diesem Abend zog sich Payton, nachdem er sich zum

Dinner umgezogen und allein gespeist hatte, in sein Arbeitszimmer zurück und griff nach Papier und Feder.

Miss Lockhart,

ich sehe mich gezwungen, dich wegen deiner Leistungen, vielmehr der nicht vorhandenen Leistungen, hinsichtlich der Wäsche zu rügen. Besonders betrübt bin ich über die violetten Halsbinden, die zurzeit meinen Hund und das Vieh schmücken. Ich werde nicht nachfragen, wem diese Halsbinden gehören, denn ich fürchte, die Antwort würde mich sehr verdrießen. Außerdem habe ich eher zufällig ein Nachthemd, das mir gehört, entdeckt, das in meinen Gemächern nachlässig unter das Bett geschoben wurde. Du musst dir mit der Wäsche auf Eilean Ros mehr Mühe geben, Miss Lockhart, sonst sehe ich mich gezwungen, deiner Dienstzeit weitere Tage hinzuzufügen. Beiliegend findest du eine Liste von Arbeiten, die ausgeführt werden müssen.

Douglas

Von Beckwith hörte Payton nichts über seinen Brief. Doch am nächsten Tag erreichte ihn die Antwort.

An den höchst verletzlichen und endlos bekümmerten Laird Douglas:

Wie freundlich von Euch, dass Ihr Euch trotz Eures wichtigen Lairdseins Zeit nehmt, so peinlich genau meine Pflichten im Auge zu behalten. Schade, dass die neuen Halsbänder nicht Eure Zustimmung finden, aber ich versichere Euch, den Kühen und dem Hund haben sie sehr gut gefallen. Dennoch werde ich sie unverzüglich entfernen. Und ich bedaure von Herzen, dass Ihr das Nachthemd gefunden habt, denn hätte ich gewusst, dass Ihr Euch auf Hände und Knie begebt, hätte ich gewiss den Teppich gekehrt.

Eure dienstverpflichtete Sklavin,

ML

Miss Lockhart,

bitte kehre künftig die Teppiche. Ich habe eine Liste mit weiteren Aufträgen beigefügt.

Douglas

Mared zerknüllte diese Antwort und warf sie, wie alle seine Briefe, ins Feuer. Sie hatte den Tyrannen seit Tagen nicht *gesehen* ... Aber er versäumte es nie, ihr eine Liste von Aufträgen und Ermahnungen zu schicken.

Sie tat, was von ihr verlangt wurde. Sie hatte den halbherzigen Versuch unternommen, die kleinen Brandstellen in den kunstvoll bestickten Feuerschirmen auszubessern. Und sie hatte einen Teil der Vertäfelung im Speisezimmer gesäubert und hätte auch den Rest erledigt, wäre sie nicht zu dem Schluss gekommen, dass sie viel glücklicher sein würde, wenn sie sich einen Spaziergang gönnte.

An dem Tag, als Rodina und Una im Wohnzimmer die Vorhänge abnahmen, um sie auszuschütteln, hatte Mared sich von einem von Paytons Reisebüchern fesseln lassen und einfach jegliches Zeitgefühl verloren. Und an dem Nachmittag, als die beiden Mädchen die millionenfachen Nippes im Hauptwohnzimmer abstaubten, hatte Mared sich unwohl gefühlt und musste sich auf dem Diwan niederlegen, von wo aus sie Rodina und Una mit Geschichten über die verstorbenen Douglas' auf den Bildern an den Wänden erfreute. Keinesfalls vergaß sie, ihnen vom verrückten Douglas zu berichten, der angeblich immer noch im Hause spukte.

Jedes Mal, wenn sie einen Brief von Seiner Hoheit empfing, fragte sie sich, warum er seine barschen kleinen Tiraden über Pflicht und Verantwortung nicht persönlich anbrachte. Und als sie ihm das nächste Mal begegnete, erhaschte sie nur einen flüchtigen Blick auf ihn.

Eines Abends kam sie spät zum Abendessen, nachdem sie zu lange in dem kleinen Wohnzimmer im Nordflügel geschlummert hatte. Als sie durch den Flur eilte, kam sie an der offenen Tür zum Speisezimmer vorbei und sah Payton, der dort sein Mahl zu sich nahm. Absolut und völlig allein.

Er saß am Kopf eines Tisches, an dem mit Leichtigkeit zwanzig Personen Platz gefunden hätten. Der Tisch war mit einem Damasttuch bedeckt, rings um ihn herum flackerten Kerzen in silbernen Leuchtern. An einer Seite lagen die Silberhauben der Platten mit den Gerichten, die ihm aufgetischt worden waren. Er aß schweigend, das einzige Geräusch war ein gelegentliches Kratzen seiner Gabel auf dem Porzellan.

Jamie stand an der Anrichte und funkelte Mared böse an – er hatte ihr den Vorfall mit dem Paddel noch nicht verziehen –, aber er rührte sich nicht und störte in keiner Weise das einsame Mahl seines Lairds.

Langsam ging Mared weiter, doch der Anblick seines breiten Rückens, dieser Gestalt, die so königlich und allein an einem massiven Esstisch saß, ließ sie nicht los. Es war ein trübsinniges Bild. Ihr war im Grunde nie in den Sinn gekommen, dass Payton niemanden hatte, und jetzt wurde ihr zum ersten Mal bewusst, was es für ihn bedeuten musste, allein auf Eilean Ros zu leben, tagein, tagaus völlig allein durch ein so großes Haus zu wandern.

Auf Talla Dileas flog ihnen der Stuck um die Ohren, doch überall waren Lockharts, und sie erfreuten sich ihrer Gesellschaft.

Es erschien ihr furchtbar traurig, so allein zu sein, doch es geschah ihm recht. Niemand würde das Zusammenleben mit einem so hochmütigen, gebieterischen und unangenehmen Mann ertragen.

Doch als sie in dieser Nacht die Augen schloss, konnte sie das eindrucksvolle Bild Paytons allein am Esstisch nicht verscheuchen. Und sie lächelte nicht, empfand keine Schadenfreude.

Sie suchte weiterhin die Begegnung mit ihm, jedoch vergebens. Jeden Morgen suchte Mared zuerst Paytons Gemächer auf, jeden Morgen ein bisschen früher als am vorherigen –

doch sie traf ihn nie an. Sein Bett sah jedes Mal aus, als hätten vierzig Personen darin geschlafen – das Laken war von der Matratze gezerrt, die schöne seidene Bettdecke zu Boden geworfen. Kissen lagen um das Bett herum auf dem Boden verstreut, als wären sie voller Unruhe weggetreten und -gestoßen worden.

Und jeden Morgen hob Mared seine Kissen auf, hielt sie sich vors Gesicht und atmete seinen Duft. Es war eine merkwürdige kleine Angewohnheit, die sie sich selbst nicht erklären, geschweige denn verstehen konnte. Doch es beunruhigte sie über alle Maßen, dass sein Duft so tröstlich auf sie wirkte.

Tagsüber ging sie ihrer Arbeit als Haushälterin nach, mehr oder weniger. Sie weigerte sich, die Eingangshalle zu fegen, und legte Beckwith nahe, sich an den Laird zu wenden, falls ihm das nicht passte, und der verknöcherte Beckwith versicherte ihr, dass er genau das tun würde. Sie verschloss das silberne Teeservice, das sie laut Paytons Befehl polieren sollte, im Porzellanschrank und deckte den Tisch stattdessen mit einem Service aus Porzellan. Fragen an den Herrn und Meister des Hauses schrieb sie in Briefen nieder, die sie auf einem Silbertablett für ihn hinterlegte: *Ich würde im Salon sehr gern neue Vorhänge anbringen. Die roten sind so fade und altmodisch.*

Prompt wurde ihr dann die Antwort übermittelt: *Nein. Und unterlass es künftig bitte, die Dienstmädchen mit himmelschreienden Geschichten von Geistern zu erschrecken.* Mehr nicht.

Abends suchte sie seine Gemächer auf und richtete sie gemäß seinen anspruchsvollen Schlafgewohnheiten. Doch ganz gleich, wie lange sie sich dort aufhielt, das Bett aufschlug, das Feuer schürte, seinen Streichriemen säuberte oder die geschlossenen Vorhänge noch einmal zurechtzupfte, er kam nicht.

Schließlich begriff sie, dass er ihr aus dem Weg ging, und es machte sie wütend. Nicht etwa, weil sie ihn zu sehen wünschte, denn das wollte sie ganz und gar nicht. Es war nur die Vorstellung, dass ein Mann eine Frau praktisch aus ihrem Heim entführen und versklaven konnte und dann munter und unbeschwert seiner Wege ging, als hätte sie aufgehört zu existieren.

Deshalb versuchte Mared, je deutlicher Payton ihre Nähe mied, umso hartnäckiger seine Aufmerksamkeit auf sich zu lenken.

Unverhofft bekam sie eines Nachmittags ihren Willen, als sie Rodina und Una überredete, zum anderen Ufer des Lochs schwimmen zu gehen. Sie hatten eine Reihe ungewöhnlich heißer Tage ertragen müssen, und es drängte Mared nach draußen. Am anderen Ufer des Lochs hatte Mared eine kleine Bucht entdeckt, in der sich ein seichter Teich gebildet hatte. Hier schien die Sonne, und das Wasser war köstlich kühl an einem Tag wie diesem – sie wusste es, denn sie hatte bei mancher Gelegenheit, wenn sie aus dem Haus entkommen und einen Spaziergang machen konnte, die Füße im Wasser baumeln lassen.

Der Laird war nach Callander aufgebrochen und wurde erst am nächsten Morgen zurückerwartet, und sie warteten, bis Beckwith mit den Dienern im Nordflügel des Hauses zu tun hatte, und eilten dann mit einem Picknickkorb und begleitet von Cailean von der hinteren Terrasse aus davon.

Rodina und Una trugen Hauben; Mared hatte den Strohhut ihres Vaters aufgesetzt.

Sie folgten dem selten benutzten Weg am nördlichen Ufer des Lochs entlang, lachten und plauderten über die jüngsten Streiche der Diener und warfen hin und wieder ein Stöckchen, das Cailean apportierte.

Am Teich angelangt, bat Rodina zunächst um etwas zu essen, doch Mared war reichlich erhitzt und wollte schwimmen. Rasch streifte sie ihr schwarzwollenes Haushälterinnenkleid ab und zog vor Unas und Rodinas Augen Schuhe und Strümpfe aus. Sie hielt inne und öffnete ihr Haar. »Esst, wenn ihr unbedingt wollt«, sagte sie leichthin, »aber ich gehe lieber schwimmen!«

Während sie zusahen – Rodina kaute an ihrem Brot, Una machte ein schrecklich besorgtes Gesicht –, suchte sich Mared ihren Weg um einen Felsbrocken herum und einen von Steinen übersäten Pfad hinunter. Cailean blieb an ihrer Seite, bis sie das Ufer erreicht hatte. Sie watete bis zu den Knöcheln hinein – es war ein herrliches Gefühl, kühles Wasser an ihren heißen Füßen.

Mit einem strahlenden Lächeln sah sie sich um. Cailean saß da und beobachtete sie, genau wie Rodina, die oberhalb des Hundes auf einem Stein saß und immer noch an ihrem Brot kaute. Una stand etwas abseits und blickte immer wieder nervös über die Schulter zurück, als rechnete sie damit, ertappt zu werden.

»Beruhige dich, Una!«, sagte Mared und lachte. »Hier findet uns niemand! Kein Mensch benutzt diesen Weg, außer Douglas.« Und wie um den Beweis anzutreten, lüpfte Mared spontan den Saum ihres Hemds und zog es sich bis zur Taille hoch.

»*Miss Lockhart!*« Una schnappte nach Luft. Selbst Rodina hörte auf zu kauen und riss die Augen auf, als hätte sie noch nie im Leben eine Frau gesehen.

Mared lachte und watete bis zur Taille ins Wasser, zog sich dann das Hemd über den Kopf und warf es ans Ufer. »Was glotzt ihr wie zwei alte Jungfern?«, rief sie ihnen zu. »Kommt lieber her, macht mit! Das Wasser ist göttlich!« Und schon tauchte sie im kühlen Wasser des Lochs völlig unter.

Als sie wieder auftauchte, sahen die beiden Stubenmädchen ihr immer noch ängstlich zu. Cailean jedoch hatte das Interesse verloren und war den Weg hinaufgetrottet, wo er einen Hasen oder irgendein anderes Tier verbellte. Mared forderte Rodina und Una mit einem Winken auf, sich ihr anzuschließen, doch wie es aussah, überlegten sie noch gemeinsam, ob sie es wagen sollten.

Mared seufzte und zuckte die Achseln. Sie konnte die beiden wohl zu ihrem Teich führen, aber sie konnte sie nicht zwingen zu schwimmen – und außerdem war es viel zu schön im Wasser, um sich wegen zweier übertrieben keuscher Stubenmädchen Gedanken zu machen.

Also kehrte sie dem Ufer den Rücken zu und schwamm weiter hinaus, tauchte mal unter und glitt dann wieder an der Oberfläche entlang. Sie schwamm zum anderen Ufer ihres Teichs, wo sie sich auf den Rücken drehte und eine Zeit lang treiben ließ.

Bis sie bemerkte, dass Una und Rodina noch immer nicht ins Wasser gegangen und auch nicht mehr zu hören waren. Mared schwamm bis zur Mitte des Teichs, um nachzuschauen.

Jetzt waren sie nicht einmal mehr zu sehen – augenscheinlich hatten sie sie allein gelassen. »Pech, dass sie nicht mal einen so schönen Sommertag richtig genießen können«, sagte sie zu sich selbst, tauchte unter und schwamm unter Wasser zum Ufer, wo sie sie zurückgelassen hatte. Als sie wieder an die Oberfläche kam, entdeckte sie Cailean begeistert mit dem Schwanz wedelnd am Ufer. Mared lachte, schob sich das nasse Haar aus den Augen, blickte noch einmal in Caileans Richtung …

Und ihr Herz setzte einen Schlag aus. Es hörte buchstäblich auf zu schlagen, und für einen langen Moment konnte sie weder ein- noch ausatmen. Sie drohte an ihrem Schock zu ersticken, denn dort, nur einen Schritt von dem Hund entfernt, stand Payton, und hinter ihm zupfte Murdoch Blätter von einem Baum.

Er sah aus, als hätte er den ganzen Tag zu Pferde verbracht – sein Haar unter dem Hut war vom Wind zerzaust, seine Stiefel wiesen Schlammspritzer auf. Er trug Wildlederhosen und ein über der Brust offenes Leinenhemd, und sie sah den Schweißglanz in der weichen Behaarung. Er hatte die Ärmel bis zu den Ellenbogen aufgekrempelt, die Hände in die

Taille gestemmt und stand da mit gesenktem Kopf und erschreckend düsterer Miene.

Diah, er war also früher als erwartet nach Hause gekommen.

Aber schlimmer noch, *viel* schlimmer noch: Sie war nackt. Dank ihrer waghalsigen Prahlerei vor Rodina und Una hatte sie einen riesigen Fehler begangen. Und jetzt trat sie Wasser im Teich, splitternackt, und Payton funkelte sie an, als wollte er ihr den Kopf abreißen.

Trotz der Entfernung zu ihm, und obwohl sie vom Hals abwärts im Wasser verborgen war, bedeckte sie sich, so gut es ging, mit den Händen und trat eifrig Wasser.

»Miss Lockhart«, sagte er ruhig und kalt, »ich muss annehmen, dass ich dir, wenn du nach der Erfüllung deiner täglichen Haushaltspflichten noch Zeit zum Schwimmen hast, nicht genug Arbeit gegeben habe, um deine Zeit auszufüllen, wie?«

Oh, das sah aber gar nicht gut aus, oder? Sie überlegte, was sie sagen könnte, nachdem sie sozusagen auf frischer Tat ertappt worden war, und kam zu dem Schluss, dass es am besten wäre, bei der reinen Wahrheit zu bleiben. »Verzeihung, Sir, aber ich habe meine Haushaltspflichten noch nicht erledigt. Es war mir zu heiß dafür.«

Er neigte den Kopf zur Seite. »Zu heiß?«

»Aye. Zu heiß. Es ist *sehr* heiß heute.«

Das veranlasste ihn, den Kopf zu schütteln und eine Weile zu Boden zu blicken. »Und hältst du es für gerecht, Miss Lockhart, dass die dir unterstellten Stubenmädchen sich in der Hitze plagen, während du schwimmen gehst?«

Nein, natürlich nicht, aber sie konnte wohl kaum gestehen, dass die beiden ebenfalls hier gewesen waren, wenn auch mit schlechtem Gewissen, da sie sie gegen ihren Willen praktisch dazu gezwungen hatte. »Nein«, sagte sie schließlich.

»Dann macht es dir sicher nichts aus, heute den Rest ihrer

Aufgaben zu übernehmen, damit auch sie sich von der Hitze erholen können, nicht wahr?«

Wie sie es hasste, durch Logik in die Enge getrieben zu werden! »Nein«, sagte sie leise.

»Nun gut. Ich habe es ihnen schon angekündigt, als ich sie zurück nach Hause schickte«, sagte er, und verdammt sollte er sein, der Hauch eines Lächelns umspielte seine Lippen. »Komm sofort da raus.«

»Ich, hm ... Ja. Sofort, ich schwöre es. Wenn Ihr bitte weitergehen würdet ... Ich komme sofort nach.«

»Ach?«, sagte er und zog die dichten Brauen hoch. »Was ist mit dir, Miss Lockhart? Vermisst du das hier?«, fragte er und hielt ihr Hemd in die Höhe. Ihr war nicht aufgefallen, dass er es in der Hand gehalten hatte. Genauer gesagt: ihr *violettes* Hemd, das früher einmal sehr weiß gewesen war.

Vor Scham errötete sie heiß bis unter die Haarwurzeln. »Nun gut, Ihr habt Euren Spaß gehabt«, sagte sie. »Lasst es bitte liegen und geht.«

Payton lachte leise. »Nein«, sagte er und warf ihr das Hemd zu. »Zieh es an.«

»Ich kann es doch nicht im Wasser anziehen!«

»Die Alternative wäre, dass du es hier anziehst, also versuche es einfach«, sagte er und blieb mit leicht gespreizten Beinen, die Arme unversöhnlich vor der Brust verschränkt, stehen und behielt sie im Auge.

Verdrossen griff Mared nach ihrem Unterkleid, bevor es im Wasser versank. Sie kehrte Payton den Rücken zu und streifte sich das Hemd mühselig über. Als sie sich wieder umdrehte, hielt er es nicht einmal für nötig, sein Vergnügen an ihrer Verlegenheit zu verbergen.

Mit einem eisigen Blick trat Mared in ihrem sich blähenden Hemd weiterhin Wasser. Die Anstrengung den Ankleidens unter Wasser, nachdem sie schon eine gehörige Strecke geschwommen war, forderte ihren Tribut – ihre Kräfte ließen nach, sie musste wirklich endlich raus aus dem Wasser.

»Würdet Ihr jetzt bitte gehen?«, fragte sie keuchend. »Ich kann nicht mehr schwimmen.«

»Dann solltest du unbedingt rauskommen.«

»Ich kann nicht, solange Ihr dort steht!«, protestierte sie.

»Daran hättest du denken sollen, bevor du ins Wasser gingst.«

»Schon gut, schon gut, Ihr habt ja recht, Sir«, verteidigte sie sich seufzend. »Ich habe mich schlecht benommen und bin dafür gedemütigt worden. Würdet ihr Euch bitte umdrehen? Ich bin nicht anständig gekleidet.«

»Das«, sagte er gedehnt, »ist eine Untertreibung.« Aber er drehte sich um und kehrte ihr den Rücken zu.

Vorsichtig, widerwillig schwamm Mared zum Ufer des Teichs. Als sie Boden unter den Füßen hatte, versuchte sie, sich mir gekreuzten Armen zu bedecken. Es war sinnlos – sie konnte nicht verhindern, dass das Hemd an ihrem Körper klebte und der nasse Stoff die Haut durchschimmern ließ. Sie war ihm nackt und bloß ausgeliefert.

Dennoch hätte er ihren Stolz verschonen können, wenn er sich nicht just in diesem Augenblick umgedreht hätte. Er lächelte, weidete sich an ihrer Verlegenheit ... Doch das Lächeln verlosch, als er sie sah, und sein Blick wurde so eindringlich, dass ihr ein seltsamer kleiner Schauer über den Rücken lief.

Ohne jegliches Schamgefühl betrachtete er sie unverhohlen, sein Blick maß sie in aller Ruhe, glitt über ihre Brust, vor der sie fest die Arme gekreuzt hatte, über ihre Hüften zu dem Dreieck von schwarzem Haar zwischen ihren Beinen, das durch das nasse Hemd schimmerte. Dann an ihren Beinen hinab bis zu den Zehenspitzen und wieder zurück.

Sie konnte nur dastehen und seine Aufmerksamkeit ertragen, denn Payton befand sich zwischen ihr und dem Rest ihrer Kleidung. Je länger er sie ansah, desto heftiger wurde ihr innerliches Zittern.

Als Payton ihr schließlich in die Augen sah, erkannte und

spürte sie die Macht des Begehrens, das von ihm ausging und auf sie ausstrahlte. Und außerdem spürte sie die Reaktion ihres Körpers auf seinen begehrlichen Blick, die in ihr aufstieg und sie ganz und gar erfüllte. Die Intensität des Gefühls rief Panik in ihr hervor – sie wusste nicht, was sie tun, wie sie reagieren sollte. »M-meine Kleider«, stammelte sie.

»Binde dein Hemd zu«, sagte er ruhig. Seine Stimme klang jetzt rau; Mared blickte an sich herab und sah, dass das Hemd, vor Nässe schwer, so tief von ihren Schultern hing, dass ihre Brust beinahe entblößt war. Sie schaute zu Payton auf; sein Blick suchte die Umrisse ihrer Brüste und harten Brustspitzen unter dem nassen Hemd. Mared ergriff die Enden des Bändchens, das den Stoff zusammenzog, doch ihre Hände waren so kalt, dass sie es nicht zubinden konnte.

Sie mühte sich ab, bis Payton seine Hand auf ihre legte. »*Nein!*«, sagte sie verzweifelt in dem instinktiven Wissen, dass etwas passieren würde, wenn er sie berührte. »Ich kann das allein.«

Payton beachtete ihren Einwand nicht; er schob ohne Weiteres ihre Hände zur Seite und griff nach dem Bändchen. Er trat einen Schritt näher an sie heran und schlang ein Ende des Bands gelassen zur Schlaufe. Mareds Kampflust ließ sie im Stich; sie ließ die Arme sinken und sah zu, wie er das Bändchen am Halsausschnitt ihres Hemds zuzog, als hätte er es schon tausend Mal zuvor getan. Er kam ihr noch näher und verschlang die beiden Enden des Bändchens in aller Ruhe zu einer Schleife.

Als er die Schleife festzog, riskierte sie einen Blick in sein Gesicht und zuckte unter der Macht seines heißen Blicks innerlich zusammen. Er hypnotisierte sie, schüchterte sie ein. Payton legte die Hände auf ihre Schultern und strich ihr lässig das nasse Haar zurück. Und dann ließ er die Hände an ihren Armen hinabgleiten, von den schmalen Trägern ihres Hemds bis zu ihren Händen. Seine Berührung war leicht und ehrfürchtig, seine Finger hinterließen eine Feuerspur.

Sie empfand höchst erstaunliche Dinge in ihrem Innern, Teile ihrer selbst erglühten, die sie vorher nie gespürt hatte. Sie biss sich auf die Unterlippe, als er seine Hände an ihre Taille legte und die Handflächen dann absichtsvoll zu ihren Brüsten und über sie hinweggleiten ließ, wo er sie drehte, sodass seine Fingerknöchel ihr Schlüsselbein streiften, dann wieder zurück, um ihre Brüste und Brustspitzen zu liebkosen. Und wieder fuhren seine Hände weiter, über ihren Rücken, langsam über die Hüften nach vorn zu dem Venushügel über ihrem Schritt.

»Lass dich verwöhnen«, sagte er. Seine Stimme war rau vor Verlangen. Mared wünschte verzweifelt, den Ausbruch zu erleben, der kurz bevorstand, und genauso verzweifelt wollte sie aufhören und sich entziehen. Sie keuchte unter dem schwindelerregenden Gefühl und öffnete die Augen. Ihr Blick fand die schwarze Wolle ihrer Haushälterinnentracht. Dieses Kleid war es, das sie aus der Trance riss, und sie stemmte die Hände gegen seine Brust, schob ihn von sich und rief: »Nein!« Im selben Augenblick brach dieses köstliche Wonnegefühl auf, und ihr Körper löste sich von ihrem Bewusstsein. Mared erstickte ein Schluchzen in der Kehle und schlug die Hände vors Gesicht, auf Äußerste beschämt über das, was geschehen war, und restlos verblüfft über das erlebte Glücksgefühl.

Payton war ihr noch nahe genug, dass sie spüren konnte, wie sich sein Körper versteifte, wie sein Kopf sich entfernte, seine Hand von ihr abließ. Und obwohl er so nahe bei ihr stand, fühlte sie sich plötzlich sehr allein und fror.

Sie öffnete die Augen. Payton rieb sich die Stirn, biss die Zähne zusammen. Als er bemerkte, dass sie ihn ansah, bückte er sich, hob ihr Kleid auf und drückte es ihr in die Hände. »Du hast noch zu arbeiten«, sagte er mürrisch.

Sie konnte den Ausdruck in seinen Augen nicht ertragen, diese Mischung aus Enttäuschung und Resignation und vielleicht sogar ein bisschen Abscheu. Das Licht war aus ihnen gewichen, das brennende Licht tief innen, das ihr Schwindel verursacht hatte und den verzweifelten Wunsch, ihm nahe zu sein.

Er wandte sich zum Gehen, und als er den Hügel hinauf zu Murdoch stieg, geriet Mared erneut in Panik. »Payton!«, rief sie ihm nach. Ihr Ruf erschreckte ihn sichtlich; er fuhr ruckartig zu ihr herum. Doch Mared fand keine Worte zur Erklärung des wilden Widerstreits der Gefühle in ihrem Inneren. Sie war so erschüttert, so beschämt, so erschrocken über ihr Handeln, dass sie überhaupt keine Worte fand.

Er wartete, aber da sie nicht sprechen konnte – oder wollte, wie es ihm scheinen musste –, bestieg er Murdoch, ergriff die Zügel und lenkte ihn durchs Gestrüpp nach Eilean Ros. Er sah sich nicht um.

13

Tage vergingen nach diesem heißen Nachmittag, ohne dass Mared Payton zu sehen bekam. Sie erkannte, dass es ihre Schuld war, und wenn sie ihn auch sehen wollte, hatte sie doch eigentlich keinen Grund dazu. Ihre Gefühle für Payton hatten sich irgendwie verändert – doch sie bestand noch immer auf der Möglichkeit, ein Leben nach ihrem eigenen Geschmack zu führen.

Eines Sonntags zog Mared ihr grünes Ausgehkleid und ihre Stiefel an und marschierte zur Kirche, um ihre Familie zu treffen. Nach dem Gottesdienst kehrten die Lockharts nach Talla Dileas zurück, wo ihre Familie darauf bestand, dass sie jede Einzelheit ihres Dienstes unter Douglas berichtete. Mared versicherte ihnen, dass sie gut behandelt würde. Sie sagte ihnen nicht, dass sie sich weigerte, die Rolle der Haushälterin voll und ganz zu übernehmen, und dass es ihr bisher gelungen war, der schweren Arbeit, die die Haushaltsführung mit sich brachte, größtenteils aus dem Wege zu gehen. Offen gestanden, ihre Familie schien sich auch sehr viel mehr als für die Pflichten einer Haushälterin dafür zu interessieren, wie Douglas lebte.

Später am Nachmittag, als Mared Ellie und Anna zum Aussichtstürmchen begleitete, fragte Ellie, wie es ihr nun in Wahrheit ginge.

»Ganz gut«, sagte Mared mit einem halbherzigen Schulterzucken. »Er lässt mich weitgehend in Ruhe.«

Er ließ sie völlig in Ruhe. Was wusste sie schon? War er womöglich nach Edinburgh gezogen, um ihr aus dem Weg zu gehen?

»Ach?«, fragte Ellie und tauschte einen Blick mit Anna.

»Aye. Ich glaube, es ist ihm herzlich gleichgültig, ob ich lebe oder tot bin«, sagte Mared mit einem empörten Schniefen.

»Das ist merkwürdig«, sagte Anna nachdenklich. »Er war doch so fürsorglich ... vorher.«

Mared zuckte die Achseln und trommelte mit den Fingern auf dem Geländer.

»Was ist mit der Party?«, fragte Ellie.

Mared hörte auf, mit den Fingern zu trommeln. »Party?«

»In ein paar Tagen lädt er zu einem Essen ein.«

Ihr Magen krampfte sich zusammen. »Was soll das für eine Party sein?«, fragte sie, und ihre Stimme klang deutlich unsicherer.

»Oh«, sagte Ellie und sah Anna mit aufgerissenen Augen an. »Wir dachten, du wüsstest davon. W-wir haben natürlich abgelehnt«, sagte sie rasch. »Wir hielten es nicht für angebracht, wenn ... du weißt schon ...« Ellie rieb sich den Nacken. »Diese Situation.«

»Was für eine Party?«, wiederholte Mared misstrauisch.

Ellie rieb sich den Nacken noch heftiger.

»Eine ziemlich große. Mehr als ein Dutzend Gäste, glaube ich.«

»Wer?«

»Wer?«

»Wer ist eingeladen?«, wollte Mared gereizt wissen und sah ihren Schwägerinnen ins Gesicht. Die beiden warfen sich aus den Augenwinkeln Blicke zu. »*Wer?*«, fragte Mared ein wenig lauter.

»Miss Crowley«, sagte Ellie. »Und ihre Familie, glaube ich.«

Mareds Magen verkrampfte sich noch mehr.

An diesem Montag sprudelten Rodina und Una nahezu über mit der Neuigkeit, dass eine Party stattfand und Miss Crowley teilnehmen würde. Sie waren der festen Überzeugung, dass Miss Crowley bald ihre neue Dienstherrin sein würde. Sehr zum Verdruss der Mädchen gab Mared sich gleichgültig.

Im Laufe der Woche wurde Mared des Geredes über die verflixte Party überdrüssig. An dem Tag, da das fröhliche Fest steigen sollte, fand Beckwith sie beim Lesen einer Zeitung aus Edinburgh vor, während Una im Grünen Salon Staub wischte. Er funkelte sie böse an.

»Aye?«, fragte Mared höflich.

»Die Vorräte, Miss Lockhart. Seit Mrs Craigs Hinscheiden sind die Vorräte arg vernachlässigt worden, und aus diesem Grund werden verschiedene Artikel bedenklich knapp.«

»Oh«, sagte sie und wandte sich wieder ihrer Zeitung zu. »Muss ich wirklich, Mr Beckwith? Da unten behagt es mir nicht. Es ist dunkel und kalt, und es stinkt.«

»Aye, Miss Lockhart, Ihr *müsst.*«

»Ach, schon gut!«, sagte sie barsch und stand auf. »Mach weiter, Una!«, befahl sie munter, und mit einem Lächeln für Beckwith machte sie sich auf den Weg ins Kellergewölbe.

Die Arbeit schien kein Ende zu nehmen. Aber es war nicht die lästige Bestandsaufnahme, die sie so lange aufhielt – es lag vielmehr daran, dass sie an kaum etwas anderes als an Beitris und Payton denken konnte und an das grauenhafte Fest, das am Abend stattfand.

Es half ihr auch nicht, dass sie bei der Arbeit Beckwith und die Diener hören konnte, die sich auf das Eintreffen der Gäste vorbereiteten. Einmal wandte man sich an sie, damit sie den Porzellanschrank aufschloss, um das kostbare blaue Wedgwood-Porzellan sowie die silbernen Storr-Servierschüsseln fürs Abendessen zu entnehmen. Mared wusste dank der Tatsache, dass ihre Familie ihr eigenes Silber und Porzellan hatte verkaufen müssen, dass der Inhalt der beiden Schränke genug einbringen würde, um Talla Dileas ein ganzes Jahr zu unterhalten.

Charlie holte außerdem zwei Tabletts voller Stielgläser aus

Kristall, und Mared sah Beckwith mehr als einmal mit mehreren staubigen Flaschen aus dem Weinkeller kommen. Also plante Douglas wohl, ordentlich zu prahlen? Es überraschte sie nicht. Die Douglas' waren von Natur aus ein Haufen sich spreizender Pfauhähne.

Man brauchte sich nur Miss Douglas anzusehen, um zu wissen, dass es stimmte – die Frau war total besessen von ihrem eigenen Aussehen.

Mared arbeitete immer noch an der Bestandsaufnahme und versuchte, sich zu erinnern, was sie gerade gezählt hatte, statt über Douglas nachzudenken, als Beckwith sich erneut an sie wandte.

»Der Laird möchte Euch in seinen Gemächern sehen, Miss Lockhart«, sagte er stoisch. »Es geht um seine Kleidung und einige Ausbesserungen.«

Heiß loderte es in ihrer Brust auf. Sie konnte ihn jetzt nicht sehen, nicht, nachdem so viele Tage vergangen waren, nicht, wenn er im Begriff war, um Beitris' Hand anzuhalten. »Seine Kleidung! Ist hier denn niemand, der sich darum kümmert, Mr Beckwith?«

Er sah sie finster an und warf dann einen Blick auf seine Taschenuhr. »Wie Ihr sicherlich schon bemerkt habt, gibt es auf Eilean Ros keinen Kammerdiener. Ich wäre Euch dankbar, wenn Ihr Euch jetzt beeilen würdet, Miss Lockhart, denn es ist gleich sechs Uhr, und binnen einer Stunde werden die Gäste erwartet.«

»Vielleicht könntet Ihr die Einstellung eines Kammerdieners *anregen*«, sagte Mared schnippisch, doch Beckwith war bereits gegangen. »Er legt allergrößten Wert auf seine Kleidung, aye?«, rief sie ihm nach. »Vielleicht solltet Ihr zusätzlich zu einem Kammerdiener auch die Einstellung einer weiteren Haushälterin vorschlagen!«

Beckwith antwortete mit seinem Verschwinden auf der Treppe.

Mared schlug das Rechnungsbuch zu. »Seine Kleider ausbessern, also wirklich! Soll ich etwa auch noch seine verdammte Schneiderin spielen?«

Trotzdem legte sie die Bestandsliste zur Seite, löschte die Kerze, schloss die Vorratskammer ab und machte sich auf den Weg, um dem Kaiser zu Willen zu sein. Auf dem Weg nach oben marschierte sie am großen Speisesaal vorbei und schnalzte angesichts der großen Sträuße weißer Hortensien mit der Zunge.

Beim Anblick des Aufwands verdrehte sie die Augen, dann ging sie weiter und hielt nur in der Eingangshalle kurz inne, um ihr Aussehen im Spiegel zu prüfen.

Indem sie sich leicht in die Wangen kniff und eine dicke Haarsträhne richtete, die sich aus dem Zopf gelöst hatte, ging sie weiter.

Die Tür zu den Gemächern des Hausherrn stand einen Spaltbreit offen, und als Mared klopfte, hörte sie von drinnen eine gedämpfte Antwort. Sie zögerte noch kurz, denn sie hatte nicht deutlich verstanden, ob er sie zum Eintreten aufgefordert hatte, aber andererseits hatte er nach ihr geschickt und wäre sicher ungehalten, wenn sie sich nicht unverzüglich meldete. Also schob sie die Tür ein bisschen weiter auf, steckte den Kopf durch den Spalt und hätte beinahe gekreischt.

Er kam gerade aus dem Ankleidezimmer und blickte neugierig zur Tür. Er trug festliche schwarze Hosen, gefährlich aufgeknöpft, tief auf den Hüften hängend. Und sonst gar nichts.

Der Rest seines Körpers war köstlich nackt.

Mared spürte, wie ihr die Glut ins Gesicht stieg, als sie die schmale Spur von Haaren sah, die aus seiner Hose emporkroch über seinen flachen Bauch bis zu der muskelbepackten Brust. Sein goldbraunes Haar war nass und zurückgekämmt; es fiel auf breite Schultern, die aussahen, als könnten sie das Gewicht der ganzen Welt tragen. Sein kantiges Kinn war glatt rasiert. Er verschränkte die Arme vor der Brust, und

Muskeln traten unter der Haut hervor, während er zusah, wie sie ihn anstarrte.

Sie schluckte den unwillkommenen Kloß des Verlangens in ihrer Kehle hinunter und überlegte, was sie tun sollte, statt sich vorzustellen, wie er wohl völlig nackt aussehen mochte. Unglücklicherweise herrschte in ihrem Kopf ein gehöriges Durcheinander, und ihr gesamter Körper drängte nur darauf, ihn anzusehen.

Seinem eisigen Blick nach zu urteilen, war ihm durchaus bewusst, dass sie ihn beäugte, und wenngleich sie wusste, dass es ungehörig und reichlich unhöflich war, konnte sie doch den Blick nicht von ihm lösen, sosehr sie sich auch bemühte. Er sah einfach so … atemberaubend gut aus. Begehrenswert. *Köstlich*. Wenn sie ein Flittchen und er kein Douglas wäre, sagte sie sich unverhohlen, würde sie sehr gern mit ihm im Loch schwimmen.

Payton räusperte sich; sie löste ruckartig den Blick vom unübersehbaren Umriss seiner männlichen Teile und sah ihm in die Augen.

»Bist du fertig mit deiner Musterung?«

Sie errötete noch tiefer und wandte den Blick ab. »Ich, äh …« Sie sah zur Decke auf. Sah aufs Bett. Zu Boden. Überall hin, nur nicht auf ihn. »Ich bitte um Verzeihung, Milord, aber Ihr habt mich wahrhaftig erschreckt«, erinnerte sie ihn.

»Deswegen, Miss Lockhart, habe ich dich gebeten, einen Augenblick zu warten.«

Sie wagte einen Blick aus den Augenwinkeln. Er sah sie immer noch an, halb nackt, als erwartete er, dass sie etwas sagte. Wie sollte sie etwas sagen, wenn er so prachtvoll aussah? Zum Teufel mit ihm, aber er verhinderte so jeden vernünftigen Gedanken. »Ich habe Euch nicht verstanden«, sagte sie.

»Sieht so aus.«

Bildete sie es sich nur ein, oder glomm tatsächlich die Spur eines Lächelns in seinen grauen Augen?

Er stemmte die Hand in die Taille. »Was soll das, Miss Lockhart? Warum errötest du wie eine keusche Jungfrau? Du hast doch bestimmt schon mal einen Mann gesehen.«

»Natürlich«, antwortete sie hastig und räusperte sich. »Ich habe schließlich zwei Brüder, wenn Ihr Euch daran erinnern mögt.«

»Wie könnte ich das je vergessen?«, fragte er gedehnt.

Sie legte die Hand in den Nacken und blickte zu Boden. »Ah … Verzeihung, aber Mr Beckwith sagt, Ihr wollt Kleider ausgebessert haben.«

Er schnaubte durch die Nase. »Ausbessern ist eine Untertreibung. Ersetzen trifft es eher. Ich habe dich ermahnt, beim Waschen gut achtzugeben.«

»Ich weiß nicht, was Ihr meint«, log sie.

»Ich meine«, sagte er, trat ans Bett und hob ein Hemd auf, »dass ich, als ich die violetten Halsbinden sah, dummerweise noch zu deinen Gunsten gezweifelt habe. Ich weiß, dass du nicht gern hier bist, aber ich dulde eine solche Unachtsamkeit mit meinen Kleidern nicht.«

»Ich bin nicht unachtsam«, widersprach sie.

»Dann erklär mir das hier bitte«, sagte er und hob, die Hand noch immer in die schmale Taille gestemmt, mit einem Finger der anderen ein Hemd hoch. Ein blaues Hemd. Ein blaues Hemd, das vormals weiß gewesen war. »Das ist abscheulich.«

Abscheulich.

Was *er* getan hatte, war abscheulich, dass er sie versklavt und aus dem Teich befohlen hatte, als sie nichts anhatte. Seine Haltung beleidigte sie dermaßen, dass sie ihn böse ansah. »Ich *habe* getan, was Ihr befohlen habt, Sir! Ich habe Euren Mr Beckwith wissen lassen, dass ich nicht die geringste Ahnung vom Wäschewaschen habe, aber er wollte mir in keiner Weise helfen!«

»Und wie kommst du darauf, dass Mr Beckwith etwas vom Wäschewaschen versteht, *lass*? Er ist ein Mann, ein Butler, und Männer und Butler waschen gewöhnlich keine Wäsche!«

»Das, Sir, ist *Euer* Fehler.«

»Das, Miss, ist der Lauf der Welt. Komm jetzt näher und schau dir an, was du angerichtet hast.«

»Das ist vollkommen überflüssig. Ich habe es am Waschtag klar und deutlich gesehen«, sagte sie und verschränkte die Arme.

»Aye, aber ich wünsche, dass wir es zusammen anschauen. Komm *her*«, verlangte er streng.

Mared schniefte und trat widerwillig vor. Er ließ das blaue Hemd von seinem Finger baumeln.

Sie sah ihn gereizt an, bemüht, den angenehmen Duft seines Parfüms und seiner frisch gewaschenen Haut zu ignorieren, und blickte auf das Hemd. Es war wirklich schrecklich blau – im Mondschein, als sie es vom Trockengestell holte, hatte es nicht gar so blau ausgesehen. Und in seiner Freundlichkeit hatte er sich noch nicht einmal zu den Knitterfalten geäußert.

»Vermutlich ist das deine Vorstellung von Rache, aye? Meine Kleidung zu ruinieren, wenn innerhalb einer Stunde vierzehn Gäste eintreffen werden?«

»Vierzehn!«, rief sie aus.

»Aye. Vierzehn. Was soll ich jetzt anziehen, Miss Lockhart?«

»Ach, Ihr habt doch genug zum Anziehen«, sagte sie mit einer abwertenden Handbewegung. »Das wüsstet Ihr, wenn Ihr mal einen Blick in Euren Kleiderschrank werfen würdet, statt es anderen zu überlassen.«

»Danke für den Rat. Sei jetzt bitte so freundlich und hole mir ein *weißes* Hemd.«

Mared warf das Hemd aufs Bett, fuhr herum und marschierte zum Ankleidezimmer.

»Und glaube bloß nicht, ich hätte das große Loch im Bettlaken nicht bemerkt!«, rief er ihr nach. »Ein Loch von der

Größe eines Suppentellers! Wie ist es dir bloß gelungen, ein derartiges Loch zu produzieren?«

Indem ich mich sehr angestrengt habe, dachte Mared und verbiss sich ein triumphierendes Lachen, während sie die Türen des Kleiderschranks aufriss. »Wenn meine Fähigkeiten als Waschfrau Euch nicht genügen und wenn Ihr nicht in der Lage seid, Euch allein anzukleiden, solltet Ihr vielleicht einen Kammerdiener einstellen, Milord!«, rief sie ihm aus dem Ankleidezimmer zu.

»Ich bin durchaus in der Lage, mich anzukleiden, vorausgesetzt, meine Kleidung ist gewaschen und vernünftig gebügelt!«

»Zum Teufel mit dir«, fluchte sie leise und wühlte in Jacketts und Westen und Hemden, bis sie schließlich ein blütenweißes Leinenhemd fand.

Sie nahm es aus dem Fach und ging zurück ins Schlafgemach, verhielt den Schritt, versank in einem tiefen Knicks und hielt das Hemd hoch, damit er es in Augenschein nehmen konnte.

Er riss es ihr aus der Hand, zog es sich über den Kopf und schob einen Arm in den Ärmel. »Du kannst dich glücklich schätzen, dieses Hemd gefunden zu haben.«

»Oh, aye, ich schätze mich *überaus* glücklich!«, sagte sie und verdrehte die Augen. »Und was hättet Ihr getan, wenn ich es nicht gefunden hätte?«

Er lachte dunkel und schob den anderen Arm in das Hemd. »Nicht das, worauf du hoffst, du kleines Kreischgespenst. Ich hätte dich übers Knie gelegt und dir den nackten Po versohlt wie einem Kind, da du dich ja auch wie eines aufführst.«

Das führte ihr nun wirklich ein provokantes Bild vor Augen. »Also wirklich!«, höhnte sie. »Ihr mögt mich entführt haben, aber Ihr werdet nicht ...«

»*Entführt?* Quatsch!«

»O doch!«, beharrte Mared, unfähig, den Blick von seinen

Händen zu lösen, die in der Hose verschwanden, um die Hemdzipfel hineinzustecken. »Ihr haltet mich als Geisel für meine Familie, und *das* ist Entführung!«

»Ich halte dich als Nebensicherheit für eine *Geldschuld.* Das ist keine Entführung, das ist Gnade deiner Familie gegenüber.«

»Sagt, was Ihr müsst, damit Ihr heute Nacht schlafen könnt«, antwortete sie spitz.

»Ich schlafe recht gut, keine Sorge.«

»Ach ja? Und wer richtet morgens Euer Bett? Ihr schlaft nicht gut – Ihr wälzt Euch herum.«

Mit finsterem Blick knöpfte er seine Hose zu und bemerkte nicht, dass ihre Augen seinen Händen folgten. »Wenn ich nachts nicht schlafen kann, liegt es daran, dass eine Wahnsinnige die Zimmer in meinem Haus verschließt und meine Kleidung ruiniert und das Silber versteckt, um es nicht putzen zu müssen, und herumliegt, während die Hausmädchen ihre Arbeit erledigen! Hol mir eine Halsbinde. Eine *weiße* Halsbinde.«

»*Hol mir dies, hol mir jenes*«, äffte Mared ihn nach, ging zum Schreibtisch, öffnete eine Schublade und blickte herab auf eine Reihe säuberlich gefalteter Halsbinden. Nur drei waren auffällig blau.

»Ich habe nie behauptet, eine Haushälterin oder Waschfrau zu sein«, erinnerte sie ihn. »Wenn Ihr verlangt, dass jemand wie ich für Euch wäscht, solltet Ihr nicht erwarten, dass es richtig gemacht wird.«

»Ich erwarte, dass du es lernst!«

Mared schnaubte verächtlich. »Aye, typisch Mann, so viel zu erwarten«, sagte sie. »Und typisch Douglas, zu erwarten, dass eine Lockhart seinen Befehlen gehorcht!«

»Es sollte den Lockharts ein Vergnügen sein, meinen Befehlen zu gehorchen, solange die Lockharts mir dreitausend Pfund plus Zinsen schulden.«

Er trat näher an sie heran, schob ihre Hand zur Seite, griff in die Schublade, entnahm ihr die drei bläulichen Halsbinden und hielt sie hoch. »*Mo chreach,* was habe ich verbrochen, um solche Folter verdient zu haben?«

»Verzeihung, aber was habe *ich* verbrochen?«, erwiderte Mared und reichte ihm eine blütenweiße Halsbinde.

Payton wollte ihr die drei blauen Halsbinden in die Hand drücken. »Du hast deine Dienstzeit um einen weiteren Tag verlängert, das hast du getan, denn ich werde die hier ersetzen müssen. Freust du dich jetzt?« Er hielt ihr die Halsbinden vor die Nase.

Mit einem empörten Schnauben nahm Mared ihm die blauen Halsbinden aus der Hand und warf sie achtlos in die Schublade.

Payton sah ihr fest in die Augen ... Lange genug, dass der Blick Widerhall in ihrem gesamten Körper fand.

Doch dann wandte er sich abrupt ab, stapfte zum Bett und warf die weiße Halsbinde zu seinem Jackett und der Weste.

Diah, er sah so majestätisch und männlich aus, und seine königliche Erscheinung rührte etwas in ihr auf. Dummerweise dachte sie an den Tag am Ufer des Teichs und stellte sich vor, er würde sie noch einmal so berühren ... und sie ihn.

Payton zupfte die Manschetten seines Hemds zurecht, hob den Blick und wies mit einer Kopfbewegung auf ein Kästchen auf der Kommode.

»Du hattest keinen Grund, meine goldene Krawattennadel zu zerstören, wie ich hoffe.«

Mared schüttelte den Kopf, um klar denken zu können. »Noch nicht«, sagte sie und drehte sich um, bevor Payton erkannte, welche Glut er in ihr erzeugte.

Sie hob den Deckel des Kästchens, in dem sich mehrere Schmuckstücke befanden. Sie nahm die Krawattennadel mit dem Wappen der Douglas' heraus. »Bitte schön«, sagte sie aufgeräumt. »Unbeschadet und einfallslos.«

»Es überrascht mich kaum, dass du am Wappen der Douglas' etwas auszusetzen hast, nachdem du an allem, was ich bin, etwas auszusetzen hast.«

Sie hörte einen leicht bitteren Unterton und wusste nicht recht, was sie davon halten sollte. »Nicht an *allem,* was Ihr seid«, sagte sie leise und legte die Nadel auf seine Halsbinde.

Er sah sie wieder an, doch dieses Mal erkannte sie das altvertraute Blitzen der Belustigung in seinen grauen Augen. Er griff nach der Halsbinde.

»Ich muss darauf bestehen, dass du es unterlässt, meine Kleidung zu zerstören, Mared. Und außerdem darauf, dass du Kühen und Hunden keine Halsbinden anlegst. Verhalte dich wie eine Haushälterin. Erledige die Wäsche vernünftig, mach vernünftig sauber und lieg nicht herum, um anderen bei der Arbeit zuzusehen, aye? Wenn du dich daran hältst, wird das Jahr schnell vergehen.«

Mared seufzte.

»Mared?«, fragte er und sah sie aus den Augenwinkeln an, während er versuchte, die Halsbinde anzulegen.

»Aye, ich verstehe, dass Ihr von mir verlangt, Eure Frauenarbeit zu verrichten. Ich soll sauber machen und Kinder versorgen, die vielleicht mal auftauchen, im Garten Unkraut jäten und die Kranken speisen und Mahlzeiten, Kleidung und Betten richten.«

»Aha«, sagte er mit einem leisen Lächeln. »Ich glaube, du hast es verstanden.«

Er trat zurück, blickte finster im Spiegel auf die Zipfel der Halsbinde und legte sie wieder ab.

»Und während ich, die Frau, die in diesem Haushalt als Sklavin gehalten wird, mich mit all diesen wichtigen Aufgaben abmühe, was bleibt dann, bitte sagt es mir, an Arbeit für den mächtigen Laird übrig?«

Er lachte doch tatsächlich leicht darüber und fing an, die Halsbinde wieder um den Hals zu schlingen. »Es ist meine feierliche Aufgabe, Herd und Haus zu versorgen und zu beschützen«, sagte er und betrachtete eingehend sein Spiegelbild und seine Halsbinde, deren Zipfel wieder ungleichmäßig geraten waren. Er löste sie.

»Ah, natürlich«, sagte Mared höflich.

»Ein Mann muss die Freiheit haben, in seinem Arbeitszimmer zu sitzen, umgeben von Dienern und Whisky, und an nichts anderes zu denken als an den Schutz von Haus und Herd!«

»Bravo, *lass*. Anscheinend begreifst du die Grundlagen der Beschäftigung für einen Mann.«

»Offen gesagt, es überrascht mich ein wenig, dass Ihr das schöne Geschlecht so gründlich charakterisiert, obwohl Ihr doch ohne Frau lebt.«

»Oh, ich habe nicht das schöne Geschlecht in seiner Gesamtheit charakterisiert«, sagte er mit dem Hauch eines Lächelns. »Es gibt mindestens noch eine Betätigung, für die die Anwesenheit einer Frau unendlich praktisch ist. Hilf mir bitte«, bat er und wandte sich ihr zu.

Mared seufzte gereizt.

»Das hier fällt in den Aufgabenbereich der Pflege meiner Kleidung«, sagte er und schlenderte auf sie zu.

»Vielleicht, aber ich bin der Meinung, ein Mann von Euren beträchtlichen Fähigkeiten sollte doch in der Lage sein, sich seine Halsbinde selbst anzulegen. Falls Ihr das lernt, könnt Ihr Eure Anwesenheit vielleicht auch als unendlich praktisch betrachten.«

Er blieb vor ihr stehen, lächelte auf sie herab und sagte leise, verführerisch: »Komm schon, *lass … Hilf mir.*«

Widerwillig nahm sie die Halsbinde, die er ihr reichte, erhob sich auf die Zehenspitzen, legte sie ihm um den Nacken und maß die Zipfel, ohne sein düsteres Lächeln zu beachten und die Art, wie er in ihrem Gesicht forschte, oder das Knistern der Energie, die zwischen ihnen zu fließen schien, fast so wie an jenem Tag am Teich.

»Übrigens, damit kein Zweifel bestehen bleibt«, sagte er ruhig und begann, den Stoff um seinen Hals zu legen, »ich versichere dir, dass meine Anwesenheit für mehr als nur eine Aufgabe unendlich praktisch ist.«

Sie wusste sehr gut, dass es der Wahrheit entsprach, und die Erinnerung trieb ihr mit aller Macht die Glut ins Gesicht. »Aye. Irgendwer muss ja herumkommandieren«, sagte sie schnippisch, den Blick fest auf seine Halsbinde gerichtet.

»Nein«, sagte er und sah sie an. »Das meinte ich ganz und gar nicht, und du weißt es auch. Offen gesagt, ich finde es ziemlich schade, dass du nie wissen wirst, wie praktisch ich bin.«

Es drängte sie verzweifelt, sich das kühle Tuch aufs erhitzte Gesicht zu pressen. Aus schmalen Augen betrachtete sie seine Halsbinde.

»Ihr haltet mich offenbar für naiv«, sagte sie mit ausdrucksloser Stimme, froh, dass sie überhaupt sprechen konnte, während das Herz so hilflos in ihrer Brust flatterte.

»Naiv? Unbedingt«, sagte er mit einem schiefen Grinsen. »Klug? Sogar noch mehr.«

Sie konnte ein Antwortlächeln nicht unterdrücken. »Ich bin tatsächlich klug, denn ich verstehe immerhin, eine Halsbinde zu binden«, sagte sie mit einem abschließenden Ruck an den Zipfeln.

»*Au*«, würgte er hervor, verzog leicht das Gesicht und legte die Finger um ihr Handgelenk. »Sie muss doch nicht so verdammt *eng* sein ...«

»Nicht?«

»Nein!«

Sie lockerte die Binde. »Bitte schön«, sagte sie und lächelte glücklich.

Er grinste über ihre Unverschämtheit, was ihr Herz noch heftiger flattern ließ und ihr kleine Schauer wonniger Erwartung verursachte.

Er hielt immer noch ihr Handgelenk umspannt, bewegte lässig die Finger und streichelte ihre Haut. »Wenn du doch nur so liebevoll mit der Wäsche umgehen würdest wie mit dem Anlegen meiner Halsbinde«, flüsterte er.

»Wenn nur«, sagte sie und beantwortete sein Lächeln mit einem kecken Lächeln ihrerseits. »Soll ich auch die Krawattennadel anbringen, Milord? Oder wollt Ihr mein Handgelenk den ganzen Abend lang festhalten?«

Er lachte leise und streichelte beiläufig ihr Handgelenk. »Spielverderber.«

Ihr Blick senkte sich auf seine Lippen. »Schuft«, flüsterte sie und zog eine Braue hoch.

»Unverschämt«, sagte er und beugte sich zu ihr herab, so nahe, dass sie ihm nur ganz wenig entgegenkommen musste, um ihn zu küssen.

Einen Zentimeter noch, vielleicht noch weniger, und ihre Lippen würden die seinen berühren. Er forderte sie heraus, erkannte sie, zwang sie, die Initiative zu ergreifen, falls sie einen Kuss wollte.

Sie wollte ihn küssen. Sie wollte ihn ehrlich verzweifelt gern küssen, doch am Teich hatte sie eine wertvolle Lektion gelernt. Sie war hier, weil er sie dazu gezwungen hatte. Nicht in Talla Dileas. Nicht in Edinburgh, wo sie gern sein wollte. »*Versklavt*«, flüsterte sie und entzog ihm ihre Hand, bevor sie eine Dummheit beging und ihn womöglich küsste. Aber sie konnte ein Lächeln nicht unterdrücken, als sie nach der Krawattennadel griff und sie gekonnt im Knoten seiner Binde befestigte.

Payton betastete die Halsbinde. »Aye«, sagte er und nickte bestätigend. »Gut gemacht.« Er schenkte ihr ein Lächeln, dass ihr bis in die Zehenspitzen fuhr, griff nach seiner Weste, schlüpfte hinein und knöpfte sie rasch zu. Dann legte er sein Abendjackett an.

Er sah großartig aus. Er würde Beitris in einen Freudentaumel versetzen, dachte sie verdrießlich. Doch die Vorstellung von ihm und Beitris vertrug sich nicht mit der Glut, die er in ihr erzeugt hatte, und plötzlich fühlte sie sich verstimmt.

Auf unerklärliche Weise wütend. Sie wollte diese Glut nicht für ihn empfinden.

»Wollt Ihr sonst noch etwas von mir?«, fragte sie ungeduldig.

Payton drehte sich um und sah sie verwundert an. Mared spürte etwas zwischen ihnen, einen Gedanken vielleicht, eine Hoffnung ... Etwas so Heißes und Hartes, dass es ihr Angst machte, und ohne zu überlegen, wich sie einen Schritt zurück.

Die Wärme in seinem Blick machte der Verwirrung Platz. »Nein«, sagte er ruhig und wandte den Blick ab. »Du kannst gehen.«

Hastig schritt sie zur Tür und verließ seine Gemächer, bevor dieses Etwas zwischen ihnen in ihr Bewusstsein schlüpfen und ihr den gesunden Menschenverstand rauben konnte.

14

Mrs Mackerell hatte sich selbst übertroffen – Schildkrötensuppe, Kalbsbries im eigenen Saft, Fischsuppe, Schellfischkasserolle und Spargel in einer Zitronen-Sahne-Soße wurden Paytons Tischgästen serviert, zu denen auch die munteren Glasgower Gäste von Paytons Nachbar Sorley zählten sowie Miss Crowley und ihre Eltern. Erstere hatte Payton eingeladen, weil er Sorleys Zustimmung brauchte, um für seine Destille Wasser aus einem bestimmten Bach zu pumpen, der von Ben Cluaran herabfloss.

Miss Crowley und ihre Eltern waren, ehrlich gesagt, eingeladen worden, um Mared zu ärgern, denn Payton verspürte nicht den Wunsch, Miss Crowley den Hof zu machen, und sie hatte nicht den Wunsch, sich den Hof machen zu lassen. Während einer ihrer Spaziergänge durch Aberfoyle hatte sie ihm gestanden, dass ihr Herz ziemlich unwiderruflich dem Sohn des Schmieds gehörte. Sie deutete auch an, dass diese Verbindung ihrem Vater widerstrebte, der, wie Payton vermutete, es lieber gesehen hätte, wenn seine gebildete Tochter einen vermögenderen Mann heiratete statt einen Schmiedegesellen – genauer gesagt, ihn, Payton.

Die Gruppe der Sorleys bestand überraschenderweise aus mehreren jungen unverheirateten Frauen – Sorleys Schwester und ihr Gatte samt Tochter waren gekommen wie auch Sorleys Nichte, die ihre vier liebsten und engsten Freundinnen mitgebracht hatte. Zweifellos, weil Sorleys zwei Neffen ebenfalls anwesend waren.

Die jungen Frauen sprudelten über vor Freude über die Einladung nach Eilean Ros, doch die Neffen schienen sich zu langweilen. Sie waren noch jung – und Payton konnte sich vorstellen, dass es für sie nichts Öderes gab als eine Dinnerparty auf dem Lande. Doch leider standen an einem abgelegenen Ort wie Eilean Ros die Attraktionen des Stadtlebens nicht zur Verfügung.

Die jungen Sorleys waren recht ungebärdig, und Payton fragte sich, ob derart laute und lebhafte Unterhaltungen neuerdings in der Gesellschaft von Glasgow und Edinburgh üblich waren. Als junger Mann hatte er ziemlich viel Zeit in Edinburgh verbracht. Doch als sein Vater starb, wurde er hier gebraucht, und inzwischen reiste er nur noch selten – nur zwei Mal im Jahr, wie es aussah, um die Banken aufzusuchen und Vorräte einzukaufen, die in Aberfoyle nicht zu haben waren.

Die Sorleys erinnerten ihn an viele Leute, die er in der sogenannten vornehmen Gesellschaft von Edinburgh kennengelernt hatte.

Trotz ihrer feinen Kleidung konnten sie genauso seicht und laut sein wie diese acht jungen Leute heute Abend, überzeugt von ihrem eigenen Wert und erbärmlich rücksichtslos gegenüber anderen, weniger Glücklichen.

Wie zum Beweis diskutierten die Glasgower über die zunehmende Industrialisierung ihrer Stadt, die nach der beharrlichen Meinung der zwei jungen Herren für den Fortschritt notwendig war, während die Frauen argumentierten, sie würde Glasgow in eine Stadt der Mietskasernen verwandeln. Payton entnahm dem Gespräch, soweit er es verfolgen konnte, dass die Einwände der jungen Damen gegen die Mietwohnungen, die überall in Glasgow aus dem Boden schossen, sich darauf bezogen, dass diese ihr ästhetisches Empfinden verletzten.

»Ihr wollt doch nicht sagen, dass Ihr etwas gegen die Armen habt, Miss Alyshire«, zog einer der Neffen eines der Mädchen auf. »Habt Ihr denn die Barmherzigkeit vergessen?«

»Nicht im Geringsten«, antwortete sie hochfahrend.

»Aber wenn so viele Arme in die Stadt strömen, verwandelt sich unser Glasgow in eine Stadt wie London.«

»Wohin sollen sie dann«, fragte Payton ruhig, »Eurer Meinung nach gehen, die Leute, die nicht mehr von der Landwirtschaft leben können?«

»Woher soll ich das wissen?«, fragte Miss Alyshire mit großen Augen. »Vielleicht in andere Städte und Dörfer in Schottland.«

Payton lächelte schmal und richtete seine Aufmerksamkeit auf den Schellfisch auf seinem Teller, der, so dachte er versonnen, vielleicht intelligenterer Konversation fähig war als Miss Alyshire.

Nach dem Mahl lud Payton die Damen auf ein Glas Wein in den Grünen Salon ein, während er und die Herren sich den amerikanischen Zigarren hingaben, die Payton aus Miss Alyshires schrecklich verarmter Stadt Glasgow hatte kommen lassen. Und während die beiden jungen Neffen die amerikanischen Zigarren rauchten, prahlten sie ihrem Onkel und ihrem Gastgeber gegenüber, dass sie auf ihrer Frankreichreise kürzlich entschieden bessere Zigarren geraucht hätten.

Die Prahlerei setzte sich fort, als die Herren sich wieder zu den Damen gesellten. – Es drängte die Neffen, mitzuteilen, dass sie bei ihrem Aufenthalt in Paris auch den denkbar besten Dessertwein gekostet hatten, was natürlich implizierte, dass Paytons französischer Wein nicht vom Feinsten wäre.

Payton war empört über ihre Unhöflichkeit, aber mehr noch darüber, dass es ihnen offenbar gar nicht bewusst war.

Ein Blick auf Miss Crowley verriet ihm, dass auch sie den Abend nicht genießen konnte. Die jungen Damen aus Glasgow machten keinerlei Anstalten, sie einzubeziehen, und hatten, so dachte Payton zornig, Miss Crowleys Bemühungen, sich am Gespräch zu beteiligen, grob abgewiesen. Es interessierte sie entschieden mehr, mit den beiden großspurigen, arroganten jungen Männern zu streiten.

Mitten in der Erzählung eines der jungen Männer über seinen Riesengewinn in einer französischen Spielhalle stand Payton abrupt auf, durchquerte das Zimmer und setzte sich zu Miss Crowley.

Sie lächelte dankbar, als er neben ihr Platz nahm. »Wie geht es Euch heute Abend, Miss Crowley?«

»Sehr gut, Milord. Mein Kompliment zu dem gelungenen Abendessen. Es war exzellent.«

»Ich freue mich, dass es Euch geschmeckt hat«, sagte er mit einem kleinen Lächeln.

»Doch ich muss wegen der Gesellschaft um Entschuldigung bitten. Sie ist reichlich grob.«

»Oh, aber ganz und gar nicht!«, widersprach sie höflich, doch ihr Blick verriet deutlich, dass sie vollkommen einer Meinung mit ihm war.

Payton lächelte, Miss Crowley ebenfalls, und er sagte sich, dass der Sohn des Schmieds doch ein Glückspilz wäre. »Und bringt Ihr Neuigkeiten von Mr Abernathy?«, fragte er im Flüsterton.

Miss Crowley errötete auf der Stelle und warf einen verstohlenen Blick in die Richtung ihrer Eltern.

»Gehe ich recht in der Annahme, dass er noch nicht mit Eurem Vater gesprochen hat?«

Miss Crowleys Lächeln erlosch abrupt. »Ja. Und ich fürchte, er wird es nie tun.«

»Nein? Dann wäre er ein Narr.«

Miss Crowley drehte sich in ihrem Sessel und sah Payton ernst an. »Weil er glaubt, er wäre nicht standesgemäß und übte den falschen Beruf aus! Er schwört, dass er mich verehrt, doch er will nicht um meine Hand anhalten, bevor er nicht zumindest ein eigenes Geschäft hat. Doch das wird noch einige Jahre dauern, und zwar, bis Mr Abernathy bereit ist, sich von seinem Amboss zu trennen!«

»Ah«, sagte Payton und wusste nicht, wie er auf ihren plötzlichen Ausbruch reagieren sollte.

Sie seufzte, setzte sich wieder gerade zurecht und rang die

Hände im Schoß. »Oh, bitte, verzeiht, Milord! Ich sollte Euch nicht mit albernen Herzensdingen belasten!«

»Herzensdinge sind niemals albern, Miss Crowley. Wahres Glück ist wichtig für die körperliche Gesundheit und sollte nicht leichtfertig abgetan werden.«

»Glaubt Ihr das wirklich?«, fragte sie hoffnungsvoll.

Mehr, als er ihr jemals würde erklären können. Er nickte.

»Ganz meine Meinung, Milord«, sagte sie matt und ernüchtert. »Ich versuche zumindest, es zu glauben. Ich werde nie verstehen, warum mein eigensinniges Herz sich ausgerechnet so unlösbar an den Menschen hängt, der anscheinend einfach nicht den Weg zu mir findet!«

Ihr Kummer rührte etwas in ihm an; Payton blickte einen Moment aus dem Fenster und schluckte heftig, bevor er sich ihr wieder zuwandte. Miss Crowley hielt den Kopf gesenkt; sie blickte auf ihre ineinander verschlungenen Hände, und eine einzelne Träne rann hilflos über ihre Wange.

Payton griff unverzüglich nach dem Tüchlein in seiner Brusttasche. »Nicht doch, Miss Crowley«, flüsterte er und drückte ihr das Tüchlein in die Hand. »Das wollen wir doch nicht, oder? Ich hole Euch ein Schlückchen Whisky – dann geht es Euch gleich besser.«

Sie nickte und tupfte sich behutsam die Augen trocken.

Payton erhob sich, hielt Ausschau nach Beckwith, doch der bemühte sich eifrig um die Damen aus Glasgow, die eine gehörige Portion Aufmerksamkeit verlangten. Auch gut – er würde den Whisky selbst holen. Frische Luft täte ihm bestimmt gut.

Payton schlüpfte am anderen Ende des Raums aus dem Salon, suchte sein Arbeitszimmer auf und schenkte sich einen ordentlichen Schluck von dem Eilean-Ros-Whisky ein, den er in großen Mengen herzustellen hoffte. Dann griff er mit einer Hand nach der Karaffe und zwei sauberen Gläsern und ging zurück. Als er sich dem Speisesaal näherte, bemerkte er, dass die Tür offen war, und er hörte zwei Stimmen – eine männliche, eine weibliche – und die weibliche klang sehr vertraut.

Er verlangsamte den Schritt, als er sich der offenen Tür näherte. Er hörte Mared schwer atmen, was er merkwürdig fand, und stellte fest, dass sie gleich hinter der Tür stand.

»Ach, *lass!*«

Payton erkannte auf Anhieb Jamie MacGrudys Stimme und blieb wie vom Donner gerührt stehen. »Ich will doch nur einen Kuss, ein kleines Küsschen von deinen verfluchten Lippen.«

»Hast du keine Angst um dein Leben?«, fragte Mared atemlos. »Hast du vielleicht die Geschichten nicht gehört? Ich werde dich ebenfalls verfluchen.«

»Wie denn? Willst du mich in eine Kröte verwandeln?«

»Das wäre noch das Netteste, was ich dir antun könnte! Geh jetzt, Jamie!«

»Ach, Mared … Inzwischen weißt du doch, dass ich keine Angst vor *a'diabhal* habe und vor dir auch nicht. Hör auf, dich zu wehren, *lass!* Hör jetzt auf! Ich will dich doch nur küssen!«

Payton trat abrupt durch die offene Tür. Jamie hielt Mared an die Wand gedrückt, eine Hand seitlich an ihrem schlanken Hals. Mareds Hände waren zwischen ihnen; sie versuchte mit aller Kraft, ihn von sich zu stoßen.

Payton packte Jamie beim Kragen, bevor der Mann ihn gesehen hatte, und stieß ihn gegen die Wand. Jamie taumelte, straffte sich dann rasch wieder, sah schuldbewusst erst Mared, dann Payton an. »Verzeihung, Milord. Miss Lockhart und ich hatten nur ein bisschen Spaß.«

Payton blickte Mared an; sie sah auf ihre Füße nieder, die Hände so fest verschlungen, dass die Knöchel weiß hervortraten, und ihre Brust hob und senkte sich mit ihren Atemzügen. Doch seitlich an ihrem Hals sah Payton ein rotes Mal, das seinen Zorn heraufbeschwor.

Er bedachte Jamie mit einem kalten Blick. »Pack deine Sachen«, sagte er ruhig. »Du hast eine Viertelstunde Zeit dazu, und dann verschwindest du von Eilean Ros.«

Alle Farbe wich aus Jamies Gesicht. »Verzeihung, Milord – ich soll verschwinden?« Er lachte nervös. »Milord, es war nur Spaß, aye? Sagt es ihm, Miss Lockhart. Sagt ihm, dass wir nur ein bisschen Spaß hatten!«

»Halt dein verdammtes Maul«, sagte Payton grob. »Geh jetzt – pack deine Sachen und verschwinde!«

»Milord, bitte nicht«, flehte Jamie. »Ich stehe seit acht Jahren in Euren Diensten. Wohin soll ich gehen?«

»Fahr meinetwegen zur Hölle, MacGrudy. Auf jeden Fall verlässt du auf der Stelle mein Land, und setze nie wieder einen Fuß darauf, sonst schaffe ich deinen toten Kadaver eigenhändig fort.«

Der Mann hatte einen wilden Blick vor Schock, der von Mared zu Payton und wieder zurück huschte. Doch als ihm die Erkenntnis kam, dass er entlassen war, ging etwas Hässliches in seiner Miene vor, und plötzlich lachte er. »Aye, ich verstehe schon«, sagte er kalt. »Ihr wollt Eure Hure schützen und schickt dafür Euren besten Diener fort.«

Mared schnappte nach Luft, doch Jamie hatte sich schon in Bewegung gesetzt.

Er schob sich an den Möbeln des Speisesaals vorbei und stieß in seiner Eile, den Raum zu verlassen, einen Stuhl um. Auf Paytons Höhe angekommen, hielt er inne. »Acht Jahre meines Lebens, und das ist Euer Dank dafür?« Er spie Payton vor die Füße.

Payton sah ihm stoisch nach, bis er im Flur verschwunden war, dann wandte er sich Mared zu.

Sie lehnte an der Wand, die Augen aufgerissen vor Bestürzung, die Arme krampfhaft vor der Brust verschränkt. Unter seiner Musterung fiel sie in sich zusammen und sog die Unterlippe zwischen die Zähne. Scham färbte ihre Wangen rosig.

Payton trat auf sie zu, legte die Handfläche sanft an ihre

Wange und strich mit dem Daumen über ihre Lippen. »Bist du verletzt?«

»Nein, nein. Mir fehlt nichts«, beteuerte sie, sah ihn unter den Wimpern hervor an und lächelte zittrig. »Aber Ihr hättet vielleicht zulassen sollen, dass der Fluch ihn holt.«

Er sagte nichts, drehte nur behutsam ihren Kopf zur Seite, um das Mal an ihrem Hals eingehender zu betrachten. Es war ein kleiner Bluterguss, der schnell vergehen würde, aber das änderte kaum etwas. – Wut kochte in seinem Blut, und er sagte sich, dass er Jamie, wenn er das Pech hätte, immer noch hier zu stehen, eigenhändig ein solches Mal am Hals zufügen würde, allerdings ein tödliches.

Er schickte sich an, das Mal zu berühren, doch Mared hob rasch die Hand und deckte sie darüber. Er legte seine Hand auf ihre, entschlossen, sich die Stelle anzusehen, doch Mared neigte sich von ihm fort.

»Es ist nichts«, sagte sie, entschlüpfte ihm zur Seite und lief zum Esstisch.

»Mared ... *lass,* es tut mir leid«, sagte er aufrichtig und staunte über die Last, die dieser Fluch ihr zu tragen gab. »Es gibt so viel Dummheit auf der Welt.«

»Ach, Ihr braucht Euch nicht zu entschuldigen!« Sie sah ihn über die Schulter hinweg an und lächelte schwach. »Ich bin an so etwas gewöhnt. An die Geringschätzung, meine ich. Andere sind in ihrer Geringschätzung allerdings selten so kühn wie er.« Sie drehte sich wieder zum Tisch um. »Mir fehlt wirklich nichts.«

Er konnte sich kaum vorstellen, wie es war, sein ganzes Leben unter einem elenden Fluch zu verbringen, der sich auf sämtliche Lebensbereiche auswirkte. Doch Mared räumte weiter den Tisch ab, und das Gelächter aus dem Grünen Salon erinnerte Payton an seine Gastgeberpflichten. »Du entschuldigst mich bitte.« Er wollte viel mehr zu ihr sagen. Er wollte ihr sagen, dass sie, wenn sie seine Frau wäre, den Fluch nie wieder würde fürchten müssen. Doch er hatte das alles schon gesagt, sogar noch mehr. Also stapfte Payton mit vor Wut geballten Fäusten aus dem Speisesaal.

Er sah Mared an diesem Abend nicht noch einmal, denn unter den Glasgowern war ein neuer Streit ausgebrochen, und er und die verbliebenen Diener hatten Mühe genug, sie zur Heimfahrt zu den Kutschen zu geleiten.

Payton sah Mared nicht, doch als er sich an diesem Abend erschöpft und verärgert zur Ruhe begab, roch er den Flieder, ihren Duft, sie war hier gewesen. Sie hatte seine Dinge, sein Bett berührt. Er hatte sich daran gewöhnt, diesen Duft jeden Abend wahrzunehmen, und konnte ohne ihn kaum noch schlafen.

Dennoch schlief er schlecht, denn seine Träume waren von vertrauter Art – von seiner Sehnsucht oder seiner Suche nach Mared, von großen Eichenfässern voll Eilean-Ros-Whisky, von seinem verstorbenen Vater. Hauptsächlich jedoch träumte er von Mared, und wenn er von ihr träumte, waren es Träume der Hilf- und Ratlosigkeit, und er wälzte sich im Bett, bis die Laken und Kissen vollkommen zerwühlt waren.

Am nächsten Morgen erwachte er früh, beschäftigt mit der lästigen Aufgabe, Ersatz für Jamie zu finden. Trotz Jamies abscheulichen Unverstands war er ein guter Diener gewesen, der nicht leicht zu ersetzen war.

Nach einigen Diskussionen übergab Payton diese Aufgabe zunächst in Beckwith' fähige Hände und ritt nach Aberfoyle, wo er sich mit zwei Männern traf, die interessiert an Investitionen in seine Destille waren. Darauf folgte ein diskreter, aber aufschlussreicher Besuch beim Sohn des Schmieds.

Als Payton nach Eilean Ros zurückkehrte, war es schon lange dunkel, und erst als er sich in seine Gemächer zurückgezogen und seine Taschen geleert hatte, fiel ihm ein, dass er den Besuch beim Mann der verstorbenen Mrs Craig vergessen hatte.

»Verdammt«, brummte er. Seit Mrs Craigs Tod hatte er den Besuch jede Woche pflichtschuldig abgestattet. Er stand treu zu seinem Gelöbnis, sich um das Wohlergehen des ältlichen Mr Craig und seines Enkels, des pummeligen Graham, zu kümmern, eines Jungen, der unglücklicherweise seine Mutter bei der Geburt und kurz darauf auch seine Großmutter verloren hatte. Payton hatte Mrs Craig auf dem Sterbebett versprochen, für die beiden zu sorgen.

Er hatte beabsichtigt, mit einem Beutel Goldmünzen bei Mr Craig vorzusprechen, damit er lange haltbare Vorräte für sich und den kleinen Graham kaufen konnte, bevor das Wetter umschlug und der Regen einsetzte, doch heute hatte er den Kopf voll mit anderen Sorgen gehabt. Und da er Miss Crowley versprochen hatte, am nächsten Morgen mit ihr und ihrer Familie den Gottesdienst zu besuchen, würde er dann in die entgegengesetzte Richtung von Craigs Häuschen reiten.

Gut, er würde Beckwith bitten, den Beutel zu überbringen.

Doch am Sonntagmorgen konnte er Beckwith nicht finden. – Er war zu einem Besuch bei seiner alten Mutter aufgebrochen, berichtete Charlie. Payton ging nach draußen, um nachzusehen, und hoffte, Beckwith noch anzutreffen.

Beckwith war zwar nirgends zu sehen, wohl aber Mared.

Aye, Mared in ihrem alten violetten Kleid, den *arisaidh* um die Schultern gelegt. Sie sprach mit den beiden Mädchen, die, wie Payton bemerkte, Kleider trugen, die einstmals seiner Cousine Sarah gehört hatten. Rodina drehte sich nach links und rechts, und Una untersuchte die Naht ihres Ärmels.

Una war es, die ihn als Erste sah und hastig knickste, woraufhin Rodina und Mared sich umdrehten.

Rodina knickte ebenfalls, doch als Mared ihn sah, lächelte sie und winkte ihm zu.

»Guten Morgen, die Damen.«

»Guten Morgen, Milord«, sagten Rodina und Una leise.

»Guten Morgen, Douglas!«, zwitscherte Mared, und die beiden jungen Mädchen sahen sie an, als hätte sie den Verstand verloren. »Was gibt es denn? Oh, ihr haltet mich wohl für unverschämt«, sagte sie und schüttelte mit einem unbeschwerten Lachen den Kopf. »Verzeihung, aber am Sonntag stehe ich nicht im strengen Dienst dieses Herrn.«

Rodina riss die Augen auf und blickte besorgt auf Payton. Una war so schockiert, dass sie den Blick nicht von Mared lösen konnte.

»Sonntags kannst du kommen und gehen, wie du willst«, berichtigte er sie. »Aber du stehst trotzdem durchaus in meinem Dienst, Miss Lockhart.«

»Ach ja?«, fragte sie munter und schirmte mit der Hand die Augen gegen die Sonne ab, als sie zu ihm aufblickte. »Dann bitte ich um Verzeihung, Milord, denn ich habe Euch völlig missverstanden.«

»Das überrascht mich wenig, denn du neigst nun mal sehr dazu, mich misszuverstehen.«

»Ich würde lieber sagen, ich bin offen für abweichende Interpretationen«, erwiderte sie aufgeräumt und knickste vor ihm, während sie ihn mit einem teuflischen Blitzen in den Augen ansah.

Rodina und Una starrten die beiden mit offenem Mund an.

Payton lächelte ihnen zu. »Eure Kleider sind sehr hübsch«, bemerkte er.

»Danke, Milord«, sagte Una. »Miss Lockhart hat sie uns gegeben.«

»Na ja ... Nicht *ich*«, erklärte Mared. »Die Kleider waren ein Geschenk von Miss Douglas.«

Payton wusste es besser. Sarah warf Dienstboten in einen Topf mit Hunden, und niemals würde sie zwei armseligen Dienstmädchen ihre Kleider schenken.

»Sie war sehr zufrieden mit Unas und Rodinas Arbeit. Das hat sie mehr als einmal zu verstehen gegeben«, fügte Mared hinzu und sah ihn vielsagend an.

Er brauchte eine Weile, um zu verstehen, doch als ihm klar wurde, dass eine Lady gewöhnlich ihre abgelegten Kleider an die Haushälterin weiterreichte, verstand er, dass Sarah sie

Mared geschenkt haben musste. Mared wiederum hatte sie Rodina und Una geschenkt und damit den Dank abgestattet, den sie von Sarah nie erhalten hätten.

Er warf Mared einen Blick zu. Sie neigte den Kopf zur Seite. Von ihm würde sie keine Einmischung erfahren. Rodina und Una waren gute Stubenmädchen und hatten beide schwer gearbeitet, um Eilean Ros nach Mrs Craigs Tod in Ordnung zu halten. Er wusste Mareds freundliche Tat durchaus zu schätzen und lächelte Rodina und Una an. »Aye, das hat sie auch mir gegenüber geäußert. Es war das Letzte, was sie bei ihrer Abreise sagte.«

»Oh!«, entfuhr es Una sichtlich überrascht. Sie sah Rodina an.

»Tatsächlich?«, fragte Rodina beinahe mit Piepsstimme.

»Ja.« Die jungen Frauen grinsten einander an. »Wenn die Damen mich jetzt bitte entschuldigen möchten? Ich habe mit Miss Lockhart zu reden.«

»Oh, aber sicher, Milord!«, sagte Una und hakte sich bei Rodina unter. Die beiden Stubenmädchen schlenderten die Zufahrt hinunter, flüsterten und lachten und sahen sich über die Schulter hinweg verstohlen nach Payton um.

Mared blickte ihnen nach, und als sie außer Hörweite waren, lächelte sie Payton verschmitzt an. »Danke.«

»Ich habe dir zu danken«, sagte er. »Wie freundlich von dir, den beiden die Kleider zu schenken, während du sie doch augenscheinlich selbst sehr gut hättest brauchen können.«

Sie lachte laut. »Mal ehrlich, Sir, Ihr habt inzwischen doch längst erkannt, dass ich lieber sterben würde, als Almosen von einem Douglas anzunehmen.«

»Das ist so sicher wie das Amen in der Kirche.«

Mared lachte wieder und sah nach Rodina und Una auf der Zufahrt. »Wollt Ihr heute den Gottesdienst besuchen?«

»Aye. In Aberfoyle.«

»Uuuh, ich *verstehe*«, sagte sie und blickte ihn von der Seite an.

»Ach, du verstehst überhaupt nichts«, sagte er mit einem Grinsen. »Und bevor du versuchst, mir einzureden, dass du doch verstehst, möchte ich dich um einen Gefallen bitten.«

»Mich? Um einen Gefallen? Vermutlich möchtet Ihr, dass ich mit Miss Crowley spreche? Versuche, sie zu überzeugen, dass Ihr gar nicht so widerspenstig und eigensinnig seid, wie sie vielleicht denkt?«

Er lachte leise. »Nein, das doch nicht. Ich möchte dich bitten, Mr Craig zu besuchen«, sagte er und zog den Beutel mit Goldstücken aus der Tasche. »Ich hatte ihn gestern aufsuchen wollen, wurde jedoch in Aberfoyle aufgehalten, und bedauerlicherweise muss ich auch heute wieder nach Aberfoyle. Darf ich dich bitten, ihm auf dem Weg nach Talla Dileas das hier zu überbringen?«

»Natürlich«, sagte sie und musterte den Beutel voller Neugier. »Das ist Geld«, sagte sie verunsichert, als sie das Gewicht spürte, blinzelte zu Payton auf und forschte mit einem schiefen Lächeln in seinem Gesicht. »Spielschulden, schätze ich. Ich habe oft genug gehört, dass ein Douglas, wenn er spielt, keinen Shilling in der Tasche behält.«

»Höchst interessant. Ich habe oft genug das Gleiche über die Lockharts gehört.«

»Boshafte Lügen und gemeine Verleumdung.« Sie zwinkerte ihm zu und schob den Beutel in ihre Tasche.

»Ganz herzlichen Dank. Und jetzt beeile dich, damit du sie noch einholst«, sagte er und wies mit einer Kopfbewegung auf Rodina und Una. »Du willst den armen Pfarrer doch nicht erschrecken, indem du allein die Kirche betrittst und riskierst, dass der gesamte Himmel über dein heidnisches Haupt und seine Gemeinde niederbricht.«

Mared lachte, es war ein herrlich warmes Lachen. »Und Ihr dürft Miss Crowley nicht auf Eure widerwärtige Gesellschaft warten lassen. Aber bevor ich gehe«, sagte sie, »möchte ich Euch dafür danken, dass Ihr mir gestern Abend zur Hilfe gekommen seid.«

Das betrachtete er gewissermaßen als Fortschritt, denn es hatte mal eine Zeit gegeben, da Mared Lockhart ihm für nichts gedankt hätte, außer vielleicht für seinen eigenen Tod. Impulsiv berührte er ihre Hand. »Das war nichts«, sagte er und wiederholte damit ihre eigenen Worte. Er wies in die Richtung der beiden Stubenmädchen. »Du solltest jetzt gehen.«

»Ja, ich gehe.« Und leichtfüßig schritt sie davon, die Zufahrt hinunter, und ihr Zopf hüpfte auf ihrem Rücken. Payton sah ihr nach, ohne auf den sonderbaren Schmerz in seiner Brust zu achten. Er lächelte, als sie sich am Ende der Zufahrt noch einmal umdrehte und zu ihm hinübersah.

»Aye, geh nur«, sagte er leise. »Geh, bevor ich dich zu mir zurückhole.«

15

Wie jeden Sonntag seit ihrer Versklavung wartete Liam auf sie, wo die Straße zur Kirche sich mit der Hauptstraße vereinigte. Mareds Herz war erfüllt von Freude, als sie ihn sah, und sie lief los. Liam fing sie mit seinen starken Armen auf und drückte sie fest an sich. »Was hat dich aufgehalten? Wir haben dich schon vor einer halben Stunde erwartet!«

»Ich habe unterwegs noch Mr Craig einen Besuch abgestattet. Er lebt jetzt allein mit seinem Enkel.«

Liam knurrte etwas, stellte sie auf die Füße und hielt sie auf Armeslänge von sich ab, um sie eingehend zu mustern. »Hat er dir etwas angetan, *lass?* Hat er dir auch nur ein Härchen gekrümmt?«

Jede Woche stellte er die gleichen Fragen. »Nein!« Auf Liams skeptischen Blick hin lachte sie. »Ich habe ihn kaum jemals gesehen, Liam.«

Das war eine leichte Verzerrung der Wahrheit, doch Liam furchte trotzdem die Stirn. »Aye, und was bedeutet das Mal an deinem Hals?«, knurrte er.

»Ein etwas unglücklicher Unfall mit einem Apparat in der Waschküche«, erklärte sie obenhin, erhob sich auf die Zehenspitzen und gab ihm einen Kuss auf die Wange. »Wo ist Duncan?«, fragte sie. »Ich habe mich so danach gesehnt, ihn im Arm zu halten!«

Bei der Erwähnung seines kleinen Sohns konnte Liam ein Lächeln nicht unterdrücken. Er legte den Arm um Mareds Schultern, und zusammen gingen sie zum Kirchhof, wo die übrigen Lockharts sie erwarteten.

Später an diesem Nachmittag, auf Talla Dileas, verkündete Grif, dass er einen neuen Plan zu ihrer Erlösung hatte. »Unserer Einschätzung nach ist es ein ziemlich brillanter Plan«, sagte er, und die sechs Lockharts nickten einmütig.

»Brillant?«, fragte Mared, plötzlich ganz Ohr. »Was denn?«

»Wir verkaufen Land an Sorley«, sagte Grif. »Ich weiß nicht, warum wir nicht früher darauf gekommen sind! Mag Douglas auch Land im Austausch für dich abgelehnt haben, aber Sorley? Aye, er wird zugreifen, bestimmt. Wir verkaufen ihm genug, um dich auslösen zu können.«

»Wie viel?«, fragte Mared.

Grif blinzelte. »Wie viel?«

»Wie viel Land wollt ihr verkaufen?«

»Ach«, sagte er mit einer lässigen Handbewegung. »Nicht allzu viel.«

»Wie *viel?*«, wiederholte Mared hartnäckig.

»Dreißig Morgen«, sagte Grif, und sein Lächeln erlosch.

»*Dreißig!*«, ereiferte sich Mared. »Ihr wollt dreißig Morgen Lockhart-Land verkaufen? Das dürft ihr nicht, Grif! Nein, nein, ich schenke Douglas lieber ein Jahr meines Lebens, statt auch nur einen Zentimeter von unserem Land verkaufen zu lassen!«

Grif wechselte einen verdutzten Blick mit Carson, der fragte: »Aber du hast zugestimmt, als wir Douglas die gleiche Menge Land im Tausch gegen dich angeboten haben, oder? Es ist das Gleiche, *lass*. Ob Sorley oder Douglas, das ist einerlei.«

Mared warf den Kopf in den Nacken und heftete den Blick auf das Gemälde von einem der Ahnen der Lockharts. »Aye, vielleicht habe ich seinerzeit zugestimmt. Aber bei genauerer Überlegung komme ich zu dem Schluss, dass mit der nötigen inneren Stärke ein Jahr wohl zu ertragen ist. Und offenbar verfüge ich über die nötige innere Stärke.«

Diese Einschätzung traf allerorten auf verblüffte Blicke.

»Erzähl ihr von Hugh!«, verlangte Anna aufgeregt.

»Das ist Unsinn, Anna, das sagte ich doch schon«, erklärte Liam mürrisch.

»Durchaus möglich, dass es Unsinn ist, aber ebenso gut könnte es wahr sein, Liam. Wenn du es ihr nicht sagst, dann tu ich es«, sagte sie fest und erhob sich mühsam – Mared kam es so vor, als wäre ihr Bauch über Nacht kugelrund geworden. »Es geht das Gerücht, dass er sich in Schottland aufhält«, sagte sie, und ihre braunen Augen glühten vor Eifer.

»In Schottland?«, wiederholte Mared skeptisch. »Was habt ihr gehört?«

»Dass er von einer ziemlich *langen* Reise zurückgekehrt ist.«

»Aye? Und von wo ist er zurückgekehrt?«

»Oh, wir haben nicht die geringste Ahnung«, erwiderte Anna fröhlich.

»Aha. Und von wem haben wir das gehört?«

»Von Ben MacCracken«, sagte Anna, und Liam wie auch Grif verdrehten die Augen.

»Gut, *ja,* wir wissen es von Ben MacCracken, aber das heißt noch lange nicht, dass es nicht stimmt!«, wandte Anna ein.

Mared lächelte ihre Schwägerin an, doch sie teilte die Skepsis ihrer Brüder. Ben MacCracken neigte wegen eines lebenslangen allzu hohen Whiskykonsums zu Wahnvorstellungen. Erst kürzlich hatte er geschworen, er hätte mit dem hübschen Prinz Charlie zu Abend gespeist, obwohl dieser Mann schon seit mindestens dreißig Jahren tot war. Wenn der alte Mann irgendetwas über Hugh wusste, dann hatte er es nach einigen Gläsern von seinem geliebten Whisky geträumt.

»Dann habe ich Hoffnung«, sagte Mared, um Anna nicht zu kränken, und nahm Ellie Duncan aus den Armen. »Aber ich lasse meine Hoffnung nicht so hoch fliegen, dass sie beim Absturz in Scherben fallen muss.«

Anna nickte seufzend und nestelte an ihrer Schärpe. »Ich weiß, Mr MacCracken ist ein bisschen wirr im Kopf … aber es ist durchaus möglich, dass er in irgendeiner Kneipe etwas über Hugh aufgeschnappt hat«, sagte sie leise.

»Aber natürlich«, beschwichtigte Ellie. »Und der Umstand, dass er das, was er gehört hat, für Geld preiszugeben bereit war, sollte uns in unserem Urteil nicht beeinträchtigen.«

»Oh, bitte«, sagte Mared und küsste Duncans runde Wange. »Ich habe keine Lust, den ganzen schönen Tag lang über Hugh MacAlister zu reden! Viel lieber möchte ich den kleinen Duncan sprechen hören. Kannst du sprechen, *lad?*«, fragte sie und kniff ihn zärtlich in die Wange.

Das Baby gurgelte und stieß mit den pummeligen Fäustchen in die Luft, und plötzlich umringten alle Lockharts Mared und Duncan und drängten den Kleinen zu sprechen.

Später, nach einem sehr kargen Abendbrot, einem Fischgericht namens Finnan Haddie, wandte sich das Gespräch der Frage zu, wie sich die vormalige Kammer eines Dienstmädchens neben Annas und Grifs Gemächern in ein Kinderzimmer umwandeln ließe.

Mared lächelte und gab lediglich durch Nicken ihren Kommentar dazu. Ihre Gedanken waren woanders. Sie dachte an den Zorn in Paytons Gesicht, als Jamie sie angefasst hatte, an sein kantiges Kinn, den mörderischen Ausdruck in seinen Augen. Sie dachte an Mr Craig, der ihr erzählt hatte, wie viel Payton für Mrs Craigs Enkel tat, wie er dafür sorgte, dass es ihnen beiden an nichts fehlte, und dass er mindestens einmal pro Woche zu Besuch kam, um nach ihrem Befinden zu sehen.

Mared wusste nicht recht, ob das alles sie überraschte, aber es ließ Payton wahrhaftig in einem anderen Licht erscheinen. In einem Licht, das nicht so sehr an Douglas gemahnte ... sondern vielmehr an einen Mann.

Nach dem Abendbrot, nachdem der Portwein getrunken war, blickte Mared auf die Uhr auf dem Kaminsims. »Ach, ich fürchte, ich muss gehen«, sagte sie.

»Es ist spät, *lass*. Ich bringe dich morgen früh zurück«, sagte Liam.

»Nein, ich gehe am besten noch heute Abend, Liam.«

Ihre Angehörigen hörten auf, alle gleichzeitig zu reden, und sahen sie eindringlich an.

Mared errötete zart. »Er, hm … er fügt einen weiteren Tag zu meiner Versklavung hinzu, wenn ich zu spät komme«, erklärte sie hastig. »Er hat jetzt schon drei Tage draufgeschlagen.«

»Das entspricht nicht unserer Vereinbarung!«, sagte Carson streng. »Welches Recht hat er dazu?«

»Tja, hm … der zerbrochene Krug, schätze ich. Und die verdorbenen Halsbinden«, sagte sie mit einem schwachen Lächeln. »Und dann vielleicht noch das Silber.«

Ihre Mutter kniff die Augen zusammen.

»Ich bemühe mich, vorsichtiger zu sein«, beteuerte Mared rasch. »Aber ich breche am besten jetzt gleich auf, um mir nicht seinen Unwillen zuzuziehen.«

Ihre Angehörigen tauschten wieder Blicke; Ellie übertünchte ein Lächeln, indem sie gekünstelt hüstelte.

»Ich hole den Karren«, sagte Liam und stand vom Tisch auf. Mared spürte den Blick ihrer Mutter und sah aus den Augenwinkeln zu ihr hinüber. Aye, ihre Mutter lächelte auf diese ihr eigene Art, bei der Mared sich völlig durchschaut fühlte. Der einzige Unterschied zu sonst bestand dieses Mal darin, dass sie nicht wusste, in welcher Hinsicht genau sie durchschaut war. Also stürzte sie ihren Portwein hinunter, stand auf und begann, sich zu verabschieden.

Alle begleiteten sie nach draußen, und ihre Mutter, die sie als Letzte umarmte, zog Mared den *arisaidh* fester um den Hals und lächelte. »Gib besser acht, Tochter«, sagte sie, nahm Mared noch einmal in die Arme und flüsterte: »Sei lieb zu ihm, *lass*. Er wird es dir zehnfach zurückgeben.« Dann ließ sie sie los, lächelte wissend angesichts von Mareds erstauntem Blick und wies auf den Karren. »Dein Bruder wartet schon.«

Dem Himmel sei Dank! Mared schenkte ihrer Mutter ein gezwungenes Lächeln und eilte zu Liam.

Die Nacht war still und wunderschön, ein spätsommerlicher Vollmond erhellte ihren Weg, und nichts war zu hören außer dem Quietschen des alten, angeschlagenen Karrens und dem gelegentlichen Schreien der beiden Esel.

Als sie den Ben Cluaran überwunden hatten und Eilean Ros deutlich sichtbar unter ihnen im Mondschein zu sehen war, zügelte Liam die Esel und blickte hinunter auf den stolzen Besitz. »Er ist fein raus«, sagte er schlicht. »Niemand kann bestreiten, dass er das Anwesen in ein Juwel verwandelt hat.«

Mared blickte hinab auf das massive Herrenhaus. »Meinst du, ich habe den richtigen Weg eingeschlagen, Liam?«, platzte sie heraus.

Die Frage versetzte ihren Bruder sichtlich in Erstaunen. Er blinzelte und räusperte sich dann. Und noch einmal. »Den richtigen Weg?«, wiederholte er nach langem Zaudern.

»Aye ... Ich meine, als ich seinen Antrag ausgeschlagen habe.«

Liam furchte nachdenklich die Stirn. »Ich kann es dir nicht sagen, Mared. Ich glaube, es hat einmal eine Zeit gegeben, da wir dich nach Edinburra geschickt hätten, damit du deinem Schicksal entgehst, aber da wir jetzt nicht einmal mehr das für dich tun können ...«

»Damit ich meinem Schicksal entgehe?«

»Aye, aye, dem Fluch. Es ist absurd, aber es bleibt doch Tatsache, dass viele Leute hier in der Gegend der Lochs daran glauben. Hier würdest du nie anständig heiraten können, und wir hätten dich nach Edinburra geschickt, wo die Chancen für eine gute Partie bedeutend besser gewesen wären, glaube ich. Aber wir konnten es nicht. Deshalb erschien mir Douglas' Angebot ziemlich großzügig.«

»Aber er ist ein Douglas«, erinnerte Mared ihn.

»Aye, ein Douglas.« Liam seufzte. »Seit beinahe vierhundert Jahren ist so einiges zwischen den Douglas' und den Lockharts vorgefallen – genug, um die Douglas' bis in alle

Ewigkeit zu hassen. Aber wenn wir unseren Prinzipien treu bleiben und einen Menschen nach seinen Taten beurteilen wollen, dann kann man von diesem Mann trotz seines verdammten Namens nur sagen, dass er ein guter Mann ist.«

Seine Antwort überraschte Mared. Sie hatte erwartet, dass er der Erste sein würde, der sagte, sie hätte nicht anders handeln können. »Du meinst, ich hätte seinen Antrag annehmen sollen?«

Liam seufzte und hob voller Unbehagen die Schultern. »Ich weiß es nicht, Mared. Es ist nicht leicht zu ignorieren, was zwischen den Lockharts und den Douglas' vorgefallen ist. Aber wenn ich dich ansehe, wenn ich deine Schönheit und dein Temperament sehe, wäre ich sehr beruhigt zu wissen, dass ein guter Mann dich fest an sein Herz nimmt und dich vor jeglicher Unbill schützt ... selbst wenn er ein Douglas wäre.«

Wenn er sie fest an sein Herz nimmt ... Mared blickte erneut herab auf Eilean Ros.

»So, jetzt habe ich genug geschwätzt«, sagte Liam und ließ die Zügel auf die Rücken der Esel klatschen. Sie setzten sich in Bewegung und trotteten die gewundene Straße nach Eilean Ros hinunter.

16

Etwa eine Stunde bevor Liam Mared vor dem Eingangsportal von Eilean Ros absetzte, war Payton die Zufahrt entlanggeritten und hatte Murdoch an William übergeben, damit dieser ihn in den Stall brachte.

Als Payton ins Haus ging, erinnerte er sich daran, dass Sarah ihm einmal vorgeworfen hatte, er wäre in gewisser Hinsicht genauso wie seine verstorbene Mutter, nämlich mit dem keltischen Fluch belegt, das heißt mit düsteren Stimmungen. Seine Mutter hatte wahrhaftig unter düsteren Stimmungen gelitten, doch er hatte sie nur ein einziges Mal in Sarahs Gegenwart erlebt, und zwar an einem Nachmittag, nachdem er zu viel Whisky getrunken hatte. Da hatte er schlechte Laune wegen Sarahs ständiger Nörgelei. Er hatte ihr unmissverständlich klargemacht, dass er der Herr von Eilean Ros war, und wenn ihm danach war, zu viel Whisky zu trinken, dann würde er es bei Gott auch tun.

Im Augenblick wünschte er sich, er hätte sich nicht so darüber gefreut, an diesem Nachmittag ebenso viel Whisky trinken zu können, denn seine Beine fühlten sich bleischwer an, und sein Magen rebellierte so laut, dass er schon fürchtete, er wäre an ein besonders unausgegorenes Fass geraten. Das war durchaus möglich – die Gerstenmaische war vor ein paar Wochen unter Verwendung von Bachwasser vom Ben Cluaran hergestellt worden, und die Destillierung eines kleinen Fasses war beschleunigt worden, damit er und der Braumeister das Ergebnis prüfen konnten.

Ja, Payton hatte darauf bestanden, das Gebräu zu prüfen, obwohl er wusste, dass es noch nicht restlos destilliert war. Was auch immer der Grund sein mochte, er fühlte sich jedenfalls so schlecht, dass er geradewegs in seine Gemächer ging, sogar ein wenig unsicher auf den Beinen.

Dort angekommen, suchte er unverzüglich sein Bett auf und stierte es mit schwimmendem Blick an, während er vage überlegte, ob er sich nicht zuerst ausziehen sollte, doch dann fiel er rücklings auf die weiche Gänsedaunenmatratze, blickte hinauf in den bestickten Baldachin und nahm sich vor, mit seinem Braumeister über das Wasser zu reden.

Er schloss die Lider, und Bilder von Eichenfässern voller Whisky tanzten vor seinem inneren Auge. Dennoch hatte er das Gefühl, gerade eben erst die Augen geschlossen zu haben, als er ihre Stimme vernahm.

»Ihr werdet ihn nicht auf diese Weise wecken«, glaubte er, sie sagen zu hören, was er reichlich merkwürdig fand, da er überhaupt nicht geweckt zu werden brauchte. Jemand packte seinen Stiefel und verdrehte ihm ziemlich grob den Fuß, bis er aufschrie. Wütend sprang Payton auf und stellte benommen fest, dass der Raum sich um ihn drehte. Als sich sein Blick klärte, sah er zu seiner Verwunderung einen besorgten Beckwith vor sich – im Nachthemd noch dazu – und Mared, immer noch in dem violetten Kleid, das sie schon am Morgen getragen hatte.

Das alles erschien ihm äußert sonderbar, und er wollte nach der Uhrzeit fragen, konnte aber nicht sprechen, weil plötzlich ein grausamer Schmerz in seinen Kopf fuhr.

»Da, seht Ihr?«, fragte Mared, offenbar an Beckwith gerichtet, während sich Payton die Stirn rieb. »Man muss schon ein bisschen Gewalt anwenden, um einen Mann zu wecken, der bis zur Bewusstlosigkeit betrunken ist.«

»Miss Lockhart!« Beckwith schnappte nach Luft.

Mit dem Rest der ihm verbliebenen Kraft hob Payton den Kopf und sah sie finster an. Mared amüsierte sich sichtlich, und Payton richtete seinen düsteren Blick auf Beckwith. »Ich habe nur für einen Moment die Augen zugemacht«, sagte er mit schwerer Zunge.

Beckwith und Mared tauschten einen Blick. »Verzeihung, Milord, aber Ihr liegt hier schon seit über einer Stunde«, sagte Beckwith vorsichtig.

Payton blinzelte zu seinem Butler auf, schüttelte den Kopf und verzog das Gesicht vor Schmerzen. »Nein, nein, nur für einen Augenblick. Hab nur die Augen zugemacht, mehr nicht ... Irgendetwas stimmt mit dem Whisky nicht«, versuchte er zu erklären.

Mared schnaubte durch die Nase; Beckwith beugte sich über ihn. »Soll ich Euch beim Auskleiden behilflich sein, Milord?«

»*Diah*, nein!«, rief Payton matt und deckte die Hand über die Augen.

»Nein, danke, Beckwith. Du ... Schlagt einfach nur das Bett auf, ja?«

»Aye, natürlich. Der Mann kann nicht schlafen, wenn ihm nicht jemand das Bett aufgeschlagen hat«, sagte Mared unverblümt. »Ich erledige das, Mr Beckwith. Entschuldigt, dass ich Euch aus dem Bett geholt habe.«

»Seid Ihr sicher?«, fragte Beckwith, doch Mareds Antwort ging völlig an Payton vorüber, denn das Schwindelgefühl setzte sich plötzlich bis in seinen Bauch fort, und er hatte das Gefühl, dass ihm übel wurde. Er senkte den Kopf und kämpfte die Übelkeit nieder.

Er hörte Flüstern und das Geräusch einer sich öffnenden und wieder schließenden Tür, und als die Übelkeit endlich vorüber war, öffnete er die schmerzenden Augen und blickte auf.

Mared stand über ihn gebeugt und sah ihn an. Langsam richtete sie sich auf, verschränkte die Arme und blickte finster auf ihn nieder. »Aye, genauso seht Ihr auch aus.«

»Wie sehe ich aus?«

»Wie ein Mann, der seinen Whisky nicht verträgt.«

»Ach«, sagte er mürrisch, ließ sich zurück aufs Bett fallen und schloss die Augen. »Ich vertrage genauso viel Whisky wie jeder andere Mann in diesen Bergen. Aber keinen unausgegorenen Whisky.«

Sie schnalzte mit der Zunge, und er hörte, wie sie auf die andere Bettseite ging, und spürte, wie sie dort das Bettzeug richtete. Im nächsten Moment war sie wieder auf der anderen Seite, wo er halb lag, halb über die Bettkante hing.

»Beabsichtigt Ihr, so zu schlafen?«

»Was macht es schon aus?«, fragte er und wälzte sich auf den Bauch, kroch bis zum Kopfende, um den Kopf auf ein Kissen betten zu können, und schloss die Augen, als sein Magen erneut revoltierte. »Es war der unreife Whisky«, sagte er noch einmal.

»*Mo chreach*«, sagte sie leise und legte die Hand an seinen Fuß.

»Was soll das?«, protestierte er schwach.

»Ich ziehe Euch die Stiefel aus, *lad,* was denkt Ihr denn? Ihr könnt doch nicht schlafen wie ein Lumpenkerl.« Sie zerrte an seinem Stiefel. Nach einigem Ächzen ihrerseits löste er sich endlich von Paytons Fuß, und sie wiederholte den Akt am anderen Fuß.

Er hörte, wie die Stiefel, einer nach dem anderen, zu Boden fielen, dann spürte er, wie sie näher kam, roch den schwachen Fliederduft, als sie sich über ihn neigte und die Hand auf seine Schulter legte.

Er wollte sich rühren, konnte es aber nicht; die Schmerzen in seinem Kopf verursachten ihm Übelkeit.

Sie schüttelte ihn leicht, und als er nicht reagierte, beugte sie sich über ihn; der Zopf fiel über ihre Schulter und kitzelte ihn an der Wange. »*Payton*«, flüsterte sie, »Ihr müsst Euch jetzt umdrehen.«

Innerlich lächelte er über ihre plötzlich so sanfte Stimme, und es gelang ihm, sich auf den Rücken zu wälzen. Er spürte ihre Hände an seinem Hals, ihre Finger, als sie geschickt den Knoten der Halsbinde löste und sie ihm abnahm. Als er sich endlich von der Binde befreit fühlte, schlug er die Augen auf und erhaschte Mareds Hand. »*Mared*«, flüsterte er in sehr ernstem Ton. »Ich glaube, ich muss sterben.«

Sie lachte und zeigte ihm ihre entzückenden Grübchen. »Das ist ausgeschlossen, denn wer sollte mich noch quälen, wenn Ihr sterben würdet? Der Whisky hat Euch umgehauen, Sir, weiter nichts.«

»Bist du sicher?«, fragte er mit einem Anflug von Verzweiflung in der Stimme.

»Ich bin ganz sicher. Ach, und ich habe immer gedacht, Ihr wäret unbesiegbar«, sagte sie leise. »Hätte ich gewusst, dass ein Schluck von Eurem eigenen Whisky reicht, um Euch niederzuzwingen, dann hätte ich Euch schon längst ein großes Glas voll serviert.«

Sie hatte ihn für unbesiegbar gehalten. Er schloss die Augen wieder und lächelte verträumt.

Er wusste nicht, wie lange er geschlafen hatte. Vielleicht war es nur ein Augenblick, vielleicht waren es aber auch Stunden. Sein Magen rumorte wild, seine Eingeweide krampften sich schmerzhaft zusammen. Doch er erwachte von einer Hand an seinem Gesicht und dem Duft von Flieder.

»*Diah,* Payton, was fehlt Euch?«, fragte Mared im Flüsterton. »*Mo chreach,* Ihr glüht ja vor Fieber!«

»Ich bin ein bisschen indisponiert, sonst nichts«, sagte er, und verschwommen wurde ihm klar, dass Mared bereits fort war. »Warte!«, rief er matt. »Wohin willst du?«

»Ich hole Beckwith«, sagte Mared. »Er muss auf der Stelle den Arzt holen.«

Mared eilte den Flur im Erdgeschoss entlang und blickte auf der Suche nach Beckwith hektisch in jedes Zimmer. Als sie an diesem Morgen Paytons Gemächer aufgesucht hatte, um dort sauber zu machen, hatte sie ihn zu ihrer Verwunderung immer noch auf der Bettdecke liegend vorgefunden, immer noch voll bekleidet. Der nasse Lappen, den sie ihm zur Kühlung auf die Stirn gelegt hatte, war neben das massive Bett zu Boden geworfen worden. Sie hatte sogar noch leise in sich hineingelacht bei dem Gedanken, welch unangenehmer Tag ihm nach einem derartigen Saufgelage bevorstand. Doch dann hatte er sich nicht gerührt, als sie die Vorhänge öffnete, und auch nicht, als sie ihn rüttelte.

Erst als sie neben ihm auf der Bettkante saß und seine heiße Stirn fühlte, öffnete er die Augen, und ein Schauer der Angst lief ihr über den Rücken. Der Mann war schwer krank.

Mared fand Beckwith im Arbeitszimmer. »Er ist schrecklich krank«, sagte sie. »Ein rasendes Fieber hat ihn im Griff.«

Beckwith riss die Augen auf, und er trat hastig einen Schritt zurück. »Fieber?«

»Aye, Fieber!«, sagte sie ungeduldig. »Ihr müsst auf der Stelle nach dem Arzt schicken, Mr Beckwith!«

»Aye«, sagte er und nickte. »Aye, auf der Stelle.«

»Und Ihr müsst mir helfen, ihn zu entkleiden und ihn vernünftig ins Bett zu legen. Er steckt immer noch in den Kleidern von gestern.«

»Ich schicke Charlie ...«

»Nein, Mr Beckwith! Wir wissen nicht, was für ein Fieber ihn befallen hat! Wenn es nun ansteckend ist? Wir können die Gesundheit der anderen nicht aufs Spiel setzen!«

»Ansteckend?«, murmelte Beckwith, und alle Farbe wich aus seinem schmalen Gesicht. Mared wusste, was er dachte, denn sie hatte den gleichen Gedanken: Killiebattan. Das war ein Dorf am nördlichen Ende von Loch Chon. Sämtliche Einwohner waren an einem mysteriösen Fieber gestorben, das vom Darm ausging und sich von Haus zu Haus verbreitete und Unschuldige in den Tod riss. Die Einheimischen sagten, der wilde Hund, der am Grund von Loch Chon lebte, hätte einen Fischer gebissen. Doch was auch immer die Ursache gewesen sein mochte, die Krankheit hatte verheerend gewütet.

Beckwith räusperte sich, zupfte seine Weste zurecht und

nickte. »Aye. Ich schicke den Sohn des Försters nach dem Arzt. Ihr findet mich dann in seinen Gemächern.«

Mared suchte Rodina und Una auf und wies sie an, sich von ihr und den Gemächern des Hausherrn fernzuhalten.

»Ist er sehr krank?«, fragte Rodina händeringend.

»Das erfahren wir erst, wenn der Arzt gekommen ist«, sagte Mared und holte frische Bettwäsche aus dem Leinenschrank.

»Ein böses Fieber hat ganz Killiebattan hingerafft«, flüsterte Una.

»Nein!«, sagte Mared so scharf, dass die beiden Mädchen zusammenschraken. »Ich lasse nicht zu, dass Angst verbreitet wird! Es ist weiter nichts als ein Fieber, also geht jetzt an eure Arbeit!«

Vor ihrem strengen Blick knicksten sie und huschten davon. Sie hatte nicht so barsch sein wollen, doch die Erwähnung von Killiebattan hatte ihr erneut einen Angstschauer übers Herz gejagt. Sie hatte mehr als einmal erlebt, dass Menschen von einer rätselhaften Schwindsucht dahingerafft wurden, doch das Sterben in Killiebattan war so unheimlich schnell erfolgt.

Der Gedanke trieb sie zur Eile an.

In Paytons Gemächern angelangt, wurde sie von einem überwältigenden Gestank empfangen. Ein finsterer Beckwith tauchte, ein Nachthemd überm Arm, aus dem Ankleidezimmer auf. Er nickte Mared zu, ging zum Bett und stieß den schlafenden Payton leicht an.

»Ach, was soll das?«, murrte Payton.

»Wir müssen Euch umkleiden, Milord«, sagte er forsch, griff nach Paytons Stiefeln und reichte sie Mared.

»Wieso? Es ist doch früher Morgen, verdammt noch mal!«, beschwerte er sich, und sie hörte die Bettfedern knarren, als er sich, ziemlich grün im Gesicht, aufrichtete.

»Es ist nicht früher Morgen, Milord. Es ist schon beinahe elf Uhr.«

Er blinzelte ungläubig zu Beckwith empor. »Tatsächlich?« Beckwith nickte.

»Verdammt«, knurrte Payton, stand abrupt auf, wankte und hielt sich an einem der vier Bettpfosten fest. »Mir wird schon wieder schlecht«, sagte er und taumelte in Richtung Abtritt.

Mared zog rasch die Bettwäsche ab und versah das Bett mit frischem Leinen. Als Payton vom Abtritt zurückkehrte, sah er so grün aus wie die Moosfläche auf einer Seite des Ben Cluaran und wischte sich unsicher mit dem Handrücken über den Mund.

»Ist alles in Ordnung, Milord?«, fragte Beckwith und erhielt einen verhangenen Blick zur Antwort. Payton schien tatsächlich zu keiner Antwort fähig zu sein. Er tastete sich zur Waschschüssel, tauchte beide Hände ins eiskalte Wasser und wusch sich das Gesicht.

Mared und Beckwith beobachteten ihn sorgenvoll, als er sich noch einmal Wasser ins Gesicht schlug und sich dann an der Kommode festhielt. »Er ist also hier?«, fragte er.

»Wer, Milord?«, fragte Beckwith.

»Wer! *Padraig.*«

Beckwith und Mared sahen einander an. – Padraig war Paytons Bruder, der fortgegangen war, um in Amerika sein Glück zu suchen. Als keiner von beiden antwortete, blickte Payton Mared aus blutunterlaufenen Augen an. »Nun?«, drängte er.

»Padraig ist in Amerika, Milord.«

Er blinzelte; ihre Antwort schien ihn zu verwirren. Mared ging vorsichtig auf ihn zu. »Darf ich bitte Eure Weste haben?«, fragte sie sanft.

Er sah an sich hinab, schwankte leicht und nestelte an den Knöpfen, verlor jedoch das Gleichgewicht und stürzte auf Mared zu. Sie packte ihn beim Arm und hielt ihn fest, knöpfte dann flink seine Weste auf, hob nacheinander seine Arme an und zog sie ihm aus.

»Mared«, sagte Payton und umfasste matt ihre Hand. »*Mared!* Du wirst sie doch nicht waschen?«, fragte er verzweifelt.

Mared taumelte zurück. »*Nein,* Milord!« Sie bedeutete Beckwith, ihr behilflich zu sein, und mit vereinten Kräften gelang es ihnen, ihm auch das Hemd auszuziehen. Doch währenddessen bemerkte Mared mit Schrecken, dass Payton aufhörte, sich zu wehren, und offenbar so schwach war, dass ihm gleichgültig war, was mit ihm geschah. Er sprach nur noch einmal, und zwar, um sich zu erkundigen, ob Padraig wirklich in Amerika war.

Sie schafften ihn wieder ins Bett und legten ihn auf den Rücken, doch er trug immer noch seine Hosen. Beckwith bestand darauf, dass Mared das Zimmer verließ. »Ich lasse nicht zu, dass Ihr die Geschlechtsteile Seiner Lordschaft beäugt«, flüsterte er hitzig. »Geht und wartet auf den Arzt, aye?«

Mared stimmte widerwillig zu und eilte ins Erdgeschoss, um zu warten. Allerdings hatte ein kalter Regen eingesetzt, und wie es aussah, ließ der Arzt sich gehörig Zeit. Es war beinahe drei Uhr am Nachmittag, als er endlich eintraf.

»Ich dachte schon, Ihr kommt überhaupt nicht mehr, Dr. Thomson«, sagte Mared ungeduldig, als sie ihn einließ und ihm Hut und Handschuhe abnahm.

»Verzeihung, aber Mrs Walkers Kind hatte sich nun mal entschlossen, an diesem nassen Morgen auf die Welt zu kommen.« Er zog seinen Mantel aus und reichte ihn Charlie, der auf Mareds Klingeln gelaufen kam.

»Wo ist Beckwith?«, fragte er.

»Beim Laird in dessen Gemächern.«

Der Arzt sah Mared neugierig an. »Und was führt Euch hierher, Miss Lockhart? Ihr seid doch an einem so verregneten Morgen gewiss nicht über den Ben Cluaran gekommen?«

Unter Charlies neugierigem Blick antwortete Mared schlicht: »Er hat mich holen lassen. Hier entlang, bitte.«

Dr. Thomson hob seine Tasche auf und folgte ihr die Treppe hinauf. Als sie ins Zimmer traten, sah Mared mit Erleichterung, dass es Beckwith gelungen war, Payton aus- und wieder anzukleiden. – Er lag mit bemerkenswert grauem Gesicht im Bett. Dr. Thomson runzelte die Stirn. »Ich möchte einen Augenblick mit ihm allein sein«, sagte er, und Beckwith beeilte sich, die Tür zu schließen, bevor Mared eintreten konnte.

Sie stand einen Moment da, starrte auf die geschlossene Tür und versuchte zu hören, was gesprochen wurde. Als ihr klar wurde, dass nichts zu hören war, seufzte sie enttäuscht und ging ins Erdgeschoss, entschlossen, während der Wartezeit etwas Sinnvolles zu tun.

Sie entschied, die Bestandsaufnahme in der Vorratskammer wieder aufzunehmen, doch sie arbeitete nachlässig, und schließlich legte sie, erfüllt von einem einzigen, hässlichen Gedanken, die Listen zur Seite: Wenn er nun starb?

Sie konnte sich die Lochs nicht ohne Payton Douglas vorstellen. Er schien genauso Teil dieser Berge zu sein wie die Bäume und Vögel und das Vieh und, na gut, auch die Schafe. Und wie merkwürdig, dachte sie, doch er schien genauso Teil *ihres* Lebens zu sein wie die Täler und die Lochs und die Leute aus der Umgebung von Aberfoyle. Sie konnte sich nicht erinnern, ihn jemals nicht in der Nähe gewusst zu haben.

Wie konnte ein so starker, männlicher Mann von einem simplen Fieber gefällt werden? *Wenn er nun starb?*

»Miss Lockhart!«

Rodinas eindringliches Flüstern schreckte Mared auf, sie hob ruckartig den Kopf. »Beckwith sagt, Ihr sollt schnellstens kommen!«

Es war unglücklicherweise genauso schlimm, wie sie befürchtet hatte. Dr. Thomson war sich nicht völlig sicher, doch er hielt es aufgrund der Tatsache, dass Payton frisch destillierten Whisky getrunken hatte, für möglich, dass er sich das gleiche Fieber zugezogen hatte, das Killiebattan auslöschte.

Die Nachricht ließ sie alle erschaudern. Dr. Thomson redete nicht um den heißen Brei herum – keiner von ihnen durfte das Anwesen verlassen, bevor er es erlaubte, und keiner von ihnen außer Mared und Beckwith durften in die Nähe des Lairds kommen. Die Krankheit war hochansteckend, warnte er, und je konsequenter sie sich von ihr fernhielten, desto größer war die Chance, einer Ansteckung zu entgehen.

Beckwith stand mit verschränkten Armen sehr blass und hager am Kamin und hörte zu.

»Aber ... aber was ist mit dem Laird?«, fragte Mared, und ihr Herz klopfte wild vor Angst.

»Ihr werdet ihn pflegen«, fuhr Beckwith sie an. »Ich muss an den Haushalt und die anderen denken.«

Er wollte seine eigene Haut retten, doch Mared hatte durchaus Verständnis für seine Angst. Sie spürte sie ja selbst mit aller Macht. »Das ist in Ordnung, Mr Beckwith. Ich werde ihn pflegen.«

»Ich komme morgen früh noch einmal her«, sagte Dr. Thomson. »Wenn es ihm dann nicht besser geht, setzen wir Blutegel an.« Er griff nach seiner Tasche und ging zur Tür. »Er bekommt nichts zu essen oder zu trinken. Das würde nur das Fieber ernähren. Sein Körper soll es auf natürliche Weise abschütteln.«

Er verließ das Zimmer, Beckwith folgte ihm auf den Fersen.

Mared senkte den Kopf, versuchte, klar zu denken, und drehte sich schließlich zu den anderen um.

Sie standen am Fenster versammelt, so weit entfernt von ihr, wie es in dem engen Raum eben möglich war. Nur Alan stand ein wenig abseits. »Vielleicht hatte Jamie recht«, sagte er leise. »Vielleicht ist das die Folge Eures Fluchs.«

»W-wie?«

»Vielleicht ist es Euer Fluch, Miss Lockhart.«

»Alan!«, sagte sie streng. »Das ist doch nichts weiter als Altweibergeschwätz!«

»Es ist wahr«, sagte Alan. »Ich weiß es von MacFarland in Aberfoyle.«

Daraufhin tauschten Rodina und Una mit großen Augen einen Blick. Iain MacFarland war ein alter, angesehener Mann, der weithin als der Chronist der Lochs bekannt war.

»Dann hat er dir sicher erklärt, dass der Fluch denjenigen bedroht, mit dem ich *verlobt* bin, und ich bin auf jeden Fall mit keinem von euch verlobt.«

»Aye, aber es ist allgemein bekannt, dass der Laird Euch heiraten wollte.«

Mrs Mackerell schnappte nach Luft.

Mared seufzte müde und drückte ihre Nasenwurzel mit zwei Fingern, um den Kopfschmerz abzuwehren, der sie plötzlich überfallen wollte. »Derartige Ängste und Aberglauben sind schlicht und einfach zu lächerlich, um darauf zu antworten«, sagte sie ruhig. »Ich bin nicht mit dem Laird verlobt. Er schätzt mich nicht einmal sonderlich. Und das Gerede über den verflixten Fluch ist eine Ausgeburt der Fantasie«, sagte sie, ließ die Hand sinken und sah Alan hitzig an. »*Fantasie!*«, rief sie laut. »Und jetzt ist nicht der richtige Zeitpunkt, sich seinen verdammten Fantasien hinzugeben!«

Sie verließ den Raum, eilte zu Paytons Zimmer und öffnete behutsam die Tür. Er lag auf der Seite und kehrte ihr den Rücken zu. Sie wollte sich wieder entfernen, damit er Ruhe fand, doch plötzlich stöhnte er, und Mared vergaß Alan und die anderen.

Sie trat an sein Bett und setzte sich vorsichtig auf die Kante.

Er wälzte sich auf den Rücken, und für einen Augenblick hoben sich flatternd seine Lider. »Was ist das für ein Geruch?«, fragte er heiser. »Ein süßer Duft ist das.«

»Der Fliederduft meiner Seife«, sagte sie und erwog, Duftöl in sein Zimmer zu bringen, um den Geruch der Krankheit zu überdecken.

»Ah«, brummte er. »Ich dachte, es wären Blumen für mein Grab.«

»Nein. Natürlich nicht«, flüsterte sie erschrocken über seine Worte und legte die Hand auf seine Stirn. Sie war glühend heiß, und sie zuckte zusammen.

»Wenn es dahin kommt, Mared, dann möchte ich Flieder auf meinem Grab, aye? Das wird mich an dich erinnern.«

Ihr stockte der Atem; Payton öffnete die Augen und blinzelte sie unter Schmerzen an. »Du solltest das Zimmer verlassen«, sagte er. »Dich retten.«

»Verlassen? Nein. Es braucht mehr als Euresgleichen, um mir Schaden zuzufügen, Douglas.«

Er brachte ein schwaches Lächeln zustande und schloss die Augen wieder. »Ach, ich könnte dir nie Schaden zufügen, Mared. – Der Frau, die ich liebe, könnte ich nicht schaden«, flüsterte er, und sein Kopf drehte sich nach rechts, fort von ihr.

Er war bewusstlos.

17

Payton wusste nicht, dass man ihm Blutegel angesetzt hatte – die Krankheit, die in seinem Körper wütete, hielt ihn in einem traumähnlichen Zustand gefangen. Lichte Momente und Wahnvorstellungen wechselten sich ab.

Als der Arzt gegangen war, holte Mared Duftöle in Paytons Zimmer und ließ sie verdampfen, in der Hoffnung, dass sie den Geruch übertönten. Außerdem holte sie die Seife, die sie und Natalie auf Talla Dileas hergestellt hatten. Sie hatten Flieder benutzt, um den Geruch von Asche und Lauge zu überdecken. Offensichtlich wirkte der Duft beruhigend auf ihn, deshalb wusch sie sich die Hände mit der Seife, bevor sie ihm die Stirn abtupfte. Sie öffnete die Fenster, um frische Luft ins Zimmer zu lassen. Als er Schüttelfrost bekam, hüllte sie ihn in eine Wolldecke. Wenn das Fieber sank, was von Zeit zu Zeit der Fall war, wusch sie ihm das Gesicht mit einem Lappen, den sie in einen Eimer mit eiskaltem Wasser aus dem Loch getaucht hatte.

Als das Feuer im Kamin ausging, stellte Mared fest, dass die Dienstboten bis auf Moreen, die nicht wusste, wohin, gegangen waren.

Und Beckwith, der überaus loyal war, aber Angst hatte, Paytons Zimmer zu betreten. Mared überredete ihn, doch wenigstens Holz oder Torf – irgendetwas Brennbares – zu bringen und vor Paytons Tür abzulegen, damit sie Feuer machen konnte.

Und sie gab Moreen zwei Pence, damit sie Donalda holte, deren Heilkräfte Gerüchten zufolge wirksamer waren als die der modernen Medizin.

Als Paytons Nachthemd ihm mit dem Schweiß und Gestank seiner Krankheit am Leibe klebte, war ihr klar, dass sie ihn baden musste. Mühsam zog sie ihm das Hemd aus, denn er verlor immer wieder das Bewusstsein, aber letztendlich glückte es ihr doch.

Nackt wie am Tag seiner Geburt lag er vor ihr, eine eindrucksvolle, prachtvolle Männergestalt, lang und schlank und hart selbst in den Klauen des Todes.

Während sie seinen Körper mit Fliederwasser badete, musste sie ihn unwillkürlich betrachten. Sein Anblick beschwor eine Reihe von unheimlichen Bildern herauf, die Mared erröten ließen – obwohl er, wie sie fürchtete, auf dem Sterbebett lag, verfügte er über die Macht, die Glut in ihr anzuheizen.

Sie betreute ihn rund um die Uhr und betete inbrünstig, dass sie nicht krank werden, dass sie ihn durchbringen möge. Doch es regnete unablässig, die Welt um sie herum ertrank im Regen, und ihre Hoffnung versank in den Tiefen der Verzweiflung.

Sie fasste Mut, als Donalda am dritten Morgen von Paytons Krankheit auf ihre Bitte hin kam. Sie roch ein bisschen wie ein nasser Hund. Die alte Frau vergeudete keine Zeit mit Höflichkeitsfloskeln, sondern trat geradewegs an Paytons Bett und starrte auf ihn herab.

Sie legte ihre knorrige Hand auf seine Stirn und dann an seinen Hals.

»Faulfieber«, sagte sie. »Ich muss Rauch herstellen, um die Luft zu reinigen.« Sie zog etwas aus der Tasche ihres alten Kleides, ging zum Kamin und hockte sich nieder. Was immer es war, was sie in der Hand hielt, warf sie ins Feuer. Es flammte auf und zischte, und ein ziemlich stechend riechender Rauch erfüllte das Zimmer.

Mared hustete und wedelte mit der Hand vor ihrem Gesicht, um den dichten Rauch zu vertreiben. »Was ist das?«, fragte sie. Ihre Augen tränten.

»Öffne die Fenster. Der Rauch nimmt die faulige Luft mit

hinaus«, sagte Donalda. Mared gehorchte bereitwillig. Als sie sämtliche Fenster geöffnet hatten, standen sie zusammen da – Mared fröstelnd – und betrachteten Payton, während der Rauch abzog.

Nach einigen Minuten sagte Mared leise: »Der Trank hat nicht gewirkt, Donalda.«

»Aye, wie bitte?«, fragte die Frau und spähte zu Mared auf.

»Der Trank, den du mir gegeben hast, um mich von ihm fernzuhalten«, sagte Mared und wies mit einer Kopfbewegung auf Payton.

Donalda sah sie mit einem Zahnlückengrinsen an. »Er hat nicht gewirkt?«

Mared schüttelte den Kopf. »Ich bin schließlich hier, oder?«

Die alte Frau lachte keckernd und schlug sich mit der Hand auf den Schenkel.

»Natürlich hat er nicht gewirkt, dummes Mädchen! Glaubst du denn, du brauchst einen Trank, um zu erkennen, was wirklich in deinem Herzen ist?« Wieder lachte sie heiser.

»Wie bitte?«, fragte Mared, plötzlich ein wenig verstimmt. »Ich bin in der Stunde der Not zu dir gekommen, Donalda!«

»Und ich habe dir ein bisschen süßen Wein gegeben!«

Mared blinzelte die alte Hexe an. »Keinen Trank, damit er die Wahrheit in meinem Herzen sieht?«, wollte sie aufgebracht wissen.

Donalda lachte, bis ein Hustenanfall sie schüttelte. »Nein, *lass*«, ächzte sie. »Ich bin keine Hexe!«

Das war fraglich, aber Mared erkundigte sich dennoch: »Warum dann ...«

»Ach«, fiel sie Mared mit einer abschätzigen Handbewegung ins Wort. »Ich habe nur gesagt, was du gern hören wolltest. Ich bin eine alte Frau. Ich weiß so einiges«, sagte sie und tippte sich an den Schädel. »Ich *sehe* so einiges«, fügte sie hinzu und deutete auf ihr Auge. »Und ich weiß, dass du irgendwann die Wahrheit in deinem Herzen freilassen wirst, bestimmt.«

Jetzt redete sie Unsinn. Mared blickte finster auf sie herab. »Ich verstehe nicht.«

»Aye.« Donalda nickte seufzend.

»Sie verstehen nie. Nun gut, der Rauch ist abgezogen. Gib ihm Wasser«, sagte sie und wies mit einer Kopfbewegung auf Payton.

Mared sah in sein fahles Gesicht.

»Der Arzt sagt, ich darf ihm kein Wasser geben. Es könnte ihn umbringen.«

»Unsinn!«, krächzte Donalda. »Ohne Wasser kann der Mensch nicht leben. Er braucht es, um die Flüssigkeit aufzufüllen, die sein Körper verloren hat. Gib ihm Wasser, wenn er darum bittet.« Sie zog ihren fadenscheinigen *arisaidh* fester um ihre knochigen Schultern und wandte sich zur Tür.

»Warte!«, rief Mared.

»Ich bin hier fertig. Mehr kann ich nicht für ihn tun.«

Mared fischte zwei Crowns aus ihrer Tasche und eilte Donalda nach, um sie ihr zu geben. Die alte Frau nahm das Geld und lächelte mit einem Glitzern in den alten Augen zu Mared auf. »Lass sie frei, *lass*«, sagte sie und humpelte mit bellendem Gelächter aus dem Zimmer.

»Verdammte alte Eule«, brummte Mared und schloss die Tür hinter ihr.

Donaldas Rauch bewirkte keine Besserung, und Paytons Stöhnen machte Mared Angst. Sie traute sich nicht, ihn allein zu lassen, hatte Angst, dass er in der Nacht sterben könnte, und so schlief sie zusammengerollt auf der kleinen Polsterbank in seinem Zimmer. Nacken und Rücken schmerzten von der unbequemen Haltung.

Im Lauf der Nacht, als sein Körper über nichts mehr verfügte, was er hätte ausscheiden können, begann er, um Wasser zu bitten. »Ich darf es dir nicht geben, Payton«, sagte sie beschwichtigend. »Es wäre dein Tod.«

»Wasser«, sagte er wieder, packte ihren Arm und hielt für einen derart geschwächten Mann mit erstaunlicher Kraft fest. »*Wasser.*«

»Nein«, sagte sie fest.

»Es würde dich umbringen, verstehst du? Du darfst kein Wasser trinken!«

Doch er hörte nicht auf zu flehen, und am vierten Morgen, als der Tag stahlgrau und mit kaltem Regen anbrach, bettelte er wie ein Wahnsinniger um Wasser. Seine Augen waren glasig, seine Hände krallten sich in ihr Kleid, in ihren Arm. Sie bemerkte, dass seine Hände und Füße blau geworden waren, und als sie sich endlich aus seinem wahnsinnigen Griff befreit hatte, suchte sie Beckwith und bat ihn, Dr. Thomson holen zu lassen.

»Das Ende ist nah«, sagte Beckwith düster.

Mared funkelte ihn an. »Seine Hände und Füße sind blau, und er bettelt um Wasser wie ein Verdurstender in der Wüste, und ich weiß nicht, was ich tun soll! Ihr *müsst* Dr. Thomson holen lassen!«

»Ich lasse ihn holen«, sagte Beckwith und legte Mared in uncharakteristischer Freundlichkeit die Hand auf die Schulter. »Aber das Ende ist nah, *lass.*«

Wütend schüttelte sie seine Hand ab und trat zurück. »Er wird nicht sterben«, sagte sie scharf und wandte sich ab, nicht fähig, Beckwith in seiner Gewissheit anzusehen. Erschöpft und voller Angst ging sie zurück in Paytons Zimmer und fand ihn halb aus dem Bett hängend.

»Payton!«, schrie sie, lief zu ihm und versuchte, ihm hochzuhelfen.

»Gib mir Wasser«, sagte er mit schwerer Zunge und sah sie aus rotgeränderten Augen an. Die Haut unter seinen Augen war blau angelaufen, die Lippen waren aufgesprungen, die Wangen eingefallen. Er näherte sich, wie sie erkannte, tatsächlich seinem Ende. Tränen traten ihr in die Augen, und irgendwie gelang es ihr, ihm wieder ins Bett zu helfen.

Der Mann lag im Sterben, und sein letzter Wunsch war, Wasser zu trinken. Mit erstaunlicher Kraft packte er sie beim Rock und beschwor sie: »*Gib mir Wasser!*«

Sie betete, dass Donalda recht haben möge, denn es war mehr, als sie ertragen konnte. Sie ging zum Becken, schenkte aus dem Krug Wasser in ein Glas und brachte es Payton. Er griff hastig danach, vergoss ein wenig und trank gierig wie ein Hund. »Mehr«, sagte er und reichte ihr das leere Glas.

Sie gab ihm mehr.

Und als er schließlich genug getrunken hatte, sank er in die Kissen und schloss erschöpft die Augen. Aber dieser wilde Blick war gewichen.

Müde ging Mared in die Küche, aß ein bisschen Brot, kehrte dann mit mehr Wasser und Holz zurück und machte Feuer in seinem Zimmer. Ihr war, als wären Tage vergangen, seit sie zuletzt geschlafen hatte. Sie warf einen Blick auf die Polsterbank ... dann auf sein Bett. Es war riesig. Vor Müdigkeit war ihr völlig gleichgültig, was sie tat. Vollständig bekleidet kroch sie zu ihm ins Bett und fiel in tiefen Schlaf.

Irgendwann in der Nacht erwachte sie von einer Hand auf ihrer Schulter. Als sie die Augen aufschlug, beugte Payton sich mit wild zerzaustem Haar und zusammengekniffenen dunklen Augen über sie. Mit einem leisen Aufschrei fuhr sie hoch.

Er nahm die Hand von ihrer Schulter und blinzelte. »Haben ... haben wir denn geheiratet?«, fragte er.

Mared biss sich auf die Unterlippe und erwog rasch ihre Antwort. »Aye«, flüsterte sie und krümmte sich innerlich unter der Lüge.

»Ah«, sagte er und legte sich nieder. Mared sah auf ihn herab. War es möglich, dass er über den Berg war? War er auf dem Weg der Genesung? Nach einer Weile legte sie sich auf ihrer Seite ebenfalls wieder hin, ihm den Rücken zukehrend.

Doch Payton bewegte sich und lag schließlich an ihrem Rücken. Sein Atem streifte ihren Nacken, sein Arm lag fest um ihre Taille und zog sie an seinen Körper.

Sie hielt den Atem an, bewegte sich nicht ... und als sie seinen flachen Atem hörte, seufzte sie und schloss die Augen. Sie hatte Hoffnung, dass er genas, und hoffte gleichfalls, dass er sich, falls er genas, nicht erinnerte, sie in seinem Bett gehabt zu haben.

Aye, aber es gefiel ihr ziemlich gut. Sie fühlte sich geborgen. Und warm.

Payton hörte über sich den Arzt reden, spürte, dass er seine Hand hielt. »Ich habe Berichte aus Indien gelesen, denen zufolge man dem Patienten Wasser und Brühe gab, woraufhin er genas«, sagte der Arzt, drehte Paytons Hand um und zog mit dem Finger eine Linie über die Innenfläche. »Das stimmt nicht mit dem überein, was wir hier in Schottland wissen, aber es hat ihm anscheinend nicht geschadet.«

Seine Hand wurde an seine Seite aufs Bett gelegt.

»Aye, es war der Aderlass, der ihn gerettet hat. Das Fieber war schon aus seinem Körper gewichen, als Ihr ihm Wasser gegeben habt, und so konnte es keinen Schaden anrichten.« Jemand schüttelte Payton; er öffnete die Augen. »Gebt ihm Wasser, wann immer er danach verlangt.« Der Arzt blickte auf ihn nieder. Er hielt ein Glas Wasser in der Hand und ließ es Payton austrinken. Und dann noch eines. Und dann schloss Payton die Augen; er fühlte sich unglaublich schwach.

»Aye.«

Mared.

Er kannte ihre singende Stimme, erkannte den Fliederduft in seiner Umgebung, den Duft aus seinen Träumen. Oder war er vielleicht durch eine Fliederhecke gewandert? In seinem Kopf war alles so blass und fern – er erinnerte sich lediglich an Flieder.

»Und ein bisschen Brühe, möchte ich meinen. Er kommt durch, glaube ich, aber er wird sehr geschwächt sein. Ich würde ihm raten, die nächsten drei Tage noch im Bett zu verbringen. Dann komme ich wieder und sehe ihn mir an.«

Darauf folgte ein Klicken und ein Rascheln von Kleidern oder Leinen. Payton spürte, wie sie sich von ihm entfernten und Zugluft zurückließen.

Er wälzte sich auf die Seite und verfiel wieder in seine Fliederträume.

Als er aufwachte, war es dunkel im Zimmer. Aus dem Kamin drang flackernder Lichtschein, und langsam wandte er den Kopf in diese Richtung und blinzelte ein paar Mal, um klar sehen zu können.

Alles um ihn herum schien auf Wellen weichen Lichts zu schwimmen. Sein Kopf dröhnte, seine Kehle war wie ausgedörrt, aber er fühlte sich richtig wach.

Als seine Augen seine trüb beleuchtete Umgebung ausmachen konnten, sah er sie. Sie saß in einem der Ohrensessel, die Füße unter sich gezogen, den Kopf über ein Buch geneigt. Ihr schwerer Haarzopf lag über ihrer linken Schulter, die Ärmel ihrer Haushälterinnentracht waren bis zu den Ellenbogen aufgekrempelt.

»Mared«, krächzte er.

Seine Stimme ließ sie hochschrecken; ihr Kopf fuhr herum, das Buch fiel ihr vom Schoß. »Payton!«, schrie sie, kam auf die Füße, eilte an sein Bett und kniete sich davor, die Hände um die Bettkante gekrallt, den Blick nervös forschend auf sein Gesicht geheftet. »Du bist wach! Dem Himmel sei Dank, du bist wach!«

»Aye«, sagte er und verzog leicht das Gesicht, als er sich hochstemmte. Hastig stand sie auf und griff nach den Kissen in seinem Rücken, die sie so aufschichtete, dass er sich in sie zurücklehnen konnte. Es kostete ihn alle verfügbare Kraft. »Ich war ziemlich krank, wie es aussieht«, sagte er und wusste nicht recht, was genau mit ihm geschehen war.

»Aye, das warst du.« Behutsam setzte sie sich auf die Bettkante. »Ein verzehrendes Fieber … wie das in Killiebattan.«

Das erschreckte ihn – er schloss die Augen.

»Aber du hast es überlebt«, sagte sie und berührte ermutigend seine Hand. »Du bist außer Lebensgefahr, Gott sei Dank.«

»Und die anderen?«

Sie biss sich auf die Unterlippe und senkte den Blick. »Der Braumeister«, flüsterte sie kaum hörbar. »Man hat ihn tot aufgefunden. Dr. Thomson glaubt, ihr habt tatsächlich unausgegorenen Whisky getrunken. Er glaubt, dass das Wasser mit Schafmist verschmutzt war.«

»*Mi Diah*«, flüsterte er und dachte an den Braumeister, einen alten Mann, der sein Leben lang Whisky destilliert hatte. »Wir hatten ein ganzes Fass davon …«

»Es wurde, wie man mir mitteilte, fachgerecht beseitigt«, sagte sie.

Payton zwang sich, die Augen zu öffnen; er sah sie an. »Ich dachte, ich müsste sterben.«

Sie nickte. »Du … du warst dem Tod tatsächlich sehr nahe.«

»Ich erinnere mich, dass du mir Wasser gegeben hast.«

Mared lächelte leise. »Ja.«

Ihr Lächeln vertiefte sich, die Grübchen wurden sichtbar. »Wundert dich das? Hast du geglaubt, ich würde dir deinen letzten Wunsch abschlagen?«

Obwohl er sich so elend fühlte, huschte der Hauch eines Lächelns um Paytons Lippen. Mared erhob sich vom Bett. Er hörte, wie sie zur Kommode ging und Wasser in ein Glas goss. Im nächsten Moment kam sie zurück und reichte ihm das Glas. Er nahm es dankbar entgegen und leerte es in einem Zug.

Sie nahm ihm das Glas aus der Hand. »Du solltest jetzt ruhen, Payton«, sagte sie und streichelte über seine Stirn. »Du musst wieder zu Kräften kommen.«

Payton widersprach nicht. Die Augen fielen ihm zu, und er hatte das Gefühl, nicht einmal mehr die Hand heben zu können.

Als Payton wieder aufwachte, strömte Sonnenschein durch die Fenster, und er musste dringend zum Abtritt. Es kostete ihn große Mühe, die Bettdecke zurückzuschlagen, doch er schaffte es, schwang die Beine über die Bettkante und versuchte zu stehen. Ihm war schwindlig, seine Beine fühlten sich an, als wollten sie unter ihm einknicken. Er hielt sich am Bettpfosten fest, dann wankte er vorwärts.

Er erschrak fürchterlich, als plötzlich am Fußende des Betts ein Kopf auftauchte. Er taumelte zur Seite und stieß gegen den Bettpfosten.

»Milord!« Er erkannte sie nicht gleich. Sie erhob sich auf die Knie. Ihr Haar war offen und floss wild über ihre Schultern, ihre Haushälterinnentracht war am Kragen geöffnet und bis zum Busen aufgeknöpft.

Sie stieg so rasch aus dem Bett, dass Payton keinen klaren Gedanken fassen konnte.

»Was tust du hier?«, wollte er wissen und betrachtete misstrauisch das Bett.

»Was tust du *dort?*«, erwiderte sie, ohne auf seine Frage einzugehen, eilte zu ihm und legte ihm den Arm um die Taille. »Du darfst nicht aufstehen. Der Arzt hat Bettruhe verordnet.« Sie legte sich seinen Arm über die Schultern.

»Ich muss zum Abtritt, aber es ist nicht nötig, dass du mich dorthin begleitest.«

»Aber natürlich! Du warst jetzt fünf Tage im Bett – glaubst du denn, du könntest einfach aufstehen und nach Belieben herumlaufen? Komm, stütz dich auf mich …«

»Mared … Ich bin dir dankbar für deine Hilfe und deine Fürsorge, aber ich will nicht, dass du mich zum Abtritt begleitest.«

»Na gut«, sagte sie und trat abrupt von ihm fort. Paytons

Knie wurden weich, und er hielt sich erneut am Bettpfosten fest. Sie verschränkte die Arme und beobachtete ihn aus schmalen Augen. »Dann geh doch. Auf den Abtritt mit dir.«

Er blickte zur Tür des Abtritts – genauso wenig, wie er allein stehen konnte, würde er sie ohne Hilfe erreichen. Mit einem Seufzer bedeutete er Mared, ihm zu helfen. Mit einem frechen kleinen Lächeln kam sie zu ihm, legte den Arm um seine Taille und half ihm zur Abtritttür. Immerhin gelang es ihm, sie zu überzeugen, dass er dort etwas zum Festhalten finden würde, und scheuchte sie fort.

Er schaffte es, allein zurück zum Bett zu gehen, doch sie folgte jedem seiner Schritte mit ausgebreiteten Armen, als wollte sie ihn auffangen, wenn er fiel. Als er wohlbehalten wieder im Bett lag und ordentlich zugedeckt war, trank er noch mehr Wasser und verlangte zu essen.

»Du kannst eine Schüssel Brühe haben.«

»Brühe?«, murrte er.

»Ich will keine Brühe! Ich möchte ein bisschen zu essen. Die Köchin soll mir etwas zubereiten.«

»Du bekommst Brühe«, sagte sie und krempelte ihre Ärmel herunter. »Ich gehe und koche dir eine.«

»Klingle einfach. Du musst dich nicht selbst bemühen.« Mared knöpfte in aller Ruhe ihr Kleid zu und drehte sich dann, die Hände in die Hüften gestemmt, zu ihm um. »Du bekommst Brühe, bis der Arzt sagt, dass du feste Nahrung zu dir nehmen darfst. Und du rührst dich nicht mehr aus diesem Bett, aye? Ich muss jetzt gehen und dir eine Brühe kochen, denn alle anderen sind geflüchtet.«

»Mach jetzt keine Scherze, Mared«, verlangte er matt.

»Das ist kein Scherz. Alle sind fort, denn sie fürchteten ein zweites Killiebattan.«

Payton blinzelte und versuchte zu verstehen. »Sie sind *fort?*«

»Alle außer Beckwith.«

»Wie lange schon?«

»Heute ist der sechste Tag.« – »Wer … wer hat mich versorgt?«, fragte er und hatte Angst vor ihrer Antwort. »Beckwith?«

Sie lächelte breit. »Beckwith hat keinen Fuß in dieses Zimmer gesetzt.«

»Wer dann?«

»Was glaubst du wohl, *lad*?«

Wer … Plötzlich stürzten Erinnerungen auf ihn ein – der Fliederduft, die weichen Hände, die seine Stirn kühlten, die schattenhafte Gestalt einer Frau, die vor dem Fenster stand und nach draußen blickte. Es erschien ihm unmöglich – von allen Menschen auf der Welt, die ihn in der dunkelsten Stunde der Not versorgt haben könnten, erschien Mared ihm als die am wenigsten wahrscheinliche.

Er blinzelte erneut, und Mareds Lächeln wurde noch strahlender.

Eine weitere Erinnerung kam zurück – Mared an seinem Bett, das Ende ihres Zopfes kitzelte ihn am Kinn, als sie sich über ihn beugte und ihm die Stirn abtupfte. Dann seine Arme … *und seinen Körper*.

Die Erinnerung erzeugte herzliche Dankbarkeit und überwältigendes Unbehagen. – Bei der Vorstellung, sich in einem so verwundbaren Zustand befunden zu haben, geriet er in Panik, doch zur gleichen Zeit wurde sein Herz ganz weit vor Dankbarkeit für die Pflege, die sie ihm offenbar hatte angedeihen lassen.

»Du hast dich selbst in Gefahr gebracht«, sagte er ruhig. »Du hättest dich anstecken können.«

»Aye. Aber augenscheinlich habe ich mich nicht angesteckt«, sagte sie und flocht flink ihr Haar zum Zopf.

»Es gehörte Mut dazu hierzubleiben.«

Sie lächelte sanft und sah ihn aus den Augenwinkeln an. »Das stand nie zur Debatte. Ich hole dir die Brühe«, sagte sie und huschte aus dem Zimmer.

Er versuchte, sich vorzustellen, was geschehen war, aber er

war noch viel zu schwach und schloss die Augen, bis ein Klopfen an der Tür ihn wieder weckte.

Vorsichtig trat Beckwith ein. »Ich bin froh und dankbar, Euch wohlauf zu sehen, Milord. Wir alle haben um Euer Leben gefürchtet.«

»Danke, Beckwith«, sagte er und fragte sich, warum sein treuer Butler nicht an seiner Seite gewesen war. »Die Dienerschaft ...?«

»Fort, Milord. Aber ich bin zuversichtlich, dass wir sie alle wieder zusammentrommeln können.«

Sie hatten ihn alle im Stich gelassen.

Selbst Beckwith. Nur Mared, die furchtlose Mared, war an seiner Seite geblieben. Darüber dachte er nach, bis sie mit der Brühe zurückkam, doch da war er zu erschöpft und zu hungrig, um noch zu denken. Mared beobachtete ihn aufmerksam, als er aß, so als fürchtete sie immer noch, er könnte sterben. Als er die Schüssel Brühe geleert hatte, brachte sie sie zurück in die Küche. Bei ihrer Rückkehr blickte sie auf ihn nieder; ihr Blick ging forschend über sein Gesicht und seinen Oberkörper.

»Aye«, sagte sie und nickte. »Du hast schon wieder ein bisschen Farbe. Ich glaube nicht, dass du sterben musst ... Jedenfalls nicht an diesem Fieber. Wenn Ihr mich also entschuldigen wollt, Milord, verabschiede ich mich für eine Weile.«

Das erschreckte ihn aus irgendeinem Grunde. »Verabschieden? Wohin willst du?«

»In mein Zimmer, um ein Bad zu nehmen und zu schlafen.«

»Aber ich bin gerade erst aufgewacht«, protestierte er.

»Bitte schön«, sagte sie, ging zur Kommode und griff nach einem Silbertablett. »Ihr könnt Euch mit der Post vergnügen. Diese Briefe sind in der Zeit Eurer Krankheit eingetroffen.« Sie stellte das Tablett ab, drehte sich um und ging zur Tür.

»Mared!«

Sie verhielt den Schritt und wandte sich halb zu ihm um. »Danke«, sagte er ernst. »Ich danke dir von ganzem Herzen dafür, dass du mir das Leben gerettet hast.«

Mit einem Auflachen warf sie sich den Zopf über die Schulter.

»Ihr braucht mir nicht zu danken. Meine Motive waren ausschließlich egoistischer Art. – Wer wäre geblieben, um mich zu versklaven, wenn Ihr gestorben wärt? Beckwith?« Mit einem Zwinkern ging sie hinaus. Ihr Zopf hüpfte auf ihrem Rücken.

18

Mareds Patient entwickelte sich von einem hilflosen, dem Tode nahen zu einem fordernden und mürrischen Mann.

Ein paar Stunden nach ihrem Bad in eiskaltem Wasser, weil sie zu erschöpft war, es zu erhitzen, und nachdem sie ein paar Bissen altes Brot und etwas Brühe hinuntergewürgt hatte, weil sie keine Zeit hatte, etwas anderes zuzubereiten, suchte sie Payton in seinem Zimmer auf. Sie war unsagbar müde.

Als sie leicht an seine Tür klopfte, forderte er sie auf einzutreten. Er saß aufrecht im Bett, sein Haar stand wild nach allen Seiten ab. Sein Sechstagebart störte ihn augenscheinlich, denn er kratzte ihn immer wieder gedankenverloren, und sein zerknittertes Nachthemd klaffte, sodass sie seine nackte Brust sehen konnte.

»Ich wüsste gern, wie lange ich im Bett bleiben muss«, sagte er, als Mared mit frischer Bettwäsche und einem sauberen Nachthemd eintrat.

»Mindestens drei Tage.«

Das brachte ihr einen bösen Blick ein. Dann fragte er: »Wann kommt Dr. Thomson wieder?«

»Übermorgen.«

»Aber so lange kann ich nicht warten!«, beschwerte er sich lautstark. »Er kann mir doch sicher etwas geben, damit ich wieder auf die Beine komme.«

»Was denn? Einen Zaubertrank?«, höhnte sie. »Wirklich, Ihr wart sehr krank und müsst erst wieder zu Kräften kommen.«

»Aber ich habe keine Lust, einfach nur hier herumzuliegen«, stöhnte er, lehnte den Kopf zurück und fuhr sich mit beiden Händen durchs Haar, dass es noch wilder abstand.

Mared seufzte, ging zum Bett und streckte ihm das Nachthemd entgegen. »Wenn Ihr Euch gesund genug fühlt, um aufstehen zu können, dann seid Ihr vielleicht auch gesund genug, um das Nachthemd zu wechseln.«

Seine Laune verbesserte sich schlagartig, er lächelte hinterlistig und sah mit verhangenem Blick zu ihr auf. »Ich bin ein kranker Mann, *lass,* du hast es selbst gesagt. Du musst mir beim Umkleiden helfen, aye?«

»Ich glaube«, sagte sie und warf ihm das Hemd lässig in den Schoß, »du schaffst es allein.«

»Aber ich muss gebadet werden«, gab er rasch zu bedenken. »Die Überreste des Fiebers müssen abgewaschen werden oder so.«

Allein der Hinweis auf seinen nackten Körper erregte sie, und Mared lächelte gereizt. *Mary, Königin der Schotten,* obwohl der Mann beinahe im Sterben lag, als sie ihn badete, hatte der Anblick seines Körpers ihr doch den Atem verschlagen. Sie hatte sich nicht vorstellen können, dass ein Mann so kraftvoll gebaut sein könnte – sein fester Oberkörper über den kräftigen Hüften, Beine, die so massiv aussahen wie der Ben Cluaran.

Und dann war da *dieser* Teil von ihm, für sich selbst schon faszinierend genug.

Sie hatte sich bemüht, den sterbenden Mann nicht zu beäugen, hatte sich bemüht, sich diesen Teil von ihm nicht erigiert und sich bewegend vorzustellen – und war erbärmlich gescheitert, denn seit jenem Nachmittag sah sie ihn, immer wenn sie die Augen schloss, über sich geneigt, wie er in sie eindrang.

»Wer soll mich dann waschen?«, beharrte Payton, der nichts von dem Verlangen ahnte, das sich in ihr aufbaute. »Du hast selbst zugegeben, dass ich zu schwach bin, es allein zu bewerkstelligen.« Und der Schuft lächelte anzüglich dazu.

»Jetzt ist es endlich bewiesen ... Ihr seid tatsächlich wahnsinnig.«

»Ich? Nein, nein, ich bin ein kranker Mann, der deine Hilfe braucht.«

»Ihr seid nur knapp dem Tod entronnen und habt bereits wieder solch lüsterne Gedanken?«

»Lüstern? Ach, *lass,* wie du das sagst, klingt es so schmutzig. Ich suche lediglich ein bisschen Freude, nachdem ich dem Tod ins Angesicht geblickt habe … *gegenseitige* Freude, sollte ich sagen.«

Sie lächelte und trommelte mit den Fingern auf ihren Arm. »Ich rate Euch, stattdessen lieber an Eure Genesung zu denken.«

Seine Miene verdüsterte sich, er stöhnte gereizt auf. »Woran sonst, verdammt noch mal, soll ich wohl denken, wenn ich wie ein Invalide weggesperrt leben muss?«

»Daran, wie dankbar Ihr sein könnt, noch am Leben zu sein!«, schlug sie leichthin vor, hob die Bettwäsche auf und begab sich zum Ankleidezimmer.

»Warte! Wohin gehst du?«, rief er ihr nach. »Komm zurück, Mared! Ich schwöre dir, ich mache keine unanständigen Vorschläge mehr! Nein, geh nicht, komm und leiste mir Gesellschaft! Ich ertrage die Einsamkeit nicht!«

Sie warf ihm über die Schulter hinweg einen Blick zu, und mit einem kleinen triumphierenden Lächeln trat sie in sein Ankleidezimmer, wo sie die Bettwäsche verstaute. Zurück in seinem Schlafgemach, schritt sie bis zur Mitte des Zimmers, stemmte die Hände in die Hüften und sah ihn streng an.

»Ich dachte, du wolltest schon wieder gehen«, sagte er, indem er ihren Blick deutete und offenbar ein bisschen verlegen wegen seines Ausbruchs wurde.

»Nein, Milord«, sagte sie streng. »Ich *kann nicht* gehen. Niemand ist hier, um Euch zu versorgen, bis Dr. Thomson morgen kommt. Wir sind auf Gedeih und Verderb gezwungen, einander Gesellschaft zu leisten. Würdet Ihr jetzt bitte das Nachthemd wechseln?«

Er seufzte und griff nach dem Hemd. »Wenn wir zwei völlig allein sind, hilfst du mir vielleicht, die Post zu beantworten? Einige Briefe müssen auf der Stelle beantwortet werden, und ich fühle mich nicht in der Lage, zu schreiben.«

»Mit Vergnügen. Ich hole rasch Papier und Feder.«

Als sie zurückkam, hatte Payton es geschafft, das Nachthemd zu wechseln und sich mit den Fingern das Haar zu kämmen, sodass es nicht mehr so wild aussah. Sie reichte ihm die Post, und er seufzte, schloss kurz die Augen und las dann den ersten Brief. »Aha. Adressiere diesen Brief an Mr Farquart, Esquire, bitte.« Er hob den Blick. »Bist du so freundlich, dich der perfekten Schreibkunst zu befleißigen, die du in den Briefen an mich an den Tag legst?«

Mared lächelte.

»Mr Farquart«, sagte er und begann, einen Brief zu diktieren, der Mared durch seine Wortgewandtheit und spontane Logik beeindruckte, besonders angesichts der Tatsache, dass der Mann sich gerade erst von seinem beinahe tödlichen Fieberanfall erholte.

Und so arbeiteten sie – Mared äußerte sich zu dem Ausmaß seines Einflusses, Payton erinnerte sie, dass die Lockharts genauso großen Einfluss haben könnten, wenn sie nicht so starrsinnig ihren Kühen treu geblieben wären. Am Ende der Sitzung, als Mareds Hand schmerzte und Payton sichtlich müde wurde, hob er einen letzten Brief in die Höhe.

»Dieser ist von meinem Vetter Neacel«, sagte er. Er wird nächsten Monat mit einer traditionellen Highland-Hochzeit seine Vermählung feiern.«

»Dann herzliche Glückwünsche an Euren Vetter«, sagte sie.

»Es soll einen dreitägigen Hochzeits-*ceilidh* geben.«

»Das wird sicher eine vergnügliche Zeit für alle Beteiligten«, sagte sie unbefangen und legte ein Stück Pergament vor sich auf den Esstisch. »Darf ich vorschlagen, dass Ihr folgendermaßen beginnt: ›An meinen Vetter Neacel Douglas, Grüße und Glückwünsche zu deiner freudigen Nachricht von einem bedeutenden Douglas-Laird und Herrn all seiner Besitztümer an einen anderen Douglas-Laird, der ähnlich von sich eingenommen ist‹?«

Payton schmunzelte über ihr strahlendes Lächeln. »Recht poetisch. Aber ich schlage vor, wir fangen folgendermaßen an: Lieber Vetter, Grüße und Glückwünsche«, diktierte er. »Von ganzem Herzen die besten Wünsche zu der freudigen Nachricht von Deiner Vermählung. Ich freue mich darauf, Deine Braut kennenzulernen, denn ich habe Miss Braxton aus unserer Kinderzeit als hübsches Mädchen sehr angenehm in Erinnerung, und ich bin überzeugt, sie wird Dir eine gute, pflichtbewusste Frau sein ...«

Er hielt inne und sah Mared verstohlen an. »Du schreibst das doch nieder, oder? Wort für Wort?«

»Zweifelt Ihr daran?«

»Aber sicher. Du schreibst nieder, wie ich es diktiere, ja?«

»*Natürlich.*«

Seine Miene war skeptisch, doch er lehnte sich zurück und fuhr fort. »Mit großem Vergnügen kann ich Dir mitteilen, dass Du mich auf Deiner Vermählungsfeier zur Reihe der Gäste und Zeugen zählen darfst. Ich benötige Unterkunft für mich und drei Dienstboten. Bis ich Dir persönlich gratulieren kann, bleibe ich, wie immer, Dein treuer Dir zugeneigter Vetter.« Er überlegte einen Moment und nickte dann. »Aye, nun kannst du mit meinem Namen unterschreiben.«

»Wohin soll ich den Brief senden?«

»Nach Kinlochmore, bei Fort William.«

»*Diah*«, sagte sie geistesabwesend. »Das ist eine weite Reise, wie?«

»Zwei Tage. Wenn es regnet, dauert es noch länger. Pack am besten warme Kleidung ein.«

Das ließ sie unverzüglich aufmerken. »Wie bitte?«

»Du kannst das violette Kleid mitnehmen, das du so sehr magst – in einem Monat benötigst du Kleidung aus schwerem Material, nehme ich an.«

Er verwirrte sie, und im ersten Augenblick glaubte sie schon, das Fieber wäre zurückgekommen. »Geht es Euch gut, Milord?«, fragte sie und legte den Brief zur Seite.

»*Sehr* gut.« Und er schenkte ihr ein schwaches, aber satanisches Lächeln.

Oh nein. Nein, nein. »Aber da ich nicht nach Kinlochmore reisen werde, benötige ich weiter nichts als dieses schlichte schwarze Kleid«, sagte sie zuckersüß.

»Ah, aber du wirst nach Kinlochmore reisen«, entgegnete er ruhig.

»Ich weiß nicht, wie Ihr auf den Gedanken kommt«, sagte sie geduldig und hätte ihm den Brief im Moment liebend gern in den Hals gesteckt. »Ihr werdet mit Euren Dienern reisen. Ich bleibe hier und erledige das, was zu erledigen der Sinn meiner Versklavung ist.«

»Aber ich halte mir keinen Kammerdiener, und ich brauche dich, damit du dich um meine Kleidung kümmerst.«

»Um Eure *Kleidung?*«, schrie sie und sprang von ihrem Stuhl auf. »Könnt Ihr denn nicht einem Eurer Diener Anweisung geben, Eure verdammte Kleidung bereit und in Ordnung zu halten?«, wollte sie wissen. »Die Frage, wie ein Mann, der so restlos überzeugt ist von seiner eigenen Herrlichkeit, so lange ohne einen Kammerdiener ausgekommen ist, werde ich wohl unbeantwortet mit ins Grab nehmen!«

»Aber bisher bin ich ohne ausgekommen. Und ich benötige deine Begleitung.«

»Wie könnt Ihr das von mir verlangen? Könnt Ihr Euch vorstellen, was man reden wird? Habt Ihr Euch überlegt, welchem Spießrutenlauf ich inmitten so vieler verflixter Douglas' ausgesetzt sein werde?«

»Hm«, machte er nachdenklich. »Eine äußerst ansprechende Vorstellung, eine Lockhart inmitten von Douglas'. Doch du brauchst keine Angst zu haben, Mared. Als Mrs Craig mich noch begleitete, gab es auch kein Gerede. Die meisten betrachteten es so, wie es war – ein Laird nimmt seine Haushälterin mit, damit sie seine Kleider und seine Gemächer in Ordnung hält. Neacels Haushalt wird ohnehin schon genügend belastet sein, wenn alle Douglas' von nah und fern anreisen. Ich kann ihm nicht auch noch die Erfüllung meiner Bedürfnisse aufzwingen.«

»Eurer Bedürfnisse!«, platzte es hilflos aus ihr heraus. »Ich komme nicht als Euer Lakai mit!«, weigerte sie sich hartnäckig und stapfte wütend zum Bett. »Ihr könnt mich in den vier Wänden dieses Hauses demütigen, sosehr Ihr wollt, aber außerhalb lasse ich mich nicht sämtlichen verdammten Douglas' der Welt als Eure Bedienstete vorführen.«

»Natürlich tust du das«, sagte er, ließ sich ins Kissen sinken und furchte die Stirn. »Denn du bist ja meine Bedienstete. Noch ein bisschen Brühe, ja, Mared? Ich fühle mich ziemlich schwach.«

»*Augh!*«, schrie sie, wirbelte fort vom Bett, marschierte zur Tür und stieß sie auf. Genauso plötzlich schlug sie sie wieder zu und fuhr herum, um weitere Einwände vorzubringen. Doch Payton hatte sich schon auf die Seite gewälzt und war eingeschlafen.

Mared grub die Fingernägel in die Handflächen und kämpfte um ihre Fassung. Sie nahm die Post an sich und verließ sein Zimmer, um ihm seine verdammte Brühe zuzubereiten.

Wäre sie noch einmal ans Bett getreten, um sich über ihn zu beugen, hätte sie vielleicht sein Lächeln bemerkt.

Im Lauf der Tage kam Payton rasch zu Kräften und litt unter den Einschränkungen, die seine Krankheit ihm auferlegte. Die Diener, die voller Angst vor dem tödlichen Fieber geflohen waren, fanden sich allmählich wieder ein, als sich die Nachricht von der reichlich wundersamen Genesung in der Gegend der Lochs verbreitete.

Das Haus verfiel wieder in den gewohnten Rhythmus, und Payton sah Mared immer seltener.

Er begann, in den langen Fluren auf und ab zu gehen, um seine Muskeln zu kräftigen, und hin und wieder sah er sie im Vorbeigehen in dem einen oder anderen Zimmer, meist in der Gesellschaft Rodinas und Unas, gewöhnlich untätig oder mit einer sinnlosen Arbeit beschäftigt, während die beiden Stubenmädchen sich abmühten. Es ließ sich nicht vermeiden, dass er dann innehielt, um sie anzusehen. Und es war unvermeidlich, dass Mared seine Nähe spürte, sich umdrehte und seinem Blick begegnete.

In der Stille der Nacht, wenn er vor seinem Kamin saß, vermutete er manchmal, dass das Fieber ihm die Sinne verwirrt hatte, denn er glaubte, wenn er ihrem Blick begegnete, etwas wie sanfte Zuneigung in ihren abgründigen grünen Augen zu erkennen und zu spüren, wie etwas vom einen auf den anderen überging, etwas, was er tief im Inneren spürte.

Er hätte verzweifelt gern gewusst, ob Mared das Gleiche empfand ... Doch er brachte die Frage nicht über die Lippen, in erster Linie, weil sich nie eine Gelegenheit bot. Sie war stets von Dienstboten umgeben. Aber vielleicht war sich Payton tief im Herzen bewusst, dass er nicht wissen wollte, ob er den besagten Blick missverstand. Er zog es vor, insgeheim zu glauben, dass sie es ebenfalls spürte, statt sich diese Vorstellung restlos austreiben zu lassen.

Er zog es vor, diesen kleinen Hoffnungsfunken in seinem Inneren hoch fliegen und kräftig mit den Flügeln schlagen zu lassen.

19

Als der Sommer allmählich dem Herbst wich und die Tage kälter und kürzer wurden, hatte Mared sich an das Leben auf Eilean Ros gewöhnt. Sie war zu einem guten Einvernehmen mit Rodina und Una gelangt und half ihnen, wo sie konnte, ohne ihr Versprechen, niemals dem Laird Douglas zu dienen, zu brechen.

Sie hatte sogar mit Beckwith etwas wie Freundschaft geschlossen, der seit Paytons Krankheit offenbar einen gewissen Respekt für sie aufbrachte.

Sie unternahm lange Spaziergänge über den Besitz, gewöhnlich begleitet von Cailean, Paytons Hütehund. Manchmal sah sie Payton auf Murdoch ausreiten, tief über den Hals des Tiers gebeugt, das er mächtig antrieb, als wäre er auf der Flucht. Dann wieder sah sie seine prachtvolle Kutsche vorüberfahren, weiß Gott, wohin. Aber er war, wie sie bemerkte, stets allein.

Als Cailean Junge zur Welt brachte, die ihrem Hund auf Talla Dileas verdächtig ähnlich sahen, war Mared entzückt von den Welpen und fertigte ihnen aus den Halsbinden, die sie den Milchkühen wieder abgenommen hatte, kleine Halsbänder.

Eines Tages, als sie mit den Welpen spielte, näherte sich Payton in Begleitung des Kutschers den Stallungen. Er verhielt den Schritt, als er sie mit den Hündchen beim Zwinger sah, und kam dann näher, um nachzusehen.

Sie lächelte, als einer der Welpen über seine Stiefelspitze krabbelte.

Payton lächelte ebenfalls, doch als er den Blick senkte, erlosch sein Lächeln nach und nach, und er beugte sich hinab und betrachtete die Hündchen aus der Nähe. »Wie ... sind das etwa meine Halsbinden?«, fragte er fassungslos.

Mared lächelte keck, hob einen der pummeligsten Welpen hoch und schmiegte ihn in ihre Halsbeuge, um ihm ins Ohr zu gurren. »Ja, das sind sie. Ihr sagtet, die Kühe sollten sie nicht tragen. Von Welpen habt Ihr kein Wort gesagt.« Sie lächelte ihn hintersinnig an, drehte sich um und trat tiefer in den Zwinger.

Payton stand da und starrte auf die acht Welpen mit violetten Halsbändern.

Während Payton mit jedem Tag sichtlich kräftiger und robuster wurde, redete Mared sich mühsam ein, dass sie lediglich die Zeit abwartete, bis das Jahr vorüber war, und gestand sich nicht ein, dass sie sich im Grunde jeden Tag danach sehnte, ihn zu sehen. Genauso wenig gestand sie sich ein, dass sie sich spät am Tag, wenn der Abend nahte, oft dabei ertappte, dass sie ihn überall suchte – in seinem Arbeitszimmer, im Salon, in den Stallungen. Im Wohnzimmer, im Billardzimmer, im Garten.

Sie redete sich ein, ihr Rundgang durch die langen Flure von Eilean Ros diene nur dazu, in den ihr unterstehenden Räumen nach dem Rechten zu sehen.

Wenn sie ihn tatsächlich sah – im Flur vielleicht oder an der Tür eines Zimmers, das in ihren Aufgabenbereich fiel –, spürte sie die Macht seines grauen Blicks, fühlte, wie er sich in ihren versenkte, wie er mit Klauen ihr Herz und ihre Lungen packte und tief in ihr Inneres vordrang, um einen Wirrwarr von Gefühlen wachzurufen. Sie konnte seinem Blick nie sehr lange standhalten, denn seine Intensität ängstigte sie auf merkwürdige Weise, ließ sie sich verletzlicher fühlen als je zuvor in ihrem Leben.

Und trotzdem hielt sie ständig nach ihm Ausschau.

Der einzige Ort, an dem sie ihn regelmäßig fand, war das Speisezimmer. Abend für Abend huschte sie leise an der offenen Tür vorüber, und Abend für Abend sah sie ihn dort, allein in dem riesigen Raum ohne Gesellschaft, außer Alan, der an der Wand wartete, seine Mahlzeit auf kostbarem Porzellan und Silber angerichtet, sein Weinglas gefüllt. Sechs Kerzen verbreiteten flackerndes Licht in dem saalartigen Raum.

Auf Mared wirkte er wie der einsamste Mensch in ganz Schottland.

Fast ein Monat war vergangen, seit Payton das Fieber überlebte – das sich glücklicherweise nicht über das Haus des Braumeisters hinaus ausgebreitet hatte.

Eines Abends saß Mared in ihrem Zimmer auf dem schäbigen Bett, stopfte ihre alten Strümpfe und fragte sich, wie viele Monate sie sie wohl noch würde tragen können, als es an der Tür klopfte.

Rodina oder Una, vermutete sie. Die beiden holten ständig ihren Rat zu diesem oder jenem Problem ein. »Herein«, rief sie munter, ohne aufzublicken, und stopfte weiter ihre Strümpfe.

Die Tür öffnete sich langsam, sie erübrigte kaum einen Blick dafür. »Was gibt es jetzt schon wieder?«, fragte sie leichthin. »Mr Beckwith hat dir die Laune verdorben, aye? Oder irgendein Bursche hat dir den Kopf verdreht.«

»Ich hoffe, weder noch.«

Er erschreckte sie so heftig, dass sich Mared mit der Nadel in den Finger stach.

Verlegen stand sie auf und vergaß den verdammten Strumpf, vergaß alles und versuchte nervös, ihr altes grünes Kleid glatt zu streichen, während sie sich rasch in der Kammer umschaute.

»Entschuldige bitte, ich wollte dich nicht stören ...«

»Nein, nein«, erwiderte sie hastig. »Ich habe gerade meine ...« Meine Strümpfe gestopft? Das behielt sie lieber für sich. Sie vollendete den Satz nicht und zwang sich, ihn anzusehen.

Diah, er sah vollständig genesen aus – stark und vital und schrecklich anziehend. Er war zum Ausgehen gekleidet. Sein Haar war ordentlich über den Kragen gekämmt. Sein marineblauer Frack war aus feinstem Wollstoff – sie wusste es, weil Grif mit etwas Ähnlichem aus London zurückgekommen war, mit einem Frack aus exquisitem Tuch. Er trug graue Hosen und eine graue Seidenweste mit aufwendiger Stickerei in Dunkelblau, und seine Halsbinde war natürlich dank Rodina perfekt gebügelt.

Er ließ ihr Herz buchstäblich schneller schlagen, trieb ihr das Blut ins Gesicht und ließ es in ihren Ohren rauschen, denn sie hatte ihn seit Wochen nicht so ... *gesund* ... gesehen.

Sie räusperte sich und wischte sich die feuchten Handflächen seitlich am Kleid ab, während Payton einfach nur dastand und sie mit dunklem, unergründlichem Blick ansah. Sie fühlte sich lächerlich eingeschüchtert – seit wann brachte ein Mann es fertig, dass sie sich wie eine errötende Jungfer fühlte? »Benötigt Ihr noch etwas?«, fragte sie und beschimpfte sich insgeheim, weil ihre Stimme so atemlos klang.

»Nein«, sagte er leise, trat in die Kammer und zog die Tür hinter sich zu.

Er lehnte sich gegen den Rahmen und musterte Mared von Kopf bis Fuß. Sie empfand seinen Blick als sengend heiß. Diesen Blick hatte sie früher schon erlebt, sie erkannte das Verlangen darin, und plötzlich glaubte sie, er wäre gekommen, um ihr mitzuteilen, dass er sie in seinem Bett haben wollte.

Unwillkürlich trat Mared einen Schritt zurück.

Das schien ihn aus seinen Gedanken zu wecken; er blickte nieder auf den fadenscheinigen Teppich und sah dann wieder zu Mared auf.

»Du brauchst einen wärmeren Teppich.«

»Er ist warm genug.«

Doch er schüttelte den Kopf. »Nein. Einen *warmen* Teppich.« Er sah sie wieder an. »Ich komme, um dich an Kinlochmore zu erinnern, und ich muss darauf bestehen, dass du mich begleitest.«

Mareds Mut sank.

Sie hatte gedacht, er hätte es vergessen oder seinen Beschluss, dass sie ihn zum Hochzeits-*ceilidh* seines Vetters begleiten sollte, noch einmal überdacht. Jedenfalls hatte er es nicht wieder erwähnt, seit sie vor über einem Monat den Antwortbrief an seinen Vetter geschrieben hatte. Plötzlich sah sie sich selbst vor ihrem inneren Auge inmitten Dutzender von Douglas', sah, wie sich das Geflüster über ihren Fluch wie ein Lauffeuer verbreitete, sah die Missbilligung, die Verachtung für ihren Namen.

»Nein«, sagte sie und schüttelte nachdrücklich den Kopf. »*Nein.*«

Eine Locke seines braunen Haars war ihm übers Auge gefallen, und er sah jetzt so verändert aus, so als schmerzte ihn, was er ihr zu sagen hatte. »Ich brauche dich an meiner Seite, Mared«, sagte er ruhig. »Ich erkläre mich einverstanden, außerdem eines der Mädchen mitzunehmen, damit du nicht um deine Tugendhaftigkeit fürchten musst. Aber ich brauche dich an meiner Seite.«

»Bitte verlangt das nicht von mir. Bitte, Payton«, flehte sie. »Man wird mich demütigen ...«

»Nein! Bei meinem Leben, das lasse ich nicht zu. Aber ich ...« Er riss seinen Blick von ihr los, sah zur Kammerdecke auf, fuhr sich mit der Hand übers Haar, ging zu ihrer Kommode. »Ich muss dich bei mir haben. Mein Entschluss steht fest.«

»Aber ich ...«

»Keine Widerrede mehr«, sagte er fest.

Mared sah ihn mit offenem Mund an. Ihre Gedanken überschlugen sich, und Payton wandte sich von der Kommode ab. »Wir brechen am Montag bei Tagesanbruch auf. Entscheide du, welches der Mädchen uns begleiten soll, aye?«

»*Mi Diah,* Ihr seid ein Dreckskerl«, flüsterte sie. Ein Muskel in seiner Wange zuckte, doch Payton sagte nichts. Mared hatte den Eindruck, dass er nicht wusste, was er tun oder sagen sollte. Er seufzte, senkte den Kopf, sah sie unter den Wimpern hervor an und schürzte die Lippen.

»Was denn?«, fragte sie wütend. »Was wollt Ihr noch sagen?«

»Ich brauche dich in Kinlochmore, und damit basta.«

Mared funkelte ihn böse an.

»Gute Nacht.« Er ging zur Tür ihrer Kammer und öffnete sie. Mit einem letzten Blick in ihre Richtung verließ er den Raum und schloss die Tür.

»Verdammt noch mal«, flüsterte Mared, ließ sich auf ihr Bett sinken und starrte die Wand an.

Ihre Gedanken überschlugen sich, nahmen das Grauen eines Hochzeits-*ceilidh* der Douglas' tief in den Highlands vorweg.

An diesem Sonntag betrachteten Mared, Ellie, Natalie und Anna, die in ihrer Schwangerschaft die Ausmaße eines Walrosses angenommen hatte, auf Talla Dileas die auf Annas Bett ausgebreiteten Kleider. »Sie sind alle schön«, sagte Mared. »Woher hast du sie?«

»Meine Schwester Bette hat sie mir am Ende der vergangenen Saison geschickt.«

»Sie sind ein bisschen zu schick für die Douglas' und ihresgleichen«, murrte Mared und nahm eines nach dem anderen zur Hand.

»Erzählst du uns noch einmal, was er gesagt hat?«, bat Natalie und musterte versonnen die Kleider.

Ellie lächelte ihrer Tochter zu. »Natalie hat lauter romantischen Kram im Kopf, dank diverser Bücher, die sie in der Bibliothek gefunden hat, und Annas Hang zum Geschichtenerzählen.«

»Nun ja, es ist ja auch ziemlich romantisch«, sagte Anna

verträumt. »Ein attraktiver Lord holt ein niederes Bauernmädchen auf sein Schloss in den Bergen.«

»Nach der Meinung besagten Bauernmädchens ist es kein bisschen romantisch. Es ist Knechtschaft«, sagte Mared verdrießlich.

»Und nicht das kleinste bisschen romantisch?«, fragte Natalie hoffnungsfroh.

»Nicht das kleinste bisschen, *lass*. Es ist wirklich nicht romantisch, wenn man wie ein Hund herumkommandiert wird.«

Anna lachte, hörte jedoch sofort auf, als Mared sie scharf ansah.

»Was genau hat er gesagt?«, wollte Ellie wissen und furchte nachdenklich die Stirn.

Mared seufzte gereizt.

»Er hat gesagt, er bräuchte mich an seiner Seite. Ich solle eines der Mädchen zum Schutz meiner Tugendhaftigkeit mitnehmen, aber er bräuchte mich dort.«

»Uuuh!« Anna und Natalie seufzten einmütig.

»Ach, ihr findet ja allein schon den Frühnebel romantisch!«, rügte Mared die beiden.

»Aber er liebt dich, Tante Mared«, behauptete Natalie.

»Er liebt mich nicht, Nattie, sonst würde er so etwas nicht von mir verlangen.«

»Doch, Mared«, sagte Anna. »Du kannst es unmöglich abstreiten.«

Mit einem Achselzucken hob Mared das blaue Seidenkleid auf und hielt es vor dem Spiegel an ihren Körper.

»Oh, das ist hinreißend, nicht wahr, Ellie?«, sagte Anna und dann, an Mared gewandt: »Zieh es an.«

Mared, bereits im Hemd, nachdem sie ein korallenrotes Gewand anprobiert hatte, das sie, wie sie einmütig befanden, krank aussehen ließ, schlüpfte in das Kleid aus blassblauer Seide und zupfte es mühsam zurecht. »Es ist reichlich *eng*«, sagte sie.

»Natalie, sei so lieb und besorge Nadel und Faden«, sagte Anna. »*Blauen* Faden.«

»Ja, Madam«, antwortete Natalie höflich und hüpfte zur Tür hinaus, während Anna hinter Mared Aufstellung nahm und Mareds Spiegelbild bewunderte. »Oh, Mared. Du siehst wunderschön aus. Er wird seinen Augen nicht trauen, wenn er dich in diesem Kleid sieht.«

»Du solltest ein Tüchlein bei dir tragen, um seinen Speichelfluss zu stillen«, fügte Ellie hinzu, und die zwei Frauen kicherten.

»Wie schön, dass ihr lachen könnt«, sagte Mared verdrießlich, während Ellie versuchte, die Knöpfe auf dem Rücken zu schließen.

»Sei nicht albern«, mahnte Anna und schob die angeschnittenen Ärmelchen von Mareds Schultern. »Wir lieben dich, Mared. Wir wollen, dass du glücklich bist. Wir glauben allerdings, dass du einfach leugnest, was in deinem Herzen vorgeht.«

Hatten sie mit Donalda gesprochen?

»Was in meinem Herzen vorgeht, ist nur, dass ich mich niemals unter eine so große Ansammlung von Douglas' begeben sollte.«

Im Spiegel sah sie, wie Ellie und Anna einen Blick tauschten. Dann trat Ellie vor und legte die Hände auf Mareds Schultern. »Mared. Er ist ein guter Mann. Es bedeutet überhaupt nichts, dass sein Nachname Douglas lautet. Wichtig ist nur, dass er dich bedingungslos liebt. Weißt du eigentlich, wie viele Frauen auf der Welt alles geben würden für einen Ehemann, der sie liebt?«

»*Ehemann!*«, fuhr Mared erschrocken auf.

»Lass dir raten, Liebste«, fügte Anna hinzu. Ihr Kopf wurde über Mareds rechter Schulter im Spiegel sichtbar. »Lass dich von ihm lieben, bevor du dich einverstanden erklärst, ihn zu heiraten.«

»*Wie bitte?*«, rief Mared und fuhr herum. »Habt ihr zwei

denn völlig den Verstand verloren? Ihn heiraten? Mich lieben lassen? Was für ein Wahnsinn!«

»Sei nicht so prüde«, riet Ellie ihr ungezwungen. »Wichtig ist eben, dass ... ein gutes Einvernehmen im Ehebett von großer Bedeutung ist, und da du nichts zu verlieren hast ... Sieh mich gefälligst nicht so an, ja? Du hast wirklich nichts zu verlieren! Du hast schließlich selbst gelobt, niemals zu heiraten!«, hielt Ellie ihr vor und tippte mit der Fingerspitze auf Mareds Lippen. »Hast du wirklich die Absicht, als Jungfrau in die Grube zu fahren?«

Mared spürte, wie ihr rasch die Röte in Hals und Gesicht stieg, und sie senkte den Blick auf ihr Kleid. »Ich habe die *Absicht,* nach Edinburgh zu gehen und mein eigenes Leben zu leben. Die Chance steht mir zu.«

»Aber natürlich«, sagte Anna beschwichtigend. »Doch mangels der Gelegenheit dazu bist du hier, und du hast kaum die Möglichkeit, es zu ändern, nicht wahr?«

So war es.

Mared seufzte und musterte die herrliche blaue Seide. »Aber was ist mit meiner Tugend? Wollt ihr etwa, dass ich sie einfach wegwerfe?«

»Aber nein«, sagte Ellie fest, packte Mared bei den Schultern und drehte sie wieder zum Spiegel um. »Deine Tugend musst du *immer* hüten, denn sie ist alles, was eine junge Frau besitzt. Hüte sie nur nicht *allzu* streng, sonst wirst du mürrisch und altjüngferlich und verlierst jede Hoffnung darauf, jemals das körperliche Verlangen eines Mannes zu erleben.«

»Und *das,* Mared, ist eine der köstlichsten Wonnen auf der Welt«, fügte Anna hinzu. »Lass sie dir nicht entgehen.«

»Ihr beide seid verrückte Hühner«, sagte Mared, doch sie betrachtete sich in der blauen Seide und wurde sehr nachdenklich.

Es gelang ihnen, das Kleid zu schließen, und wenn sie auch kaum atmen konnte, bemerkte Mared doch, dass sie hübsch aussah, so hübsch wie nie. Und wenn sie es auch vor der gesamten Welt abstreiten würde, konnte sie sich selbst gegenüber doch nicht leugnen, dass sie neugierig war auf Männer und deren Liebe und, nun ja, auf Paytons Reaktion, wenn er sie in diesem Kleid sah, und darauf, wie ... wie er versuchen würde, sie zu verführen ...

Als Natalie mit Nadel und Faden zurückkam, nahmen sie eilig ein paar Änderungen an dem Kleid vor, die Mared das Atmen erleichterten, und berieten dann über ihre Unterwäsche, bis sie einigermaßen sicher waren, dass sie alles hatte, was sie für eine Nacht der Glückseligkeit benötigte. Erst dann gingen sie zu dritt hinunter in den großen Salon, wo sich die restliche Familie versammelt hatte.

Duncan lag mit dem Welpen, den Mared ihm mitgebracht hatte, auf einer Decke vor dem Kamin. Natalie versuchte, Klavier zu spielen, doch das Instrument war scheußlich verstimmt, und seit ihrer Abreise aus London hatte sie keinen Unterricht mehr. Doch sie duldeten ihre entschlossenen Bemühungen und nickten und lächelten höflich dazu.

Sie wollten sich gerade ins Speisezimmer begeben, als Dudley ins Zimmer trat und auf einem angelaufenen Tablett einen Brief brachte.

»Ein Bote, Sir, von Laird Munroe.«

»Munroe?«, brummte Carson, nahm den Brief, brach das Siegel und überflog das Schreiben. »Ach«, sagte er einen Moment später mit einer wegwerfenden Handbewegung.

»Was ist denn, Vater?«, fragte Grif.

Carson furchte düster die Stirn und sah Mared an. »Nur ein bisschen Unsinn. Munroe behauptet, er hätte MacAlister gesehen. Sagt, er treibt sich im Flachland herum.«

Grif ging rasch zu seinem Vater und nahm ihm den Brief aus der Hand.

»Aber das sind ja wunderbare Neuigkeiten!«, rief Aila.

»Nein!«, wehrte Carson schneidend ab. »Wir sind schon zu oft hereingefallen! Der Schweinehund hält sich nicht in Schottland auf, und er wird nie nach Schottland zurückkehren. Nein, *mo ghraidh,* er lebt auf unsere Kosten in Saus und Braus irgendwo im Ausland.«

»Aye«, sagte Grif, nickte und faltete den Brief zusammen, nachdem er ihn gelesen hatte. »Das ist zweifellos wahr, Vater. Aber wir dürfen kein Gerücht über seine Rückkehr unberücksichtigt lassen.«

Carson zuckte mit den Schultern. »Ich will Mareds Hoffnungen nicht noch einmal wecken. Er ist nicht nach Schottland zurückgekehrt und wird es auch nie tun.«

Er sah Mared an. Sie lächelte ihrem Vater ermutigend zu, denn sie hatte sich schon vor Wochen damit abgefunden.

20

Das Wetter blieb während der Reise tiefer in die Highlands beständig, und die Douglas' von Eilean Ros erreichten das winzige Dorf Kinlochmore nach zwei Tagen. Noch eine Meile, und sie waren an der alten Burg am Ufer des Loch Leven inmitten des Mamore Forest angelangt.

Die Burg war für die Highlands typisch an einen Berg gebaut. Etwa die Hälfte der alten Burgmauer war noch intakt, und an dieser waren Kutschen und Karren abgestellt. Dienstboten trugen das Gepäck der Gäste.

Zwei Türme begrenzten das Gebäude im Westen und im Osten, und dazwischen erstreckte sich ein massives steinernes Bauwerk, in dem sich die Gästeräume, der Speisesaal und verschiedene in Wohnzimmer und Salons umgestaltete Räumlichkeiten befanden.

Den hauptsächlichen Wohntrakt erreichte man über eine schmale Brücke, die auf einen noch schmaleren, dunklen Gang führte. Vormals hatte er dazu gedient, Feinde am Eindringen in großen Scharen zu hindern. Talla Dileas verfügte über einen ähnlich gestalteten Eingang, und im Grunde bestand der einzige Unterschied zwischen dieser alten Burg und Talla Dileas darin, dass Talla Dileas im Lauf der Jahrhunderte immer wieder erweitert wurde, sodass es jetzt eine merkwürdige Mischung aus verschiedenen architektonischen Stilen und Bauweisen darstellte.

Ein freundlicher Diener führte Mared und Una durch diese engen Gänge, auf den Una, nach der Art zu urteilen, wie sie kicherte und sich an seine Seite drängte, offenbar ein Auge geworfen hatte.

Mared folgte ihnen in stoischer Ruhe, trug ihr Gepäck

selbst und achtete sorgsam darauf, wohin sie den Fuß setzte, denn sie wusste von ihrem eigenen Heim, dass mancher Stein durch die vielen Jahre des Begehens zu einer trügerischen Stolperfalle werden konnte.

Unterwegs schnatterte Una wie eine Elster, der freundliche Diener wies sie auf verschiedene Sehenswürdigkeiten der alten Burg hin, einschließlich eines Verlieses, das er besonders amüsant fand, bis sie zu einer engen Wendeltreppe kamen, die nach oben führte.

Mared hatte Mühe, sich samt dem Gepäck die enge Treppe hinaufzuzwängen, erreichte aber schließlich einen kleinen Absatz. Zu ihrer Rechten befand sich eine Tür, links von ihnen öffnete sich ein weiterer Gang.

»Bitte schön, *lassies*«, sagte der Diener, öffnete die Tür und bedeutete ihnen, vor ihm einzutreten. Una und Mared betraten das kleine runde Turmzimmer. Die Decke war niedrig und wies dicke Holzbalken auf, die Wände waren aus Stein gemauert. Im Zimmer stand ein Bett, groß genug für zwei Personen. Ein fadenscheiniger Aubussonteppich bedeckte den Steinboden, beim Kamin standen ein Frisiertisch und eine Kommode, und zwei schmale Fenster boten Ausblick über den Mamore Forest.

»Wie hübsch«, sagte Una und strich mit den Fingern über einen alten Wandteppich.

»Dieses Zimmer gehörte der ersten Lady Douglas. Sie ist in diesem Bett hier unter der Geburt gestorben«, erklärte der Diener.

»Die Matratze ist natürlich ausgetauscht worden.«

Una kicherte.

»Und der Laird Douglas von Eilean Ros? Wo befinden sich seine Gemächer?«, fragte Mared.

»Im Westturm. Die Zimmer sind größer und mit größerem Komfort ausgestattet, wie es sich für einen Laird gebührt. Eure Diener und Kutscher sind in den alten Stallungen untergebracht. Sie sind zu Dienstbotenunterkünften umgebaut worden.« Er lächelte Una an. »Soll ich euch nun mit der Tagesordnung vertraut machen?«

»Ja, bitte«, sagte Una.

»Heute Abend, wenn den Damen und Herren das Dinner im offiziellen Speisesaal serviert wird, essen wir anderen in den alten Stallungen. Morgen früh sind traditionelle Highland-Spiele vorgesehen. Am Freitagmorgen findet die Hochzeitszeremonie in der Kirche von Kinlochmore statt, und am Freitagabend wird der Hochzeits-*ceilidh* zu Ehren des Brautpaars beim Loch abgehalten.«

»Uuuh«, schwärmte Una. »Das ist alles so schön.«

»Nun gut, *lassies*«, sagte er, schlug die Hacken zusammen und verbeugte sich. »Das Abendessen für die Bediensteten im Erdgeschoss wird um Punkt acht Uhr serviert. Ich hoffe, euch dort zu sehen.«

Er und Una lächelten einander an, bevor er das Zimmer verließ.

Kaum hatte er die Tür geschlossen, wirbelte Una herum und presste die Hände auf die Brust. »Es ist schön hier, nicht wahr?«, fragte sie verträumt, trat ans Fenster und blickte hinaus auf den Wald. »Ich möchte eines Tages auch mit einer so schönen Feier heiraten, auf einer Burg im Wald. Ihr auch, Miss Lockhart?«

Die Frage überrumpelte Mared; sie hatte noch nie darüber nachgedacht, was für eine Hochzeitsfeier sie sich wünschte. – Es erschien ihr so unwahrscheinlich, dass sie jemals heiraten würde. Sie warf Una einen verunsicherten Blick zu.

Das arme Mädchen verstand auf Anhieb, was es angerichtet hatte, und schlug sich die Hand vor den Mund. »Ich bitte vielmals um Verzeihung, Miss Lockhart!«, flüsterte sie und sah sich verzweifelt im Zimmer nach etwas um, womit sie sich ablenken konnte.

»Beruhige dich, Una«, sagte Mared mit einem schmalen Lächeln. »Ich habe schon mein ganzes Leben mit diesem Fluch zugebracht und verschwende keinen einzigen Gedanken darauf.« *Keinen einzigen Gedanken ... wohl aber vielleicht Millionen.*

Sie packten ihre Sachen aus und räumten sie in die Kommode, liefen zwei Mal in den Hof, um Wasser zu holen, und als sie sich frisch gemacht hatten, stiegen sie die enge Wendeltreppe hinunter zum Hauptgeschoss der Burg und machten sich auf die Suche nach Alan und Charlie.

Sie begegneten Dutzenden von Leuten, so vielen, dass es schwierig war zu entscheiden, wer von ihnen Dienstbote und wer Herrschaft war. Manche von den Männern waren nach der typischen Mode der Adligen gekleidet – Hosen und Fracks und Westen. Aber einige trugen auch Fracks und Westen und den *béileadh beag,* den Kilt in den Farben ihres Clans, samt den *ghillie brogues* genannten hochgeschnürten Schuhen und den *sporrans,* den Fellranzen am Gürtel, und allem, was dazugehörte.

Die Frauen trugen den *arisaidh* über den Schultern oder wie eine Schärpe über eine Schulter gezogen und mit einer *luckenbooth* an der Taille festgesteckt. Alle lachten und waren in festlicher Stimmung.

Im alten Burghof suchten Mared und Una den Weg zu den Stallungen, wo die männliche Dienerschaft untergebracht war. Die Renovierung bestand darin, dass die Boxen in kleine Zimmer umgewandelt worden waren, mehr nicht. Doch drinnen wie draußen herrschte eindeutig Festlaune, die Männer riefen sich gegenseitig Scherzworte zu, und einer spielte ein flottes Stück auf dem Dudelsack.

Sie hatten Alan und Charlie rasch gefunden, und beide Männer waren bester Laune – Charlie packte sich sogleich Una und wirbelte sie auf engstem Raum im Tanz herum. »Da ist sie ja, meine schöne Maid«, sang Charlie glücklich. »Gekommen, um diesem Burschen einen Kuss zu geben.«

»Sei nicht albern, Charlie!«, rief Una lachend und stieß ihn spielerisch von sich.

»Kommt, meine Damen«, sagte Alan und bot Mared seinen Arm. »Wir wollen zusammen speisen, wir niederes Dienstvolk.«

Die vormalige Sattelkammer war zum Speiseraum umgestaltet worden, und zwei lange Tische, an denen, wie es aussah, Dutzende von Dienstboten saßen, nahmen den gesamten Raum ein. So viele Menschen aus verschiedenen Häusern, die meisten von ihnen Dienstboten der Douglas', auf so engem Raum, das ließ die Stimmung übersprudeln. Freundliche Frotzeleien in Englisch und Gälisch gingen hin und her, mehrere Wetten auf die Spiele, die am nächsten Tag stattfinden sollten, wurden abgeschlossen.

Zu den Hammelkoteletts wurde Bier aufgetischt, und das Gelächter wurde im Verlauf der Mahlzeit immer lauter und ausgelassener. Als die hölzernen Teller abgeräumt waren, tauchte der Mann mit dem Dudelsack auf, und ein weiterer Mann mit einer Flöte gesellte sich zu ihm. Ein alter Topf diente als Trommel, und schon begann das Trio, Highland-*ceilidh*-Weisen zu spielen.

Es dauerte nicht lange, und ein paar Männer räumten die Tische und Bänke zur Seite, und Charlie holte sich Una zum Tanz.

Auch Mared schwang das Tanzbein – sie hatte nicht oft in ihrem Leben getanzt, doch als Alan sie ansah, lächelte sie, und eifrig griff er nach ihrer Hand und zog sie auf den provisorischen Tanzboden mitten unter die lachenden Frauen und Männer. Es ging ordentlich rund, sie stampften mit den Absätzen zu der fröhlichen schottischen Musik, lachten und pausierten nur, um Bier zu trinken, bevor sie weitertanzten.

Es war eine zauberhafte Nacht für Mared – sie hatte noch nie so hemmungslos getanzt.

Sie hatte das Gefühl, irgendwie von dem Fluch befreit zu sein, als hätte sie einen Ort gefunden, an den er ihr nicht gefolgt war, und zum ersten Mal, seit sie denken konnte, war es ihr möglich, frei zu atmen.

Doch das Schicksal hatte es nie gut mit Mared gemeint,

und dieser Abend erwies sich als weiter nichts als ein Judaskuss, denn als sie sich von Alan löste, um einen Schluck Bier zu trinken und sich die Stirn abzutupfen, sah sie ihn. Er stand am hinteren Ende des Speiseraums, mit dem Rücken an die Wand gelehnt, einen Humpen Bier in der Hand.

Jamie MacGrudy stand dort und sah Mared still beim Tanzen zu.

Payton war dem erstickend förmlichen Dinner in der Burg entkommen und hinaus auf eine gepflasterte Terrasse getreten, um die frische Abendluft und eine Zigarre zu genießen. Der Wind brachte fröhliche Musik und Gelächter mit sich; Payton ging bis ans Ende der Terrasse und blickte auf die alten Stallungen herab.

Der Tanz hatte sich bis auf die Koppel ausgedehnt; die Dienerschaft hatte sichtlich Vergnügen.

Natürlich fragte er sich, ob sie auch dort unten war. Ob sie tanzte. Ob sie den Burschen ihr verheerendes Lächeln schenkte und ob diese sie so sehr begehrten wie er …

Doch seit Tagen war er nicht mehr in den schlichten Genuss ihres Lächelns gekommen.

Auf der Herreise von Eilean Ros hatte er zu viel Rücksicht auf ihre Stellung und ihren Ruf nehmen müssen und sich angemessen von ihr ferngehalten, um kein unangenehmes Gerede unter den anderen zu provozieren. Und seit ihrer Ankunft auf Burg Leven belegten ihn seine zahlreichen Vettern und das Brautpaar mit Beschlag. Die Folge war, dass er keine Ahnung hatte, wo Mared sich aufhielt und was sie trieb.

Aye, aber sie fehlte ihm, und zwar schmerzlich. Ihm fehlte ihr Lachen, ihr Lächeln, das kecke Glimmen in ihren grünen Augen, wenn sie nicht daran dachte zu tun, was er verlangte. Ihm fehlten ihre Missbilligung, ihr Entzücken, ihre Nachdenklichkeit und ihr Mumm.

Warum hatte er sie hierher gebracht?

Diese Frage hatte er sich wohl schon tausend Mal seit ihrer Abreise aus Eilean Ros gestellt. Er hatte endlose Minuten darüber nachgedacht – seinerzeit hatte er keine andere Möglichkeit gesehen. Er hatte Angst gehabt, sie könnte Eilean Ros verlassen, wenn er sie dort zurückließ, und aus egoistischen Gründen wollte er sie bei sich haben. Er konnte sie nicht haben, aber doch wenigstens sehen, ihre Nähe spüren.

In seiner Dummheit hatte er nicht klar denken können. Natürlich wurde sie hier von ihm getrennt, zusammen mit allen anderen Dienstboten in ein Wirtschaftsgebäude verfrachtet, damit Menschen wie er nicht mit ihrem Anblick oder ihrer Ansprache oder der irgendeines anderen Dienstboten belästigt wurden.

Die einzige Möglichkeit, sie zu sehen oder mit ihr zu sprechen, würde sich für ihn am nächsten Morgen ergeben, wenn sie zu ihm kam, um seine Kleidung abzuholen und Gott weiß was damit anzustellen.

An seinem Elend war niemand schuld außer er selbst – er hatte diese verzwickte Situation heraufbeschworen, als er sie als Dienerin verlangte. Mared war nicht zum Dienstboten geboren, und der Dienstbotenstand wäre ihr glückselig fremd geblieben, wäre nicht sein Zorn aufgrund ihrer Ablehnung gewesen. Er hätte es gern rückgängig gemacht – tausend Mal schon hatte er seinen überstürzten Beschluss bereut. Und jetzt hatte er das Gefühl, zwischen zwei Stühlen zu sitzen. Er konnte nicht zurück und war zudem unfähig, den Weg vor sich klar zu erkennen.

Das Einzige, was er mit Sicherheit wusste, war, dass es sein Schicksal war, eine Leere im Herzen zu spüren, denn wahrscheinlich würde er sie nie sein Eigen nennen können, und sie würde ihn irgendwann verlassen.

Mit einem müden Seufzer warf Payton seine Zigarre zu Boden und trat sie mit dem Absatz aus. Er zwang sich, das Lachen dort unten hinter sich zu lassen und zu der langweiligen Dinnerparty seines Gastgebers zurückzukehren.

Am nächsten Morgen jedoch wartete Payton bereits angekleidet auf sie, begierig auf diesen einzigen Moment allein mit ihr angesichts der Tausende von Momenten, die sich vor ihm zu diesem Tag auftürmten. Er hatte vermutet, dass sie bei Tagesanbruch kommen würde, wenn noch niemand auf den Beinen war, der sehen konnte, wie sie seine Gemächer betrat und wieder verließ. Und tatsächlich, kaum berührte die Sonne den Morgenhimmel, da öffnete sich langsam und leise seine Tür, und in dem Spalt wurde ihr dunkler Kopf sichtbar.

Sie war augenscheinlich verblüfft, ihn dort sitzen zu sehen, trat aber rasch ein und spähte hinaus in den Gang. Erst als sie sicher war, dass niemand sie gesehen hatte, schloss sie die Tür und wandte sich Payton zu, die Hände hinter dem Rücken, ihr Lächeln verwundert.

»Warum seid Ihr so früh am Morgen schon auf den Beinen?«, fragte sie.

Er lächelte schief und sah zu, wie sie weiter ins Zimmer trat und den Frack hochhob, den er über eine Stuhllehne gehängt hatte. Sie sah sich in seinem Turmzimmer um. »Ah, das ist prachtvoll, nicht wahr? Der Bursche hatte recht – es ist so, wie es sich für einen Laird geziemt.«

Er hatte nicht einen Gedanken an das Zimmer verschwendet. Es enthielt ein Bett, eine Waschgelegenheit. »Wie bist du untergebracht?«, fragte er neugierig.

»Ein bisschen mittelalterlich«, sagte sie. »Nur ein Bett, was völlig ausreichend wäre, aber ich wusste ja nicht, dass ich es mit Una teilen muss.«

»Ich möchte meinen, Una macht dir keinen Ärger.«

»Oh, aye, sie macht keinen Ärger«, sagte Mared und lächelte leicht. »Aber sie schnarcht.«

Er lächelte. »Laut?«

»Eine Todesfee könnte kaum größeren Lärm machen.«

Payton schmunzelte, und Mared neigte den Kopf auf die Seite und musterte ihn eingehend. »Es ist untypisch für Euch, so still zu sein, Milord. Ich bin daran gewöhnt, dass Ihr Befehle erteilt oder Euch beschwert.«

Er wandte den Blick ab. »Vermutlich habe ich keine Befehle zu erteilen und keinen Grund, mich zu beschweren«, sagte er und erhob sich lässig. »Meine Vettern tun alles, um mich zu verwöhnen.«

Sie musterte seinen Jagdanzug. »Ihr seid nicht für die Hochzeitsspiele gekleidet. Ihr seht aus, als wolltet Ihr ausreiten. Wollt Ihr nicht teilnehmen?«

»Die Herren gehen auf die Jagd«, sagte er. »Die Spiele sind für diejenigen gedacht, die heute nicht auf die Jagd gehen«, fügte er vorsichtig hinzu.

»*Ah*«, sagte sie mit einem wissenden Blick. »Die *Dienstboten,* wolltet Ihr sagen, sollen sich mit den Spielen vergnügen.«

Er sagte nichts. Sie lachte über sein Zögern, es auszusprechen, und ging zu seinem Bett, um es zu richten. »Ach, Ihr habt Euch wieder herumgewälzt?«

Wie ein Wahnsinniger. Ihre Bemerkung gab ihm das unbehagliche Gefühl, bloßgestellt zu sein, und er trat an das Fenster mit Ausblick auf Loch Leven.

»Hat dir das Fest gestern Abend gefallen?«, zwang er sich zu fragen.

»Aye«, sagte sie. »Euren Vetter kann man weiterempfehlen, denn er behandelt seine Dienstboten gut.«

Payton schloss die Augen und stellte sich die vielen Männer vor, die sie am Vorabend umschwärmt haben mochten. Er öffnete die Augen, verschränkte die Hände hinter dem Rücken und fragte: »Hast du auch getanzt?«

»Eine Zeit lang. Nicht so viel wie Ihr, möchte ich annehmen.«

»Du hast eine Zeit lang getanzt ... und dann?«

Sie lachte über die Frage, und Payton drehte sich zu ihr um. Sie schüttelte ungerührt ein Kissen auf. »Dann bin ich zu Bett gegangen. Habt Ihr gefürchtet, ich könnte davonlaufen und einem anderen Mann als Haushälterin dienen?« Sie lachte erneut.

Doch Paytons Gewissen meldete sich, und er gab keine Antwort.

Mared warf das Kissen aufs Bett und ging auf die andere Seite. Sie griff nach seinem Frack und legte ihn auf dem Bett ziemlich nachlässig zusammen. »Hmm«, machte sie und sah ihn stirnrunzelnd an. »Es sieht immer viel besser aus, wenn Una das macht.« Mit einem Seufzer hob sie den Frack auf und verstaute ihn in der Kommode. Sie machte anmutig einen Bogen um Payton, als sie zum Kamin ging. Dort drehte sie sich um und rieb sich die Hände. »Wie mir scheint, ist alles in Ordnung …«

»Meine Schuhe«, sagte er hastig, als er die Schuhe auf dem Boden beim Kamin entdeckte.

Sie blickte auf seine Füße.

»Charlie soll sie polieren, aye?«

Er bückte sich, hob die Schuhe auf und streckte sie Mared entgegen.

Mared sah ihn skeptisch an. »Sie sehen aus, als wären sie längst poliert.«

»Nein.«

Achselzuckend trat sie einen Schritt vor und griff nach den Schuhen, und als er sie ihr reichte, legte Payton impulsiv und dummerweise die Hand an ihr Gesicht und berührte die weiche Haut unter ihrem Ohrläppchen. Mared blickte zu ihm auf. Ihre Miene verriet keine Angst, keine Verwirrung … nur eine leise Neugier, als seine Finger ihrer Kinnlinie folgten, dann zu ihrer Nase wanderten und zu ihrem Mund.

»Was ist denn?«, fragte sie leise.

Du. Wir. Alles Mögliche. Er schüttelte den Kopf und ließ die Hand sinken.

»Amüsier dich, Mared. Genieße das Hochzeitsfest. Du hast es verdient. Ich werde deine Dienste an diesem Wochenende nicht mehr benötigen. Ihr alle sollt die Hochzeit als Urlaub genießen.«

Sie zog verwundert eine Braue hoch, lächelte jedoch süß.

»*Mo chreach,* Ihr müsst achtgeben, Milord. Ihr müsst Euren Ruf als böser, engherziger Laird aufrechterhalten, aye?«

»Aye«, sagte er, löste den Blick von ihren grünen Augen und starrte ins Kaminfeuer. »Einen schönen Tag, Mared«, sagte er leise.

Sie blieb noch einen Augenblick stehen; er spürte ihren Blick und bat sie im Stillen zu gehen, ihn allein zu lassen. Endlich, endlich drehte sie sich um und ging zur Tür. »Einen schönen Tag, Payton«, sagte sie fest. Er hörte, wie die Tür zufiel, warf einen Blick über die Schulter in ihre Richtung und starrte dann wieder ins Feuer.

21

Vor Paytons Tür verharrte Mared noch einen Augenblick und fragte sich, was das alles zu bedeuten haben mochte. Sie legte die Finger an die Stelle, an der sie seine Berührung noch spürte, und dann an ihre Lippen.

Doch dann lief sie fort von dieser Tür, um sie nicht in einem Moment der Schwäche wieder aufzustoßen und ihn zu bitten, sie vor Jamie zu beschützen.

Der Fluch hatte sich fast im selben Moment, als sie Jamies grausames Lächeln und seinen hässlichen Blick bemerkte, aus seiner schwarzen Gruft erhoben.

Dann folgten das Geflüster und die Blicke, die sie fürchtete, das Murmeln, das sich wie eine giftige Viper durch die Menge schlängelte. Plötzlich richtete man den Blick auf sie und ließ sie nicht mehr aus den Augen.

Sie hatte es sich nicht eingebildet, dessen war sie sicher, denn sie hatte das alles schon zu oft in ihrem Leben erfahren.

Doch so geübt sie auch im Umgang mit den Ängsten misstrauischer Highlander war, sie würde doch gut auf sich achtgeben und Abstand halten. So wie sie es immer getan hatte, würde sie sich abseits halten, um Vermutungen und Gerede aus dem Weg zu gehen.

Sie ging in die alten Stallungen und übergab Charlie Paytons Schuhe.

»Noch einmal putzen und polieren!«, beschwerte er sich. »Ich habe es doch gerade erst getan!«

Doch er nahm sie trotzdem an sich, drehte sich um und suchte die Kammer auf, die er mit Alan teilte. »Beteiligt er sich an den Spielen?«, fragte er über die Schulter zurück. Als er keine Antwort erhielt, drehte er sich um ... Doch Mared war schon fort.

Sie kehrte zurück in ihr Turmzimmer. Una war schon lange verschwunden – zweifellos begleitet von dem lächelnden Diener. Doch am Nachmittag, als die Spiele begannen, hielt Mared es in der stickigen alten Kammer nicht mehr aus. Sie legte sich den *arisaidh* über den Kopf und schloss sich draußen der Menge von Dienstboten der Gäste, von Dorfbewohnern und einigen hochgeborenen Gästen an. Mit gesenktem Kopf, das Gesicht von ihrem *arisaidh* verschattet, schlenderte sie umher, bewunderte die Ware der Kunsthandwerker aus dem Dorf, sah mit anderen begeisterten Zuschauern beim Hammer- und Steinewerfen zu, bei dem zwei riesige Männer gegeneinander antraten.

Die Douglas' von Burg Leven hatten an wirklich alles gedacht – das Bier floss den ganzen Nachmittag über in Strömen, und je länger die Spiele andauerten, desto ausgelassener wurde die Menge und desto lauter feuerten sie ihre Favoriten an.

Zu ihrer Erleichterung sah sie Jamie nirgends, doch die Ausgelassenheit machte sie nervös, denn man konnte nie wissen, was eine biergetränkte Ansammlung von Douglas' zum Anlass nahm, sich aufzuregen. Oder sich zu amüsieren. Also schlich Mared davon, in den Wald, froh, allein sein zu können.

Diah, wie sie ihre langen Spaziergänge auf Talla Dileas und am Loch Chon vermisste! Und da es ein herrlicher Herbsttag war, beschloss sie, dass jetzt die beste Gelegenheit wäre, die Schönheit der Umgebung von Loch Leven zu genießen.

Es war ein beglückender, friedlicher Spaziergang, und sie war schon zwei Stunden gewandert, dem Stand der Sonne nach zu urteilen. Als die Sonne sich anschickte, hinter den Bäumen zu sinken, trat Mared den Heimweg zur Burg an. Doch in der Nähe des Anwesens angelangt, verlor sie ein wenig die Orientierung. Der Bäume wegen konnte sie die Burg nicht sehen, und sie war nicht sicher, welcher der zwei Wege vor ihr zurück zur Burg und den alten Stallungen führte und welcher zu den neuen Stallgebäuden und dem Waschhaus.

Sie entschied sich für den Weg, der nach rechts führte, schlenderte weiter und bewunderte den reichen Pflanzenwuchs. Als sie Männerlachen hörte, war sie sicher, auf dem Burggelände angelangt zu sein, trat aus dem Wald ... und stand vor der Westseite der neuen Ställe.

»Mary, Königin der Schotten«, flüsterte sie. Immerhin wusste sie jetzt, wo sie sich befand. Als sie die Stallungen umrundete, bemerkte sie die Quelle des Gelächters, und ihr Herz setzte einen Schlag aus.

Unvermittelt wich sie zurück, doch es war zu spät, denn Jamie MacGrudy hatte sie gesehen.

Er und drei Männer saßen in der Hocke und würfelten auf dem Boden neben dem Stall.

Als er sie sah, erhob er sich unvermittelt und funkelte sie böse an.

Einer seiner Freunde sah sich nach ihr um und stand, ein boshaftes Lächeln auf den Lippen, ebenfalls auf. »Oho, *co tha seo?*«

»Ich kann dir sagen, wen wir da haben – niemand Geringeren als die Hexe von Loch Chon, die verfluchte Miss Lockhart.«

»Die verfluchte?«

»Aye«, sagte Jamie, trat aus dem Kreis und näherte sich Mared. »Man sagt, sie hat das Auge des *a'diabhal*.«

Offenbar war er nicht einmal willens, den Fluch korrekt zu referieren, dachte Mared und wich voller Unbehagen einen Schritt zurück. Ob korrekt oder nicht, seine Worte entlockten seinen Gefährten immerhin einen Aufschrei. Die anderen beiden sprangen auf, der eine sah sie voller Neugier, der andere voller Angst an.

»Sei doch nicht albern, Jamie«, sagte sie, und ihr leichter

Tonfall strafte ihren Schrecken Lügen. »Ich sagte doch schon – das ist weiter nichts als Altweibergeschwätz.«

»Ach ja?«, fragte er gedehnt und kam lässig auf sie zu. »Warum haben deine eigenen Leute dich dann verstoßen und dem Laird von Eilean Ros als Hure gegeben?«

»Soso, eine Hure ist sie?«, fragte einer der Männer, der so betrunken war, dass er sich kaum auf den Beinen halten konnte.

»Aye, eine verdammte Hure«, sagte Jamie, und der Blick seiner braunen Augen wurde schrecklich düster, während er gierig ihren Körper musterte.

Mareds Grauen steigerte sich rasch zu erstickender Panik. Sie war in mancher Hinsicht eine Frau ohne Erfahrung, doch diesen Blick erkannte sie instinktiv, und sie verstand seine Absichten nur allzu gut.

»Was haltet ihr davon, *lads?* Soll ich *a'diabhal* mal küssen?«

Verzweifelt überlegte Mared, was zu tun wäre, und sah über die Schulter zurück.

»Ach, du willst uns doch nicht davonlaufen, *lass?*«, fragte Jamie mit einem kalten Lachen. »Ich fange dich im Handumdrehen wieder ein, und ich könnte dann recht böse werden.«

Einer der Männer lachte. »Lass sie doch laufen, Jamie! Ich wette, du fängst sie nicht, aber wenn doch, dann kriegst du 'ne verdammte Crown von mir.«

Mared trat mehrere Schritte zurück; ihr Zopf löste sich.

»Oh, sie ist hübsch, *lad*«, sagte einer der Männer. »Wenn *a'diabhal* dich nicht will, versuche ich's vielleicht mal.«

Die Männer lachten, und Mareds Herz schlug bis zum Halse. In ihrer Angst wirbelte sie herum, um fortzulaufen, so hastig, dass sie stolperte, doch rasch fand sie das Gleichgewicht wieder und rannte fort, so schnell sie konnte.

Sie hatte kaum das Ende der Koppel erreicht, als sie zu Boden gestoßen wurde und keine Luft mehr bekam.

Die Männer riefen plötzlich etwas, doch sie verstand nicht,

was sie wollten, sie nahm überhaupt nichts mehr wahr außer dem Hass in Jamie MacGrudys Augen, als er sie grob auf den Rücken wälzte und böse auf sie niederblickte.

»Du verdammte fluchbeladene kleine *Hure,* du hast mich um meine Stellung in einem vornehmen Haus gebracht!«, fauchte er. »Glaubst du etwa, ich kann mir nicht nehmen, was …«

Er brachte den Satz nicht zu Ende, denn plötzlich flog er zur Seite. Jemand sprang über Mared und stürzte sich auf ihn, schlug ihn erbarmungslos zusammen. Mared kam mühsam auf die Beine und rang nach Luft. Sie brauchte einen Augenblick, um wieder klar sehen zu können, und dann erkannte sie Payton, der Jamie verprügelte, und zwei Herren, die ihn von Jamie fortzuzerren versuchten und ihn schließlich zurückrissen. Payton holte mit dem Fuß aus und trat Jamie ins Kreuz.

»Lasst ihn, Laird!«, brüllte einer der Männer.

Zwei weitere Herren tauchten auf und hockten sich nieder, um Jamie zu untersuchen. Jamie stöhnte und hielt sich den Bauch.

Payton schüttelte die Männer, die ihn festhielten, ab, als wären sie lästige Insekten, beugte sich hinunter, packte Jamie beim Kragen und riss ihn hoch. »Wenn du jemals auch nur noch einen *Blick* in ihre Richtung wagst, bringe ich dich um, verstanden?«

»Aye, aye«, winselte Jamie. Einer der Männer stieß Payton beiseite, zwei weitere legten die Arme um Jamie und stützten ihn.

»Sperrt ihn ein!«, brüllte Payton.

»Aye, Laird, aye«, versicherte einer der Männer und klopfte ihm auf die Schulter. Dieser Mann warf zuerst einen Blick auf Mared, dann auf Jamies Rücken und ging weiter. Die anderen folgten ihm und den beiden, die Jamie fortführten.

Als sie um die Ecke verschwunden waren, fuhr Payton zu

Mared herum. Seine Weste und sein Frack wiesen Blutspritzer auf. Er machte drei lange Schritte auf sie zu, riss sie in seine Arme und barg ihren Kopf an seiner Schulter.

»Es tut mir leid, Mared, so schrecklich leid«, sagte er, ließ sie plötzlich los und hielt sie auf Armeslänge von sich, um sie genauer anzusehen. Seine Augen flackerten immer noch, und er biss unversöhnlich die Zähne zusammen. Seine Nasenflügel blähten sich mit jedem wütenden Atemzug, doch er legte behutsam die Hand an Mareds Wange, und sein Blick forschte in ihrem Gesicht.

Sie konnte nichts dagegen unternehmen – ihre Hände zitterten, vor Nervosität war ihr übel, und sein angespanntes Gesicht und das harte Glitzern in seinen Augen strahlten etwas so grimmig Beschützendes aus, dass sie zusammenbrach. Tränen rannen aus ihren Augenwinkeln; sie spürte, wie siebenundzwanzig Jahre des Selbstschutzes sich auflösten, und ohne zu überlegen, warf Mared die Arme um seinen Nacken und barg das Gesicht an seiner Schulter.

Payton umfing ihre Taille und drückte sie fest an sich, während sie an seiner Schulter schluchzte.

Sie empfand so große Erleichterung und Sicherheit in seinen Armen, fühlte sich durch ein festes, unzerstörbares Band mit diesem Mann vereinigt. Ihr Herz durchbrach die Mauer, mit der sie es umgeben hatte, befreite sich von seiner Rüstung. Sie hörte Donalda flüstern: *Die Wahrheit ist in deinem Herzen,* lass …

Sie glaubte es.

Mared hob das Gesicht von seiner Schulter, es näherte sich seinem Hals, und ihre Lippen trafen auf seine Kinnlinie. Sie hörte, wie er nach Luft rang, wie er den Atem anhielt. »Du hast mich gerettet«, flüsterte sie hilflos an seiner Wange. »Wie soll ich dir jemals danken?«

»*Diah,* Mared, weißt du das denn nicht längst? Ich würde mein Leben für dich geben.«

Doch, sie wusste es. Sie hatte es schon immer gewusst,

doch es war das erste Mal, dass sie bereit war, es sich tief in ihrem Inneren einzugestehen. Sie öffnete die Augen und sah zu ihm auf, zu diesem Mann, diesem mächtigen Laird, der sie mit Verwunderung und Hoffnung im Blick anschaute. Sie fand es merkwürdig, dass er gleichzeitig so stark und so verletzlich wirken konnte. Ihr Blick wanderte über sein schönes Gesicht – die dichten Brauen über schiefergrauen Augen, die Adlernase, die stolzen Wangenknochen, das kantige Kinn … die dunklen Lippen.

Wie hatte sie ihm so lange widerstehen können? Wie hatte sie zulassen können, dass etwas so Nichtiges wie ein Name sie von ihm fernhielt?

Jetzt wandelte sich ihr Herz, raubte ihr die Orientierung, und sie überrumpelte Payton mit einem plötzlichen Kuss auf den Mund. Mit einem harten, unnachgiebigen, entschlossenen Kuss. Payton legte die Hand um ihr Kinn, drehte leicht ihren Kopf und öffnete ihr seinen Mund, streichelte sie mit seiner Zunge. Seine freie Hand fuhr über ihren Rücken, zu ihrer Hüfte, hielt sie fest, presste sie an sich, glitt dann wieder hinauf zu ihrer schwellenden Brust, umfasste sie ehrfürchtig, drückte gegen den Kleiderstoff, der sie einzwängte, und seine Finger streiften die bloße Haut über dem Mieder.

Er küsste sie gründlich, so gründlich, dass sie das Gefühl hatte, in einen Abgrund zu stürzen, in dem nichts sie erwartete als die Wärme seines Körpers, der Druck seiner sanften Lippen, die Kraft seiner Hände und Arme, die sie hielten. Sein hartes Glied an ihrem Körper verriet ihr sein Verlangen, die Art, wie seine Hände so zärtlich über ihre Haut strichen, verriet ihr, wie sehr er sie schätzte.

Ihr Tränenfluss versiegte, und sie begann, ihn ihrerseits zu erforschen. Sie strich mit den Händen an seinen Armen hinauf, an seinem Rücken hinab, um die feste Taille und an seiner harten Brust empor. Ihr Körper glühte, und sie hätte sich am liebsten das Kleid vom Leib gerissen, damit sein Atem ihre Haut kühlte.

Doch ein fernes Geräusch, immer lauter werdende, näher kommende Stimmen drangen in ihr Bewusstsein ein. Offenbar auch in Paytons, denn er packte ihre Arme und schob sie langsam von sich fort.

»Verdammt noch mal«, flüsterte er, küsste sie rasch noch einmal, knabberte an ihrer Lippe und trat dann, schnell und schwer atmend, zurück und sah sie mit einer Gefühlstiefe an, die sie erzittern ließ. Hingabe war in diesen grauen Augen – und zudem mindestens noch ein rasendes Begehren, das das ihre schürte.

Payton berührte noch einmal ihre Wange, dann drehte er sich um und schritt den Männern entgegen, die gekommen waren, um sich über das Geschehen zu informieren.

22

Neacel Douglas war verständlicherweise entsetzt über den Vorfall bei den Ställen während seiner Hochzeit und nahm die Angelegenheit prompt in die Hand. Jamie und seine Kumpane wurden dem nächsten Konstabler übergeben, und von dort aus wurde Jamie ins Gefängnis in Fort William verbracht, wo ein Richter über sein Schicksal entscheiden sollte, der mit Nachnamen zufällig Douglas hieß.

Hinterher wusste Payton nicht genau, was aus Mared geworden war, doch als sein Gastgeber zum Stall geeilt kam, um nach ihnen zu sehen, hatte sie ihren *arisaidh* vom Boden aufgehoben, ihn um ihre Schultern gelegt und war im nächsten Moment in der Obhut von Neacels Tante Catrine und Base Edme, Neacels Schwester, die ihre Arme fest um Mared legten und sie fortführten.

Payton nahm an, dass sie sie in ihre Kammer gebracht hatten und dass sie zumindest körperlich wohlauf war – was ihren psychischen Zustand betraf, war er keineswegs sicher.

Seine Gedanken wurden zunehmend angstvoller Natur – er hatte Angst, dass sie ihren leidenschaftlichen, die Seele erschütternden Kuss bereute, Angst, dass er ihr wieder sein Herz entblößt hatte und deswegen ein weiteres Mal erleben müsste, wie sie es mit Füßen trat.

Als Charlie ihm die polierten Schuhe brachte, gab er sich unwissend und fragte nach der Dienerschaft. »Bei uns ist doch alles in Ordnung, nicht wahr?«

»Aye, Laird«, sagte Charlie, und sein junges Gesicht glühte.

»Wir hatten viel Spaß. Alan hat am Kiefernstammwerfen teilgenommen.«

Das überraschte und amüsierte Payton. »Oh? Und wie hat er abgeschnitten?«

»Als Allerletzter, Milord«, sagte Charlie mit einem Lachen. »Aber der Bursche hat's leichtgenommen. Und er hat für Eilean Ros sein Bestes gegeben.«

»Ich muss mich bei ihm bedanken«, sagte Payton lächelnd. »Und die Frauensleute?«, fragte er und wandte sich leicht ab. »Wie geht es ihnen?«

Ais irgendeinem Grund lachte Charlie. »Recht gut, Laird, wirklich gut. Aye, sie sind ein hübsches Paar – gestern Abend standen die Männer Schlange, um mit ihnen zu tanzen.«

Das verursachte ihm lediglich einen schmerzhaften Stich der Eifersucht.

»Wenn das alles war, Milord ...«

»Ja«, sagte Payton mit einem schmalen Lächeln. »Geh nur und genieß das Fest. Morgen werde ich keinen von euch brauchen. Es steht euch frei, nach Herzenslust mitzufeiern.«

Charlies Gesicht hellte sich um ein Beträchtliches auf. »Danke, Laird! Ich gebe den anderen Bescheid.«

Payton wartete, bis Charlie das Zimmer verlassen hatte, bevor er sich mit beiden Händen durchs Haar fuhr und sich wie ein grüner Junge fragte, wie er die Nacht ohne Mared überstehen sollte. Er brauchte sie. Und er hatte die verdammte Hoffnung wieder auflodern lassen.

Doch er war ein erwachsener Mann und würde es ertragen. Er kleidete sich für den Abend um und mogelte sich durch ein reichlich ausgelassenes Dinner, bei dem Jagdgeschichten zum Besten gegeben wurden. Nach dem Mahl nahmen die Frauen die Braut mit sich hinauf in ihre Gemächer, um das traditionelle Füßewaschen zu erledigen und Hochzeitsspiele zu treiben, die am Vorabend einer Vermählung ebenfalls alter Brauch waren. Die Männer brachen mit Neacel auf, um ihn unter Fanfarenstößen und reichlich Lärm durchs Dorf zu führen und so viel Bier zu trinken, wie sie gemeinsam gerade noch fassen konnten.

Als sie zur Burg zurückkehrten, war es weit nach Mitternacht, und alle waren gehörig angeheitert. Die meisten Frauen hatten sich zurückgezogen, doch ein paar Unentwegte waren noch auf den Beinen. Paytons Tante Catrine drängte sich, eine junge Dame im Schlepptau, an seine Seite.

»Wahrscheinlich erinnerst du dich nicht an deine entfernte Cousine Dora«, sagte sie und stellte sie einander vor.

Sie war die dritte unverheiratete Frau, die Catrine ihm seit seiner Ankunft zugeführt hatte, doch Payton war ein abgehärteter Veteran, was Kuppelversuche betraf, und er lächelte, erhob sich und beugte sich über Doras Hand.

»Dora ist die Tochter des Neffen meines Mannes«, erklärte Catrine. »Du hast sie kennengelernt, als sie noch ein kleines Mädchen war.«

»Das kann ich nicht glauben, Tante, denn ein so hübsches Mädchen hätte ich doch nicht vergessen«, sagte er galant, und die junge Frau errötete.

Catrine lächelte glücklich, legte der verlegenen Dora die Hand ins Kreuz und schob sie auf Payton zu.

Er nahm mit dem Mädchen zusammen Platz und machte höflich Konversation.

Doch wenn er auf ihre Lippen sah, dachte er an Mareds Lippen. Wenn er in ihre braunen Augen sah, sah er Grün. Und wenn er ihr so kunstvoll frisiertes Haar betrachtete, sah er Mareds langen schwarzen Zopf.

Als Dora verträumt von der Hochzeit schwafelte und von ihrer Kunstbegeisterung erzählte, dachte er an Mared, wie sie in Stiefeln durch die Highlands stapfte, Beeren mopste und seine Schafe einpferchte.

Die Nacht wollte kein Ende nehmen.

Der Katastrophe mit knapper Not entkommen, verbrachte Mared den Abend in ihrer Kammer, denn sie hatte Angst, hinauszugehen und sich zu den anderen Dienstboten zu gesellen, die vor lauter Freude und aufgrund einer gehörigen

Menge Bier ganz aus dem Häuschen waren. Als eine beschwipste Una sie fragte, wo sie gesteckt hatte, log Mared: »Im Burghof. Hast du mich dort nicht gesehen?«

Una schwor, dass sie sie nirgends gesehen hatte, allerdings hatte sie auch nur Augen für den hübschen Diener gehabt.

Erst am folgenden Morgen, rechtzeitig zur Trauung, tauchte Mared wieder aus ihrer Kammer auf.

Die Douglas' waren außer sich vor Freude, weil der Tag so kristallklar und kühl anbrach. Das ließ auf einen guten Anfang für das Brautpaar schließen.

Mared zog ihr violettes Kleid an und hielt sich während der traditionellen Prozession zur Kirche mit Una am Rande der Menge. Dreihundert Menschen nahmen an der Prozession teil, und weitere hundert warteten bereits auf dem Kirchplatz. Weil die alte, aus Stein gebaute Kirche so klein war, mussten die Dienstboten und Dorfbewohner draußen bleiben, während die Douglas' die Kirchenbänke besetzten und an den Wänden entlang Aufstellung nahmen.

Mared und Una standen zusammen unter einer Ulme. Una hielt Ausschau nach Harold, dem Diener, in den sie sich binnen achtundvierzig Stunden bis über beide Ohren verliebt hatte, und Mared hatte es aufgegeben, so zu tun, als sähe sie sich nicht nach Payton um.

Aber wie hätte sie ihn auch übersehen sollen? Er war Teil der Familienprozession und sah prachtvoll aus in seinem schwarzen Frack, dem weißen Rüschenhemd, der grünen Weste und dem *féileadh beag,* dem in der Taille gegürteten karierten Kilt in den Farben von Eilean Ros. Dazu trug er den traditionellen *sporran* und *ghillie brogues*.

Hinter ihm und seinen Vettern hüpften zwei junge Mädchen und streuten Rosenblüten auf den Weg, den die Braut nehmen würde.

»*Diah,* sie ist verdammt schön!«, seufzte Una, als die Braut erschien.

Sie sah herrlich aus in ihrem Gewand aus cremefarbener

Seide. Im blonden Haar trug sie einen Kranz aus Heidekraut, in den Händen hielt sie einen Strauß von schottischen Rosen und Disteln.

Als sie sich der Kirche näherte, begann jemand, den Dudelsack zu blasen und sie so auf traditionelle Weise in Empfang zu nehmen.

Der Dudelsackbläser machte einen Schritt zur Seite, als die Douglas' in die Kirche traten, gefolgt von der Braut und ihrem Vater.

Diejenigen, die auf dem Kirchplatz standen, konnten den Wortlaut der Trauungszeremonie nicht verfolgen, und deshalb drängte sich Mared durch die Massen so nahe an die Tür heran, wie es ihr möglich war. Und wenn sie das Paar auch nicht sehen konnte – zu viele Männer standen hinten in der Kirche –, hörte sie doch zumindest den Priester, der die Trauung in gälischer Sprache vollzog, und das Brautpaar, als es sein Ehegelöbnis ablegte.

Am Ende der Zeremonie küssten sich die glücklichen Brautleute unter dem wilden Beifall der in der Kirche Versammelten, und Mared zog sich zurück an den Rand der Menge, als das Pärchen Hand in Hand und mit strahlenden Gesichtern aus der Kirche stürmte. Der Bräutigam warf Münzen unter die Kinderschar, als sie zur der ganz in der Nähe abgestellten Kutsche drängten, und dann wurden sie nach Burg Leven gefahren, während Hunderte von Gästen ihnen, begleitet vom Dudelsackbläser und fröhlichen Hochzeitsliedern, zu Fuß folgten.

Mared konnte Payton in der Menge nicht entdecken – es waren zu viele Menschen, zu viel Bewegung und Gedränge.

Das Hochzeitsfrühstück fand in getrennten Gruppen statt – die Dienerschaft speiste in den alten Stallungen, die Familie und die Gäste der Douglas' in der Burg. Auf das Frühstück sollte eine Ruhephase folgen, und die allgemeine Feier, an der die Dienstboten und die Herrschaft gemeinsam teilnahmen, war mit Gesang und Ansprachen vor den eigentlichen Festlichkeiten und dem Tanzvergnügen anberaumt und würde, nachdem die Frischvermählten in ihr Hochzeitsgemach geführt worden waren, noch eine ganze Weile andauern.

Nach dem Frühstück suchten Una und Mared ihre Kammer auf, um sich auszuruhen und für die große Feier am Abend zurechtzumachen.

Auf das Ausruhen verzichteten sie jedoch weitgehend, denn Una war zu verliebt in Harold, um länger als einen Augenblick still sein zu können. Sie plapperte ohne Unterlass darüber, wie lieb er war, wie rücksichtsvoll, und wenn er sie küsste, glaubte Una, sich ein tropisches Fieber zugezogen zu haben und in Ohnmacht fallen zu müssen.

Mared wünschte sich, Una würde endlich eben das tun, denn es war unmöglich, so viel von Freude und erwartungsvoller Liebe zu hören, ohne sich nach dem Gleichen für sich selbst zu sehnen.

Sie war so daran gewöhnt, derartige Gefühle zu unterdrücken, dass es ihr schwerfiel, sie zuzulassen, und sei es nur für einen Abend.

Doch als Una ihr Haar am Hinterkopf ausgesprochen kunstvoll aufsteckte und dabei unentwegt über Harold plapperte, gelang es Mared, auch einen kleinen Strahl der Freude in ihr Inneres eindringen zu lassen. Und sie gestattete sich sogar ein kleines Fünkchen Hoffnung darauf, dass auch sie vielleicht eines Tages heiraten und ein Baby in den Armen halten würde, pummelig und glücklich wie der kleine Duncan. Ein Fünkchen Hoffnung darauf, dass sie vielleicht geliebt statt gefürchtet würde, dass niemand sterben musste, weil er sie liebte.

Diese Hoffnung hielt sie aufrecht, und als sie mit Unas Hilfe das blaue Seidenkleid anlegte, gab ihr Aussehen ihr Kraft. Sie konnte nicht anders, sie musste sich einfach eingehend im Spiegel betrachten, denn sie hatte noch nie so elegant ausgesehen, nie die aristokratische Haltung gehabt, die nötig war, um dieses Kleid zu tragen. Wie durch ein Wunder hatte sie sie an diesem Abend. Etwas in der Art, wie Payton sie dort bei den Stallungen angesehen hatte, gab ihr das Gefühl, schön und unsterblich zu sein.

»Oh, Miss Lockhart!«, rief Una hinter ihr aus und blickte blinzelnd in den Spiegel. »Ihr seid ja viel schöner als die arme Braut!«

Mared lachte.

»Hol mir bitte die Rosen, aye?«, bat sie und wies mit dem Kinn auf eine Vase auf der Fensterbank. »Was meinst du? Wollen wir sie uns ins Haar stecken?«

Una war entzückt, und so begab sich Mared in der Abenddämmerung mit schottischen Rosen im Haar und mit von Ellie geborgtem Schmuck auf das Hochzeitsfest.

Auf Anhieb spürte sie, dass zahlreiche Blicke auf sie gerichtet waren. Manche sahen sie angstvoll an, doch andere – im Grunde nur Männer – betrachteten sie voll Bewunderung. Und Lüsternheit, wenn sie ganz ehrlich sein wollte. Die Frauen waren vielleicht ein bisschen neidisch wegen ihres Kleids.

Das lockte ein Lächeln auf Mareds Gesicht.

Die Hände hinter dem Rücken verschränkt, stand sie neben Una an eine kleine schottische Kiefer gelehnt und betrachtete die riesige Gästeschar, während die Hochzeitsreden gehalten wurden. Die untergehende Sonne sah aus wie auf einem Gemälde und ließ den Wasserspiegel von Loch Leven glitzern. Schmetterlinge gaukelten über der Menge, aus der einige Gäste dem Hochzeitspaar fröhliche und zotige Aufforderungen zuriefen, Küsse verlangten und das Paar hochleben ließen, wenn ihre Lippen sich neckisch suchten.

Als die Reden gehalten waren und die Sonne hinter den Bergen unterging, wurden auf dem großen parkähnlichen Rasen fünf Feuer entzündet, als Zeichen dafür, dass das Fest und Tanzvergnügen beginnen sollte. Ein paar Dudelsack- und Flötenspieler begaben sich auf das Podest, das das Brautpaar verlassen hatte, und fingen an, fröhliche Melodien zu spielen.

Una entdeckte Harold, und mit einem glückseligen Aufschrei ging das Mädchen, nachdem Mared ihr versichert hatte, dass sie gut ohne sie zurechtkam, und Mared blieb allein unter der Kiefer zurück. Nur wenige Augenblicke verstrichen, bevor sie spürte, dass jemand sie beobachtete, und sehr bedachtsam drehte sie sich um und blickte über ihre Schulter zurück.

Er stand in einiger Entfernung von ihr, doch Mared entdeckte ihn sogleich, und bei seinem Anblick setzte ihr Herz einen Schlag aus. Er trug immer noch den traditionellen Kilt, stand leicht breitbeinig, die Hände auf dem Rücken verschränkt, da und sah sie mit einem Lächeln an, dem zu entnehmen war, dass ihm durchaus gefiel, was er sah.

Mared neigte dankend den Kopf und lächelte.

Payton antwortete mit einem Nicken.

Ihr Lächeln vertiefte sich; sie wies auf ihr Kleid, das unter dem Busen leicht gerafft war und dann in Lagen von bestickter Seide über das Unterkleid floss. Er zog eine Braue hoch. Sie drehte sich ein wenig nach rechts, damit er die Schleppe sehen konnte, dann nach links und versank dann lachend in einem angedeuteten Knicks.

Payton lächelte breit und verneigte sich tief. Und dann setzte er sich in Bewegung, er schritt ohne Eile auf sie zu, ohne auf seinem Weg durch die ausgelassene Menge je den Blick von ihr zu lösen.

Jeder Schritt warf den Saum seines Kilts ein wenig auf. Mared wandte sich ihm vollends zu, und mit jedem seiner Schritte schlug ihr Herz heftiger.

Sie schwebte nahezu über ihren blauen Seidenschühchen, als er schließlich vor ihr stand und sie mit hungrigem Blick musterte. »Guten Abend, Miss Lockhart«, sagte er, ein verwegenes Lächeln des Entzückens auf den Lippen.

»Guten Abend, Laird Douglas.«

»Du bist schön wie ein Bild, *lass*. Du versetzt mich in Erstaunen.«

»Danke«, sagte sie und neigte erfreut den Kopf. »Und wie erfreulich, Euch in Eurer affigen Highland-Montur zu sehen. Oft genug habe ich geglaubt, Ihr wäret ein Hochstapler, der uns den Highlander nur vorspiegelt.«

»Ich sollte beleidigt sein, denn ich bin Highlander, so wahr wie du eine Schönheit bist«, sagte er und stützte sich lässig mit einer Hand an dem Baum ab, an dem sie lehnte.

Sie lachte und ließ den Blick über die Menge schweifen. Einige Paare tanzten bereits. »Ihr schmeichelt mir, und dabei wisst Ihr doch genau, das Ihr damit nichts erreicht.«

»Sei dir nicht so sicher«, sagte er mit einem leisen Lachen. »Denn ich habe noch gar nicht angefangen, dir zu schmeicheln.«

»Ihr solltet Euch die Mühe ersparen.«

»Aber ich lasse mich nicht abschrecken. Ich werde schamlos weitermachen, denn einer hinreißenden Frau stehen alle Schmeicheleien zu, derer ein Mann fähig ist.«

»Mhm.«

Er lachte.

»Dieses Kleid habe ich noch nie gesehen, sonst würde ich mich ganz gewiss daran erinnern. Ganz gewiss«, sagte er und grinste unverschämt in ihr Dekolleté. »Keine Frau erfährt an diesem Abend größere Bewunderung, dessen kannst du sicher sein.« Sein Blick glitt an ihrer Gestalt hinab und dann gemächlich wieder hinauf, verharrte auf der Rundung ihrer Hüfte, auf ihrem Busen, wanderte weiter zu ihren Lippen, und dann sah er ihr wieder lächelnd in die Augen.

Sein Blick schien sich durch das Seidenkleid zu sengen, und unbewusst hob Mared die Hand an den Hals und fragte: »Wie gefällt Euch die Hochzeit?«

»Sehr gut«, sagte er geistesabwesend, während er ihr Haar bewunderte. »Hochzeiten sind immer schön.«

»Mir tut die arme Braut leid«, seufzte Mared und fächelte

sich mit dem Zipfel ihres Schultertuchs Luft zu. »Die Arme, sie heiratet einen Douglas. Sie wird ihr Leben lang nichts als Ärger und starrsinnigen Stolz erfahren.«

»Oh, ich denke, lieber einen Douglas als einen Lockhart, denn ein Lockhart würde bei jeder Gelegenheit durch seine übermäßige Vorliebe für haarige Kühe ihr Vermögen verschwenden«, sagte er und strich mit dem Handrücken über ihr Schlüsselbein.

Mared atmete tief durch. »Dann stammt sie wohl von Schäfern ab.«

»Natürlich. Glaubst du, ein Douglas würde sie heiraten, wenn es nicht so wäre?«, sagte er leise, und seine Hand strich liebkosend an ihrem Arm entlang bis zu ihrer Hand.

Sie war überzeugt, im nächsten Moment dahinzuschmelzen, und warf einen besorgten Blick auf die Gästeschar. »Nein, es sei denn, er kann sicher sein, dass er restlos über ihr Leben bestimmen kann.«

Er lachte, drehte ihre Hand und hielt sie, die Innenfläche nach oben, in der seinen. »Offenbar hast du nicht gehört, was der Priester gesagt hat, sonst wüsstest du, dass eine Frau, wenn sie heiratet, die Pflicht hat, ihrem Mann zu gehorchen.«

Mared lachte fröhlich darüber und behielt ihn im Auge, als er ihre Hand an seine Lippen hob und sie küsste. Glühend heiß schoss es durch ihren Arm bis zu ihrem Herzen. »Unsinn«, brachte sie mühsam hervor.

»Es ist die Pflicht des Mannes, seine Frau zu ehren, und meiner Meinung nach sind darin auch ihre Sitten und Gebräuche eingeschlossen. Aber leider habe ich der Trauungszeremonie nicht lauschen können, habe nur den allerletzten Teil gehört, und auch der hat mir nicht zugesagt, denn es ist falsch.«

»Welcher Teil? Sag's mir, und ich werde das Missverständnis aufklären«, sagte er mit einem Grinsen und küsste lässig ihr Handgelenk.

»Nun gut«, sagte sie leise und schnappte unhörbar nach Luft, als seine Lippen über ihr Handgelenk strichen. »*Gus an dèan Diah leis a' bhàs ar dealachadh.*«

Payton lächelte.

»›Bis dass der Tod uns scheidet?‹ Bitte sag mir, was daran falsch sein sollte.« Er hielt inne und küsste die Innenseite ihres Ellenbogens. »Es sei denn natürlich, du hältst nichts davon, deinem Ehemann für alle Zeiten Treue und Liebe zu geloben?«

»Ich glaube, es ist ganz in Ordnung, Treue und Liebe zu geloben. Aber es gefällt mir nicht, dass es mit dem Tod zu Ende sein soll. Ich finde, das Gelöbnis sollte Treue und Liebe bis in alle Ewigkeit verlangen.«

Das veranlasste ihn, erstaunt den Blick von ihrem Arm zu heben. »Wie romantisch du bist.« Er sah auf ihre Lippen. »Wenn man bedenkt, dass ich die ganze Zeit geglaubt habe, du hättest nicht die Spur eines romantischen Gefühls in diesem … Herzen«, sagte er und senkte den Blick auf ihren Busen.

»Ihr würdet staunen, Sir.«

»Oh? Bitte, sag's mir – ich sterbe vor Neugier.«

»Und ich sterbe vor Hunger«, sagte sie in einem Anflug von Feigheit und stieß sich von dem Kiefernstamm ab. Sie machte sich auf den Weg zu den Tischen, auf denen das Festmahl angerichtet war, und hielt nur kurz inne, um sich über die Schulter hinweg zu vergewissern, ob Payton ihr folgte.

Ja, er folgte ihr. Wie ein Löwe, der seine Abendmahlzeit verfolgt.

Sie lächelte, als er sie eingeholt hatte und ihre Hand fest in seine Armbeuge legte, um sie über den Rasen zu führen.

Die Gerichte auf den Tischen hätten ausgereicht, um eine ganze Armee zu verköstigen, und über offenem Feuer wurden zwei Schweine geröstet. Payton nahm einen Teller und häufte Wild, Konfekt und Kuchen darauf. Mared gelang es, eine gefüllte Weinkaraffe zu ergattern – von einem lächelnden Diener, der offenbar den Blick nicht von ihr wenden konnte –, doch rasch war Payton wieder an ihrer Seite, verscheuchte den Diener mit einem einzigen Blick und führte Mared zu einem Rasenplätzchen, von dem aus sie den Tanzboden und die Hochzeitsspiele beobachten konnten.

Sie saßen zusammen, als wären sie schon lange ein Liebespaar, sahen zu, wie die Braut über den Reisigbesen sprang, was Glück bringen sollte, lachten zusammen, als ein Hund den Besenstiel mit den Zähnen packte und fröhlich davonlief, den Besen mit sich schleifend, verfolgt von drei Dienern, die verzweifelt versuchten, ihn einzufangen.

Sie aßen geröstetes Geflügel und Gerstenmehlkuchen mit den Fingern, knabberten Konfekt und rätselten verspielt, welche Pärchen als nächste heiraten würden.

Die Unterhaltung war unbeschwert, und Mareds Herz war noch unbeschwerter.

Zum ersten Mal, seit sie denken konnte, fühlte sie sich zugehörig und nicht nur als unbeteiligte Zuschauerin. Payton nahm ihr jegliche Hemmungen, und selbst als eine Reihe von Vettern und Verwandten sich den beiden näherte und einige von ihnen eindeutig ihrer Überraschung Ausdruck gaben, als sie einer Lockhart vorgestellt wurden, fühlte sie sich merkwürdig unbefangen als Lockhart unter so vielen Douglas'.

Und sie fühlte noch etwas, was sie nicht recht benennen konnte ... Aber es war etwas, was sie warm und golden einhüllte.

Als die Sonne untergegangen war und man so viel Bier und Whisky getrunken hatte, dass auf der Flüssigkeitsmenge eine Fregatte hätte schwimmen können, fing der Tanz erst richtig an. Alan entdeckte sie am Hügel und forderte Mared zu einem schottischen Reel auf. Lachend tanzten die beiden die komplizierte Schrittfolge. Als der Tanz vorüber war, reichte Alan Mared an einen Freund weiter, und sie tanzten einen

Jig, dann tanzte sie auf Unas Drängen mit Harold, dann mit einem reichlich verknöcherten Douglas-Vetter, der während des gesamten Reels hindurch nur Augen für ihr Dekolleté hatte.

Als ein weiterer Volkstanz begann, wurde sie an Alan zurückgereicht, und sie wirbelte fort von ihm, steppte nach links, dann nach rechts und wieder zurück. Doch da war es nicht Alans Hand, die sich an ihre Taille legte, sondern Paytons.

»Wenn du tanzt, bist du noch schöner, Mared«, sagte er an ihrem Ohr, und sie trat vor, nach rechts, nach links und wieder zurück. »Von diesem Tanz werde ich in entschieden intimeren Situationen träumen«, fügte er hinzu, und Mared lachte, als er sie herumwirbelte.

Ihre Drehung endete an seiner harten Brust. Er lächelte mit schmelzendem Blick auf sie herab – sie spürte die Macht dieses Blicks, der wie ein Komet ihr Inneres durchdrang und sich mitten in ihr Herz bohrte.

Sie setzten den Tanz fort. Payton wirbelte sie gekonnt mal hierhin, mal dorthin, zog sie eng an seinen Körper und ließ sie wieder los. Sie drehten sich und wirbelten im Schein der fünf Freudenfeuer mal in die eine, dann in die andere Richtung, ergriffen sich bei den Händen und flogen einander an die Brust, ließen sich wieder los und wechselten zum Nachbarn über, bis sie schließlich wieder vereint waren, und sie ließen sich dabei nie aus den Augen.

Sie tanzten, bis sie völlig außer Atem waren, und legten schließlich eine Pause ein, um Bier zu trinken. An diesem Punkt bemerkten sie eine ausgelassene Gruppe, die sich bereit machte, Braut und Bräutigam ins Brautgemach zu geleiten.

Im goldenen Feuerschein beobachtete Mared das glückliche Pärchen und die Freunde, die versuchen wollten, ihnen behilflich zu sein.

Payton legte ihr leicht die Hand ins Kreuz. Unwillkürlich schossen Mared, angestachelt von Ellies und Annas Worten, dumme Gedanken durch den Kopf und rüttelten wie Raubtiere im Käfig an den Gittern, wollten hinaus, und Mared stellte ihr Bier zur Seite, wandte sich Payton zu und musterte ihn forschend. »Was meint Ihr, wie wäre es, wenn die Braut eine Lockhart und er ein Douglas wäre?«

Die Frage schien ihn zu überraschen. »Es hätte keine Bedeutung.«

Mared lächelte leise und zog skeptisch eine Braue hoch. »Überhaupt keine?«

»Nein. Für das Brautpaar existiert heute Nacht kein Lockhart und kein Douglas.«

»Wie wäre das möglich, wenn er doch ein Douglas und sie eine Lockhart wäre? Wie könnten sie das je vergessen?«

»Ganz einfach, *lass*«, sagte er mit einem Lächeln, und auf ihren fragenden Blick hin nahm er ihre Hand in seine. »Mit einfachen Worten: Wenn ein Mann eine Frau liebt, spricht nur sein Herz. Und wenn diese Frau auch den Mann liebt, antwortet ihr Herz. Dann beginnen diese beide Herzen im gleichen Takt zu schlagen. Namen existieren nicht mehr – nichts zählt außer dem Takt dieser beiden Herzen, die im Gleichklang sind ... bis das eine praktisch vom anderen nicht mehr zu unterscheiden ist.« Er hob ihre Hand an seine Lippen und küsste ihre Fingerknöchel.

Das Brüllen der Menge zog ihre Aufmerksamkeit auf sich, und beide wandten sich um und sahen hinüber. Die Gästeschar schob sich mit dem Brautpaar den Weg zum Eingang der Burg hinauf, wo es unter wildem Gesang ins Innere geleitet wurde.

Mared drehte die Hand, sodass die Innenfläche in Paytons lag, und verschränkte ihre Finger mit seinen. Sie blickte lange auf ihrer beider Hände und fragte dann: »Weiß ein Mädchen, wenn das Herz eines Mannes nach ihr ruft?«

»Aye«, sagte er leise. »Sie weiß es.«

»Glaubt Ihr«, flüsterte sie und rückte näher an ihn heran, »dass der Mann es weiß, wenn ihr Herz sich ihm zuneigt?«

»Er weiß es nicht ... Aber er hofft es«, flüsterte er und senkte den Blick wieder auf ihren Mund. Er neigte sich ihr zu und berührte ehrfürchtig ihre Lippen mit den seinen.

Als er den Kopf hob, lächelte Mared weich und trat zurück, zupfte an seinem Ärmel und bat ihn stumm, mit ihr zu kommen.

Payton furchte die Stirn – doch Mared zog an seiner Hand und trat noch einen weiteren Schritt zurück, zog immer noch, bis sie sich langsam, aber sicher in Bewegung setzten.

»Mared ...«

Sie legte ihm rasch einen Finger auf die Lippen und zog ihn mit einem leisen Lachen weiter mit sich.

Plötzlich trat ein freches, verführerisches Lächeln auf seine Lippen, und er nahm ihr Kinn zwischen die Finger und küsste sie gründlich, bevor er den Arm um ihre Taille legte und sie zwang, mit ihm in die Dunkelheit hinauszulaufen.

23

Weil die Gäste dem Brautpaar folgten, um es auf dem Weg ins Hochzeitsbett zu feiern, konnten Payton und Mared unbemerkt durch den Dienstboteneingang schlüpfen und gelangten in völliger Dunkelheit in seine Gemächer, wo er den Riegel vorlegte und sie beide vor der Welt verschloss.

Er drehte sich zu Mared um. Sie hatte zwei Kerzen angezündet und stand nun mitten im Zimmer und wirkte urplötzlich ziemlich klein. Das eigensinnige, verspielte Lächeln, das auf ihren Lippen gelegen hatte, als sie ihn mit sich zog, das Draufgängerische ihres Lachens, als sie sich Hals über Kopf in diesen Glückstaumel gestürzt hatte, all das war verloschen.

Das hier ist nicht recht, mahnte ihn sein Gewissen. Mared war so viel mehr als nur ein Geplänkel. Er hatte sich von der glückseligen Erkenntnis, dass sie ihn begehrte, und von seinem überwältigenden Wunsch, sie zu lieben, so einlullen lassen, dass er ihr Ansinnen gar nicht recht bedacht hatte.

Wie er, so hatte auch sie sich vom Rausch der Hochzeitsfeier einfangen lassen, denn sie war eine leidenschaftliche Frau – aber sie war gewöhnlich keine dumme Frau. Und er glaubte, als er jetzt dastand, die Hände in die Hüften gestemmt, und sie im Licht zweier Kerzen betrachtete, dass sie ihren Überschwang jetzt bereute.

»Du brauchst nichts zu fürchten«, sagte er ruhig, bereit, ein Gentleman zu sein, ganz gleich, wie sehr es ihn schmerzte.

Mared blinzelte.

Ihr seidenes Schultertuch verrutschte, ohne dass sie es bemerkte, und fiel zu Boden. »Zieh dich doch aus«, sagte sie leise.

Payton fuhr zusammen, dann lachte er. »Du machst nicht viele Worte, nicht wahr, *leannan?*«

»Ich will nicht vorgeben zu wissen … *wie* genau man vorgeht«, sagte sie mit etwas festerer Stimme, und sie schluckte, während ihr Blick ihn umfasste. »Aber ich bin ziemlich sicher, dass man sich ausziehen muss.«

Aye, sie hatte wahrhaftig Mumm in den Knochen. Payton ging auf sie zu, zog seinen Frack aus und warf ihn zur Seite. »Es kann auch in bekleidetem Zustand bewerkstelligt werden, aber ohne Kleider ist es entschieden besser«, erklärte er.

Sie schenkte ihm ein leises Lächeln. »Was ist mit der Weste?«, fragte sie und wies auf das Kleidungsstück.

Er löste seine Halsbinde und warf sie über die Schulter weg, entledigte sich dann seiner Weste und warf auch sie zur Seite. Und dann stand er vor ihr, drängte sich an ihre Röcke und packte sie bei den Armen, strich leicht an ihnen hinauf und fühlte ihre seidige Haut. »Es gehört sich so, dass der Mann den Ton angibt, wenn du nichts dagegen hast.«

»Warum?«

»*Warum?* Weil es nun mal so ist, besonders, wenn die Frau keine Erfahrung hat, der Mann dagegen aber reichlich.«

»Ist das ein Gesetz?«, fragte sie und sah stirnrunzelnd zu ihm auf.

»Nein, ein Gesetz ist es nicht, Mared. Aber Männer sehen es lieber, wenn sie die Werbenden sind und nicht die Geworbenen.«

»Das ergibt überhaupt keinen Sinn …«

Er brachte sie mit einem Kuss zum Schweigen. Mared seufzte an seinem Mund, schmiegte sich an ihn, hob ihm das Gesicht entgegen, öffnete ihm die Lippen.

Doch Payton hob den Kopf und schüttelte sie leicht, damit sie die Augen öffnete. »Sag mir, warum«, bat er sanft.

»Warum?«, fragte sie verträumt, den Blick auf seine Lippen geheftet. »Warum was?«

»Das hier. Warum jetzt?«

Die Frage ernüchterte sie; sie straffte sich und blickte starr auf seinen geöffneten Hemdkragen. Zuckte leicht die Schultern. Nagte an ihrer Unterlippe. Und verzog schmerzlich das Gesicht. »Weil …«

»Weil?«, drängte er.

»Weil … ich zu dem Schluss gekommen bin, dass Ihr nicht so … widerwärtig seid, wie … ich einmal dachte.«

Er schnaubte durch die Nase. »Wie du mir schmeichelst«, sagte er, senkte den Kopf und atmete den Duft ihres Haars – Flieder und Rosen.

Sie krallte die Finger in sein Hemd und hielt sich fest, als hätte sie Angst, zu stürzen.

»Ich wollte nur sagen«, versuchte sie es erneut und krallte sich noch fester in seinem Hemd fest, als seine Lippen ihre Schläfe streiften, »dass Ihr …«

Als seine Lippen ihr Auge berührten, rang sie leicht nach Luft.

»Was wolltest du sagen?«, flüsterte er und hauchte federleichte Küsse auf ihren Hals.

»D-dass ich vielleicht Gefühle für Euch habe, die ich mir … nicht eingestehen wollte«, sagte sie zitternd und zerknüllte sein Hemd, als er sich bewegte, sich hinabneigte, um die Stelle zu küssen, wo ihr Hals ins Schlüsselbein überging.

»Mhm«, sagte er. »Weiter, bitte.«

Sie holte zitternd Luft und atmete langsam aus, während er sich der anderen Halsseite zuwandte. »Ich habe inzwischen begriffen, dass der … der Douglas in Euch nicht wichtig ist.«

»Oha. Nicht wichtig ist?« Payton unterbrach sich in seinen Zärtlichkeiten, um sich zu vergewissern, ob sie sich über ihn lustig machte.

»Es erscheint mir inzwischen ziemlich unbedeutend«, gab sie zu und errötete.

Er beherrschte sich und schrie nicht *Sieg!*, warf sie auch nicht triumphierend aufs Bett und dachte, als er sich wieder inniglich mit ihrem Hals beschäftigte, dass das womöglich die süßesten Worte waren, die er je gehört hatte.

»Ihr erscheint mir weniger als Douglas und mehr als … *Mann*«, flüsterte sie atemlos.

»Lass dir versichern, ich bin sowohl Douglas als auch ein Mann.«

Er neigte den Kopf und küsste ihre Halsgrube.

»Mein Herz hat sich gewandelt, Payton«, flüsterte sie. »Es hat deinen Ruf gehört, und es hat sich dir zugeneigt, und ich weiß nicht einmal, wann das geschehen ist.«

Ihr Eingeständnis verstärkte seine Liebe zu ihr. Er sehnte sich danach zu hören, dass sie ihn wenigstens einigermaßen schätzte, und ihre Worte drückten ihm das Herz ab, machten es weit und bereiteten ihm eine Freude, wie er sie nie im Leben empfunden hatte. Er hob den Kopf, nahm ihr Gesicht zwischen beide Hände und küsste ihre Lippen, ihre Nase, ihre Stirn. Dann schlang er die Arme um sie und drückte sie fest an sich. »*Criosd,* Mared, du weißt nicht, wie ich mich danach gesehnt habe, so etwas zu hören«, sagte er und ließ sie dann widerwillig los. Und zwang sich, einen Schritt zurückzutreten.

Sie sah ihn verwirrt an. »Was machst du da?«

»Etwas, was ich mir nie habe vorstellen können. Aber ich will dich nicht nehmen wie irgendein Kneipenmädel. Dafür achte ich dich viel zu sehr.«

Mared schloss den Mund. Sie zog die Brauen zusammen, verschränkte bedächtig die Arme vor der Brust und verlagerte ihr Gewicht auf eine Hüfte. Sie funkelte ihn an. Sah ihn *mit offenem Mund* an. Er hatte sie dazu verführt, ihre Gefühle für ihn einzugestehen, und wollte sie jetzt einfach stehen lassen? »Hast du überhaupt eine Ahnung, wie viel Mut ich brauchte, um dich um das hier zu bitten?«, wollte sie wissen.

»Aye, aber ich bin ein Gentleman, einer, dem sehr viel an deiner Tugend liegt.«

Er beliebte offenbar zu scherzen. »Ausgerechnet jetzt denkst du an meine verdammte Tugend!«

»Mared«, sagte er lachend, legte die Hand an ihre Taille und sah sie lächelnd an. »Du bist ein schönes Mädchen, aber du bist auch verdammt temperamentvoll, aye? Ich darf nicht zulassen, dass du einen so ungeheuerlichen Fehler begehst.«

Mared zog die Mundwinkel hoch; sie griff nach dem Gürtel, der seinen Kilt zusammenhielt. »Typisch Douglas, nicht wahr, einschätzen zu wollen, wie groß der Fehler ist, den ich zu begehen gedenke. Und würde ein Gentleman eine Dame wirklich dazu zwingen, *drei Mal* zu bitten?«, fragte sie und krallte die Finger um das dicke Ende seines Gürtels.

Payton blickte auf ihre Hand. »Weißt du denn überhaupt, was du da tust?«

Sie erhob sich auf die Zehenspitzen und küsste ihn auf den Mundwinkel. »Nein. Ich hatte eigentlich gehofft, du würdest es mir zeigen.«

Da veränderte sich sein Augenausdruck, er beugte sich hinab, sog ihre Unterlippe zwischen seine Zähne und nahm sie in die Arme. »Gott steh mir bei, denn ich werde es dir zeigen. Ich will dich, Mared, ich will dich von jeher. Ich will deine Lippen schmecken, will deine Zunge an meiner fühlen. Ich will deinen Atem auf meiner Haut spüren, will mich von dir umfasst fühlen, wenn ich in dich eindringe. Ich will dich anfüllen mit Hoffnung und Liebe und Babys, bei Gott, ich schwör's!«

Mared seufzte verlangend und warf den Kopf in den Nacken, während er sie, die Lippen an ihrem Hals, an sich gedrückt hielt.

»Ich bitte dich nur, gut zu überlegen, bevor du mich in dein Bett holst, *mo ghraidh,* denn ich beraube dich deiner Tugend«, knurrte er.

»Ich glaube eher, dass du mich in *dein* Bett holst«, flüsterte sie und neigte den Kopf, um ihm den Zugang zu ihrem Hals zu erleichtern.

Payton stöhnte. Er lockerte seine Umklammerung und schob ihr die kleinen angeschnittenen Ärmelchen von den Schultern. Dann waren seine Hände auf ihrem Rücken und machten sich gekonnt an der langen Reihe kleiner Knöpfe zu schaffen. »Es wird ein bisschen wehtun, aye?«, flüsterte er.

»Ich weiß.«

»Und ich werde für immer ein Teil von dir sein – hast du dir das gut überlegt?«

»*Diah,* Payton, redest du immer so viel?«

Er unterbrach das Öffnen ihrer Knöpfe und lächelte auf sie hinab. »Gott steh uns beiden bei«, sagte er, packte sie, küsste sie und legte all die Gefühle in diesen Kuss, die sie selbst empfand.

Er knöpfte ihr Kleid auf mit der Geschicklichkeit eines Mannes, der so etwas schon oft getan hatte, und sie spürte, wie es von ihrem Körper glitt. Dann waren seine Hände überall, strichen über ihre Arme, liebkosten ihre Brust, ihre Hüften, ihre Beine, ihren Rücken. Seine Zärtlichkeit verursachte ihr ein Schwindelgefühl, sie glaubte zu schweben. Und sie wollte mehr.

Mared ließ jegliche Vorsicht außer Acht, ergriff den Saum ihres Hemdchens, zog es sich über den Kopf und ließ es von der Fingerspitze zu Boden fallen. Ihre Brüste waren bloß. Payton atmete scharf ein und nahm beide ehrfürchtig in die Hände und genoss ihr Gewicht. Er senkte den Kopf, um eine Brustspitze in den Mund zu nehmen, sie mit der Zunge und den Zähnen zu liebkosen.

Sie schwebte, getragen von seiner Kraft und seiner Entschlossenheit, und ihre wilden, lustvollen Empfindungen schalteten das Denken aus. Mit Mund und Händen glitt er an ihrem Körper hinab, ging in die Hocke und hinterließ eine feuchte, heiße Spur auf ihrem Leib. Ihre Unterwäsche folgte dem Weg seines Mundes, bis sie völlig nackt war.

Sie schwelgte in dem Gefühl seines Körpers an ihrem, in der Kraft und Ehrfurcht seiner Hände, im sanften Druck seines Munds. So oft sie auch versucht hatte, sich die körperliche Liebe vorzustellen, übertraf diese Wonne doch alle Erwartungen.

Payton lachte leise, und mit einem wölfischen Lächeln kam er über sie, legte sich leicht auf sie und streichelte ihr Haar. »Weißt du nun, dass ich dich liebe?«

»Ich habe es vermutet, aye«, sagte sie lächelnd.

»Aye, ich liebe dich«, sagte er ernst. »Ich liebe dich, seit wir Kinder waren, und ich habe nie aufgehört, dich zu lieben.«

Diese Worte bezauberten sie, ließen sie erglühen. Als er spielerisch in ihren Hals biss, lachte sie. Als er ihren Hals küsste, seufzte sie. Und als er »*Bòidheach*« flüsterte, schlossen sich flatternd ihre Lider, und sie spürte, wie ihr Herz weit wurde, wie es im Gleichtakt mit seinem schlug.

Payton legte die Hand um ihre Taille und zog sie vollends aufs Bett.

»Ich habe mich danach gesehnt, dich in den Armen zu halten, Mared, dich zu lieben«, sagte er, kniete sich zwischen ihre Beine und spreizte sie. »Du hast mich heute zu einem glücklichen Mann gemacht ... Aber wir können jetzt aufhören, wenn es dir lieber ist.«

Mit einem kehligen Lachen erhob sie sich abrupt, legte eine Hand an seine Wange und küsste ihn mit der gleichen Leidenschaft, die er ihr gezeigt hatte. Instinktiv zog sie die Knie an. »*Hör nicht auf.*«

Seine Stöße wurden intensiver, ihr Körper schien intuitiv zu wissen, wie er reagieren sollte, denn sie begann, sich mit ihm zu bewegen, hob die Hüften, um seinen Stößen entgegenzukommen, und umklammerte ihn mit den Knien. Payton stöhnte; sein Atem ging keuchend, er stieß immer tiefer, und plötzlich bäumte er sich, auf die Ellenbogen gestützt, auf, sah ihr mit wildem Blick ins Gesicht, streichelte ihre Stirn und ihre Wange, küsste sie voller Leidenschaft und stieß schnell und heftig in sie hinein, immer wieder, bis er die Augen schloss und mit einem kraftvollen Stoß und einem erstickten Schrei die Erfüllung fand.

Sein Orgasmus war heiß und mächtig, sie hatte das Gefühl, völlig von ihm erfüllt zu sein, spürte seinen Samen tief in sich, während er ihren Namen flüsterte.

Mit einem letzten Schaudern brach er neben ihr zusammen, zog sie zärtlich in seine Arme und küsste ihren Scheitel.

»*Mared*«, flüsterte er liebevoll in ihr Haar.

»*Tha gaol agam ort.*«

Sie liebte ihn ebenfalls.

24

Sie lagen im Bett, während die Kerzen herunterbrannten, hielten für eine Weile die Welt und die Vergangenheit ausgesperrt, erforschten einander körperlich wie auch psychisch. Es war ein Stückchen Frieden und Glück, wie beide es noch nie erfahren hatten, dieses Gefühl, eins zu sein mit einem anderen Menschen, was sie, bei Licht betrachtet, vielleicht als völlig unmöglich erachtet hätten.

Mared lachte leise, als Payton ihr vor Sonnenaufgang beim Ankleiden behilflich war und sie dann mit einem Kuss zurück in ihre Kammer an anderen Ende der Burg schickte, bevor jemand auf den Beinen war.

Er kleidete sich ebenfalls an und packte seine Sachen. Noch am selben Morgen wollten sie nach Eilean Ros aufbrechen, und er wies Alan und Charlie an, sich zu beeilen, denn er wollte nach Hause, wo, wie er glaubte, seine Träume sich endlich erfüllen würden.

An diesem strahlenden, sonnigen Morgen auf Burg Leven glaubte Payton wirklich, dass auf Eilean Ros endlich Lachen und Liebe und kleine Kinder Einzug halten würden. Was zwischen ihm und Mared vorgefallen war, hatte die Macht von Gezeiten, und wenn er auch noch keine Gelegenheit gehabt hatte, es vollkommen in sich aufzunehmen, glaubte er doch an diese Macht.

Er hielt sogar die Sonne für ein Omen. Der Frühherbst war gewöhnlich eher regnerisch, doch zur Hochzeit seines Vetters hatte das Wetter sich gehalten, und auch der Tag ihrer Heimreise war klar und strahlend angebrochen. Er nahm den Sonnenschein als Zeichen, dass Gott auf ihn herablächelte – persönlich.

Er verabschiedete sich von seinen Angehörigen, fing Mareds Blick ein und zwinkerte ihr zu, als sie pflichtschuldigst in die kleinere Kutsche stieg. Dann wies er den Kutscher an, sich zu beeilen, denn er wollte so schnell wie möglich nach Hause. Er und Mared waren übereingekommen, dass sie beim Aufbruch von Burg Leven getrennt reisen würden, denn es wäre nicht gut, wenn die Dienstboten oder Verwandten vermuteten, während der Reise hätte sich zwischen ihnen etwas abgespielt. Als sie abfuhren, freute sich Payton darauf, ihrer Familie einen Besuch abzustatten und ihnen die frohe Botschaft zu überbringen und dann vielleicht die Dienerschaft zusammenzutrommeln und mit ihnen zu reden, bevor er sein Glück öffentlich und in aller Form verkündete.

Als die Kutschen zur Nacht anhielten, wollte sich Payton bei der Kutsche zu schaffen machen und warten, um mit Mared zu sprechen, doch seine gute, treue Dienerschaft ließ nicht zu, dass er mit anpackte, und so sah er sich gezwungen, ins Gasthaus zu gehen und dort die nötigen Vorkehrungen zu treffen, damit niemand auf den Gedanken kam, dass etwas im Schwange sei.

Und auch später, als er im Schankraum einen Schluck Whisky zu sich nahm, wollte es ihm nicht gelingen, Mared einmal ohne die allgegenwärtige Una anzutreffen. Er gab sich damit zufrieden, dass er warten müsste, bis sie am folgenden Abend Eilean Ros erreicht hatten, um sie endlich wieder in die Arme nehmen zu können.

Daher regte sich Payton am nächsten Morgen, als die zweite Kutsche einen Achsenbruch erlitt, nicht so sehr auf, wie es sonst wohl der Fall gewesen wäre, denn er sah eine günstige Gelegenheit, als Mr Haig, der Kutscher, verkündete, dass er die Achse ohne einen neuen Bolzen nicht reparieren konnte.

»Dann nimm Charlie und Alan mit ins nächste Dorf«, wies Payton ihn in aller Ruhe an, zückte seine Börse und reichte ihm ein paar Shillings. »Ich bleibe bei den Frauen.«

»Aye, Milord.« Er half Mr Haig und den beiden Dienern sogar beim Satteln der Pferde und schickte sie ungeduldig los. Blieb nur noch Una. Als er sich den beiden Frauen zuwandte, bemerkte er, wie Mared mit einem verschmitzten Lächeln den *arisaidh* enger um die Schultern zog und Una gelangweilt in der Gegend umhersah.

»Ich wüsste gern, wie lange sie ausbleiben werden«, sagte Mared.

»Mindestens zwei Stunden, wahrscheinlich länger«, erwiderte Payton.

Mared warf aus den Augenwinkeln einen verstohlenen Blick auf Una.

»Wenn Ihr erlaubt, Milord, würde ich dann gern ein kleines Nickerchen machen.«

»Nimm meine Kutsche«, sagte er, indem er ihren Plan sogleich durchschaute. »Ihr könnt euch beide darin ausruhen.«

Una riss die Augen auf. »In Eurer Kutsche, Milord? Oh nein, wir können genauso gut im Schatten eines Baums warten.«

»Ich bestehe darauf, Una«, sagte er und öffnete ihr die Tür. »Ich hätte kein gutes Gefühl, wenn ihr unter freiem Himmel schlaft und womöglich hungrige wilde Tiere herumstreunen.«

Mehr brauchte er nicht zu sagen – Unas Augen weiteten sich einen Moment lang, dann trat sie hastig vor zum Schlag der Kutsche, den er offen hielt. Als Mared hinter ihr einstieg, schenkte sie ihm ein kleines zustimmendes Lächeln.

Er brauchte nicht lange zu warten, wie sich herausstellte. Eine Viertelstunde später – er saß unter einer Kiefer – öffnete sich der Schlag, und Mared stieg sehr langsam und vorsichtig aus und schloss leise die Tür hinter sich. Sie raffte ihren *arisaidh* zusammen, lief zu Payton und brach vor ihm mit einem Lachen in die Knie.

»Schläft sie?«, flüsterte er.

»Wie ein Baby!«

Payton grinste, sprang auf die Füße, packte Mared bei der Hand und zog sie mit sich in den Wald hinein.

»Wohin gehen wir?«, fragte sie.

»Irgendwohin, wo ich dich ungestört küssen kann«, sagte er leise, »denn ich habe dich schrecklich vermisst.« Mared lachte; er zog sie an sich und legte seinen Mantel um sie. Sie gingen, bis sie an einen Bach gelangten, der vom Berg herabsprudelte. Payton blieb stehen, nahm Mared in die Arme und küsste sie hingebungsvoll mit all der aufgestauten Sehnsucht, die er in den sechsunddreißig Stunden, seit sie sein Zimmer verlassen hatte, in Schach hatte halten müssen.

Mared schmiegte sich an ihn und küsste ihn mit dem gleichen Eifer, den er an den Tag legte. Er wirbelte sie herum, schob sie zurück, bis sie am Stamm eines Baumes lehnte, und küsste sie zärtlicher, ließ sich alle Zeit der Welt, um ihren Mund zu schmecken und ihre Lippen auf den seinen zu spüren.

Als er den Kopf hob, lächelte Mared verführerisch und zeichnete mit dem Finger die Konturen seiner Unterlippe nach. »Nun, liebst du mich?«

»Ja. Ich habe dich schon immer geliebt«, antwortete er ernst.

Ein Laut des Entzückens entschlüpfte ihrer Kehle, sie nahm seinen Kopf zwischen beide Hände und küsste ihn wild. Das reichte, um Payton völlig um den Verstand zu bringen. Seit ihrer außergewöhnlichen gemeinsamen Nacht dachte er an nichts anderes als an sie. Er verspürte keinen Hunger, keinen Durst, nichts außer dem Wunsch, mit ihr zusammen zu sein. Er griff mit beiden Händen in ihren Rock und tastete nach dem Saum, während sie ihn küsste.

»Was tust du da, *lad?*«, flüsterte sie, als seine Hände die Ränder ihrer Strümpfe und die nackte Haut ihrer Schenkel fanden.

Payton lächelte und knabberte an ihrer Unterlippe. »Ich möchte mit dir zusammen sein, *lass.*«

Ihr Blick huschte zu den Bäumen hinter ihnen. »Aber Una ist …«

»Una schläft«, erinnerte er sie, als seine Hand die weiche warme Stelle zwischen ihren Beinen fand. Mareds grüne Augen richteten sich auf ihn, sie lächelte herausfordernd, als seine Finger tiefer schlüpften.

»Du bist ein schlimmer Bursche – verführst deine Haushälterin«, flüsterte sie heiser.

»Dann bist du eine schlimme Haushälterin, denn du verführst mich ganz und gar allein mit deinem Lächeln.«

Mareds Lächeln vertiefte sich, doch sie schloss die Augen und lehnte den Kopf an den Baum. Ein langes, wohlgeformtes Bein schob sich an seinem Bein hinauf bis zur Taille. »Una könnte aufwachen«, flüsterte sie.

»Dann musst du ganz leise sein«, erwiderte er und küsste ihren Hals.

»Und die anderen? Wenn sie nun zurückkommen?«, flüsterte sie, schob die Hand zwischen ihren und seinen Körper und strich über den Stoff seiner Hose.

»Dann beeilen wir uns am besten«, raunte er an der weichen Haut ihrer Brust. Seine Hand fuhr über ihr Bein, hielt es fest, während er mit der anderen Hand seine Hose aufknöpfte und sich entblößte. Er begann, Mared zu streicheln, entfachte eine Glut in ihr, die genauso tobte wie das Feuer in ihm, und er streichelte sie, bis ihr Kopf hilflos an den Baumstamm sank.

»Du machst mich schwach, wenn du das tust«, flüsterte sie.

»Schwach?« Er lachte leise. »Du gibst mir das Gefühl, zu verbrennen.« Dann glitt er in sie hinein und stieß lange und erleichtert den Atem aus.

Sie seufzte vor Lust und drängte sich an ihn. »Gib mir das Gefühl, zu verbrennen, *lad*«, flüsterte sie.

Das ließ Payton sich nicht zweimal sagen, denn er spürte das Feuer seines eigenen Begehrens nahezu schmerzhaft. Er begann, sich in ihr zu bewegen, sah ihr dabei in die Augen, beobachtete das konzentrierte Stirnrunzeln, als er sie zum Höhepunkt brachte, sah ihr verführerisches Lächeln.

Langsam glitt ihr Bein an seinem Körper herab, und sie küsste zärtlich seinen Mund.

Sie blieben an den Baum gelehnt stehen, in Paytons Mantel gehüllt, einander umarmend, einander ausgiebig küssend, schwelgten in dem Gefühl, einander so nahe zu sein, und flüsterten einander Koseworte ins Ohr.

Doch ein Geräusch aus der Ferne ließ Payton wieder zu sich kommen, und er küsste Mared noch einmal gründlich und half ihr dann, ihren Rock auszuschütteln. Er nahm ihre Hand und führte sie zurück. Sie lachten miteinander, zwei verliebte Verschwörer, und schlenderten gemächlich durch den Wald, blieben hier und da stehen und betrachteten eine Blume oder einen Baum oder einen seltsam geformten Kiefernzapfen und lachten leise über ihre intimen Späße.

Payton war, als wäre die Welt plötzlich ein Rausch von Farben – wohin er auch schaute, entdeckte er die verschiedensten Nuancen von herbstlichem Rot und Gold, vom Grün des Waldes und Blau des Himmels.

Seine Zukunft, so dachte er später, als die Männer zurückkamen und die Achse reparierten, lag nur noch ein paar Stunden entfernt, in leuchtenden Farben und angefüllt mit Möglichkeiten.

Sie erreichten Eilean Ros tatsächlich spät am selben Nachmittag, und als das Gepäck abgeladen war und die Kutsche und die Pferde untergestellt waren, legte Payton Mantel und Hut ab und zog sich in sein Arbeitszimmer zurück, um die Post durchzusehen. Er hatte kaum mit der Arbeit begonnen, als Beckwith den Besuch der Lockharts meldete.

Dummerweise glaubte er, sie kämen, um Mared willkommen zu heißen, denn es war seine Sonne, die schien, nicht die ihre.

Er fand sie im Grünen Salon. Mared war bereits bei ihnen,

trug Liams kleinen Sohn auf der Hüfte und versuchte, dem Bürschchen ihren langen Zopf aus den Fingerchen zu winden.

»Gute Nachrichten, gute Nachrichten!«, brüllte Carson Lockhart, als Payton den Raum betrat.

»Guten Tag, Laird«, sagte er und lächelte das Kind in Mareds Armen an. Wusste sie, wie schön sie war, wenn sie ein kleines Kind im Arm hielt? Dass sie eines Tages Mutter sein würde? Das sie möglicherweise bereits Mutter wurde? Sehnte sie sich genauso nach einem Kind wie er? »Wie schön, dass Ihr gekommen seid, um Eure Tochter zu Hause willkommen zu heißen.«

»Für immer, wie es aussieht«, sagte Grif, der beim Kamin stand. Er lächelte, wie Payton bemerkte, und seine graugrünen Augen strahlten fast so wie Mareds, wenn sie lächelte. »Wir bringen wunderbare Nachrichten für alle Beteiligten.«

»Was denn?«, drängte Mared lachend. »Ihr dürft mich nicht eine Sekunde länger auf die Folter spannen!«

»Hugh MacAlister ist zurück«, sagte Grif, und es verschlug Payton den Atem.

»*Was?*«, rief Mared aus, eindeutig schockiert über die Neuigkeit, und für einen Moment vergaß sie das Baby in ihrem Arm. »Was sagst du da? Er ist hier? In Schottland?«

»Er ist nicht nur in Schottland, sondern auf Talla Dileas«, sagte Grif stolz. »Der alte Ben hatte ausnahmsweise mal recht. Er ist nach Hause gekommen, tatsächlich, und er hat sogar das Untier mitgebracht.«

Im ersten Augenblick hörte Payton keinen Ton und sah nichts. Er war sich nur des heftigen Klopfens seines Herzens bewusst, das ihm anscheinend aus der Brust hüpfen wollte und nach Mared rief.

Doch Mared schien von der Neuigkeit völlig gefangen zu sein. Sie starrte Payton an, und Liams Frau nahm ihr das Kind aus dem Arm. »Hugh MacAlister ist auf Talla Dileas?«, wiederholte sie sichtlich fassungslos.

»Eingesperrt im alten Verlies, aye«, sagte Liam. »Wir wollen kein Risiko eingehen, ihn noch einmal zu verlieren.«

»Da ist noch mehr«, sagte Lady Lockhart, trat auf Mared zu, nahm ihre Hände und lächelte freudig. »O Mared … Wir haben das Rätsel des Fluchs gelöst!«

Mared riss die Augen auf, blinzelte dann. »Ich verstehe nicht. Was gibt es da zu lösen?«

»Als Hugh mit dem Untier zurückkam, sind wir damit zum Schmied nach Aberfoyle gegangen, um es in kleinere Stücke aufteilen zu lassen. Aber uns erwartete eine große Überraschung – dort, im Bauch des Untiers, steckte eingebettet in Stroh ein *Smaragd.*«

»Ein Smaragd von der Größe eines verdammten Gänseeis, genauer gesagt«, ergänzte Liam.

»Ein Smaragd?«, wiederholte Mared matt mit noch immer schreckgeweiteten Augen.

»Aye, *leannan*, verstehst du denn nicht?«, fragte ihre Mutter aufgeregt und drückte ihr die Hände. »Denk doch mal nach – der Fluch besagt, dass keine Tochter eines Lockharts heiraten wird, wenn sie nicht in den Bauch des Untiers geblickt hat. Nicht des *a'diabhal*. Des *Untiers*. Die erste Lady Lockhart hat das Untier ihrer Tochter vermacht, aye? Es muss sich um eine Mitgift handeln, gut verwahrt in diesem hässlichen Ding. Doch wie es aussieht, hat sich das Versprechen einer Mitgift im Lauf der Jahre von dem Untier abgetrennt und wurde zum Fluch.«

»Aber … keine Tochter eines Lockharts hat je geheiratet!«

»Aye, aber nicht wegen irgendeines lächerlichen Fluchs«, erklärte Grif. »Mutter hat den Bericht unseres Großvaters gelesen, und die Tochter der ersten Lady Lockhart, der der Smaragd zweifellos zugedacht war, hat sich umgebracht, als ihr eigener Vater ihren Geliebten umgebracht hatte, weil er sich auf die Seite der Stuarts schlug. Die zweite Tochter ertrank mit ihrem Geliebten im Meer, als sie durchbrennen wollten. Und zudem gab es mehrere hässliche Töchter – du brauchst nur einmal die Familienporträts anzuschauen, um zu sehen, dass es wahr ist.«

»Grif!«, rief seine hübsche Frau.

»Was denn?«, fragte er unschuldig. »Es ist doch wahr!«

»Willst du damit sagen, dass ich im Grunde lediglich in den Bauch des Untiers schauen musste, nicht in den Bauch des *a'diabhal?*«, fragte Mared verwirrt.

»Genau so ist es, *lass*«, bestätigte Carson glücklich.

Payton hatte den Eindruck, dass Mared mit der Neuigkeit nichts Rechtes anzufangen wusste. Sie sank in einen Sessel und sah ihn an – doch dann wandte sie sich ab, und ihr Blick schien auf etwas in weiter Ferne gerichtet zu sein. Auf etwas weit entfernt von diesem Zimmer, wenn nicht gar von dieser Welt. Aber sicher nicht auf ihn.

Steifbeinig wollte er zu ihr gehen, seine Gedanken rasten seinem Körper voraus, drängten ihn zu ihr, doch Grif kam ihm zuvor. »Verstehst du, was das bedeutet, *leannan?*«, fragte er sie. »Du bist *frei.*«

»Aye, Mared, völlig frei«, bestätigte ihre Mutter voller Freude.

Doch Mared konnte sie alle nur starr wie vom Donner gerührt ansehen. Tränen brannten in ihren Augen.

»Ah, das arme Mädchen!« Carson lachte. »Sie ist überwältigt!« Er zog seine Tochter aus dem Sessel, umarmte sie und reichte sie dann weiter an Liam, der sie fest in die Arme schloss.

Als er sie losließ, sah Mared ihren Vater an. »Ich bin frei?«, fragte sie, offenbar nicht fähig, es zu begreifen.

Grif wandte sich mit strahlendem Lächeln Payton zu, während Carson lachte und seiner Tochter versicherte, dass sie wirklich frei war. »Na, also, Douglas. Wir können unsere Schulden jetzt bezahlen, aye? Ihr könnt uns unsere Schwester wieder überlassen.«

Payton war sprachlos. Er versuchte, etwas zu sagen, doch er konnte keinen klaren Gedanken fassen, nicht, wenn er sah, dass Mared, die sich an ihre Mutter klammerte, gleichzeitig erleichtert und traurig wirkte. Es schien den anderen Lockharts nicht aufzufallen – sie lächelten und lachten und schwatzten wild durcheinander von einer geplanten Fahrt nach Edinburgh.

»Wann wollt Ihr dann zahlen?«, fragte er Grif in einem verzweifelten Versuch, Zeit zu gewinnen.

»Ah«, sagte Grif und hob einen Finger. »Wir planen, unsere Schuld noch vor Jahresende zu begleichen«, erklärte er glücklich. »Diese Woche reisen wir nach Edinburgh – wir alle. In wenigen Tagen dürften wir die Wertsachen verkauft haben und können dann unsere Schulden samt Zinsen begleichen. Seid Ihr damit einverstanden?«

Nein, nein, niemals wäre er damit einverstanden! Er hatte gerade erst sein Glück gefunden, und jetzt wollten die gottverdammten Lockharts es ihm wieder *nehmen*? Er richtete seinen eisigen Blick auf Grif. »Und was ist mit unserer anderen Vereinbarung? Was ist mit Mared?«

»Ach, Douglas«, sagte Grif, und sein Lächeln erlosch. »Ihr wollt sie doch nicht in Euren Diensten behalten, wenn wir unsere Schulden bezahlen können?«

»Und Ihr wollt sie jetzt mitnehmen und mich ohne Haushälterin zurücklassen?«

Grifs Lächeln wich einem finsteren Blick. »Ob Ihr eine Haushälterin habt oder nicht, ist mir herzlich gleichgültig«, sagte er ruhig. »Wir lassen unsere Schwester nicht eine Sekunde länger als Dienstmädchen arbeiten.«

Nein, natürlich nicht. Mared hatte Besseres verdient als diese Fron. Verzweifelt versuchte Payton in diesen wenigen wilden Minuten, sich selbst zu überzeugen, dass sie, wenn sie nicht mehr seine Haushälterin war, auf die ursprünglichen Heiratspläne zurückfallen könnte. Und zwar schnell. Vielleicht noch diese Woche.

Er wollte es verzweifelt gern glauben, doch etwas in seinem Inneren warnte ihn, dass es nicht sein konnte. Etwas in seinem Inneren war einen kleinen Tod gestorben, als sie die Worte flüsterte: *Ich bin frei.*

»Hört zu, Douglas, wir alle wissen, dass Ihr sie schätzt, und wir wollen das nicht übersehen, bestimmt nicht«, sagte Grif mit etwas sanfterer Stimme. »Aber wir können nicht zulassen, dass sie auch nur noch eine Nacht in Euren Diensten zubringt. Wir nehmen sie noch heute mit, aye?«

Payton funkelte Grif böse an und hasste ihn, wie er noch nie im Leben jemanden gehasst hatte. »Ich verlange, dass Ihr Eure Schulden schnellstmöglich bezahlt, denn ich werde zu den härtesten Mitteln greifen, wenn das nicht der Fall ist.«

Mit einem kalten Lächeln nickte Grif seine Zustimmung.

»Ich lasse ihre Sachen von einem der Mädchen packen«, sagte Payton, verließ dieses glückliche Familientreffen und trat hinaus in den leeren Flur, wo das Hallen seiner Schritte ihm laut in den Ohren dröhnte.

Alles war so schnell geschehen, und Mared konnte kaum begreifen, dass sie Eilen Ros verließ, geschweige denn, dass die Last des Fluchs von ihren Schultern genommen war. *Geschweige denn, dass sie Payton verließ.* Gott steh ihr bei, sie hatte das Gefühl, nicht klar denken zu können. Ihre Gedanken kreisten rasend schnell um die Neuigkeit, und ihre überschäumende Familie umringte sie, und alle redeten aufgeregt durcheinander von Edinburgh und den Dingen, die sie kaufen würden. Es war schwer, sich von diesem Hochgefühl des Glücks nicht mitreißen zu lassen.

Doch wegen Payton konnte sie den Glückstaumel ihrer Familie nicht völlig teilen.

»Denk nur an die Bälle und Veranstaltungen, die du besuchen wirst«, sagte Ellie, die Mared in ihre Kammer begleitet hatte, um beim Packen zu helfen. »Du wirst heftig umschwärmt sein, das sage ich dir. Für eine Weile wird das ein Riesenspaß.«

Ja, das Leben in Edinburgh würde sich gehörig vom Leben

an den Lochs unterscheiden. Weit fort von den anklagenden Augen der Abergläubischen. Und weit, weit fort von Payton.

»Und die Kleider, Mared, denk nur an die Kleider, die du tragen wirst!«, rief Ellie und hielt Mareds alte violette Robe hoch. »Dieses alte Ding wirst du nie wieder anziehen müssen.« Sie drehte sich zu Mared um. Ihr hübsches Gesicht strahlte. »Freust du dich nicht?«

»Ich freue mich, weil ich endlich frei von dem Fluch bin«, gestand Mared bereitwillig. »Und ich wünsche mir schon lange, fortzugehen aus diesen Bergen«, fügte sie hinzu und legte ein Paar Strümpfe zusammen.

»Ja, du wünschst dir schon so lange, nach Edinburgh zu gehen, wo das Leben voll ist von aufregenden neuen Menschen!«, rief Ellie, als wollte sie sie drängen weiterzureden.

»Aye, nach Edinburgh«, sagte Mared bedeutend weniger begeistert als Ellie. *Edinburgh. Voller neuer Menschen. Aber ohne Payton.*

»Warum bist du dann so niedergeschlagen, Liebes?«, fragte Ellie lachend. »Man möchte doch meinen, dass du Freudentänze aufführen würdest!«

»Ich freue mich, ja, wirklich«, versuchte Mared, ihr ohne große Überzeugungskraft zu versichern.

»Aber?«, drang Ellie in sie.

Mared sah Ellie an. »Aber ... aber ich kann offenbar nicht so schnell begreifen, wie sehr sich plötzlich alles verändert hat«, sagte sie, und ihr Herz tat ein bisschen weh.

»Geht es um Laird Douglas?«, fragte Ellie lächelnd und legte Mareds violettes Kleid in den Koffer.

Mared zuckte die Achseln; sie kannte sich selbst nicht mehr aus in ihren Gefühlen.

»Du wirst ihn trotzdem sehen, Liebes. Aber zunächst einmal brauchst du deine Saison in Edinburgh, wie du es dir immer gewünscht hast.«

Ja, ihre Saison. Jetzt war sie an der Reihe.

»Douglas bleibt ja hier und wartet auf dich, wie ich annehmen möchte. Aber du hast eine Zeit glücklicher Freiheit verdient. Er wird es verstehen, dessen bin ich sicher. Dir ist das Leben zu lange versagt gewesen.«

Ein ganzes Leben. Ihr war ein ganzes Leben versagt gewesen.

Begleitet von ihrer Familie, nahm Mared Abschied von der Dienerschaft, und es stimmte sie genauso traurig, sie verlassen zu müssen, wie die Leute traurig waren, sie gehen zu sehen. Rodina und Una schien es besonders zu Herzen zu gehen. Doch als Mared die zwei zur Seite nahm, konnte sie doch nur an Payton denken. »Denk an die Wäsche des Lairds, Rodina«, mahnte sie. »Damit ist er sehr eigen, aye? Und, Una – du musst jeden Morgen, wenn er draußen ist, sein Bett richten und seine Gemächer putzen.«

Una tauschte einen Blick mit Rodina. »Aye, Miss«, sagte sie und versuchte zu lächeln.

Selbst Mr Beckwith wirkte ein wenig bedrückt wegen Mareds Abschied, als er ihr viel Glück wünschte.

Nachdem Alan und Charlie ihr Gepäck auf den Karren geladen hatten, sah Mared sich ein letztes Mal in ihrer Kammer um, dann ging sie hinaus, und Kopf und Herz waren so verwirrt, dass sie kaum sehen konnte. Ihre Welt hatte sich so rasant und so dramatisch gewandelt, dass sie das Gefühl hatte, ein völlig anderer Mensch zu sein, so als wäre ihr vertrautes Ich abwesend und ersetzt durch schmerzliche Verwirrung.

Und da war Payton, der Mann, dem sie ihre Tugend geschenkt hatte. *Payton.* Was sollte sie tun?

Er wartete dort beim Karren, mit ihrem Vater und ihrer Mutter. Er sah sehr finster aus, und sie überlegte verzweifelt, was sie zu ihm sagen sollte. Aber woher in Gottes Namen sollte sie wissen, *was* sie sagen sollte? Sie wusste ja nicht einmal, was sie selbst dachte, geschweige denn, was er von dieser Sache hielt. Schlimmer noch, sie war sich noch nicht schlüssig über das, was sich am Loch Leven und später tatsächlich zwischen ihnen zugetragen hatte. Was es wirklich bedeutete. Das Einzige, was sie mit absoluter Sicherheit wusste, war, dass sie ihn liebte.

Doch inmitten ihrer verzweifelten Verwirrung war noch etwas, was sie mit absoluter Sicherheit wusste – der Fluch war von ihr genommen. Sie spürte es beinahe so, als wäre etwas Greifbares von ihren Schultern genommen worden, und sie hatte sich nie so leicht gefühlt wie in diesem Moment. Zum ersten Mal in ihrem Leben sah es so aus, als ob die ganze Welt ihr offenstünde. Die ganze Welt. Die ganze dicke Erdkugel mit allem, was darauf lebte.

Vielleicht war das der Grund, warum sie Payton anlächelte, als ihre Mutter seinen Arm tätschelte und sagte: »Ihr dürft nicht betrübt sein, Laird. Diese Neuigkeiten bedeuten nur Gutes für Euch, denn Ihr wollt Mared doch nicht als Dienstmädchen, oder?«

Payton antwortete nicht.

Ihre Mutter lächelte mitfühlend und drückte seinen Arm. »Gebt Ihr nur ein bisschen Zeit, Douglas, bitte. Nur ein bisschen Zeit, damit sie endlich die Freiheit genießen kann.«

Er nickte und sah Mared an, und sie lächelte, statt ihm ihren Kummer und ihr Herzweh zu zeigen.

Sie brauchte einfach einen Augenblick der Ruhe, damit sie *denken* konnte.

Payton erwiderte ihr Lächeln nicht, sondern sah sie an, sein ganzes Herz in den Augen. Er sagte nichts, als er ihre Hand ergriff, um ihr auf den Karren zu helfen – doch er drückte ihre Hand bedeutungsvoll und sah ihr fest in die Augen, suchte offenbar etwas, verlangte offenbar ein Wort, ein Zeichen. Er hatte eines verdient, wahrhaftig ... aber sie fand noch nicht das richtige Wort.

Stattdessen erwiderte sie seinen Händedruck und sprudelte hilflos heraus: »Ich ... ich muss nachdenken.«

»Ich verstehe.«

Was? Was verstand er? Was konnte er denn verstehen,

wenn sie selbst doch überhaupt nichts verstand? Langsam löste sie ihre Hand aus der seinen. »Auf Wiedersehen, Milord.«

Payton nickte mit zusammengebissenen Zähnen und trat von dem Karren zurück, als Liam die Esel antrieb und allen mit seiner dröhnenden Stimme verkündete, dass er als Erstes ein Vierergespann Grauschimmel kaufen würde. »Und da lasse ich mir nicht dreinreden!«, tat er lauthals kund. Ihre Angehörigen lachten. Auch Mared lachte, doch ihr Blick umfasste Eilean Ros und Payton, der auf der Zufahrt stand, mit hocherhobenem Kopf, die Hände hinter dem Rücken verschränkt. Seine Miene war erschreckend undurchdringlich.

25

Beim Sherry – der letzten Flasche, die sie für diesen Anlass aufgespart hatten – wurde überlegt, ob Hugh sich beim Abendessen zu ihnen gesellen sollte oder nicht. Die Männer waren entschieden der Meinung, der Schuft solle in seinem Verlies verfaulen. Die Frauen waren nicht so sicher.

»Er hat immerhin das Untier zurückgebracht«, sagte Anna, ohne jemanden direkt anzusprechen. »Ich verstehe nicht, warum wir ihn gefangen halten sollten.«

»Er kann von Glück sagen, dass er nicht längst am höchsten Baum hängt«, bemerkte Grif und legte die Hand auf Annas Leib, um die Kindsbewegungen zu spüren.

»Aber dort unten ist es schrecklich kalt und dunkel«, wandte Natalie sich an Carson. »Vielleicht hat er große Angst.«

»Aber, aber, *leannan*«, sagte Liam beschwichtigend. »Soll der Bursche verfaulen.«

»Nun, was mich betrifft, ich hätte zumindest gern eine Erklärung«, sagte Mared.

Liam seufzte und sah Grif an. Grif stöhnte auf. »Na gut«, murrte er, griff in seine Tasche und zückte einen Schlüssel. »Willst du ihn dann nicht selbst holen, Mared, und ihn nach oben geleiten? Dann kann er dir seine lächerliche Version der Geschehnisse auftischen. Ich kann sie mir unmöglich noch einmal anhören.«

»Natalie, Schätzchen, geh und bitte Dudley, zum Abendessen ein weiteres Gedeck aufzulegen«, sagte Aila.

Hugh befand sich nicht *wirklich* in einem Verlies – vor langer Zeit war es gewiss eines gewesen, doch jetzt war es eher ein kalter unterirdischer Raum ohne Licht. Mared und ihre

Brüder hatten als Kinder dort gespielt; eine Zeit lang lagerte die Familie in diesem Raum auch Vorräte. Mared hielt eine Kerze hoch, stieg die schmale, ausgetretene Treppe hinunter und hielt am Anfang des dunklen Gangs inne.

Flackerndes Licht drang aus der Zelle, in der Hugh eingesperrt war. »Oho, wer kommt, um meinen geschundenen Körper zu pflegen?«, rief er.

Mared trat weiter in den Gang hinein. Hugh MacAlister, verteufelt attraktiv wie immer, stand vor der vergitterten Tür, ließ die Arme unnütz hindurchhängen und hatte das Gewicht auf eine Hüfte verlagert.

»Ich kann dich nicht sehen – komm näher! Wer ist da? Mrs Griffin Lockhart? Ah, Anna, *lass,* Gott segne dich. Ich wusste, dass du zu meiner Rettung eilen würdest. Ich habe immer daran geglaubt, dass du mich liebst und nicht diesen verdammten Schuft!«

»Ich bin nicht Anna, Hugh«, sagte Mared und trat näher, sodass er sie sehen konnte. »Ich bin's … der Grund deiner Existenz. Erinnerst du dich?«

»Mared!«, rief er beglückt. »Bei meiner Ehre, ich habe gehofft, dass du kommst. Kannst du dir denn vorstellen, wie ich nach dir geschmachtet habe? Ich bin vergangen vor Kummer, als ich dich verlor, wirklich.«

»So siehst du aber nicht aus«, sagte sie und hielt die Kerze hoch, um ihn betrachten zu können. »Du siehst gesund aus wie ein Mastkalb. Ts, ts, Hugh MacAlister. Nach allem, was du getan hast, bist du immer noch ein Schelm.«

»Ich bin kein Schelm!«, wehrte er entschieden ab. »Ich habe dich immer in meinem Herzen bewahrt, Mared! Was glaubst du denn, warum ich zurückgekommen bin?«

»Grif sagt, du hast versucht, das Untier zu stehlen und mit einem irischen Mädchen durchzubrennen.«

»Ah, er legt es darauf an, mich zu kränken!«, rief Hugh und schlug mit theatralischer Geste die Hand aufs Herz. »Warum verbreitet er solche gemeinen Lügen? Nein, nein, *le-*

annan. Miss Brody hat euer geliebtes Untier gestohlen, und ich als wahrer Freund der Lockharts habe die Verfolgung aufgenommen, um es zurückzuholen. Dabei wäre ich in Irland fast ums Leben gekommen – nur damit ich nicht mit leeren Händen zu dir, *m'annsachd,* zurückkehrte.«

»Wir tapfer von dir«, sagte sie. »Und wenn ich wirklich deine Liebste bin, warum bist du dann nicht auf die Idee gekommen, mir zu schreiben und mich wissen zu lassen, dass du nach Irland gereist warst?«

Hugh blinzelte. Und dann lächelte er glückselig. »Mared, *lass* … Ich konnte nicht mal einen Penny mein Eigen nennen. Wie hätte ich da Papier und Feder kaufen sollen? Nein, *leannan,* ich habe geglaubt, dass du mir vertraust.«

Darüber lachte sie unverhohlen. »Dir würde ich nicht vertrauen, selbst wenn du der letzte Mensch auf Gottes schöner Erde wärst, MacAlister«, sagte sie, schob jedoch den Schlüssel ins Schloss, drehte ihn und öffnete die Tür.

Hugh sprang sogleich aus der Zelle und nahm Mared in die Arme, ohne auf die Kerze in ihrer Hand zu achten. »*Diah,* wie ist es möglich, dass du noch hübscher geworden bist, seit ich dich zuletzt gesehen habe?«, fragte er und versuchte, ihren Hals zu küssen. »Ich habe mir nicht träumen lassen, dass du so schön bist. Ah, *lass,* du wirst es nicht bereuen, dass du mich aus diesem verdammten Loch befreit hast«, flüsterte er dreist an ihrem Ohr.

Mared stieß seinen Arm von ihrer Taille und hielt die Kerze zwischen sich und ihn. »Ich bin nicht gekommen, um einen verdammten Narren zu retten. Ich bin hier, um zu erfahren, warum du mich solchen Gefahren ausgesetzt hast. Und, falls du mir die Wahrheit sagst, um dich mit Abendbrot zu versorgen.«

»Abendbrot!«, wiederholte Hugh begierig, seufzte über ihren stoischen Blick und stemmte die Hände in die Taille. »Du siehst aber wirklich gut aus, mein Wort darauf – du bist wahrhaftig eine schöne Frau, Mared. Ich finde ehrlich, dass du noch hübscher bist als beim letzten Mal, als ich dich sah. Du wirkst irgendwie verändert.«

Ja, sie war verändert, in vielerlei Hinsicht. Sie deutete auf die Treppe. Hugh fing ihre Hand ein und legte sie sich mit einem charmanten Lächeln auf den Arm. »Wenn ich dich schon begleiten darf, dann gestatte, dass ich es richtig tue«, sagte er und musterte sie lüstern.

Sie verließen den dunklen unterirdischen Gang, und auf dem Weg hinauf zum Hauptgeschoss versuchte Hugh, sie zu überzeugen, dass er immer nur an sie gedacht, dass ihr Bild ihn weitergetrieben hätte, wenn es so aussah, als bestünde keine Hoffnung mehr. Aye, Mared war es, die ihn zurück nach Talla Dileas statt nach London gelockt hatte, wo er, wie er sie erinnerte, das Untier hätte verkaufen und das Geld für sich behalten können.

Als sie schließlich im Speisezimmer anlangten, lachte Mared über seine geflüsterten glühenden Beteuerungen äußerster Hingabe, denn wer konnte es sich schon verbeißen, über Hugh zu lachen?

Grif missverstand ihr Lachen als etwas völlig anderes, schlug Hugh im Moment seines Eintretens auf die Schulter und wies ihm den Platz zwischen sich und Liam an. »Du hältst dich gefälligst von meiner Schwester fern, aye?«, warnte er ihn.

»Aye«, sagte Hugh und zwinkerte Mared über den Tisch hinweg frech zu.

Beim Abendbrot – das, wie Mared unmöglich übersehen konnte, aus reichlich karger Kost bestand, sogar im Vergleich zu dem, was die Dienstboten auf Eilean Ros zu essen bekamen – besprach die Familie die weiteren Pläne. Man kam überein, gemeinsam nach Edinburgh zu fahren – Hugh eingeschlossen –, wegen Annas Schwangerschaft allerdings ohne Anna und Grif, Natalie würde auch zu Hause bleiben, um Anna zu unterstützen.

Sie würden auf der Stelle das Gold und die Rubine verkaufen und die Schulden bezahlen, dann sollte der Smaragd in kleinere Stücke zerlegt werden, die je nach Bedarf verkauft werden konnten. Der Smaragd lag mitten auf dem Abendbrottisch. Mared konnte den Blick nicht von ihm wenden. *Das* war das Ding, das sie hatte finden sollen. Nicht den *a'diabhal!* Nicht den Tod. Sondern einen Smaragd. Eine verdammte Mitgift! Wie hatte der Hinweis auf diesen prachtvollen Stein so schrecklich als Fluch missverstanden werden können?

»Wie viel bringen das Gold und die Rubine wohl ein?«, fragte Aila.

»Zigtausende«, beteuerte Grif.

»Minus fünf Prozent«, erinnerte Hugh ihn hastig, was ihm einen ziemlich verweisenden Blick von den Lockhart-Männern eintrug.

»Und der Smaragd?«, wollte Aila wissen.

Grif betrachtete den Stein.

»Ich bin nicht sicher, aber ich glaube, noch einmal Zigtausende.«

Alle blickten auf den Smaragd und dachten daran, wie knapp sie dem Verlust entgangen waren.

Später kamen sie zu dem Schluss, dass sie Hugh unbesorgt frei laufen lassen konnten, denn er hatte, wie er vorbrachte, kein Geld und kein Transportmittel und war demgemäß völlig darauf angewiesen, dass sie ihn mitnahmen nach Edinburgh und ihm seinen Anteil auszahlten. Carson erklärte sich, wenn auch noch immer reichlich verstimmt, einverstanden damit, dass Hugh bis zu ihrer Reise nach Edinburgh eine der alten Dienstbotenkammern am anderen Ende des Hauses bewohnen konnte.

Sämtliche Lockharts waren gierig darauf bedacht, ihre Armut hinter sich zu lassen, und sie beschlossen, es auf der Stelle zu tun. In zwei Tagen wollten sie aufbrechen.

An diesem Abend schritt Mared in der trauten Wärme ihres Turmzimmers vor dem Kamin auf und ab. Ihr Zopf wippte jedes Mal, wenn sie sich umdrehte, über ihre Hüfte, immer und immer wieder.

Schließlich griff sie nach Papier und Feder.

An den Ehrenwerten Laird Douglas, den Herrn über Schafe und anderes zweifelhaftes Viehzeug, mit Grüßen aus Talla Dileas.

Ich hoffe, dieser Brief erreicht Euch bei guter Gesundheit.

Sie hob den Blick und sah aus dem schmalen Fenster hinaus in die sternenklare Nacht. *Wie geht es Dir?*, hätte sie gern gefragt. *Kannst du des Nachts schlafen? Wer schlägt dein Bett auf und zieht die Laken am nächsten Morgen glatt, nachdem du dich die ganze Nacht rastlos im Bett gewälzt hast? Wer wäscht deine Kleider?*

Der Schock ihrer plötzlichen Schicksalswende ebbte allmählich ab, und jetzt konnte Mared kaum an etwas anderes als an Payton denken … und was nach der veränderten Vermögenslage ihrer Familie nun aus ihnen werden sollte. Sie hatten ein bezauberndes Wochenende erlebt – sie hatte geglaubt, dass es einen Wendepunkt in ihrer gemeinsamen Geschichte bedeutete. Wahrscheinlich hatte sie geglaubt, dass sie ihn heiraten würde. Aber jetzt war sie dessen nicht mehr so sicher. War sie es sich nicht schuldig, die Erfahrungen zu sammeln, die das Leben ihr bislang aufgrund des Fluchs versagt hatte?

Mit großer Freude lasse ich Euch wissen, dass wir am Donnerstag nach Edinburgh aufbrechen, um unser Vermögen wiederherzustellen und das Ruder unseres Schicksals herumzuwerfen und unsere zahlreichen Schulden zu bezahlen. Natürlich werden wir zuallererst unsere Schulden bei Euch begleichen.

Sie hielt inne und blickte hinaus zu den Sternen. *Wie kann ich dich denn verlassen? Wie kann ich es nicht tun? Jetzt bin ich frei, Payton. Ich bin frei zu reisen und zu tanzen und mich ohne Angst vor Missbilligung unter den Bewohnern der ganzen Welt zu bewegen.*

Wir werden mindestens vierzehn Tage in Edinburgh bleiben und unsere Angelegenheiten regeln. Ich hoffe, dass Ihr während dieser Zeit Eure Schafe daran hindert, auf unserem Land zu grasen, denn vielleicht bringen wir mehr Vieh mit zurück. Vater spricht mit großer Begeisterung davon, trotz Griffins Versicherung, dass der Markt für Highland-Vieh schrumpft.

Sie hörte auf zu schreiben. *Ich weiß nicht, was ich tun soll. Ich weiß nicht, wohin. Ich weiß nicht, ob ich überhaupt atmen kann, wenn du nicht in meiner Nähe bist. Ich weiß nur, dass ich mir das Leben aneignen muss, das ich unter dem Fluch verloren habe. Ich habe niemals echte Freiheit geschmeckt, nicht so wie du, nicht einmal einen einzigen Tag in meinem Leben. Ich muss wissen, wie es ist.*

Anna und Griffin bleiben auf Talla Dileas, da Anna nicht reisen kann, und irgendwer muss ja ein Auge auf das Anwesen und meine Hunde haben. Ich habe Mr Dudley gebeten, sich gut um sie zu kümmern, denn ich weiß ja, du willst nicht, dass sie deine Schafe hüten.

Wieder hielt sie inne. *Ich kann nicht sagen, wann ich nach Talla Dileas zurückkomme. Ich spüre die überwältigende und notwendige Verpflichtung, in die Welt hinauszugehen und zu leben. Willst du, dass ich bleibe? Sind deine Gefühle für mich, nachdem die Schulden bezahlt sind, noch die gleichen? Du hast nichts gesagt, du hast nur gesagt, du würdest verstehen*

Bitte grüßt Una und Rodina von mir. Ich werde Augen und Ohren offen halten und mich nach einer Haushälterin umsehen, natürlich nach einer, die waschen kann.
Immer Eure
M

Mein Herz neigt sich dir auf immer zu. Du bist für immer ein Teil von mir.

Sie legte die Feder nieder, nahm ein kleines Stückchen Wachs zur Hand und versiegelte den Brief, und dann vergrub sie mindestens zum zehnten Mal an diesem Tag, seit sie erfahren hatte, dass sie frei war, den Kopf in den Händen und weinte.

Ein kalter Dauerregen ging nieder, und Payton blickte durch die Rinnsale an der Fensterscheibe hinaus auf das triste Land. Er hatte ihren Brief zum dritten Mal gelesen, hatte versucht, etwas – irgendetwas – zwischen den Zeilen zu lesen, doch er fand nichts. Kein Hinweis auf ihre Gefühle, nichts als die Vorfreude auf ihre bevorstehende Reise nach Edinburgh.

Unter Zuhilfenahme großer Mengen Whisky hatte er sich wieder einmal mit dem unvermeidlichen Ende abgefunden. Er hatte sich gezwungen, der Tatsache ins Gesicht zu sehen, dass ihre Gefühle, die womöglich während ihrer Zeit in seinen Diensten erwacht waren, der neu gefundenen Freiheit wohl nicht standhielten.

Er verstand, dass es so kommen konnte ... und konnte doch tief im Herzen nicht begreifen, wie sie den gemeinsam erlebten Zauber einfach ignorieren konnte. Sie hatte ihm ihre Jungfräulichkeit geopfert. Womöglich war sie schwanger mit seinem Kind. Konnte sie ihn wirklich völlig ohne eine Unterredung verlassen?

Er warf einen Blick auf die Uhr auf dem Kaminsims. Seit sechsunddreißig Stunden war sie fern von ihm. Noch einmal vierundzwanzig Stunden später würde sie für ihn unerreichbar sein. Payton blickte auf den Brief, biss die Zähne zusammen, zerknüllte ihn in der Hand und warf ihn ins Feuer. Er würde es so nicht akzeptieren. Sie würde Talla Dileas nicht verlassen, ohne sich wenigstens anständig von ihm verabschiedet zu haben.

Am nächsten Tag kurz nach Mittag traf er auf Talla Dileas

ein. Dudley nahm ihm Hut und Mantel ab und führte ihn in das kleine Wohnzimmer, wo er sich aufwärmen und seine Stiefel trocknen konnte. Er stand vor dem Feuer und tat genau dies, als Mared das Zimmer betrat.

Er spürte sie, bevor er sie sah – inzwischen konnte er ihre Nähe fühlen und vermisste sie so sehr wie die Luft zum Atmen. Er drehte sich um, und sein Mut sank bei ihrem Anblick – sie trug ein altes grünes Kleid, in dem er sie schon ein Dutzend Mal gesehen hatte, aber es war unwichtig. In seinen Augen war sie so schön, dass es schmerzte. Das Haar hing ihr offen und wellig lang über den Rücken, mit grünen Bändern aus dem Gesicht zurückgebunden. Sie trug ihre Stiefel, und er bemerkte Schlammspritzer daran, als wäre sie gerade von einem Spaziergang im Regen zurückgekommen. Ja, so musste es wohl sein, denn ihre Wangen waren gerötet, und ihre Augen blitzten.

Sie warf einen Blick auf die offene Tür, als sie ihn sah, und schob sie behutsam zu – nicht völlig, aber doch weit genug, damit ihnen ein gewisses Maß an Privatsphäre sicher war. Dann drehte sie sich um, faltete die Hände vor der Brust und lächelte unsicher.

Das war nicht mehr die lebhafte Frau, die er erst neulich an jenem Baum in die Arme genommen hatte. Diese wirkte nervös. Verunsichert.

»Wie geht es dir?«, fragte er ruhig.

»Gut«, antwortete sie ohne Überzeugungskraft. »Und dir?«

Er zuckte die Achseln. Wenn er sie jetzt ansah, erinnerte er sich lebhaft an ihren nackten Körper, an das Gefühl, sie in den Armen zu halten. Daran, dass ihre Vereinigung sich so gut und richtig angefühlt hatte.

Es bestand kein Grund, diese Qual zu verlängern. »Du reist also nach Edinburra«, sagte er knapp.

Sie sah zum Kamin hinüber und nickte. »Wir wollen unser Vermögen wiederherstellen.«

»Das hast du mir geschrieben«, sagte er und wusste plötzlich nicht mehr weiter. Er wusste nicht, was er sagen sollte. Es war, als hätte er schon zu viel Zeit darauf verwendet, Mared um die Erwiderung seiner Liebe zu bitten. Von seinem Stolz waren ihm nur noch Fetzen geblieben, und er glaubte nicht, auch diese noch aufgeben zu können, um sie zu bitten, jetzt zu bleiben. Mit einem ratlosen Stirnrunzeln schob er eine Hand durch sein Haar und sah ins Feuer.

»Zurzeit ist Saison«, sagte Mared hinter ihm. »Es gibt Bälle und Soireen und dergleichen mehr.«

Ja, ja, er wusste Bescheid über die Saison. Er hatte an so vielen teilgenommen, dass sie ihm inzwischen völlig gleichgültig waren. Die Leute, aus denen die »Gesellschaft« bestand, waren Blutsauger, und sie würden Mared ihre Einzigartigkeit aussaugen und versuchen, sie nach ihren Vorstellungen zu formen.

»Ich habe noch keine Saison erlebt«, sagte sie nervös. »Bis jetzt hatte ich nicht die Freiheit dazu …«

Mehr brauchte sie nicht zu sagen. Payton war klar, dass sie die Gelegenheit, endlose Soireen zu besuchen, ihm vorziehen würde.

Sein Kopf begann plötzlich zu schmerzen; er hob die Hände an die Schläfen und massierte sie. »Hast du überlegt, dass du schwanger sein könntest?«, fragte er rau.

Das Mädchen wurde blass. Dann errötete sie heftig und blickte sich nach der Tür um. »Ich bin nicht …«

»Wie kannst du so sicher sein?«

»Ich kann sicher sein, und ich bin sogar *sehr* sicher«, sagte sie und bedachte ihn mit einem sprechenden Blick.

Er seufzte und ließ die Hände sinken, wehrte sich gegen den Drang, sie in die Arme zu nehmen, sie festzuhalten. Mühsam beherrscht, nahm er seinen letzten Mut zusammen, denn er würde ihn brauchen, um Lebewohl zu sagen.

Mared musterte ihn besorgt und, wie er hoffte, mit einer Spur von Zuneigung. Sie ging zögernd ein paar Schritte auf ihn zu. »Bist du … Fehlt dir auch nichts?«, fragte sie leise.

Sein Stolz war restlos niedergeschmettert. Payton spürte, wie alle Farbe aus seinen Wangen wich. Er verzog das Gesicht. »Wie sollte mir nichts fehlen?«, knirschte er.

Mareds Blick wurde sanfter, sie trat näher an ihn heran. »Payton ...« Sie legte ihm die Hand auf den Arm.

Die Berührung reichte aus. Er blickte in diese grünen Augen und handelte, bevor er denken konnte, riss Mared grob in seine Arme und presste sie an sich.

»Oh, Payton!«, rief sie leise an seinem Ohr. »Es tut mir so leid, wirklich! Aber ich weiß nicht, was ich tun soll! Ich habe das Gefühl, ich muss gehen, denn das ist etwas, was ich mein Leben lang gebraucht habe. Es war mir ein Bedürfnis, frei zu sein. Normal zu sein!«

»Warum kannst du nicht hier normal sein? Was wird aus *uns?*«, wollte er wissen, packte sie bei den Schultern und schob sie leicht von sich fort. »Nach dem, was zwischen uns war, was soll jetzt aus uns werden?«

»Ich weiß nicht, ich *weiß* es nicht«, rief sie, schloss die Augen und schmiegte die Stirn an seine Schulter. »Ich bin so durcheinander!«

Zum Teufel mit ihr, aber er empfand ihre Verwirrung tatsächlich körperlich, und mit einem müden Seufzer ließ er sie los, nahm sie in den Arm und legte die Hand an ihren Hinterkopf. »Und wie lange? Wie lange bleibst du fort?«

»Ich kann es nicht sagen.«

Er schloss die Augen und drückte ihren Kopf an seine Schulter. »Mared ... Ich liebe dich, *lass*«, brachte er mühsam hervor.

Sie fuhr zurück und nahm sein Gesicht zwischen ihre Hände. Ihre grünen Augen leuchteten. »Ich weiß, ich weiß, und ich ... ich liebe dich auch, Payton. Aufrichtig. Du darfst nichts anderes denken. Aber ich habe mein ganzes Leben unter dem Fluch zugebracht, und mein größter Wunsch war, so zu sein wie alle anderen. Ich will spüren, wie das ist. Ich will Menschen kennenlernen, die nichts von diesem scheußlichen

Fluch wissen. Ich will die Welt jenseits dieser Lochs sehen, zwischen denen der elende Fluch existierte. Ich war einmal in Edinburra, und ich *weiß,* dass ich dort völlig frei sein werde. Hier werde ich nie ganz frei sein, ganz gleich, ob das Rätsel des Fluchs gelöst ist oder nicht. Es wird immer Menschen geben, die noch an ihn glauben. Kannst du mich verstehen?«

Er verstand sehr deutlich – sie wollte das eine, was er ihr nie würde geben können. Sie wollte fort von den Lochs, wo er durch Pflichtgefühl und Ehre und seine Geschichte zu bleiben gezwungen war.

Mit einem traurigen Lächeln deckte er seine Hände über die ihren an seinem Gesicht, zog sie herab, küsste die Handrücken und dann zärtlich ihren Mund. »Das war es dann, *lass*«, sagte er leise.

»Das ist nicht das Ende, Payton ...«

»Wir wollen uns nichts einreden, aye?« Er ließ ihre Hände los und trat zurück. Mared senkte den Blick, vermied es, ihn anzusehen. Sie wusste es auch, und sein Herz zog sich so schmerzhaft zusammen, dass er das Gesicht verzog.

Er schob eine schwere Locke ihres Haars über ihre Schulter zurück. »Ich habe ein Abschiedsgeschenk für dich«, sagte er und griff in seine Tasche.

Widerwillig hob sie den Kopf, als er die Hand aus der Tasche zog und sie öffnete. Darin lag das *luckenbooth,* das er zum Anlass ihrer lang vergessenen Verlobung hatte fertigen lassen.

Mared schnappte leise nach Luft und sah mit ihren dunkelgrünen Augen ein paar Sekunden zu ihm auf und dann wieder auf das *luckenbooth*. Behutsam nahm sie es von seiner Handfläche, hielt es hoch und bewunderte das Blitzen der Edelsteine im Feuerschein.

»Wirf es mir nicht vor die Füße, aye?«, bat er ironisch.

»*Payton* ... Es ist noch schöner als damals, als ich es zum ersten Mal in der Hand hielt. Ich kann es nicht annehmen. Ich habe es nicht verdient.«

»Aye, du hast es ganz und gar nicht verdient«, stimmte er ihr zu. »Aber ich will, dass du es nimmst, Mared. Ich habe es für dich fertigen lassen, und ... ich hoffe, du trägst es in Edinburra.«

Sie drehte das Schmuckstück in den Händen und bewunderte lächelnd die zierliche Arbeit. »Wie um alles in der Welt hast du es wiedergefunden?«

»Ich habe lange gesucht«, sagte er und schämte sich seiner vor Gefühlsaufwallung heiseren Stimme.

Sie schloss die Hand um den Schmuck und blickte zu ihm auf. »Danke, Payton. Ich werde es immer in Ehren halten.« Sie erhob sich auf die Zehenspitzen und gab ihm einen leichten Kuss, wobei ihre Hand an seinem Arm hinabglitt und sich dann in seine schob.

Wie es schien, gab es nichts mehr zu sagen. Sie standen da und sahen sich an, bis Payton es nicht länger ertrug. Die Lippen fest zusammengepresst, berührte er ihr Kinn mit zwei Fingern und wischte mit dem Daumen die Träne fort, die sich von ihren Wimpern gelöst hatte. »Gott mit dir«, sagte er und trat zurück.

Er spürte den Abschied von ihr wie Zugluft, obwohl sie sich nicht gerührt hatte, und zwang sich, Talla Dileas zu verlassen, bevor sein Schmerz in verzehrte.

26

Edinburgh, Schottland
Zwei Monate später

Mehrere Wochen nach der Ankunft der Lockharts in Edinburgh trafen immer noch Kleider ein, in allen Farben eines seidenen Regenbogens, dazu Schuhe und Hüte und Handschuhe und Schmuck.

Ellie war vollauf damit beschäftigt, Duncans mollige Händchen von der Kleiderparade fernzuhalten, als Mared ihre jüngsten Einkäufe vorführte. »Lieber Himmel, Mared!«, rief sie. »Willst du dein ganzes Vermögen dem Modisten in den Rachen werfen?«

Mared lachte und hielt ein Kleid aus selleriegrüner und pflaumenblauer Seide hoch. »Könntest du es mir verübeln?«

»Nein«, sagte Ellie, und ihr Lächeln verlosch. »Das könnte ich wirklich nicht. Du hast das alles verdient, nach dem, was du durchgemacht hast. Aber es sind so *viele*.«

»Vater hat mir Geld geben, über das ich ganz nach Belieben verfügen darf«, erinnerte Mared sie.

»Ja, aber ... Aber ich frage mich doch, ob du nicht vielleicht ein wenig für deine Zukunft auf die hohe Kante legen möchtest?«, wollte sie wissen, haschte nach Duncans Hand und zog ihn fort von den Schuhen, die er entdeckt hatte.

»Ich investiere es in meine Zukunft«, sagte sie leichthin. »Es könnte durchaus sein, dass jemand um meine Hand anhält. Kannst du dir das vorstellen, Ellie? Dass jemand mir einen Heiratsantrag macht?«

»Dir hat schon jemand einen Antrag gemacht«, erinnerte Ellie sie leise.

Mared hielt inne und sah Ellie aus den Augenwinkeln an. »Das ist nicht das Gleiche. Außerdem warst *du* es doch, die mich gedrängt hat, nach Edinburgh zu gehen, oder?«

»Ja, nicht wahr?«, fragte Ellie. Sie seufzte bekümmert, setzte sich in einen bestickten Lehnstuhl und nahm Duncan auf den Schoß.

»Warum seufzt du so?«, wollte Mared wissen, legte das selleriegrüne Seidenkleid zur Seite, griff nach einem roten und hielt es vor sich.

»Weil ich lediglich gemeint hatte, du solltest für eine Weile herkommen und dich amüsieren. Doch jetzt fürchte ich, dir den falschen Rat gegeben zu haben. Du wirst dir schaden.«

Mared lachte und sah Ellie über die Schulter hinweg an. »Warum um alles in der Welt sollte ich mir schaden? Hast du es nicht gehört, Ellie? Ich bin der strahlendste Stern der Saison.«

»Ich habe von Miss Douglas erfahren, dass du bei den Herren der Liebling der Saison bist.«

»Ach?«, fragte Mared und lächelte über die Schulter zurück.

»Mhm«, machte Ellie. »Augenscheinlich spricht man in jedem Salon am Charlotte Square von dir.«

Mit einem Lachen wandte Mared sich wieder um, um das rote Kleid zu bewundern. »Na also.«

»Mared, hör mir zu. Wenn sie mit dir tanzen, sagen die Herren Aristokraten alles, was du hören willst, doch einen Heiratsantrag machen sie erst, wenn sie sich deines Werts versichert haben. Und selbst dann müssen noch Abstammung und Titel berücksichtigt werden ...«

»Ellie!«, fuhr Mared auf. »Das klingt, als würdest du nicht glauben, dass die Lockharts eine stolze, durch und durch schottische Familie sind.«

»Natürlich glaube ich das, Mared. Ich gehöre schließlich dazu«, entgegnete Ellie höflich. »Ich will dir nur erklären, dass diese Herren sich nicht sonderlich für den guten Namen der Lockharts interessieren. Sie interessiert allein, wie weit sie ... nun ja, bei dir gehen dürfen ... ohne um deine Hand anzuhalten.«

»Deswegen machst du dir Sorgen?«, fragte Mared lachend. »Ich bin keine errötende Jungfer, Ellie. Und ehrlich gesagt, mir ist auch noch kein Mann begegnet, der für eine Heirat in Betracht käme.«

»Was soll dann das Gerede über Heiratsanträge?«

»Es ist nur Gerede. Weil ich noch nie in der Situation war, bewundert zu werden. Und weil es einfach so viel *Spaß* macht.«

»Mared, *bitte,* gib acht auf dich. Um dich herum scharwenzeln viele unehrenhafte Männer, und dein Ruf könnte durch ein einziges unbedachtes Wort auf immer beschädigt werden.«

»Also wirklich, Ellie!«, höhnte Mared. »Wir sind hier nicht in London, und so naiv bin ich nun auch wieder nicht«, sagte sie unverblümt. Ellies skeptischer Blick entging ihr, als sie nach einem weiteren Kleid griff.

Es traf zu, dass Mared seit ihrer Ankunft in Edinburgh mit ihrer Familie zu einem wahren Höhenflug angesetzt hatte. Nach ein paar Ausflügen mit ihren Brüdern dauerte es nicht lange, bis sie auf der Gästeliste jeder Soiree, jedes Balls, jeder Dinnerparty in aristokratischen Kreisen verzeichnet war, denn sie galt als exotische, bislang unbekannte Schönheit. Im letzten Monat hatte sie öfter getanzt als zuvor in ihrem ganzen Leben. Ihre Tanzkarte war immer gut gefüllt, und die Herren – verheiratete, unverheiratete wie auch unentschlossene – flüsterten ihr freche kleine Anzüglichkeiten ins Ohr.

Talla Dileas erschien ihr so weit entfernt vom glitzernden Leben am Charlotte Square.

Und Mared schwelgte in der Aufmerksamkeit, die ihr zuteil wurde. Sie freute sich über jede Einladung, die sie erhielt. Sie kaufte Kleider und Schuhe und Hüte und Mäntel und störte sich nicht im Geringsten an den Kosten, denn das Untier und besonders der riesige Smaragd hatten ihrer Familie wieder zu Reichtum verholfen.

Zwei Monate lang hatte sie jetzt das Leben im Schatten des Edinburgh Castle in vollen Zügen genossen. So sehr, dass ihr kaum jemals Zeit blieb, an Payton zu denken, außer des Nachts, in jenem stillen Moment zwischen Wachsein und Schlaf.

Da besuchte er sie regelmäßig. Jede Nacht.

Mared lag da, die Arme um ihr Kissen geschlungen, fragte sich, was er den Tag über trieb, stellte sich vor, wie er allein speiste und allein am Fuß des Ben Cluaran entlangritt.

Von Zeit zu Zeit hörte sie auch von ihm. Ihre Mutter – die mit ihrem Vater zurückgereist war, sobald ihre Angelegenheiten geregelt waren, um die Schulden zu begleichen – schrieb ihr oft, wie auch Anna, und hin und wieder erwähnten sie Payton in ihren Briefen. Ihre Mutter berichtete, dass er die Begleichung der Schulden akzeptiert und sie ihnen schriftlich bestätigt hatte. Sie erwähnte nicht, ob er nach ihr gefragt hatte.

Anna schrieb, dass er regelmäßig Miss Crowley zum Sonntagsgottesdienst in die Kirche begleitete und dass allgemein schon bald mit einer Hochzeit gerechnet wurde. Sogar Grif schrieb ihr einmal und berichtete, dass Douglas ihn überredet hatte, ihm beim Bau einer neuen Scheune für Mr Craig zu helfen, und dass er mit Erstaunen gesehen habe, dass Douglas genauso geschickt mit Hammer und Nägeln hantierte wie er.

Mared überraschte es nicht. In ihren Augen konnte er so ziemlich alles, denn er gehörte einfach zu dieser Sorte Mann – stark und unglaublich tüchtig, genauso geschickt beim Bau einer Scheune wie als Gastgeber einer wichtigen gesellschaftlichen Veranstaltung.

Grif ließ sie außerdem wissen, dass Payton das Geld für die Fertigstellung seiner Destille aufgebracht hatte, die sich bereits im Bau befand. Mared stellte sich vor, dass er seine

Zeit mit der Beaufsichtigung der Arbeiten verbrachte – er war so stolz auf seinen Whisky, obwohl der ihn beinahe umgebracht hätte.

Mared hatte ihm, seit sie in Edinburgh weilte, zwei Mal geschrieben, beide Male, um ihm zu erzählen, was sie alles gesehen und erlebt hatte. Er hatte nur eine Antwort geschickt, und diese war ziemlich knapp ausgefallen.

Sie bewahrte den Brief in einem edelsteinbesetzten Kästchen auf ihrem Frisiertisch auf und las ihn immer wieder. Beinahe jeden Abend, denn dann nahm sie das *luckenbooth* aus der seidenen Hülle, um es zu der Veranstaltung des jeweiligen Abends anzustecken. Der Brief lautete:

Meine liebe Miss Lockhart,

ich freue mich zu hören, dass Edinburgh dir gefällt. Ich habe es nie bezweifelt. Uns geht es recht gut, aber den Hunden fehlst du.

Es wird dich sicher entzücken zu hören, dass Una den Heiratsantrag von Mr Harold Fuquay von Loch Leven angenommen hat. Am Ende des Monats scheidet sie aus unseren Diensten aus und tritt eine Stelle als Hausmädchen bei meinem Vetter Neacel und seiner Frau an. Bald beginnt die Schafschur, was dich sicher beglückt, denn dann werden die Schafe nicht auf eurem Land grasen. Ich kann dir versichern, dass sie die Landschaft nicht für eure Kühe »ruiniert« haben, wie du befürchtetest. Hüte dich vor den Einwohnern Edinburghs und versuche, sie nicht in heillosen Schrecken zu versetzen.

Douglas

Aye, Mared dachte oft an Payton und bewahrte ihn voller Liebe in einem stillen Winkel ihres Herzens. Doch sie vermutete, dass er sein Leben wie gewohnt ohne sie weiterführte. Das verursachte ihr ein Gefühl trostloser Verlorenheit.

Doch jeden Morgen stand sie voller Vorfreude auf das,

was der Tag bringen würde, auf und verdrängte die Gedanken an ihn und ihre Traurigkeit aus ihrem Bewusstsein.

Es gab so viel, was sie sehen und unternehmen wollte, so viel, was sie versäumt hatte! Sie durchstreifte Edinburgh Castle, wanderte durch die Anlagen von Holyroodhouse Palace und spazierte am Schlossgelände entlang zum Charlotte Square, wo sie wohnte. Abends besuchte sie ein Fest nach dem anderen und amüsierte sich königlich.

Gelegentlich traf Mared Hugh auf einer Soiree oder einem Ball. Wie sie hatte er sich entschieden, in Edinburgh zu bleiben, nachdem er seinen Anteil am Erlös des Untiers kassiert hatte. Wenn sie den Schurken sah, nahm er sich manchmal kaum die Zeit, sie zu begrüßen, bevor er in einem der Zimmer verschwand, wo die Herren sich Glücksspielen hingaben – sie hatte gehört, dass er seinen Anteil an dem Untier am Spieltisch in ein noch größeres Vermögen umgewandelt hatte. Dann wieder war er auch mal der Erste, der sie zum Tanzen aufforderte und sie zum Lachen brachte, indem er ihr seine Verehrung ins Ohr flüsterte. Er blieb ihr ein Rätsel.

Sie hatte eigentlich auch damit gerechnet, ihn an diesem Abend zu sehen, an dem der Ball der Aitkins stattfand, eine Veranstaltung mit angeblich mindestens zweihundert Gästen. Mared konnte es kaum erwarten. Da Ellie die Einladung abgelehnt hatte und lieber bei Duncan bleiben wollte, sollte Liam sie begleiten.

Sie legte das selleriegrüne Kleid zu passenden Schuhen an, und Ellie legte ihr das Haar zu einer kunstvollen Frisur, schlang ihr im griechischen Stil Bänder um den Kopf und hängte ihr ein großzügiges Stück des Smaragds um den Hals. Die Familie hatte ihr diesen Halsschmuck mit dazu passenden Ohrgehängen geschenkt.

»Oh, Mared«, sagte Ellie, trat zurück, um sie anzuschauen, und schüttelte den Kopf. »Ich habe nie eine schönere Frau als dich gesehen, ich schwöre es.«

»Ellie, du schmeichelst mir!« Mared lachte.

»Nein«, wehrte Ellie ab und schüttelte verwundert den Kopf. »Manchmal kann ich kaum glauben, dass du es bist. In deinen vornehmen Gewändern erscheinst du mir wie ein völlig anderer Mensch.«

Ellie ahnte nicht, wie anders Mared tatsächlich war. Sie lächelte herzlich und gab Ellie einen liebevollen Kuss auf die Wange. »Ich bin noch dieselbe, Ellie, aber vermutlich lässt ein bisschen Seide und der eine oder andere Smaragd als Schmuck mich ein bisschen verändert wirken.«

»Mag sein.« Ellie betrachtete Mareds Robe und den Schmuck und lächelte, als Mared das *luckenbooth* an ihre Schulter heftete. »Vermutlich werden die Männer Schlange stehen, um sich auf Mared Lockharts Tanzkarte einzutragen.«

Mared lachte fröhlich und griff nach ihrem Umhang. »Es ist eine ziemlich dramatische Schicksalswende, wie?«

Liam und Mared fuhren in einer goldverzierten Kutsche vor dem Herrenhaus mit Blick auf den Firth of Forth vor. Gezogen wurde sie von vier Grauschimmeln, die Liam erst kürzlich für Talla Dileas erstanden hatte. Liam machte sich absolut nichts aus Bällen, ließ Mared im Mittelpunkt der Aufmerksamkeit zurück und begab sich in die Spielzimmer, wo er, wie er sagte, seinen Sold verdoppeln wollte, vorzugsweise, indem er Hugh MacAlister ausnahm.

Mared betrat den Ballsaal, ließ ihren handbemalten Fächer aufschnappen, wie sie es bei zahlreichen Damen beobachtet hatte, und war im Nu von mehreren Herren umringt.

Doch David Anderson, der Sohn des Viscounts Aitkin und Gastgeber dieser Veranstaltung, war der Erste, der sie zur Seite nahm. Die behandschuhte Hand an ihrem Ellenbogen, flüsterte er: »Eine Vision ist im Haus meines Vaters niedergegangen.«

Mared sah ihn aus den Augenwinkeln an und lächelte kokett. »Hört sich nach einem Bussard an.«

Er lachte leise und zog sie zur Seite. »Die Vision ist tatsächlich die eines Vogels«, murmelte er, »noch dazu eines Vogels, den ich sehr gern einfangen und in einem goldenen Käfig halten würde, damit ich ihn nach Belieben betrachten kann.«

»In einem Käfig halten?« Mared lachte. »Ziemlich grausam, Sir.«

»Gegen ein kleines bisschen Grausamkeit ist doch nichts einzuwenden, oder?«, fragte er mit einem Augenzwinkern. »Wollen wir tanzen?« Er geleitete die lächelnde Mared zu einem Menuett auf die Tanzfläche.

Sie tanzte für ihr Leben gern und drehte sich und flirtete mit Mr Anderson, während sie anderen Männern zulächelte, die versuchten, ihren Blick einzufangen. Ihr Verhalten zeitigte die gewünschte Wirkung auf Mr Anderson. »Ihr seid hinreißend, verdammt«, sagte Mr Anderson, nahm ihre Hand, tanzte auf sie zu und wieder zurück. »Es gibt kein schöneres Mädchen in der Stadt.«

Mared lächelte neckisch.

Und so ging es weiter, sie tanzte und lächelte und flirtete, amüsierte sich großartig, genoss das fröhliche, absolut göttliche Gefühl der Unbeschwertheit.

Als Mr Anderson sie widerwillig gehen ließ, tanzte sie weiter, mit einem Herrn nach dem anderen, lächelnd und flirtend. Nach dem achten oder neunten Tanz ließ sie Lord Brimley stehen und suchte den Erfrischungsraum der Damen im ersten Stock auf. Und nachdem sie sich frisch gemacht hatte, trat sie hinaus auf die Galerie im ersten Stock, schlenderte am Geländer entlang und strich mit den Fingern über die Balustrade aus Mahagoni, während sie auf die Tanzpaare unter sich blickte.

Die Musikanten spielten einen Reel, und sie sah, wie die Frauen herumwirbelten und ihre bunten Röcke sich blähten. Männer in schwarzen Abendanzügen, so attraktiv und gut gelaunt, führten die Damen anmutig durch die Tanzfiguren.

Mared hatte die Treppe erreicht, begann den Abstieg und

ließ den Blick gedankenverloren über den gedrängt vollen Ballsaal schweifen. Doch plötzlich setzte ihr Herz einen Schlag aus. Sie sah noch einmal genauer hin, auf die Person, die sie erkannt zu haben glaubte, und ihr Herz vollführte einen Trommelwirbel.

Er war es. *Payton.* Ihr Herz hämmerte so rasch, so rasend schnell, dass sie kaum Luft bekam. *Diah,* er sah unglaublich majestätisch aus, viel besser noch, als sie ihn in den vergangenen zwei Monaten vor ihrem inneren Auge gesehen hatte. Er trug schwarze Hosen und einen schwarzen Frack, weißseidene Weste und Halsbinde. Sein Haar war unmodisch lang, aber glänzend, und es stand ihm gut. Er war eine imposante Erscheinung und gewiss der attraktivste Mann im Saal.

Den bewundernden Blicken nach zu urteilen, die ihn umfingen, war sie nicht die einzige Frau, die so dachte.

Er stand am Rand des Tanzbodens, ein Glas Champagner in der Hand, und er beobachtete sie ruhig, beinahe ausdruckslos ... bis auf das Glimmen in seinen schönen grauen Augen, das sie sogar aus dieser großen Entfernung bemerkte. Mit einem lustvollen Schaudern erinnerte sie sich daran, wie die Augen geleuchtet hatten, als er in sie eindrang.

Diese köstliche Erinnerung vertiefte ihr Lächeln noch um einiges.

Payton lächelte ebenfalls, und sie fragte sich mit einem leisen Auflachen, ob auch er sich an diesen Augenblick erinnerte. Er stand unter ihr und zog eine Braue hoch. Sie lächelte und wies auf ihr Kleid, genauso wie an jenem Abend am Loch Leven. Sie drehte sich erst nach links, dann nach rechts.

Und genauso wie an jenem Abend neigte er voller Bewunderung für ihr Kleid den Kopf und hob das Glas, um ihr stumm zuzutrinken. Mit einer raschen Bewegung des Handgelenks ließ Mared ihren Fächer aufschnappen, fächelte sich bedächtig und schwebte die Treppe hinunter. Er kam auf sie zu, ohne auch nur eine Sekunde den Blick von ihr zu lösen.

Am Fuß der Treppe trafen sie aufeinander, und er streckte

ihr die Hand entgegen. Mit einem erfreuten Lachen legte Mared ihre Hand auf seine, ließ sich von ihm die letzte Stufe hinunterführen und versank dann in einem tiefen Knicks. Ein amüsiertes Lächeln spielte in seinen Mundwinkeln, er neigte sich höflich über ihre Hand und drückte die Lippen auf ihre behandschuhten Fingerknöchel. Als er sich aufrichtete, sah sie auf in seine grauen Augen und spürte, wie sein Blick tief und vertraut an etwas in ihrem Inneren rührte. »*Feasgar math*«, sagte sie leise.

»*Feasgar math*«, erwiderte er ihren Gruß und musterte beiläufig ihre Robe.

Unter seinem Blick errötete sie zart und fragte: »Wie geht es dir? Du siehst gut aus ... wirklich sehr gut.«

»Jetzt, da ich dich sehe, geht es mir auch bedeutend besser. Aye, du bist schöner denn je, Mared. Eine Highland-Schönheit.«

»Gefällt es dir?«, fragte sie und wies auf ihr Kleid. Dann neigte sie sich ihm zu und flüsterte: »Ich habe einhundert Pfund dafür bezahlt! Kannst du dir das vorstellen?«

»*Diah*«, sagte er, betrachtete sie noch einmal von oben bis unten, und sein Blick blieb auf dem *luckenbooth* haften, das sie trug. »Es gefällt mir sehr gut«, sagte er und sah ihr in die Augen. »Du bist zweifellos die schönste Frau im Saal.«

Sie merkte, wie ihr Herz daraufhin einen kleinen Hüpfer vollführte.

Mehr als nur ein Mann hatten ihr an diesem Abend gesagt, dass sie schön sei, doch als Payton es sagte, ließ das Kompliment ihren ganzen Körper warm aufstrahlen, und auch das Lächeln, das sie ihm schenkte, war strahlend.

»Tanzt du mit mir?«, fragte er und führte sie auf ihr Nicken hin auf die Tanzfläche.

Als die Musik einsetzte, öffnete er die Arme. Mared schmiegte sich hinein und schob ihre Hand in seine. Eine Hand fest an ihrer Taille, zog er sie ruhig und geschmeidig an seine Brust und drehte sie gekonnt im Walzertakt.

Sie lächelte zu ihm auf. »Es ist schön, dich zu sehen.« Sie meinte es ehrlich. Es war verdammt schön, ihn zu sehen.

Er lächelte herzlich.

»Gibt es Neuigkeiten auf Eilean Ros?«

Er zuckte leicht die Achseln. »Alles beim Alten.«

»Und das Personal?«

»Ist glücklich unter der Führung der neuen Haushälterin«, sagte er. »Mrs Rawlins.«

»Aha, eine neue Haushälterin«, sagte sie erfreut. »Das ist dann wohl die Ursache deiner perfekten Kleidung.«

»So wird es sein«, sagte Payton mit einem schiefen Grinsen.

»Und die Destille? Grif sagt, sie macht Fortschritte?«

»Eilean-Ros-Whisky wird wohl zum Ende des kommenden Jahres in Flaschen abgefüllt.«

»Meinen Glückwunsch«, sagte Mared und neigte in einer angedeuteten Verbeugung den Kopf. »Ich weiß ja, wie sehr du es dir gewünscht hast.«

»Danke«, sagte er und nickte. Ein Glimmen war in seinen Augen, dieser stets präsente Hauch von Belustigung, den sie, wie sie jetzt bemerkte, vermisst hatte.

»Du scheinst dich hier ... eingelebt zu haben«, sagte er und ließ den Blick über das prächtige Interieur des Aitkinschen Herrenhauses schweifen.

»Oh, es ist schön, all diese Soireen und die Bälle.«

Er zog sie noch enger an sich, sein Blick senkte sich auf ihr Dekolleté. »Ich bin überwältigt von deiner Schönheit, Mared«, sagte er leise. Wie schön du bist, weiß ich schon immer, aber dich so zu sehen ... Du versetzt mich in Erstaunen.«

Mared empfand wieder dieses merkwürdige Ziehen, als hätte sich ein unsichtbares Band um ihr Herz gelegt und wollte es aus ihrer Brust reißen. »Du solltest öfter nach Edinburgh kommen«, schlug sie leichthin vor und lächelte. »Ich habe noch mehr Kleider.«

Das trug ihr ein trauriges Lächeln ein, und Payton schüttelte den Kopf. »Ich muss mich um Eilean Ros kümmern. Und um die Destille. Und Gott steh mir bei, falls ich die Schafe mal unbeaufsichtigt lasse! – Eure Hunde würden sie wohl bis ins Meer treiben, wie?«

»Aye«, lachte sie. »Ich habe sie gut abgerichtet, nicht wahr?«

Er zog sie schmunzelnd enger an sich. »Es ist ein verdammt gutes Gefühl, dich wieder in den Armen zu halten.«

Eine spürbare Glut war in ihr entfacht, eine Glut, die anscheinend nur Payton in ihr wecken konnte. »Es ist ein verdammt gutes Gefühl, in deinen Armen zu sein«, gestand sie im Flüsterton.

Das freute ihn, denn er lächelte innig und zog sie mit eindringlichem Blick noch näher an sich heran. So tanzten sie, die Blicke ineinander versunken. Mared lächelte strahlend und vergaß mehr und mehr alles und jeden um sich herum.

Als der Walzer zu Ende war, knickste Mared, doch Payton ließ ihre Hand nicht los.

»Geh mit mir spazieren.«

Sie lachte. »Wo denn? Draußen ist es schrecklich kalt, und das Haus ist bis unters Dach voll von Menschen.«

Er lachte zuversichtlich. »*Geh* mit mir.« Er zwinkerte ihr verstohlen zu, legte mit Nachruck ihre Hand auf seinen Arm und führte sie aus dem Ballsaal. Sie gingen hinaus in den Flur, der gleichermaßen bevölkert war, doch Payton steuerte sie zielstrebig zur Haustür.

Doch kurz bevor sie die Eingangshalle hätten betreten können, schob Payton Mared in ein Zimmer zur Rechten und schloss die Tür hinter sich. Es war der Raum, in dem die Diener die Mäntel und Umhänge abgelegt hatten. Ein Paar Binsenfackeln auf der Zufahrt spendeten weiches bernsteinfarbenes Licht. Payton ging zum Fenster und spähte kurz hinaus.

»Wenn aber ein Gast aufbrechen will?«, fragte Mared. »Dann wird er seinen Mantel holen wollen.«

»Vorerst verlässt noch niemand diesen Ball.« Er drehte sich um und sah sie an. »Du hast mir gefehlt, *lass.*«

»Du mir auch.«

»Das Haus ist so leer ohne dich.«

Einen Moment lang rührte sich keiner von beiden, sie standen nur da und sahen einander an. Mared hatte das Gefühl, als wäre alles auf den Kopf gestellt, doch dann kam Payton auf sie zu. Sie ging ihm entgegen, warf sich in seine Arme und suchte gierig seinen Mund. Seine Zunge glitt hungrig in ihren Mund, seine Hände suchten ihr Gesicht, ihre Schultern, ihre Rippen. »*Mared ...*«

Sie war genauso ausgehungert nach ihm; es war ein Moment des Wahnsinns, ohne bewusstes Denken oder Atmen. Mared fuhr mit den Händen an seiner Brust und an seinen Armen hinauf, erinnerte sich an jeden Zentimeter seines Körpers, an das Gefühl seines Gewichts auf ihr, an die Macht seiner Leidenschaft, wenn er in sie eindrang.

Payton schien an das Gleiche zu denken, denn plötzlich hob er sie auf und trug sie zu einer kleinen Polsterbank. Er kam über sie, sein Mund an ihrem Hals, ihrer Brust, seine Hand irgendwo unter ihren Röcken, wo sie ihr Bein streichelte und höher hinaufglitt. Im Bernsteinlicht sah Mared das Verlangen in seinen Augen. Ihre Hände fuhren unter seinen Frack, fühlten seine harte, feste Brust, glitten dann hinab zu seiner Taille und weiter ... Sie sehnte sich danach, mit ihm zusammen zu sein, ihn in sich zu spüren.

Payton stöhnte und küsste sie heftig und wild, die Lippen heiß vor Verlangen und freudiger Erwartung. Seine Hände ließen keinen Zentimeter ihrer Haut aus, sein Mund suchte jedes Fleckchen bloßer Haut.

»*Diah,* wie sehr hast du mir gefehlt. Wie habe ich mich nach dir gesehnt, danach, die Lippen auf deine Haut zu pressen«, raunte er.

»Oh, Payton«, flüsterte sie, bäumte sich auf und bot ihre Brust seinem Mund dar.

»Sag, dass du mich willst, Mared. Sag, dass du von mir geliebt werden willst …«

»Aye, ich will dich, Payton«, flüsterte sie an seinem Scheitel.

Plötzlich löste er sich von ihr. Sein Atem ging stoßweise, als er ihr Gesicht zwischen beide Hände nahm und sie ansah. Er küsste sie noch einmal, ließ dann die Hände sinken und stand auf. Seine Halsbinde war verrutscht, sein Haar zerzaust, doch er schien es nicht zu bemerken, er sah sie immer nur an.

Mared richtete sich verwundert auf. Payton griff in seine Fracktasche und ließ sich vor Mared auf einem Knie nieder.

Mared geriet plötzlich in Panik. »Payton!«, rief sie, sprang auf, packte seinen Arm und versuchte, ihn hochzuzerren. »Was hast du vor? Steh auf!«

»Ich habe mir überlegt, dass unsere Verlobung unter nicht sonderlich romantischen Umständen stattgefunden hat. Ich habe dich nie so, wie es sich gehört, um deine Hand gebeten, *lass*. Das hätte ich schon vor langer Zeit tun sollen«, sagte er und holte einen Ring hervor.

»*Nein!*«, rief Mared und fiel voller Angst vor ihm auf die Knie. »Nein, nein«, sagte sie, haschte nach seinen Händen, schloss seine Finger um den Ring und drückte sie fest zu. »Tu das nicht, Payton, ich bitte dich!«, rief sie und presste die Stirn auf die Knöchel seiner Hände, die sie festhielt.

»Was …« Er sprach die Frage nicht aus.

Mared hob den Blick. Er sah sie mit offenem Mund an, all seine Gefühle spiegelten sich in seinen Augen. Tränen traten ihr in die Augen, und sie senkte den Blick auf seine Hände, als wüsste sie nicht, zu wem sie gehörten.

Doch seine Demütigung machte rasch dem Zorn Platz, und sein Blick wurde hart. Er entzog ihr mit einem Ruck seine Hände und erhob sich rasch, packte Mared beim Arm und zerrte sie grob hoch.

»Mared«, sagte er, und es fiel ihm offenbar schwer, sich zu

beherrschen. »Ich bitte dich, mit mir nach Hause zu kommen. Du hast mir gefehlt, und ich …« Er unterbrach sich und stöhnte hilflos auf. »Verdammt noch mal, ich liebe dich, Mared! Ich *liebe* dich immer noch! Komm mit mir nach Hause, aye? Du gehörst nicht nach Edinburra. Du bist Highlanderin, und du gehörst in die Highlands – nicht unter Schlangen und Wölfe, wie hier.«

»Oh, Payton«, sagte sie und streckte die Hand nach seinem Gesicht aus, doch er stieß sie fort.

»Ich will dein verdammtes Mitleid nicht!«, fauchte er scharf. »Ich will, dass du die Frau bist, mit der ich Liebe gemacht habe, die Frau, die meine Liebe mit solcher Leidenschaft erwidert hat!«

Mared wischte sich mit zitternden Händen die Tränen aus dem Gesicht. »Ich liebe dich wirklich, Payton. Mehr, als du ahnst.« Es entsprach der Wahrheit – sie liebte ihn. Doch sie liebte auch ihre Freiheit, und sie fing gerade erst an zu entdecken, wer sie ohne den Fluch war. Ihr Kummer und ihre Verwirrung entluden sich in einem Stöhnen. »Aber ich kann nicht mit dir kommen.«

Paytons Hände ballten sich zu Fäusten. Abrupt fuhr er herum, schlug nach einer nicht angezündeten Lampe, ohne auf Mareds Schreckensschrei zu achten. Die Lampe stürzte zu Boden.

»Ist es hier denn wirklich so verdammt schön?«, wollte er wissen. »Findest du diese Stadt schöner als die Highlands, die du so liebst?«

»Ich lebe endlich!«, sagte sie mit Nachdruck. »Verstehst du das nicht? Bis jetzt hatte ich noch gar kein Leben!«

»Da irrst du dich«, sagte er, fuhr plötzlich herum und nahm ihr Gesicht zwischen seine großen Hände. »Wenn du dir ein Leben wünschst, dann gebe ich es dir, Mared«, sagte er hitzig. »Ich gebe dir, was immer dein Herz begehrt. Willst du etwas von der Welt sehen? Wir werden die ganze Welt bereisen. Willst du Kleider und Schmuck und hübsche Sachen?

Ich gebe dir alles, was du dir nur vorstellen kannst. Nur … bleib bei mir.«

Sein Flehen kam von Herzen. Sie wusste es, denn ihr Herz neigte sich ihm wieder einmal gefährlich zu, dieses Mal mehr denn je, und es tat ihr weh, Nein zu sagen. Sie liebte diesen Mann wirklich, ja, sie liebte ihn von ganzem Herzen. Doch sie hatte Angst davor, zurückzukehren, wieder das zu sein, was sie vorher war. »Willst du denn nicht nach Edinburra kommen?«, fragte sie matt.

Er stöhnte wie unter Schmerzen und legte seine Stirn an die ihre. »Ich kann Eilean Ros nicht verlassen.«

Mared schluckte den Kloß der Verzweiflung in ihrem Hals herunter. »Aber ich … Ich kann nicht zurück«, flüsterte sie unter Tränen. »Ich kann nicht wieder die sein, die ich früher war.«

Payton atmete scharf ein, als hätte er einen körperlichen Schlag empfangen. Er nahm die Hände von ihrem Gesicht und steckte mit einem müden Seufzer den Ring ein, den er ihr hatte geben wollen. Die Erschütterung in seinen Augen war niederschmetternd.

»Nun gut«, sagte er wie am Boden zerstört. Er blickte zu ihr auf, und sie konnte sehen, wie tief diese Kränkung ihn traf. »Dies ist das letzte Mal, dass ich mich dir aufdränge, *leannan*«, sagte er ruhig. »Ich habe dich geliebt, aye, ich habe dich mein Leben lang geliebt. Aber wie es aussieht, war ich ein verdammter Narr …« Er seufzte erneut und wandte sich halb zum Fenster um. »Aye, aber ich will nie wieder ein Narr sein, denn ich glaube nicht«, sagte er, und seine Stimme wurde heiser unter der heftigen Gefühlsaufwallung, »dass ich dich noch länger lieben kann.«

Genauso gut hätte er sie in den Bauch treten können, und wirklich, Mared hatte das Gefühl, dass ihr die Knie weich wurden. Sie wollte sich an seinem Arm festhalten, doch er schüttelte sie ab und wich vor ihr zurück. Payton, der Mann, der immer eine Konstante in ihrem Leben gewesen war, der

Mann, der sie verehrt, um sie geworben, sie versklavt, sie verführt hatte ... Er würde sie nicht mehr lieben? Diese Erkenntnis traf sie bis ins Innerste. »Bitte sag das nicht«, flehte sie.

»Es ist zu spät, Mared«, sagte er matt. »Das, was ich all diese Jahre hindurch für dich empfunden habe, ist mit deiner Zurückweisung gestorben. Also geh. Lebe dein Leben. Stelle die Welt auf den Kopf.« Er wollte an ihr vorbeigehen.

Mared versuchte, ihn am Arm festzuhalten, in zu zwingen, sich zu ihr umzudrehen, seine Worte zurückzunehmen, doch er befreite sich aus ihrem Griff, öffnete die Tür und trat hinaus in den hell erleuchteten Flur.

Sie sah ihn nicht wieder.

27

Ellie war es dann, die Mared informierte, dass Payton aus Edinburgh abgereist war. Als sie und Duncan von ihrem Nachmittagsspaziergang auf dem Charlotte Square zurückkamen, reichte Ellie dem Diener ihre Haube und sagte aufgeregt: »Du hast mir nicht gesagt, dass Laird Douglas in der Stadt war!«

Mared erstarrte an ihrem Schreibtisch, wo sie die Post las. »Douglas?«, vergewisserte sie sich schwach. »Er ist in Edinburra?«

»Ja, natürlich! Ich habe Miss Douglas getroffen, und sie sagte, dass er gekommen und zwei Tage später wieder abgereist wäre. Aber er hat gestern Abend am Ball der Aitkins teilgenommen – du hast ihn dort doch sicher gesehen.«

»Nein«, sagte Mared und hob den Blick. »Nein, ich habe ihn nicht gesehen.«

Ellie wirkte ziemlich erstaunt. Und skeptisch.

»Es herrschte ein schreckliches Gedränge«, fügte Mared hastig hinzu.

»Hmm«, machte Ellie und sah sie merkwürdig an. »Ich hätte gedacht, der Laird würde dich suchen, angesichts der Tatsache, dass er doch so viel von dir hält.«

»Oh«, sagte Mared leichthin und wandte sich wieder der Morgenpost zu. »Dass er viel von mir hält, hat er mir seit Monaten nicht mehr gezeigt. Nicht mehr, seit ich seine Halsbinden ruiniert habe.«

»Also *wirklich*«, sagte Ellie.

»Nein, überhaupt nicht«, versicherte Mared, griff gleichmütig nach einer Einladung und betrachtete sie blind, während die Lüge ihr die Glut in die Wangen trieb.

»Nun gut, dann werde ich mich erkundigen, *warum* er uns nicht besucht hat, wenn ich ihn das nächste Mal sehe«, erklärte Ellie spitz.

Mared hob ruckartig den Kopf. »Wenn du ihn das nächste Mal siehst?«

»Beim Loch Chon. Wir fahren bald heim, weißt du?«

»Nein, das wusste ich nicht.«

»Annas Zeit ist nahe, und bald setzt der Winter ein. Hat Liam dir nichts davon gesagt?«

»Nein«, sagte Mared und furchte die Stirn. »Er hat es mir nicht gesagt, denn sonst hätte ich ihn wissen lassen, dass ich nicht nach Talla Dileas zurückkommen kann.«

Ellies überraschtes Luftschnappen war gar nichts im Vergleich zu Liams Gebrüll der Missbilligung am Abendbrottisch. Sie diskutierten bis tief in die Nacht hinein. Liam bestand darauf, dass sie nicht allein ohne Anstandsdame, ohne *zumindest* eine Gefährtin, bleiben durfte, denn es gehörte sich nicht für ein unverheiratetes Mädchen, sich ohne Begleitung in Edinburgh zu vergnügen.

Mared widersprach genauso vehement und führte ins Feld, dass sie eine erwachsene Frau sei und dass sie ihr ganzes Leben unter dem Fluch auf Talla Dileas verschwendet habe. Jetzt wäre sie entschlossen, ihr Leben ganz auszuleben und der Mensch zu werden, der sie immer hätte sein sollen, keine alte Jungfer. Keine Frau, die in eine triste baufällige Burg in den Highlands eingesperrt wurde.

Diese Bemerkung kränkte Liam zutiefst, und er erinnerte sie ziemlich lautstark – so laut, dass Ellie von einem Fenster zum anderen lief und sich vergewisserte, dass alle geschlossen waren – daran, dass sie als Highlanderin geboren und aufgewachsen war und dass er sie das nie vergessen lassen würde. Mared schwor, es nie zu vergessen, wie sollte sie auch? Doch das bedeutete nicht, dass sie ihr ganzes Leben in den Highlands versteckt zubringen musste. Sie warf Liam vor, dass er und Grif hatten reisen und Abenteuer erleben dürfen, bevor sich das Geschick der Familie zum Schlechten wandelte, und jetzt wäre der Gerechtigkeit halber sie an der Reihe.

»Nicht ohne eine Gesellschaftsdame oder Begleiterin, nur über meine Leiche!«, brüllte Liam.

Mared zuckte die Achseln. »Mir liegt nichts an einer Gesellschaftsdame. Aber wenn du mich dann in Ruhe lässt, dann nehme ich mir halt eine. Ich fahre jedenfalls nicht zurück!« *Schon gar nicht jetzt, da Payton mich hasst.*

Am nächsten Morgen waren die Straßen von Edinburgh mit Pulverschnee bestäubt. Liam stürmte aus der Wohnung. Einige Stunden später kehrte er mit einer molligen, grauhaarigen Frau in schwarzem Bombasin zurück. »Mared, *leannan*«, sagte Liam höflich, »ich möchte dir deine Gesellschafterin Mrs MacGillicutty vorstellen.«

»Sehr erfreut, Eure Bekanntschaft zu machen, Miss Lockhart«, sagte die Frau munter. »Wir werden uns die Zeit schon recht hübsch vertreiben, bis Euer Bruder Euch abholen kann, aye?«

»Oh, *aye*«, sagte Mared, und mit einem vernichtenden Blick in Liams Richtung übernahm sie die Frau und zeigte ihr die Wohnung.

Liam, Ellie und der kleine Duncan reisten eine Woche nach Mrs MacGillicuttys Einstellung ab, nachdem Liam befriedigt festgestellt hatte, dass die Frau wusste, was sie tat, und Mared wachsam im Auge behalten würde. Als sie die reich verzierte Reisekutsche beluden, besprach Liam mit Mrs MacGillicutty noch einmal deren Pflichten, die kurz gesagt darin bestanden, dafür Sorge zu tragen, dass Mared niemals in der Gesellschaft eines Mannes, welcher Art auch immer, allein blieb. Ob er Gentleman war oder Tagelöhner, es war Liam gleich.

»Sie ist im Moment ziemlich beliebt«, sagte er. »Und sie wird noch beliebter sein, wenn die Herren erfahren, dass ich fort bin, nicht wahr?«

»O ja«, sagte Mrs MacGillicutty und schürzte missbilligend die Lippen.

»Deutlicher kann ich nicht werden, Mrs MacGillicutty«, sagte Liam, legte den Arm um Mared, zog sie an sich und deutete mit dem Finger auf sie. »Ihr dürft ihr nicht trauen, aye? Unsere Mared kann ganz reizend sein, wenn sie will, aber Ihr *dürft* Euch nicht hinters Licht führen lassen, liebe Frau. Habt Ihr mich verstanden?«, fragte er, und Mared stöhnte und schickte einen entnervten Blick zum grauen Himmel empor.

»Sehr wohl, Captain Lockhart.«

Er ließ Mared los. »Ich erwarte, dass Ihr mindestens einmal pro Woche schreibt, am liebsten häufiger.«

»Es wird mir ein Vergnügen sein!«, versicherte die alte Eule und lächelte Mared zuckersüß an.

Unter vielen guten Wünschen brachen Liam und seine Familie nach Talla Dileas auf. Mrs MacGillicutty winkte der Kutsche mit einer Hand nach, während die andere Mareds Ellenbogen umfasste, als rechnete sie damit, dass Mared auf der Stelle durchbrennen würde.

Mared brannte nicht auf der Stelle durch. Sie hielt sich für entschieden klüger ... Doch Mrs MacGillicutty erwies sich als würdige Gegnerin. Wenn ein Herr zu Besuch kam – und das geschah des Öfteren –, saß Mrs MacGillicutty neben Mared auf der Polsterbank und las in einem Buch, während der Herr versuchte, mit dem Mund höflich Konversation zu machen und mit den Augen zu flirten und Mareds Hand zu berühren, wann immer sich eine Gelegenheit bot.

Wenn der Herr gegangen war, ließ Mrs MacGillicutty unweigerlich ein, zwei Bemerkungen über ihn fallen. »Es wundert mich, dass Lord Tavish die Zeit hat, so viele Besuche abzustatten. Schließlich brauchen ihn seine Frau und seine sechs Kinder doch wohl zu Hause, aye?« Oder: »Mr Anderson scheint reihum den ganzen Charlotte Square zu besuchen, nicht wahr? Wie es aussieht, hat er Euch zwischen Miss

Williams dort«, sie deutete auf eine Seite des Platzes, »und Miss Bristol da drüben eingeordnet.« Und sie zeigte auf die gegenüberliegende Seite des Platzes.

Mared beachtete die alte Dame nicht, denn diese wusste ja nicht, was zwischen Mared und ihren Besuchern wirklich vorging. Abends überwachte sie Mared nicht, da durfte sie sich die Freiheit nehmen, all die beliebten Dinner- und Tanzpartys zu besuchen.

Bei diesen Gelegenheiten flirtete sie auf Teufel komm raus mit jedem Herrn, der ihr seine Beachtung schenkte, und plauderte und klatschte mit allen Damen, die freundlich zu ihr waren. Sie ging Miss Douglas aus dem Weg, denn die grüßte Mared kaum jemals, wenn sie sich zufällig trafen.

Unter den zahlreichen Verehrern waren zwei Herren, die ungewöhnliches Interesse an ihr zeigten. Mr David Anderson, der Sohn des Viscounts Aitkin, hatte durch Wort und Tat – verlangend in ihr Ohr geflüsterte Worte, im Schutz der Dunkelheit geraubte Küsse – deutlich zu verstehen gegeben, dass er über die Grenzen ihrer derzeitigen Freundschaft hinausgehen wollte, was Mareds Meinung nach natürlich bedeutete, dass er ihr einen Heiratsantrag machen wollte. Und Lord Tavish, der verheiratete Earl, hatte es ebenfalls klar und deutlich durchblicken lassen, dass er Mareds schlagfertige Zunge liebte. Und ihren Busen.

Mared mochte Lord Tavish im Grunde überhaupt nicht und hatte nie eine wie auch immer geartete Beziehung zu ihm erwogen, die über unschuldiges Geplauder auf Dinnerpartys hinausging, denn er war ziemlich verheiratet und ziemlich alt. Und offen gestanden gefiel Mr Anderson ihr im Grunde auch nicht sonderlich, denn er war nicht Payton. Er war weder so stark noch so intelligent und nicht einmal so schlagfertig wie Payton. Doch er war der Sohn eines Viscounts, die Art von Partie, die sich ihre Familie immer für sie gewünscht, aber als unerreichbar angesehen hatte.

Sollte sie selbst es sich nicht auch wünschen? Seit Kurzem

überlegte sie, dass sie sich glücklich schätzen könnte, wenn sie einen Mann von Andersons Stand heiratete, und die Tatsache, dass er nicht Payton war – Payton nicht mal das Wasser reichen konnte –, ignorierte sie einfach, vergrub sie tief in ihrem Inneren, wo all ihre Gefühle für Payton untergebracht waren. Sehr tief. Tot und begraben, um genau zu sein. Er liebte sie nicht mehr – wie es aussah, *musste* sie sich anderweitig nach einem Heiratskandidaten umsehen.

Zwar fand Mared ihn recht angenehm, doch sie wusste, dass sie Mr Anderson niemals würde lieben können. Sie betrachtete ihn einfach als gute Partie. Solche Verbindungen hatten, wie sie inzwischen wusste, selten mit Liebe zu tun. Es ging darum, zwei Vermögen und gegenseitige Erwartungen unter einen Hut zu bringen.

Nachdem sich diese Meinung in ihr verfestigt hatte, dauerte es noch bis zu der Hochzeit von Miss Clara Ellies und Mr Fabian MacBride, dass der Gedanke an Payton sich aus seinem Grab freischaufelte und von den Toten auferstand, um sie zu quälen wie ein verdammter Alb.

Bei der Gelegenheit trat Mared heiter lächelnd in dem eisblauen Kleid, das Anna ihr geschenkt hatte, in der Kirche ein. Sie schritt den Mittelgang entlang, um zwischen den übrigen Gästen Platz zu nehmen, lächelte und grüßte – *Guten Tag, Mr MacBain. Was für ein hübscher Hut, Miss Caraway.*

Die Trauungszeremonie war nach Mareds Meinung ziemlich langweilig. Hier traf sie keine muntere Gästeschar an wie seinerzeit in den Highlands. Es war eine gestelzte Angelegenheit, bei der die Leute wohlwollend nickten, doch niemand jubelte dem Paar seine von Herzen kommenden Glückwünsche zu.

Später, beim Hochzeitsfrühstück, das in einem Saal an der Princes Street serviert wurde, saß Mared allein da. Die Herren, die sie kannte, befanden sich in der Gesellschaft ihrer Familien oder Gattinnen und durften nicht mit ihr flirten. Nach dem Frühstück, als eine Art Feier begann, entdeckte Mared

Mr Anderson, der noch am Vorabend sehr nett und reizend zu ihr gewesen war. Sie ging auf ihn zu, doch er wirkte merkwürdig geschockt über ihre Anwesenheit, als sie vor ihm stand. »Guten Morgen, Mr Anderson«, sagte sie.

»Miss Lockhart?« Er schaute nervös lächelnd um sich.

»Es war eine schöne Hochzeit, nicht wahr?«, fragte Mared. »Besonders die Braut fand ich sehr schön.«

»Aye, in der Tat.« Er leckte sich über die Lippen, und sein Blick schweifte suchend über die Gästeschar.

Mared lächelte, neigte den Kopf zur Seite und tippte mit dem Fächer an seinen Arm. »Ist alles in Ordnung mit Euch, Mr Anderson?«

»Ah ... Aber ja«, antwortete er, offenbar erschrocken über ihre Frage. »Schön, Euch zu sehen, Miss Lockhart, aber bitte entschuldigt mich jetzt. Ich muss mich um meine Großmutter kümmern.«

»Oh. Natürlich.« Wie merkwürdig, dachte sie. Mr Anderson verfolgte sie immer so hitzig, doch jetzt nickte er knapp und ließ sie stehen.

Mareds Lächeln verlosch endgültig, als er sich nicht etwa um seine Großmutter kümmerte, sondern um ein junges Mädchen, das Mared schon ein paar Mal gesehen hatte. Plötzlich hatte sie das altvertraute unbehagliche Gefühl, dass man über sie tuschelte. Ihre Nackenhaare richteten sich auf wie damals in der Gegend der Lochs, wenn Leute die Türen zuschlugen, sobald sie vorüberging.

Deshalb empfand sie große Erleichterung, als sie ein vertrautes freundliches, wenn auch schurkisches Gesicht entdeckte, nämlich Hugh MacAlister, der mit zwei Männern in der Nähe des Eingangs stand. Mared durchquerte den Saal, trat zu ihm und tippte ihm auf die Schulter. »Hier bin ich, Sir, das Objekt Eurer Sehnsucht«, neckte sie ihn.

»Wie bitte?«, sagte Hugh scharf und fuhr herum. Seine finstere Miene machte sogleich einem Lächeln Platz, als er Mared vor sich stehen sah. »Na, so was, Miss Lockhart! Wie hübsch Ihr ausseht! Ich schätze, Ihr seid das Objekt der Sehnsucht nicht nur eines Mannes, aye?«

Mared lachte. »Ich freue mich sehr, dich zu sehen, Hugh. Im Moment kann ich einen Freund gut brauchen.«

»Ah«, sagte er und verschränkte die Hände hinter dem Rücken, »ich würde gern bleiben und dir mein Ohr leihen, *leannan,* aber ich habe eine Verabredung, und mehrere … ah, *Personen* erwarten mich bereits.«

»Ihr seid ein Schurke, Sir!«

»Das, *lass,* ist allgemein bekannt«, sagte er und zwinkerte ihr zu. »Nun denn, also …«

»Warte!«, rief sie, als ihr klar wurde, dass er tatsächlich gehen wollte. »Du willst mich doch nicht wirklich einfach stehen lassen? Bitte, bleib, Hugh. Ich bin allein und fühle mich merkwürdig zurückgestoßen von einem Mann, von dem ich dachte, dass ich ihm viel bedeute.«

»Pech«, sagte er, und sein Lächeln verschwand. »Aber ich kann nicht bleiben. Ich werde woanders erwartet.«

Sie sah ihn verdrießlich an. »Ich dachte, du betest mich an. Ich dachte, nur wegen mir wärst du aus dem fernen Irland zurückgekehrt.«

Zu ihrer Überraschung lachte Hugh. »Ach, *lass,* wie naiv du bist! Das hast du geglaubt?«

Mared blinzelte.

Natürlich glaubte sie nicht, dass Hugh ihretwegen aus Irland zurückgekommen war, aber sie glaubte wirklich, dass er sie einigermaßen schätzte.

Warum hätte er ihr sonst so viele zärtliche Dinge ins Ohr geflüstert? Natürlich glaubte sie nicht, dass er sie liebte, aber er musste sie doch zumindest ein wenig *mögen,* denn er hatte es ihr so oft gesagt.

Als Hugh in ihren Augen las, dass sie tatsächlich an seine Zuneigung zu ihr glaubte, neigte er sich ihr zu und sagte unverblümt: »Sei nicht albern, Mared. So machen Männer und Frauen es nun mal, nicht wahr? Sie schmeicheln und flirten und tanzen um den heißen Brei herum, bis der eine oder andere Erfolg hat und die Dame in sein Bett holt.«

Sie errötete und ließ ihren Fächer aufschnappen. »Vielleicht ist das *deine* Vorgehensweise, aber es ist nicht die eines Gentlemans. Ich hatte mehrere Besuche von Gentlemen in Edinburra, und keiner von ihnen hat etwas Derartiges im Sinn gehabt.«

»Nicht?«, fragte Hugh und spähte quer durch den Saal zu Mr Anderson hinüber, der immer noch mit der jungen Dame sprach. »Dann glaubst du wohl, Mr Andersons Aufmerksamkeiten dir gegenüber liefen auf einen Heiratsantrag hinaus?«

»Woher weißt du davon!«, wollte sie wissen.

»Armes Mädchen«, sagte Hugh und lachte kalt. »Jeder weiß von seinem Interesse an dir. Jeder weiß, dass Anderson dich zur Geliebten nehmen will. Hast du denn wirklich geglaubt, er würde dich heiraten? Eine Frau deines Alters und deines Standes?« Er lachte wieder und tätschelte ihren Arm. »Du bist wirklich ein Lämmchen, *leannan.* Geh schnellstens zurück in die Highlands, aye? Du bist zu gut für die Gesellschaft von Edinburra, und du bist entschieden zu naiv für die Spielchen, mit denen man sich hier amüsiert.«

Mared ärgerte sich über seinen herablassenden Ton. Wie konnte er es wagen, mit ihr zu reden wie mit einem unwissenden Kind! Sie bedachte ihn mit einem eisigen Blick. »Ich bitte um Verzeihung, Mr MacAlister, aber ich hätte es mir gut überlegen sollen, bevor ich meine Bekanntschaft mit einem *Lebemann* auffrischte!«

Hugh lachte leise, ergriff ihre Hand, hob sie an seinen Mund und küsste voller Zuneigung ihre Fingerknöchel. »Das, *mo ghraidh,* ist genau das, was ich sagen wollte«, erklärte er und ließ ihre Hand los. »Also, geh heim. Dort wirst du glücklicher sein, glaub mir. Hier verschlingt man dich zum Frühstück«, sagte er, zwinkerte ihr zu, verschränkte die Hände auf dem Rücken und ging zu seinem Gefährten.

Hätte sich Mared seinen Rat nur zu Herzen genommen und noch im selben Moment das Weite gesucht, dann wäre ihr wohl die Demütigung erspart geblieben, die sie eine knappe Viertelstunde später hinnehmen musste, als der Vater der glücklichen Braut mit dem Löffel an sein Champagnerglas klopfte und um Aufmerksamkeit bat. »Ladies und Gentlemen, wenn Ihr so freundlich sein wollt«, rief er laut.

Es wurde still im Saal. Mared trat zurück und lehnte sich abseits von den Gästen an die Wand. Im Grunde eher aus alter Gewohnheit, denn sie hatte ihr ganzes Leben im Abseits verbracht.

»Bei dieser Gelegenheit darf ich ein weiteres Glück verkünden«, sagte der Brautvater, und im nächsten Moment ging ein Raunen durch die Menge. »Mit großer Freude teile ich Euch mit, dass ein weiteres schönes junges Paar seine Heiratsabsichten kundgetan hat.«

Jetzt ging ein entzücktes Säuseln durch die Gästeschar, man drängte nach vorn, um zu sehen, von welchem Paar die Rede war. »Darf ich Euch die künftigen Mr und Mrs David Anderson vorstellen!«, rief der Mann – und Mr Anderson, derselbe Mann, der solch dekadente, geistreiche Bemerkungen in Mareds Ohr geflüstert hatte, und die junge Frau, mit der er gesprochen hatte, traten vor, um die herzlichen Glückwünsche der Gäste entgegenzunehmen.

Der Boden schien unter Mareds Füßen zu schwanken. Und sein Flirten? Seine zahlreichen Besuche in ihrer Wohnung? Sie war schockiert, völlig schockiert zu erfahren, dass Hugh mit seinen Worten recht gehabt hatte. Und ihr wurde nahezu übel, als sie den Blick über die Leute im Saal schweifen ließ und ihr bewusst wurde, dass sie die Frau war, die aus den Highlands kam, um ihr Glück zu finden, und hier doch nur zum Narren gehalten wurde.

Jetzt war ihr plötzlich alles so klar! Ellies Warnung, Liams Besorgnis, Mrs MacGillicuttys Bemerkungen. Und genauso klar war ihr jetzt, dass das Glück in all den Jahren, als sie glaubte, ein lächerlicher Fluch habe es ihr genommen, nur darauf gewartet hatte, dass sie zugriff und es sich nahm. Mit *Payton.* Aber nein, sie hatte es sich durch Angst und starrsinnigen Clan-Stolz entgehen lassen. Sie hatte zugelassen, dass ihr Traum, eine andere zu sein, ihr Urteilsvermögen schwächte. Sie hatte ihre einzige Chance auf ein wahres Glück zerstört, als sie sich in die sogenannte Freiheit stürzte.

Und nur, weil sie glaubte, noch nicht gelebt zu haben.

Aber sie *hatte* gelebt! Sie hatte frei gelebt, und sie hatte die Liebe eines Mannes besessen, der sie anbetete. Und sie hatte alles weggeworfen, um etwas zu suchen, was schon immer in ihrem Herzen gewesen war, genauso wie Donalda es ihr gesagt hatte. Oh, wie albern, wie unverzeihlich dumm war sie gewesen!

Sie wollte hinaus aus dem stickigen Saal, fort von Edinburgh. Sie wollte Payton. Aber zuvor hatte sie noch ein Wörtchen mit Mr Anderson zu reden. Sie reckte das Kinn hoch und marschierte quer durch den Saal auf ihn zu. Es war ihm nicht möglich, sie zu ignorieren.

»Glückwunsch, Mr Anderson«, sagte sie mit einem Lächeln.

»Ah … danke, Miss Lockhart. Darf ich Euch meine Verlobte, Miss Linley, vorstellen?«

Mared wandte sich mit einem strahlenden Lächeln der Dame zu. »Miss Linley! Darf ich Euch mein tief empfundenes Beileid aussprechen?«

»W-wie bitte?«, stammelte das arme Mädchen und sah hilflos zu Mr Anderson auf, der auf recht unvorteilhafte Weise errötete.

»Oh, ich bin sicher, Ihr bekommt alles, was Euer Herz begehrt – ein schönes Haus. Kinder. Das Vermögen seines Vaters. Aber Ihr scheint ein sehr nettes Mädchen zu sein, und ich sehe es höchst ungern, dass Ihr ein Leben lang mit einem Lügner und Schuft verheiratet sein sollt«, sagte sie freundlich.

Miss Linley war zu bestürzt, um sprechen zu können; sie rang nach Luft.

»Miss Lockhart!«, wies Mr Anderson sie zurecht.

»Mr Anderson!«, erwiderte Mared freundlich. »Es scheint Euch zu überraschen, dass jemand es Euch ins Gesicht sagt. Ich versichere Euch, ich tue es nicht um meinetwillen, sondern für Miss Bristol und Miss Williams, die beide unter Eurer Schurkerei leiden müssen.«

»Miss Bristol?«, fragte Miss Linley schwach und sah Mr Anderson an.

»Und vergesst nicht Miss Williams«, sagte Mared heiter. »Am Charlotte Square hatte er weiß Gott reichlich zu tun, wie?«

Wieder sah Miss Linley Mr Anderson an, der jetzt den Eindruck erweckte, als wäre er am liebsten in ein Mauseloch gekrochen. »Nun gut! Einen schönen Tag noch«, sagte Mared, wirbelte herum und beabsichtigte, schnellstens den Saal zu verlassen.

Doch an der Tür wurde sie von Miss Sarah Douglas aufgehalten. Sie verschränkte die Arme vor ihrer Körpermitte und musterte Mared von oben bis unten. Mared erwartete eine Standpauke und wappnete sich zum Kampf, doch plötzlich lächelte Miss Douglas.

»Gut gemacht, Miss Lockhart.«

Mared blinzelte. »Ein Lob? Von Euch, Miss Douglas?«

Miss Douglas zuckte die Achseln und blickte über Mareds Schulter hinweg. »Er ist ein verachtenswerter Mensch, und ich mag Miss Linley recht gern. Deshalb danke ich Euch für den Mut, das zu sagen, was sich sonst niemand getraut hätte.«

Über alle Maßen erfreut, strahlte Mared sie an. »Das ist wirklich gern geschehen.« Sie wich Miss Douglas aus und ging weiter. Doch dann verhielt sie plötzlich den Schritt, drehte sich um und ging zurück zu Miss Douglas. »Und, übrigens, Miss Douglas, ich liebe Payton. Vielleicht bin ich nicht die, die Ihr Euch für ihn gewünscht habe, aber ich liebe ihn.«

Jetzt war es an Miss Douglas zu blinzeln. Mared lächelte. »Einen schönen Tag, Miss Douglas«, flötete sie und segelte durch die Tür zum Flur und dann hinaus in den strahlenden Sonnenschein und die bittere Kälte. Mared hob die Hand und riss sich den Hut vom Kopf. Die elenden Dinger hatte sie immer schon verabscheut. Blinzelnd blickte sie zur Sonne auf. Merkwürdig, hier erschien es ihr immer viel kälter als zu Hause. Sie sehnte sich nach ihren Stiefeln, nach den felsigen Schafstriften, die im Zickzack über den Ben Cluaran verliefen, zwischen Heidekraut, so dicht, dass man darin lag wie in einem Bett. Sie sehnte sich nach dem Duft des Frühlings, den Wiesen voller Disteln, den Bächen, die hinunter zu den Lochs sprudelten. Sie sehnte sich nach den Nebeln, die sich von den Bergen herabsenkten und sie völlig aufnahmen, sodass sie in einem traumverlorenen Dunst wanderte, einzig und allein geführt von ihrer Erinnerung an Jahre solcher Spaziergänge und von ihren Hunden.

Die Highlands fehlten ihr. Ihre Familie fehlte ihr.

Und Payton fehlte ihr schmerzlich.

Sie würde nach Hause gehen, wohin sie gehörte.

Mrs MacGillicutty war nicht in Geringsten verwundert, dass Mared nach Hause wollte, und machte sich freudig daran, ihr beim Packen der zwei neuen Koffer zur Hand zu gehen. Sie lachte, als Mared berichtete, was ihr widerfahren war. Dass sie Mr Andersons Absichten für lauter gehalten hatte und wie schrecklich naiv sie gewesen war zu glauben, es könnte aufrichtige Zuneigung sein, obwohl ihre Gespräche nie über Geplänkel hinausgegangen waren. Dass ein Mann sie einmal von ganzem Herzen geliebt und sie ihn wie Unrat zur Seite geworfen hatte.

»Wenn er Euch so sehr geliebt hat, *lass,* dann liebt er Euch auch jetzt noch«, versicherte Mrs MacGillicutty.

»Nein«, sagte Mared trübsinnig. »Er hat gesagt, er liebt mich nicht mehr.«

»Männer sagen so etwas, wenn sie wütend und gekränkt sind«, sagte Mrs MacGillicutty. »Aber meistens meinen sie nicht, was sie sagen. Der Stolz eines Mannes ist verletzlich wie zartes Kristall, doch er lässt sich leicht wiederherstellen, wenn man ihm ein bisschen schmeichelt. Also, *'lass,* geht heim. Ihr werdet feststellen, dass sein Herz immer noch nach Euch ruft.«

Mared stockte der Atem; sie fuhr zu der Frau herum. »Was habt Ihr gesagt?«, flüsterte sie.

»Ihr werdet feststellen, dass sein Herz immer noch nach Euch ruft«, sagte sie lächelnd.

Mared traten Tränen in die Augen, und sie wandte sich rasch ab.

Sie hatte sein Herz seit Wochen nicht rufen gehört.

28

Schneefall hatte eingesetzt, als die Kutsche Callander erreichte. Ein Händler erklärte sich einverstanden, Mared die paar Meilen bis nach Aberfoyle mitzunehmen, doch wegen des Schnees ging es unerträglich langsam vorwärts.

Der Abend dämmerte, als sie Aberfoyle erreichten, und Mared blieb nichts anderes übrig, als im Gasthaus Zuflucht zu suchen. Sie bekam ein Zimmer mit Blick auf eine Wiese, dahinter erhob sich in der Ferne majestätisch der Ben Cluaran. Sie trat ans Fenster und sah hinaus auf den Berg im schwindenden Tageslicht, sehnte sich nach Payton, wanderte im Geiste den Berg hinauf bis zum Gipfel und sah Eilean Ros zu ihren Füßen.

Wie ironisch, dachte sie, als die Sonne hinter dem Ben Cluaran unterging, dass sie ihn so lange Jahre wegen seines Namens verachtet hatte, und jetzt war es ihr völlig gleichgültig, ob er Douglas oder Lockhart oder Diabhal hieß. Wenn er ihr nur verzeihen konnte, das war das einzig Wichtige. Wenn er sie nur wieder mit diesem warmen Blick in seinen grauen Augen ansah, deren Glimmen ein Zeichen seiner Verehrung für sie war.

Früh am nächsten Morgen wusch sie sich und kleidete sich an und ließ ihr Gepäck zum Laden des Zuckerbäckers bringen, denn wie sie wusste, konnte sie es dort unterstellen, bis sie jemanden schickte, um es abzuholen.

»Ah, Miss Lockhart!«, rief der Zuckerbäcker, als sie zur Tür hereinkam. »Ich dachte, Ihr seid in Edinburra!«

»Aye, ich war eine Zeit lang dort, aber jetzt komme ich wieder nach Hause«, sagte sie. »Darf ich mein Gepäck hier unterstellen, bis mein Bruder es abholt?«

»Natürlich, *lass*. Kommt herein, kommt herein ... Zur Feier Eurer Rückkehr habe ich ein neues Konfekt, das Ihr unbedingt kosten müsst.«

»Oh, ich darf doch nicht ...«

»Beeilt Euch, *lass*, denn Laird Douglas kauft alles auf. Er nascht gern, und gestern hat er meine gesamten Vorräte gekauft, um sie Miss Crowley zu schenken.«

Die Bemerkung traf sie wie ein Schlag. »Ach ja?«, fragte Mared schwach, senkte den Blick auf ihre Handschuhe und begann, blind an ihnen zu nesteln, um sie auszuziehen.

»Aye«, antwortete er schmunzelnd. »Sind ständig zusammen, die zwei. Schätze, sie heiraten zu Weihnachten.«

Ein weiterer Schlag, ein noch viel schmerzhafterer. »Sie heiraten, sagt Ihr?«, fragte sie, während sie großes Interesse an den Bonbongläsern zeigte.

»Aye.« Er sah sie über die Schulter hinweg an und hob den Deckel von einem der Glasbehälter. »Ihr habt es wohl noch nicht gehört, da Ihr ja gerade erst aus Edinburra zurückkommt. Aye, am Sonntag nach dem Gottesdienst findet die öffentliche Ankündigung statt. Laird Douglas und Miss Crowley wollen in den heiligen Stand der Ehe treten.«

Das war's dann also. Sie hatte ihre Chance gehabt – nein, sie hatte ein Dutzend Mal die Chance gehabt – und sie hatte sie vertan.

»Geht es Euch gut, Miss Lockhart?«

Sie hob den Kopf. »Ich möchte nur nach Hause.«

»Es ist zu kalt, um zu Fuß zu gehen. Ich lasse Euch von meinem Sohn heimbringen, aye?«

»Aye, bitte, Mr Wallace, das ist überaus freundlich.«

Er lächelte, packte ihr ein wenig Konfekt ein und reichte es ihr. »Da habt Ihr etwas zum Naschen auf dem Heimweg. Betrachtet es als Willkommensgeschenk.«

»Danke«, sagte sie und verstaute die Tüte in ihrem Handgelenktäschchen. Ein geringfügiger Trost angesichts dessen, was sie verloren hatte, doch Mared lächelte.

Die Lockharts waren, wie nicht anders zu erwarten, glücklich und überrascht, Mared zu sehen, und überschütteten sie mit Umarmungen und Küssen und Dutzenden von Fragen.

Sie überstand die Inquisition recht gut, ohne allzu schrecklich Persönliches preiszugeben. Sie lächelte, sie lachte, sie erzählte lebhaft von Edinburgh und all den Partys, und währenddessen brach ihr Herz, brach in winzige Stücke, zerstreut vom Wind, der plötzlich durch ihr Inneres zu tosen schien. Sie fühlte sich so leer.

Zum Abendessen entschuldigte sie sich, täuschte Kopfschmerzen aufgrund der langen Reise vor und zog sich frühzeitig zurück. Sie war wirklich erschöpft. Sie wälzte sich rastlos in ihrem Bett von einer Seite auf die andere, und als sie dessen überdrüssig war, stand sie auf und schritt vor dem Kamin auf und ab. In ihrem Kopf überschlugen sich die Gedanken, und ihr Herz krampfte sich zusammen, bis sie sich richtiggehend krank fühlte.

Sie hatte ihn verloren, so viel stand fest. Und trotzdem musste sie ihn sehen, musste ihm gestehen, dass sie ihm Unrecht getan hatte, dass es ihr furchtbar leidtat, dass sie ein erschreckend naives Mädchen gewesen war, das nichts als Stroh im Kopf hatte. Und dass ihr Herz, das sich ihm vor langer Zeit schon zugeneigt hatte, sich ihm immer weiter und weiter zugeneigt hatte, bis es kippte, abstürzte und völlig zerbrach, da er nicht da war, um es aufzufangen.

Doch wie sollte sie es ihm sagen? Es ging doch nicht, dass sie an seine Haustür klopfte und ihm und seinem Personal verkündete, dass sie eine verdammte Närrin war. Und außerdem hatte sie schwerlich den Mut, ihm nach allem, was zwischen ihnen vorgefallen war, noch einmal unter die Augen zu treten. Schon gar nicht, wenn seine Verlobung mit Beitris bevorstand.

Der folgende Tag brach strahlend und sonnig an, und der Schnee schmolz rasch auf den Straßen und Schafstriften. Mared versuchte, sich wieder in das Leben auf Talla Dileas hineinzufinden. Sie streifte mit ihren Hunden umher, spielte mit Duncan, flocht Natalies Haar und erzählte ihr von Edinburgh, dann half sie ihrer Mutter bei der Auflistung der Reparaturen, die auf Talla Dileas notwendig waren. Wie es aussah, waren alle viel entspannter, nachdem die Sorge ums Geld nun beigelegt war. Alle schienen glücklich und geduldig auf Annas Baby zu warten, und auf Weihnachten in etwa vierzehn Tagen.

Während sie am Nachmittag ihrer Mutter bei der Aufstellung der notwendigen Reparaturen half, bemerkte Aila, dass sie es sich nun leisten konnten, eine Haushaltshilfe auf Talla Dileas einzustellen. »Ich brauche unbedingt eine fähige Haushälterin. Vielleicht sollte ich mich nach Mrs Rawlins erkundigen.«

Mrs Rawlins ... Das war Paytons Haushälterin; Mared erinnerte sich sehr genau an den Namen. »Nach wem?«, fragte sie.

»Mrs Rawlins. Sie ist bei Douglas als Haushälterin eingestellt, doch das war offenbar keine besonders günstige Entscheidung.« – »Nicht? Wieso nicht?«

»Ach, ich weiß auch nichts Näheres. Nur dass er in letzter Zeit nicht sehr umgänglich ist. Wie ich höre, verlangt er ziemlich viel. Vermutlich ist er überfordert mit dem Bau seiner Destille und den Vorbereitungen zur Hochzeit.«

Mareds Herz vollführte einen merkwürdigen kleinen Satz. »Er hat schon immer viel verlangt«, sagte sie leise, konnte aber an nichts anderes denken als an Payton ohne Haushälterin. Niemand war da, um sein Bett aufzuschlagen und seine Wäsche zu waschen und des Morgens die Vorhänge zu öffnen.

Zum ersten Mal seit zwei Tagen spielte ein echtes Lächeln in ihren Mundwinkeln.

Mitten in einem Traum von eichenen Fässern und riesigen Behältern drang der Duft von Flieder in Paytons Bewusstsein

ein. Er schreckte ihn aus dem Schlaf, denn diesen himmlischen Duft hatte er, wie es ihm schien, schon seit einer Ewigkeit nicht mehr gerochen.

Er öffnete die Augen, wälzte sich auf den Rücken und schaute sich in seinem Gemach um. Es war dunkel, die Vorhänge waren geschlossen, und er sah nichts außer der roten Glut in seinem Kamin. Er rieb sich die Augen, hörte das Rascheln von Kleidern, senkte hastig die Hände, stemmte sich hoch und sah sich um.

Das Geräusch der Vorhänge, die zurückgezogen wurden, weckte seine Aufmerksamkeit, und als er in Richtung Fenster blickte, wurde ihm am ganzen Körper kalt vor Schock.

Sie schob die Vorhänge zur Seite und schüttelte den Kopf. »Wie es aussieht, steht uns ein recht trüber Tag bevor.«

Mared. Sie war in seinem Zimmer, öffnete die Vorhänge und trug das schwarze Kleid mit der weißen Schürze der Haushälterin. Immer noch schlaftrunken, versuchte er zu begreifen. Träumte er? Wie war das möglich? Aber wie sonst sollte er es sich erklären? Es war so erschreckend real, dass er, als sie zum nächsten Fenster ging, sogar wieder diesen Fliederduft wahrnahm.

»Ich schätze, es wird wieder schneien.« Sie schnalzte mit der Zunge. »Ich kann mir nicht vorstellen, dass Ihr bei solchem Wetter eine Destille bauen könnt, aye?«

Es war kein Traum. Sie war Wirklichkeit. Sie war aus seinem Traum getreten und war hier, vor ihm, in Fleisch und Blut. »Was tust du hier?«, fragte er barsch, unmittelbar erfüllt von Zorn und verletztem Stolz.

Sie drehte sich um und schenkte ihm dieses strahlende grünäugige Lächeln, das ihn seit so vielen Jahren in den Schlaf begleitete. »Ich habe Euch etwas zu naschen mitgebracht, Milord«, sagte sie lieb. »Konfekt. Ich weiß doch, wie sehr Ihr das mögt.«

Er wollte ihr verdammtes Konfekt nicht, er wollte überhaupt nichts, nur dass sie verschwand. Er hatte den vergangenen Monat damit verbracht, sie sich aus dem Herzen zu reißen, und er gedachte nicht, sie noch einmal hineinzulassen. Nie wieder, nicht einmal aufgrund dessen, was Sarah ihm über die mutige Miss Lockhart geschrieben hatte. Es war ihm gleich, ob sie behauptete, ihn zu lieben oder nicht – er liebte sie nicht mehr.

Als er nicht antwortete, trat Mared an den kleinen Esstisch, packte ein paar Delikatessen aus und ordnete sie auf einen Teller.

»Wie bist du hereingekommen?«, wollte Payton wissen.

»Mrs Mackerell«, sagte sie und drehte sich, den Teller in der Hand, zu ihm um. »Sie hat mir auch den Teller gegeben.«

»Ich will deine verdammten Süßigkeiten nicht.« Er schlug die Bettdecke zurück und stand auf, wobei es ihn kaum anfocht, dass er völlig nackt war. Er griff nach seinem Morgenrock und warf ihn über. »Ich weiß nicht, was du willst oder was für ein Spielchen du treibst, Mared, aber ich bitte dich höflich zu gehen.«

»Ich lasse das hier stehen«, sagte sie und stellte den Teller auf den Nachttisch. Sie wandte sich ab, und Payton glaubte, sie würde gehen … Doch sie schritt zum Kamin, schob den Feuerschirm zur Seite, ließ sich auf die Knie nieder und begann, die Glut zu schüren.

»Gott im Himmel!«, explodierte er. »Geh, Mared! Ich will dich hier nicht haben, ich will dich nicht sehen!«, sagte er wütend, ging zum Abtritt und schlug die Tür hinter sich zu.

Doch als er kurz darauf zurückkam, war sie immer noch da und reinigte seelenruhig die Reitstiefel, die er am Kamin zum Trocknen abgestellt hatte. »Verdammt noch mal, lass die Finger davon!«, brüllte er, packte sie am Arm, zerrte sie auf die Füße und stieß sie fort von seinen Stiefeln. »Was zum Teufel soll das?«

Mit bekümmertem Blick nestelte sie an ihrer schlecht sitzenden Haushälterinnentracht, und Payton wurde bewusst, welch großer Fehler es gewesen war, sie überhaupt jemals hineinzustecken. »Was das soll?«, sagte sie leise. »Ich möchte mich entschuldigen.«

»Indem du meine *Stiefel* putzt?«

»Ich habe angeordnet, dass dir ein heißes Bad gerichtet wird. Auch dadurch.«

Das ließ ihn innehalten. Er sah sie mit offenem Mund an.

Sie nickte.

Payton stöhnte und verdrehte die Augen himmelwärts. »Was tust du mir an, *lass*? Willst du mich quälen bis zu meinem Tod? Du hast jegliche Offerte meinerseits stets abgewiesen und abgetan, du hast mir recht deutlich zu verstehen gegeben, dass du dein eigenes Leben führen willst, fort von den Lochs, fort von mir. Es ist vorbei, Mared. Und jetzt tauchst du wie aus dem Nichts wieder auf und richtest mir ein Bad?«

Wieder nickte sie. »Ich weiß nicht, was ich sonst tun soll«, gestand sie leise. »Ich weiß nicht, wie ich es dir anders verständlich machen soll, wenn ich nicht deine Vorhänge öffne und dein Bett aufschlage ... und dir Konfekt schenke und dein Feuer schüre und dir ein Bad richte und alles Mögliche tue, um mich vor dir zu erniedrigen und um Verzeihung zu bitten für den grauenhaften, elenden Fehler, den ich begangen habe.«

Sie sagte es so ernst und aufrichtig, dass Payton spürte, wie ein feiner Riss durch seine unwiderrufliche Entschlossenheit ging. Die Liebe war, wie er jetzt feststellte, ein hartnäckiger Bettgenosse, nicht bereit, ihn zu verlassen, nur weil er es verlangte. Er wollte verdammt sein, wenn er sie nicht immer noch liebte, und während ein Teil von ihm über ihre Rückkehr jubeln wollte, war ein anderer Teil doch immer noch schwer gekränkt. Dieser Teil traute ihr nicht und wollte sie fortjagen, bevor sie ihn noch ärger kränkte.

Es klopfte an der Tür, und Mared beeilte sich zu öffnen. Charlie trat ein, wünschte Payton munter einen guten Tag und brachte zwei Eimer heißen Wassers. Ihm folgten Alan und der neue Diener, Angus, der Mared neugierig beäugte.

Sie wies die beiden ins anschließende Bad. Dort leerten sie ihre Eimer, doch Mared war noch nicht zufrieden und orderte noch mehr.

Payton ließ sich in einen Sessel sinken. Was sollte er mit ihr machen? Er durfte ihr nicht so leicht wieder Zutritt zu seinem Herzen gewähren, nicht, nachdem sie ihn dermaßen verletzt hatte. Aye, aber sie kam zurückgekrochen, noch dazu in der Tracht einer Haushälterin. Für eine stolze Lockhart ein überaus schwieriges Unternehmen.

Er seufzte und schüttelte den Kopf. »Das geht nicht«, sagte er ruhig.

Mared sog die Unterlippe zwischen die Zähne, sagte jedoch nichts.

»Selbst wenn du mich den ganzen Tag lang bedienst, würden sich meine Gefühle für dich nicht ändern«, sagte er und meinte es sehr ernst.

»Willst du mir nicht mal Gelegenheit zu einer Erklärung geben?«, fragte sie.

Er zuckte die Achseln.

»Ich liebe dich, Payton«, sagte sie. »Ich liebe dich mehr als mein Leben.«

Er sagte nichts.

Er wagte nicht, etwas zu sagen. Das waren genau die Worte, die zu hören er sich so gewünscht hatte.

Sie blickte auf ihre Füße. »Ich kann nicht einmal sagen, warum ich geglaubt habe, fortzumüssen. Ich weiß nicht, warum ich nicht verstehen konnte, dass das Glück, das ich suchte, hier für mich bereitstand, wenn ich es nur hätte glauben wollen. *Diah,* sieh dir an, was ich getan habe. Ich habe den einzigen Mann abgewiesen, der mich ein Leben lang geliebt hätte …«

Er sah sie ungerührt an.

»Und ich habe den einen Mann verloren, den ich liebe und immer lieben werde. *Es tut mir so leid, Payton*«, flüsterte sie klagend. »Es tut mir so leid, dass ich dich gekränkt habe. Ich würde dir den Himmel schenken, wenn ich es dir vermitteln könnte, wie leid es mir tut. Es tut mir in tiefster Seele leid ...«

Es klopfte an der Tür. Mared warf einen Blick in die Richtung und sah dann Payton an. Er wandte sich ab. Seufzend ging sie zur Tür und öffnete den Dienern, die mit weiteren Eimern voll heißem Wasser zurückkamen. Sie trotteten ins Bad und leerten sie aus.

»Das reicht jetzt«, sagte Payton, als sie aus dem Badezimmer kamen. Charlie nickte, und die drei gingen hinaus. Mared schloss die Tür hinter ihnen.

Payton stand auf und gönnte ihr kaum einen Blick. »Ich will jetzt baden«, sagte er. »Wenn du es so willst, dann tu, was du nicht lassen kannst.« Er wies auf sein Zimmer und ging ins Bad.

Er legte den Morgenrock ab, stieg in die Wanne und tauchte in das heiße Wasser ein. Dort lieb er still liegen und horchte auf Mareds Wirtschaften in seinem Zimmer. Sie richtet mein Bett, dachte er. Anscheinend war es ihr ernst. Sie wollte sich erniedrigen. Ein weiterer großer Schritt für eine Lockhart.

»Mared«, rief er und spielte geistesabwesend mit einem Schwamm.

Er hörte, wie sie in seinem Rücken die Tür öffnete. »Aye?«

»Du sagst, es tut dir leid, was du getan hast?«

»Payton ...« Plötzlich stand sie an seiner Seite und sah ihn beschwörend an. »Es tut mir *sehr* leid.«

Er nickte und drückte den Schwamm über seiner Schulter aus. Heißes Wasser rann in kleinen Bächen über seine Brust. »Tut es dir leid, dass du meine Halsbinden und Hemden und Bettwäsche ruiniert hast?«

Das traf sie unverhofft. »Die ... Entschuldigung, die Halsbinden?«, fragte sie verunsichert.

»Aye. Tut es dir leid?«

»Ah ...« Sie verdrehte die Augen zum Himmel, biss sich auf die Unterlippe und sagte leise: »*Nein.*«

Das war die Mared, die er liebte. Unerschütterlich ehrlich und viel zu starrsinnig. »Und die Geschichten, die du den Stubenmädchen erzählt hast?«, fragte er. »Die Geschichten von Geistern und bösen Douglas'? Tut es dir leid?«

Mared presste die Lippen aufeinander und schüttelte den Kopf.

Der feine Riss in seiner Entschlossenheit brach auf, ihm entschlüpfte ein leises Lachen. Mared sah ihn aus großen Augen an, und Payton lachte laut. Bevor sie etwas sagen konnte, packte er ihr Handgelenk und zog sie zu sich herab an den Wannenrand. »Dir tut also überhaupt nichts leid, wie?«

»Nein, jedenfalls nicht meine mangelnden Fähigkeiten als Haushälterin. Warum sollte es mir leidtun?«

»Gut, dann nehme ich, was ich bekommen kann«, sagte er und zog sie in die Wanne.

Mit einem Aufschrei und unter spritzendem Wasser landete sie auf seinem Schoß. Er verhinderte jeglichen Protest wegen ihres Kleids oder der guten Sitten, indem er sie in seine Arme zog und sie küsste, mit allem an Wut und Kränkung und Kummer und Liebe, was seit Jahren in ihm tobte. Mit der Liebe, die er sich nicht aus dem Herzen hatte reißen können, Liebe, die jetzt mit aller Macht über sein Herz herfiel.

Schließlich hob er den Kopf, zog das Band von ihrem Zopf und begann, die langen, welligen schwarzen Locken zu befreien.

»Ich liebe dich, Payton. Ich liebe dich mehr als mein Leben.«

»*Diah,* Mared, ich habe eine Ewigkeit darauf gewartet, das zu hören.«

»Ich weiß«, sagte sie. Ihr Lächeln schwand, und sie legte die Arme um seinen Nacken. »Aber jetzt, da ich den Weg zu deinem Herzen gefunden habe, ist es zu spät! Ich werde mir nie verzeihen, dass ich eine solche verdammte Närrin war!«

»Zu spät? Es ist nicht zu spät, *lass.*«

»Doch!«, beharrte sie. »Ich weiß von Beitris!«

»Beitris Crowley?«, fragte er verdutzt. – »Aye! Du willst sie heiraten!«, rief sie, schloss mit einem Stöhnen aus tiefstem Herzen die Augen und ließ den Kopf voll Verzweiflung in den Nacken sinken.

»Nein, nein, *m'annsachd,* nein«, sagte er und liebkoste ihren Hals. »Miss Crowley heiratet den Sohn des Schmieds. Sie heiratet Mr Abernathy.«

Mared hob ruckartig den Kopf und riss die Augen auf. »Diesen hübschen Burschen?«

»Aye«, sagte er, und das Lächeln blühte in seinem Gesicht wieder auf. »*Diesen* hübschen Burschen.«

»Aber Mr Wallace sagte, *du* würdest sie heiraten. Du wärst ständig mit ihr zusammen. Du würdest ihr Konfekt kaufen!«

Payton lachte. »Ich habe für den Jungen um ihre Hand angehalten. Ich habe Konfekt als Geschenk mitgebracht, als ich bei ihrem Vater für ihn um sie anhielt. Ihre Hochzeit wird am Sonntag in der Kirche angekündigt.«

Mared blinzelte. »Dann ... liebst du Miss Crowley nicht?«

»*Criosd,* Mared! Nein, ich liebe Miss Crowley nicht. Und Miss Crowley liebt mich nicht. Trotz all deiner Bemühungen sind wir schon vor langer Zeit übereingekommen, dass wir nicht heiraten wollen, und sie hat mir anvertraut, dass sie Mr Abernathy liebt. Ich habe ihr nur geholfen.«

»Dann ... komme ich nicht zu spät«, bemerkte sie, und in ihren grünen Augen blitzte etwas auf.

Er blickte in diese waldgrünen Augen, so voller Leben, auf die rubinroten Lippen, die Grübchen in ihren Wangen, die sich vertieften, wenn sie sich freute. Nichts konnte ihn daran hindern, diese starrsinnige, temperamentvolle, lebensvolle Frau zu lieben. »Bei meiner Ehre«, sagte er mit einem Seufzer, »du könntest nie zu spät kommen.« Er zog sie in seine Arme und küsste sie ausgiebig, wie ein Mann, der nach Liebe dürstete und sie nie mehr loslassen würde, nie wieder.

Ihre Hände fanden seinen Körper, ihre Wärme strahlte

durch das Wasser auf seine Haut aus, und er spürte seine Erregung.

»Liebe mich, Payton«, flüsterte sie, seine Gedanken lesend. »Bitte zeig mir, dass du mich immer noch liebst, aye? Und bitte lass mich nicht drei Mal fragen.«

Er grinste, öffnete jedoch bereits die Knöpfe dieser scheußlichen Haushälterinnentracht und half ihr, sich das Kleid über den Kopf zu ziehen. Mared lächelte mit Grübchen in den Wangen, als sie auch das Hemdchen auszog und sich dann rücksichtslos im Wasser planschend rittlings über ihn setzte.

Mit einem zufriedenen Seufzer lehnte sich Payton in der Wanne zurück und ließ die Hände über ihre nasse Haut gleiten – über die Arme, die Rippen bis zur Taille, über den schönen Schwung ihrer Hüften bis zu dem Dreieck aus schwarzem Haar. Mareds Augen wurden dunkel; sie senkte den Blick auf seinen Körper. Und dann schloss sie die Augen und seufzte, wie es ihm schien, erleichtert auf.

Er richtete sich zum Sitzen auf, umschlang sie mit den Armen, schmiegte das Gesicht an ihren schwellenden Busen und schmeckte ihre Haut.

Sie legte die Arme um seinen Nacken, während seine Lippen der Linie ihres Halses folgten. Seine Hände glitten langsam an ihren Rippen herab, er sog ihre Brust in seinen Mund und umkreiste mit der Zunge die Brustspitze.

Ihr Körper erbebte unter seiner Berührung, was sein Begehren noch mehr anstachelte. Seine Hand glitt hinunter zu ihrem Gesäß, knetete es, drückte sie fest gegen seine Härte, während seine Zunge wild mit der ihren kämpfte. Sein Bewusstsein, seine Augen, jede Faser seines Körpers war erfüllt von Mareds Duft, von der Lust, sie zu spüren, die endlich zu ihm zurückgekehrt war.

Worte waren zwischen ihnen überflüssig; er war gefährlich erregt und sehnte sich verzweifelt nach ihrem Körper. Sein Mund wanderte von ihren Lippen zu ihrer Brust, nahm sie in sich auf, ausgehungert nach ihrem Geschmack. Mared wimmerte vor Lust, während er sie liebkoste wie ein Wahnsinniger, ohne einen Gedanken an irgendetwas außer dem Bedürfnis, sie zu spüren, zu berühren, sich tief in sie zu versenken.

»Nimm mich«, sagte sie mit vor Leidenschaft heiserer Stimme. »Ich gehöre jetzt dir. Freiwillig. Ich gehöre dir mit meinem ganzen Herzen.«

Etwas Urtümliches, Tiefes regte sich in Paytons Lenden, das Blut toste in seinen Adern wie ein reißender Fluss. Nie in seinem Leben hatte er etwas oder jemanden so heiß begehrt. Er presste seinen Mund auf ihren, stieß seine Zunge hinein, während er ihre Hüften umfasste, sie hochnahm und über sich hob. Ihre Brust hob und senkte sich, sie sah mit frechlüsternem Blick auf ihn herab, und er lächelte.

Langsam senkte er sie auf sich herab, hielt sie mit einem Arm auf seinem Schoß und schob die freie Hand zwischen ihre Körper. Mared seufzte, warf den Kopf in den Nacken und bewegte die Hüften auf eine Art, die Paytons Blut zum Kochen brachte.

Sie keuchten beide; Mared war vornübergesunken, stützte sich an seiner Brust ab, die Augen geschlossen, die Stirn gefurcht, während er sie der Besinnungslosigkeit entgegentrieb, die auch ihm nahte. Als er glaubte, sich nicht einen Augenblick länger zurückhalten zu können, schluchzte Mared; ihr Körper zog sich fest zusammen, und er spürte das Schaudern ihres Höhepunkts und gleich darauf den eigenen.

Sie brach über ihm zusammen, ihr nasses Haar hüllte sie beide ein. Während er tief durchatmete, lehnte sich Payton behutsam in der Wanne zurück, zog sie mit sich, streichelte ihren Rücken und küsste ihren Hals.

Sie sprachen beide kein Wort.

In diesem Moment purer Liebe war er nicht fähig, den Blick von ihr zu wenden, nicht fähig zu glauben, dass sie zu ihm zurückgekehrt war. Sie lag da, den Kopf an seiner Schulter, die Augen geschlossen, die Lippen leicht geöffnet. Ihr Haar war eine Mähne nasser, wilder Locken, ihre Brust hob sich mit jedem keuchenden Atemzug. Mared Lockhart liebte wie eine Frau, die seit tausend Jahren unter einem Fluch gelitten hatte.

Und er war noch niemals so restlos befriedigt gewesen wie in diesem Moment.

Sie öffnete die Augen und lächelte ihn an. Dann legte sie mit leichtem Druck die Hand auf sein Herz, nahm seine Hand und legte sie auf ihr Herz. »Horch mal«, flüsterte sie. »Unsere Herzen, sie schlagen wie ein einziges.«

Epilog

Liam und Ellie Lockhart bekamen nach Duncans Geburt keine weiteren Kinder, doch Anna Lockhart wurde am 2. Februar 1819 von einem kleinen Mädchen entbunden. Im folgenden Jahr bekamen sie und Grif ein weiteres Mädchen, und Talla Dileas war wieder erfüllt von Kindern und Reichtum.

Im Jahr 1820, nach ihrer großen Reise durch Europa und Amerika, während Grif Eilean Ros verwaltete, gebar Mared Douglas Zwillingsjungen. Die Freude ihres Mannes war grenzenlos.

Im Jahr 1822 brachte sie ein Mädchen tot zur Welt, doch 1824 gebar sie Payton einen gesunden Jungen. 1825 und 1826 folgte je noch ein Kind, ein weiterer Sohn und eine Tochter, die der Abgott ihres Vaters wurde.

Eilean Ros, das große Herrenhaus im georgianischen Stil am Ufer des Loch Ard, war endlich wieder erfüllt von Lachen und Liebe und dem Lärm zahlreicher Kinder.

Im Jahr 1828 wurden die Ländereien der Douglas' und der Lockharts schließlich vereinigt, und die Gegend um Loch Ard und Loch Chon wurde wahrhaftig berühmt für ihre Schafe *und* ihr Highland-Vieh.

1830 wurde der erste Eilean-Ros-Whisky, zehn Jahre alt, sehr erfolgreich nach Europa und Amerika ausgeliefert.

Im selben Jahr kehrte Natalie Lockhart nach London zurück und hatte dort ein aufsehenerregendes Debüt. Sie wurde zu einer berühmten Künstlerin; ihre Arbeiten waren heiß begehrt in den höchsten Kreisen der Londoner Gesellschaft.

Am Heiligabend des Jahres 1831 war der Grüne Salon auf

Eilean Ros mit Misteln und einem Dutzend Strümpfen geschmückt, in Erwartung des Christkinds von Kindern aufgehängt. Auf der Anrichte stand eine große Platte mit einem halb verzehrten Plumpudding neben einer noch größeren – und leereren – Schüssel mit Festpunsch. Der Lärm von Kinderlachen und Freudenschreien hallte durch die langen Flure von Eilean Ros.

Sämtliche Lockharts und Douglas' waren versammelt, selbst Natalie war heimgekommen. Anna saß am Klavier und begleitete den lauten Chor, der die Lieblingsweihnachtslieder sang. Mared saß mit ihrer Tochter Lilias auf dem Diwan, die, nachdem sie auf ihren Mittagsschlaf verzichtet hatte, am Ende dieses langen Tages recht quengelig und müde wurde.

Payton stand am Kamin und betrachtete das ausgelassene Familientreffen. Sein Herz war randvoll mit Glück. Genau das hatte er sich immer für Eilean Ros gewünscht – Lachen, Wärme und Liebe. So viel Liebe. Er war ein vom Glück begnadeter Mann. Er hatte vier gesunde, starke Söhne, eine wunderschöne Tochter und die allerschönste Frau, die Gott je geschaffen hatte.

Er betrachtete Mared, die ihrer Tochter ein Liedchen sang. Sie war mittlerweile ein bisschen rundlicher geworden, und ein paar graue Fäden zogen sich durch ihr langes schwarzes Haar, doch in seinen Augen war sie nach wie vor perfekt. Ihm war, als hätte ihre Schönheit sich mit den Jahren noch vertieft, ausgeprägteren Charakter angenommen.

Und genau diese Schönheit hatte er für alle Ewigkeit einfangen wollen. Weswegen er jetzt die Hand hob und Anna aufforderte, ihr Klavierspiel abzubrechen, damit sie und der gesamte Clan an seinem Geschenk für Mared teilhaben konnten.

»Wenn ihr mir kurz eure Aufmerksamkeit schenken wollt, möchte ich euch gern etwas zeigen«, sagte er, winkte Natalie zu sich und schritt zu der Ecke des Zimmers, in der sein

Geschenk aufgestellt war. Die Kinder hüpften ihm nach, begierig darauf, das Geschenk zu sehen.

»Also wirklich, Payton«, sagte Mared lachend, »du hast ja keine Mühe gescheut zu verbergen, was immer das Ding sein mag. Machst du dem jetzt vielleicht ein Ende?«

»Still, Weib, komm hierher«, sagte grinsend und streckte die Hand nach ihr aus.

Mared verdrehte die Augen, übergab Lilias aber dennoch der Großmama und ging, indem sie Lachen und Blicke mit ihren Brüdern tauschte, zu Payton.

Sie legte den Arm um seine Taille und gab ihm einen Kuss auf die Wange.

»Nun gut, Sir, hier bin ich. Was hast du dort so sorgfältig versteckt?«

»Erinnerst du dich an den Tag, als ich dich für ein Taschenporträt Modell sitzen ließ?«, fragte er und tippte mit dem Fingerknöchel auf ihre Nasenspitze.

»Aye.«

»Und erinnerst du dich daran, dass ich Natalie bei ihrer Rückkehr aus London unbedingt in Glasgow treffen wollte?«

»Natürlich!«, sagte Mared und zwinkerte der strahlenden Natalie zu.

Payton ergriff einen Zipfel des verhüllenden Tuchs und zog daran. Mared und ihre Angehörigen schnappten nach Luft, als die Hülle fiel, denn dahinter befand sich ein meterhohes Porträt von Mared, gemalt für die Ahnengalerie.

»Das ist Mummy!«, rief einer der Zwillinge. »Und wir!«

Mared blickte mit staunendem Blick zu Payton auf.

Er grinste. »Unsere Natalie ist eine begabte Künstlerin«, sagte er, während Liam, dem vor Stolz beinahe die Tränen kamen, seine Tochter packte und sie fest umarmte.

Paytons Meinung nach war es ein majestätisches Bild. Er hatte sich sehr über das Ergebnis gefreut; Natalie hatte erstaunlich gute Arbeit geleistet.

Auf dem Bild saß Mared auf einem Rasenstück, umgeben von ihren Kindern und ihren Hunden. Sie trug das Kleid, in dem sie vor mehr als zehn Jahren geheiratet hatte. Der Smaragd, den ihre Angehörigen ihr geschenkt hatten, hing an einem Kettchen um ihren Hals, und das *luckenbooth,* das er als Verlobungsgeschenk für sie hatte fertigen lassen, war über der Brust an ihren *arisaidh* geheftet. Ihr schwarzes Haar war zum Zopf geflochten, der über ihre Schulter fiel. Ihr Gesichtsausdruck war wunderschön und heiter; der Hauch eines Lächelns lag auf ihren Lippen, ein Grübchen zierte ihre Wange.

Doch das Glimmen in ihren grünen Augen war unmissverständlich. Frech, durch und durch frech. Natalie hatte tatsächlich Mareds Wesen eingefangen.

»Eindeutig ein Vorteil für die Linie der Douglas'«, sagte Grif und nickte anerkennend.

Mared beugte sich vor und las die goldene Gravur. »Die Zehnte Lady Douglas«, las sie laut vor ... dann hielt sie inne und blinzelte. »Und darunter steht: *dem Namen nach eine Douglas, im Herzen jedoch eine Lockhart.*«

Sie richtete sich auf und strahlte Payton an.

»Du hast es nicht vergessen, *mo ghraidh!*«

»*M'annsachd,* hast du es mich denn auch nur einen Tag lang vergessen lassen?«, fragte Payton lachend, und wirklich, das hatte sie nicht getan.

Seit sie an Weihnachten vor so langer Zeit geheiratet hatten, war kein Tag vergangen, an dem er nicht gelacht und geliebt und sich an irgendeinem Punkt auch schrecklich geärgert hatte.

»Es ist atemberaubend«, sagte Mared und sah Natalie an. »Ich kann mir nicht vorstellen, wie du das geschafft hast, Nattie. Du hattest ja nur dieses kleine Taschenporträt als Vorlage.«

Natalie zuckte die Achseln. »Es war kinderleicht.«

»Es ist einfach umwerfend«, fuhr Mared fort. »Das ist das

schönste Geschenk, das ich mir je hätte träumen können. Es ist …«

Ihre Stimme versagte, und plötzlich kniff sie die Augen zusammen, trat zwischen ihren vier Söhnen hindurch vor und betrachtete das Bild noch einmal eingehend. »Entschuldige mal, sind das da *Schafe* auf meiner Wiese?«

Payton lachte und packte sie, bevor sie sich wehren konnte, denn auf dem Bild saß seine wunderschöne Frau tatsächlich inmitten einer Schafherde.

Manche Dinge ändern sich eben nie.

Weltbild Buchverlag
Deutsche Erstausgabe 2007

This edition published by arrangement with the original publisher, Pocket Books,
a division of Simon & Schuster, Inc., New York
Verlagsgruppe Weltbild GmbH
Steinerne Furt 67, 86167 Augsburg

Projektleitung: Julia Kotzschmar
Übersetzung: Elisabeth Hartmann
Redaktion: Claus Keller
Umschlag: Hauptmann & Kompanie Werbeagentur GmbH, München–Zürich
Umschlagabbildung: © Duillo, Elaine via Agentur Schlück GmbH
Satz: avak Publikationsdesign, München
Druck und Bindung: GGP Media GmbH, Pößneck

Gedruckt auf chlorfrei gebleichtem Papier

Printed in the EU

ISBN 978-3-89897-376-2